女匪首

刘继祥◎著

黑龙江人民出版社

图书在版编目(CIP)数据

女匪首 / 刘继祥著. — 哈尔滨 : 黑龙江人民出版社, 2019. 1

ISBN 978 - 7 - 207 - 11614 - 7

Ⅰ. ①女…　Ⅱ. ①刘…　Ⅲ. ①长篇小说—中国—当代
Ⅳ. ①I247. 5

中国版本图书馆 CIP 数据核字(2019)第 019953 号

责任编辑：朱佳新
封面设计：欣鲲鹏

女匪首
Nüfeishou
刘继祥　著

出版发行　黑龙江人民出版社
地址　哈尔滨市南岗区宣庆小区 1 号楼（150008）
网址　www. hljrmcbs. com
印　　刷　永清县晔盛亚胶印有限公司
开　　本　880 × 1230　1/32
印　　张　12. 5
字　　数　300 千字
版次印次　2019 年 6 月第 1 版　2021 年 6 月第 2 次印刷
书　　号　ISBN 978 - 7 - 207 - 11614 - 7
定　　价　48. 00 元

法律顾问：北京市大成律师事务所哈尔滨分所律师赵学利、赵景波

1

寒冬的松花江上，滔滔江水凝固于严寒之中，宽阔的江面变成了一条坚实的玉带，在阳光的照耀下闪烁着冷峻的光芒。江北岸，一片茫茫的荒原上，起伏的灌木丛披上厚厚的雪装，更显出几分厚重和深邃。几只小舟泊在太阳滩上，冷静地凝视着每一个日子，岁月荏苒，风景随着四季不断变化；不变的是这自然的脚步，是这滔滔东去的松花江。

深冬的一天，茫茫大雪从天而降，又为这世界增添了几分神秘，雪使时光突然变得缓慢、静谧，但是这静谧之中却隐隐藏着几分杀气。

一条通往江北荒原深处的蜿蜒雪路上，一大一小两行深深浅浅的脚印，拖着一条鲜红的血迹，仓皇伸向荒原的深处。雪越下越大，但是依稀可见他们留下的点点血迹。后面不远处，一伙人骑着快马，手拿长枪，追赶而来。

血还在流淌，殷红的血是从那个年长者的腿上流出来的。他中了一枪，从百余里外的香炉山逃命至此，他们已经精疲力竭。年少的看起来还像个孩子，目光果敢而坚毅，在生死面前没有丝毫的惧色。他搀扶着受伤的人，艰难而又踉跄地继续向密林中逃去。

这是一对父子。受伤的人是少年的父亲。父亲就快要坚持不住了，他流了太多的血，两个人找了一棵大树坐下来，少年从自己的衣服上撕下一条布，紧紧地缠在伤者的腿上，想把血止住，可是伤口很深，再加上一路奔逃，血很难止住。“要是我们的马在就好了。”少年这样想着。他们的马在过江时摔折了脊骨，再也跑不动了。他们深知此劫难逃，受伤的人推了推少年说：

“儿子，你赶紧逃命吧，给咱万家留个后，黑狼这个王八蛋对咱们是恨之入骨啊！”

少年听父亲这么一说，急了：“爹，你说啥呢？咱爷俩要活一块活，要死也得一块死，我不能把你一个人扔下！”

听儿子这么一说，父亲拍了拍儿子的肩膀，欣慰地说：“不愧是我的儿子，今天咱爷俩就杀个痛快！”

这一对被追杀的父子，就是名震东北、劫富济贫的大土匪万江平和他的儿子万千山。后面追杀他们的土匪就是无恶不作的松花山匪首黑狼。

万江平的腿又流了很多血，染红了脚下的雪地。万江平拔出别在后腰的大刀，用自己的袖口狠狠地擦了擦上面的血迹，然后迎着土匪追来的方向，站在了雪路的中央，万千山解下腰间的长鞭，与父亲并肩站在一起。

说话的工夫，黑狼一伙就追到了面前。这个黑狼五大三粗，一脸横肉的汉子，皮肤黑里透紫，蒜头鼻子上面布满了坑坑点点，三角眼射出冷酷凶光。看万江平父子俩立在路中间，黑狼不禁一怔，心想：“不愧是名震东北的万江平，竟有如此的胆量。但我黑狼今天就要生吞了你，看你能跑出我的手掌心？”黑狼在万江平父子前面勒住了枣红马，众土匪马上举枪将万家父子围在了中间。

黑狼跳下马来，看了看万家父子，轻蔑地说：

“万江平，你也有今天，还记得当年阉割我的时候吗？今天我就要你万家断子绝孙，还不给你黑狼大爷跪下?!”

万江平将刀横在腰间，刀光一闪，寒光迸溅，他不屑地扫了一眼黑狼，不慌不忙地说道：

“黑狼，当年我留你一命，你不知恩图报，倒勾结朝廷陷害我，你良心何在？”

黑狼邪恶地一笑，狠狠地说：“万江平，你让我不男不女，生不如死，我不杀你，对不起我祖宗！”

万江平蔑视地看着黑狼：“你祸害了多少好闺女，我再留着你的祸根，还不知道有多少女子被你糟践！”

黑狼冷笑着说道：“可是，今天的你就是丧家之犬，看我抽你的筋、扒你的皮！”

万江平说：“我万江平的脾气你是知道的，来吧，你说是一对一，还是你们一起上，我万家父子奉陪到底！”

万江平的话音刚落，黑狼就掏出了别在腰间的盒子枪，对准了万江平的胸口。

啪的一声枪响，树上的雪花簌簌地落下来，乌鸦惊叫着飞向大山深处。

黑狼的掌心被子弹打穿，盒子枪丢落在雪地上。

黑狼手下的土匪们都一下子愣在那里，一时不知所措。

这时候，从树林里冲出一伙人，他们手拿长枪，将黑狼一伙紧紧地包围起来。这伙人中为首的是一名女子，看样子不过二十多岁，长得十分俊俏，一双水灵灵的大眼睛，射出冷峻的锋芒。

女子来到黑狼的面前，冷冷地说：“今儿老娘打穿了你的一只手，还要带走这两个被你追杀的人，你看行不？”

黑狼捂住自己流血的手掌，还没有从惊愕中回过神来。听这女的一说，才明白过来，这是来搭救万家父子的。他有心说不行，但是看着自己的兄弟们都被缴了械，就悻悻地对女子说道：

“你是哪路神仙，来管我黑狼的闲事？”

女子微微一笑，说道：“我是江北红，而且我知道你是黑狼，是一只没了命根的黑狼，今天老娘就是来管闲事的，你能把我怎么样？”

黑狼抱拳拱手说道："原来是道上响当当的江北红、江大掌柜的。今儿老弟借你的地界和万江平算笔旧账，还请大掌柜的不要多管闲事，否则日后结了梁子，对谁都没什么好处！"

听黑狼这么一说，江北红来了火气，用枪直指黑狼说道："黑狼，今儿老娘就管定了这闲事，你又能怎么着？"

黑狼说："那就别怪我不客气。"

江北红哈哈一笑，朝雪地上吐了一口唾沫："我江北红打小就不知道什么是害怕，老娘随时等你来报仇！"

说完，她示意手下弟兄们把万家父子带走。黑狼还想要阻拦，但是看自己处在下风，只能忍气吞声了。

江北红带人闪身钻进了树林里，顷刻间就不见了踪影。

这个江北红，就是在太阳滩这片地界上落草为寇的女响马，江湖人称红姐。她虽是响马出身，但是为人仗义，松花江北的老百姓，没少受到她的照顾。在江北红方圆百里的地界上，是没有哪个绺子的土匪敢来滋事的，如果谁真敢这么做，那江北红的枪可是毫不客气的。

江北红盘踞的太阳寨，就在这片茫茫荒原的深处。这片荒原地形复杂，其中水道纵横，阡陌交通，又有森林草木遮挡，各种野兽珍禽和谐共存，四季风景各有神奇，江北红当年选择这里作为自己的栖身之所，实在英明。

这片荒原，就是今天享誉天下的太阳岛。

2

太阳寨里，江北红细心地为万江平清洗伤口。借着昏暗的灯光，万江平打量了一下救了自己一命的女英雄，她目光中有几分柔情又透露出果敢和坚毅，虽然经历了世事的沧桑和多年的响马生涯，但是她的身板依然秀丽挺拔，一头黑发编成了粗长的大辫子，衬托出十足的女人味。此时此刻的江北红，和刚刚赶跑黑狼的那个女土匪，怎么看都不像一个人。万江平向墙上靠了靠，欲言又止地问："大掌柜的，您为何对我出手相救，就不怕黑狼日后来找你的麻烦?"

江北红此刻被油灯映红的脸庞又多了几分妩媚。她抬头看看万江平，又把牛角刀在火上烤了烤说："万大掌柜的，你要忍住疼，我这就把你腿里的子弹挖出来。"

万江平淡淡一笑说："大掌柜的就动手吧，我万江平从来不知道什么是疼。"

不到片刻的工夫，江北红就为万江平挖出了打进腿中的子弹，又挤出了一股股泛黑的血水。万江平咬紧牙关，没有喊一声疼。

待到一切收拾妥当，江北红对万江平说："万大掌柜的，今儿你就安心地在这住下，我已经安排好了暗哨，他黑狼也不敢轻易进犯!"

说完，江北红闪身出了屋子，回到了自己的屋里。万江平在屋里全然没有睡意，一是伤口还在剧烈疼痛，二是这名震江湖的江北红不但对他出手相救，眼神中还有一种让他莫名的亲切。

一夜北风未曾停息。

荒原在摇晃。

到后半夜，万江平迷迷糊糊地好像睡着了。但他马上又被噩梦惊醒，他梦见黑狼带着他的属下，在一个山谷里围住了万千山，而自己人单势孤，几经努力也不能救下自己的儿子，黑狼举起大刀，朝万千山的头顶劈下来，万江平惊叫了一声，睁开了眼睛。

窗外北风呼啸，雪片打在窗纸上，就像直接打在身体上一样，让人感到疼痛。万江平伸手摸摸，儿子万千山就睡在他的身边。

经过长久的奔波，孩子睡得很沉，打着轻微的呼噜。

万江平长叹一声，想起了当年与黑狼的恩恩怨怨。

当年，万江平被逼无奈，在香炉山揭竿而起的时候，黑狼还是个无名小卒。万江平看他会点拳脚，还有点小聪明，就提拔他做了炮台。没几年的工夫，万江平就带领百十号兄弟打下了几个大户，积攒了一些钱财，买了枪支弹药，实力大增，成了方圆几百里一个大绺子。

香炉山是张广才岭的余脉，山势陡峭，四季景色宜人，从远处看香炉山就像一个佛堂里烧香用的香炉，稳稳地坐在大地之上。这香炉山复杂险要，怪石嶙峋，进可攻，退可守，是一个绝好的去处，万江平选择这里拉起自己的绺子，真是独具慧眼。

万江平从上山做土匪那一天，就给自己的山头定了个规矩：不准众弟兄祸害百姓、抢男霸女，不准抽大烟、进赌场，否则杀无赦。

渐渐成长起来的黑狼却偷偷地干些不地道的事。开始他还碍于大当家的脸面，只是悄悄地做些强奸民女、危害百姓的事，可后来他竟然有恃无恐，偷偷为自己修筑了鬼窝，专门用来干坏事。万江平知道后气愤不已。有一天，黑狼带两个手下去山下的清水村强抢民女，万江平带着弟兄们悄悄跟在他们身后，黑狼下手之时，万江平把黑狼逮了个正着，押回了香庐山。

万江平命手下弟兄们将黑狼吊在了忠义堂的大梁之上，皮鞭了沾凉水伺候，不到片刻的工夫，黑狼就皮开肉绽，满身鲜血。万江平自己坐在虎皮椅上，闷闷地抽着旱烟。其实，他是不希望有这一天的，黑狼毕竟是自己一手培养出来的得力干将，失去他等于自己失去了左膀右臂。但是，规矩是不能破的，破了规矩还如何带手下的弟兄呢？如果那样的话，香庐山就变成了魔窟了。

黑狼昏死了过去，万江平示意手下用凉水将他激醒。等黑狼稍微有了些知觉，万江平顿了顿嗓子开口说道："黑狼，别怪我无情，是你自己坏了规矩，我也保不了你！"

黑狼苦苦哀求道："大当家的，您就饶我一命吧，我以后好好地跟着您打天下，再也不做伤天害理的事了。"

万江平此时心潮起伏，杀吧，舍不得，不杀又对弟兄们没有个交代。正在他踌躇之时，他的儿子万千山跑了过来，看了一眼吊在大梁上的黑狼说：

"爹，您就放了黑狼吧，他还救过我的命呢！"

"是啊是啊，大当家的，您就放了黑狼这一回吧！"

聚在忠义堂里的众弟兄也纷纷为黑狼求情。万江平看看自己的儿子，又看看表情各异的众弟兄，说：

"我万江平也不是个无情无义的人，既然大家都这么说，就饶他一条狗命，不过得有个条件！"

黑狼听万江平这么一说，赶紧应允道："行行行，就是一百个我也答应！"

万江平说："那好吧，我也算给了弟兄们一个交代！"

说着话，他掏出腰间匕首，来道黑狼的身边，撕开黑狼的裤裆，手起刀落，斩除了他的祸根。黑狼立刻疼得昏死过去。万江平擦了擦刀上的血迹，告诉弟兄们把黑狼扔到山下，找个背风的地方，至于死活，那就看他的命了。

黑狼是个命大的主，他竟然活了过来。

后来，他利用自己藏起来的一些银两招兵买马，在松花山做起了匪首。黑狼毕竟不是个善类，依然干些伤天害理的勾当，弄得当地百姓"谈狼色变"。

黑狼从做匪首的那天起，就给自己立了毒誓：一定要让万家断子绝孙，否则誓不为人。

从此，万江平有了一个不共戴天的仇家，为自己埋下了祸根。

东方开始露出了鱼肚白，万江平点着了一袋旱烟，吧嗒吧嗒地抽起来，伤口的剧痛让他坐卧不安。此刻，他是多么怀念自己的香炉山啊，想想这些年打下的基业就这样毁于一旦，万江平的心又紧紧地揪了一下。

黑狼一直想消灭万江平，但是因为实力不够，一直没有得逞，几次偷袭也都被万江平打得如同丧家之犬。后来，黑狼就勾结了官府的督队刘凤，做了朝廷的走狗，血洗了香炉山。万江平一家被打散，他的媳妇也被官府的督队刘凤一脚踢下了山崖不知生死。

一袋烟抽完，万江平迷糊了一会儿。

他做了一个梦，他梦见自己又回到了香炉山，只是这里再也没有当年的兴旺，而是尸横遍野，他的媳妇只剩下没有头颅的身子，四处游走，看见万江平时，一下子扑了过来。万江平忽悠一下从梦中惊醒过来，不禁惊出了一身冷汗。

万江平咬紧了牙关，没有让眼泪掉下来。

这时，万千山也醒了过来。他看看坐在身旁的父亲，心疼地说：

“爹，伤口还在疼?”

“没事儿，就这点伤，我还抗得住。”万江平平静地说。

万千山揉了揉眼睛说：“当年要杀了黑狼，咱就不会有今天了!”

“话不能这么说，他当年毕竟救过你的命，做人要有良心。虽然今天他祸害了咱，但是他会有遭报应的一天的!”万江平劝慰儿子。

万千山往火堆上加了几根柴火，把手放在火上烤了烤，问万江平：“爹，咱下一步怎么办啊?”

万江平磕了磕烟袋锅说："千山，你放心，咱万家的绺子一定会东山再起的，只要你爹还有口气在，咱就不能窝窝囊囊地活着!"

万千山看了看父亲坚毅的脸，没再说什么。等到天一亮，就跑到屋外练武去了。

万千山一整天都在想着自己的香炉山，想着自己的娘。万千山就是杀了黑狼，也不会感觉到解恨，他更恨那个官府的督队刘凤。黑狼就是勾结他才血洗了香炉山，也是他一脚把母亲踹下悬崖，现在生死不明。

万千山越想越生气，干脆一不做二不休，把你刘凤也做了算了。这样想着，万千山独自一人带好夜行衣，拿好短刀长鞭，向江南飞奔而去。

3

这天夜里，刘凤听说黑狼在追击万江平时被江北红阻拦，始终闷闷不乐。

他的小老婆满喜儿凑到跟前，又是给他揉肩膀，又是给他捶背地哄着他开心。刘凤挺喜欢这个满喜儿，自打满喜儿进了家门，刘凤几乎就不进他大老婆的房了。

她大老婆是旗人，叫宝珠。这个女人生来性情温和，从不与人争长论短，有时劝说刘凤不要再行杀戮，刘凤就不耐烦地骂她两句，她也就不吱声了。现在刘凤整天住在小老婆的房里，她也倒愿意图个清静，整日吃斋念佛的，不再过问凡尘之事。

天过三更，万千山越过高墙，悄悄地潜伏到刘凤的房前，先是趴在后墙外静静地听了一会儿。屋内，刘凤和他的小老婆在床上折腾得死去活来。万千山轻轻地骂了一句："真不要脸。"绕到前院，一脚踹开屋门，举刀就向刘凤砍去。

刘凤突然听到门被踹开，知道是来了刺客，一把将满喜儿推向炕里，接着一个翻身，随手拿起自己的青龙刀，与万千山打了起来。万千山头一刀砍在了炕沿上，再次举刀迎向刘凤，已是慢了半拍儿，这才感到刘凤的刀法也不白给，凌厉中还带着几分诡异。刀来刀去，两个人打得难解难分。

满喜儿此时吓得把被子盖在身上，一丝大气都不敢出。缠斗一会儿，万千山一个后闪，收住刀，指着刘凤的下身说：

"小爷我不想欺负光腚的娃娃，你赶紧把衣服穿上，我再杀你！"

屋子里黑乎乎的，两个人打了十来个回合，还没分胜负。这时前院的官兵听见打斗的声音，纷纷向后院涌来。万千山一看情况不妙，突然使一招"天下无双"，以迅雷不及掩耳之势，砍下了刘凤的一只耳朵，随后窜出屋子，翻出墙外，趁夜跑回了太阳寨。

万千山如何能不想念他的香炉山、想念他的娘呢？

香炉山山势险要，怪石嶙峋，苍松翠柏点缀着奇绝与突兀。

香炉山是块宝地，山上的各种名贵药材不下数十种，还有各种飞禽走兽，常有采药、打猎的山民，到山上来寻些生计。但是，听说香炉山盘踞了一伙土匪之后，再也没人敢来山上了。倒是万江平在几年当中护着方圆百里的百姓，不让土匪来欺负弱小，当地百姓才渐渐地知道这伙土匪只是劫富济贫，只和那些地主恶霸干，并不欺压老百姓，人们这才渐渐地放下心来，也敢上山了。万江平还给弟兄们立了个规矩，如有上山的百姓，只能帮助不能欺负，更不能行抢，否则必杀之。

那时的土匪是分成几种的，有的土匪欺压百姓、强抢民女、无恶不作，这是纯土匪；还有就是像万江平这样的只劫富济贫，绝不欺负百姓的，这是比较仗义的土匪，而且他们组织非常严密。专门负责带兵打仗的叫炮台、专门管理吃喝拉撒等后勤工作的叫粮台、专门负责安排哨兵的叫水香，还有翻垛的、小崽子等，真是应了一句话：乱世英雄起四方，有枪便是草头王。

万千山离开师傅，学艺归来之后，帮着父亲打理山头。他的母亲朱久红，则整日帮着粮台打理山头上的日常事务，她对待每一个兄弟都像亲人一样，山上的兄弟们都亲切地叫她久娘。朱久红算是出身书香门第，父亲闯关东来到小山子镇，因为有些学识，自己就办了个私塾，久红也跟着父亲学了不少知识。后来，她嫁给万江平，过了几年安稳的日子，可是万江平被逼占山为王，朱久红也毫不犹豫地随着他上了香炉山，做起了压寨夫人。

万千山虽然小小的年纪，但是和他的父亲一样爱护百姓，绝对不动老百姓一砖一瓦。有一次，他路过一个村子，看见一户人家几口人正在院子里抱头痛哭，万千山赶紧上前问明缘由。原来是盘踞托盘岭的一小绺子土匪，抢了这家的孙女去做压寨夫人。万千山听完安慰老人不要着急，他一定把人给要回来。

万千山一路快马加鞭，只身闯进了托盘岭。

到了托盘岭，万千山被放哨的小崽子截住，问他是干什么的，万千山报了自己的来路，说想来找他们大当家的商量个事。小崽子一听来的少年竟是万江平的儿子，赶紧通报给托盘岭的大掌柜吴猛。吴猛正要对刚刚抢来的女孩下手，女孩吓得跪地求饶。听小崽子来报说万江平的儿子来了，只好先行作罢，去了忠义厅，看看这小毛孩子到底有啥事。

万千山说明来意，惹得吴猛狂笑不已。

万千山说："吴老大，你别笑，我今天必须带走这个小姑娘。"

"你凭什么？小毛孩子乳臭未干就敢来找你吴爷的麻烦。"吴猛蔑视地看了一眼。

万千山望着吴猛的眼睛，不禁皱了下眉头。

“咱们做土匪是不假，但是要有道义，欺负老百姓算什么能耐？你还是趁早放了她，也省得晚辈和你多犯口舌！”万千山抱拳说道。

“如果我不给你面子呢？”吴猛掏出盒子枪，用手擦了两下，放在了桌子上。

“那就看看是你的枪快还是我的鞭快。”万千山说。

“那好，小毛孩，我就给你个机会。”说着吴猛顺手去拿枪，准备朝万千山射击，可是万千山的鞭子，早已经飞出了腰间，鞭梢柔中带刚，如蛇一样死死地缠住了吴猛的手腕，万千山轻轻地一拉，就把吴猛拽到了自己的跟前：

“吴前辈，这个面子你给不给？”听万千山这么一说，吴猛没办法，只能示意手下将那小姑娘放了，任由万千山带走。

万千山一抱拳，朝吴猛说了声：“谢了。”骑上快马驮着女孩下了山。万千山将小女孩安然无恙地送回了家，感激得一家人又是磕头又是作揖。万千山淡然一笑，转身回了香炉山。

黑狼勾结官府血洗了香炉山，万江平和万千山死里逃生。他的娘朱久红被督队刘凤一脚蹬下了山崖。朱久红命大，并没有摔死。山间的几棵老树挡了她几下，摔在了半山腰，只是头因为碰到石头，失去了记忆。

朱久红昏迷了三天之后，恰好被一个叫王二的猎人碰见，王二用指尖试了试，发现这个女人还有气息，就背下了山，放在自己的木刻楞房子里，终日按时服些草药，悉心照顾，没到一个月的时间，朱久红就养好了伤。只是，她忘记了自己从前的一切，王二问她什么，她都回答不上来，后来干脆她就不说话了。

王二是个地道的人，没有越雷池半步。上山打猎时将朱久红藏起来，回来后再给她做饭喂药，时间一长，朱久红也就相信了这个王二，以为他就是她的亲人。他走到哪里，她就跟到哪里，目光惨淡而凄然。

后来，王二看始终没人来寻这个女子，就给她取了个名字叫素月。

朱久红忘记了自己的过去，忘记了自己的丈夫万江平，忘记了自己的儿子万千山，变成了素月。王二是想带着素月回老家沙北村，去过安稳的日子，他希望素月将来完全相信他了，就能和他相依为命一辈子了。

这些年王二采药也攒下了几个钱，回去置办几亩田地，再打点零工，叶落总要归根的，自己也是人到中年了，该回家了。这么一想，王二丢下了自己的木刻楞，简单拾掇了一下包裹，就带着素月上路了。

王二带着素月一路奔波来到了拉林。

当时拉林是个大镇，因境内有条拉林河而得名。二人来到拉林河边时，已经是日落十分。拉林河结了厚厚的一层冰，正好可以踏冰而过。王二牵着素月的手，小心地踩着冰，走到河中央的时候，素月推了推王二，让他看不远处。王二顺着素月指的方向一看，竟是一个人趴在河中间。

王二赶紧跑过去，一看是个少年，还有口气。他回头看了看素月，意思是问她救不救这个人。素月点了点头，帮着王二背起这个人，拉着素月的手，一路蹒跚着进了拉林镇。

他们找了间名为如家的便宜客栈，安顿了一番，王二就托老板娘去寻个大夫，为这个捡来的少年看病。当老板娘得知少年是王二和素月在拉林河上救的，根本就素不相识，也十分感佩。赶紧吩咐小二去请大夫，自己则亲自下厨，为他们做了热乎乎的饭菜，王二自是感激不尽。

大夫为这个捡来的少年仔细地检查了一番，告诉王二说这个孩子的腿只是脱臼了，没什么大碍，还有点内伤，调养数日便可痊愈。

这孩子醒来时，和谁也不说话，王二费了许多口舌，才问出他叫张达。

王二因为急着赶路，第二天早上就给了老板娘一些钱，托她照顾好张达，每日按时吃饭、吃药。老板娘也是好心人，就一口应承下来。

王二两人走后，老板娘悉心照顾这个少年，直到他可以拄着拐棍下地走走，老板娘才开口问他怎么被人打成这样了，张达只说，他爹让家中的两个下人一路护送他去吉林，但是万万想不到，那两个家丁竟是虎狼之辈，他们见财起意，不仅抢了他身上的财物，又将他暴打一顿，扔在了拉林河上。老板娘慨叹了一番，说：

“这世道可咋办啊，连个孩子都遭劫，真是让人没法活了！”

老板娘知道张达的腿不好，一时半会儿还离不开客栈，她怕那两个贼人再找少年的麻烦，就把他藏在了自己的屋里，而她则找了间客房，做自己的临时睡房。

一天傍晚，张达躺在如家客栈的房间里，正在想着什么心事，突然听到两个熟悉的声音，偷偷往外一看，正是那两个抢劫了自己财物，又将自己的腿打折的人，吓得他不禁哆嗦起来。他听见两个人正大声地说着什么，还乒乒乓乓地砸坏了客栈的桌椅。来言去语之间，两个人竟说他们反正已经成了流寇，就敢见人杀人、见鬼杀鬼。张达心中暗想：这下完了，他们肯定是冲着自己来的，这条小命怕是要搭在这里了！

两个人踢打了一通，又挨个客房搜寻，张达一看事情不妙，赶紧打开老板娘房间的小木格窗，藏在了窗台底下。等这两个土匪搜到老板娘自己住的屋子时，老板娘心一下子揪了起来，赔笑着对两个土匪说：

“大爷，怎么连我的屋子也要搜呀?”

“你的屋子怎么了？没准你就把这个家伙藏你屋里了呢!”

说完，一个土匪一脚踹开门，看屋里什么都没有，就瞪着老板娘说：“你等着，爷爷要是发现你窝藏了那个小兔崽子，非得砍了你不可。”说完，两个人扬长而去。

老板娘正纳闷这个少年跑哪去了，突然看见小窗子开了，知道他就在里面，悬着的心这才放了下来。

张达爬进屋来，含着眼泪对老板娘说：“老板娘，我这条命算是捡回来了，谢谢你。日后，我一定报答你的大恩大德!”

老板娘说：“报答啥啊，你还是个孩子，如今无依无靠的，你能活着回去找到你爹，也就行了。”

张达说：“老板娘，你这里我不能待了，这两个人保不准还得回来，我得走了。”张达说完，给老板娘跪下谢恩，简单收拾了一下，趁着天黑就上路了。

但是，如家客栈却因为这个张达，倒了大霉。

两个土匪不知道从哪得到风声，说一个瘸腿少年被两个过路人救了，就在这如家客栈治病，还住了好几天。于是两个土匪再次返回来，要老板娘把人交出来，老板娘死不承认她收留过一个瘸腿少年，更没说少年已经往哈尔滨方向去了，两个土匪看怎么也问不出话来，就放火烧了如家客栈，然后逃之夭夭了。

如家客栈的老板娘在火中只拿出了一点小钱儿，也向哈尔滨那边去讨生活去了。

4

万千山满腹心事来到松花江边，寒冬里的松花江更加显得庄严和冷峻。

江风呼啸着穿过他的耳畔，就像一把把锋利的刀子切割着皮肤。但是，万千山并没有感觉到疼痛，因为此时，更大的伤痛已经完全占据了他的内心——他的母亲不知生死，到现在也没有消息。

岸边低矮的灌木丛披上了厚厚的雪装，看起来就像潜伏着的勇士，随时准备出发。再远一些，可见几行稀疏的炊烟，那是平凡的人家里，沉默中的妇女点燃了灶下的柴火，炊烟缓缓地升腾，映衬着慢悠悠的生活。

万千山无心观赏这些景色，竟自从腰间解下他的玉龙鞭舞了起来。

说起这玉龙鞭，可是万千山的宝贝。

这条鞭子是他的师傅用蛇皮在特制的药酒中浸泡，又用特殊的手法将之与虎尾搓揉在一起，最后经过九十九天的日月映照，才形成的这神奇的玉龙鞭。万千山因为天资聪慧，人又善良、勤奋，所以他的师傅将此宝贝传给了他。万千山在师傅的指点之下，冬练三九、夏练三伏，短短五年的工夫，就将这条神鞭舞得出神入化。不幸的是，在万千山刚刚年满十三岁的时候，师傅竟然得了一场伤寒，一命呜呼了。无奈，万千山只好回到香炉山，与父亲一起占山为王、劫富济贫。

万千山在松花江边舞动着玉龙鞭，煞是威武。

他一会儿在空中舞出“飞龙在天”，一会儿又力道骤增，在一米多厚的冰面上，用鞭锋刻写“此仇不报，誓不为人”的苍劲有力的大字。那条鞭子也好像懂得他的心思，鞭随心动，在浩茫的松花江上，一个少年和一条鞭子尽情地舞动着心中的仇恨。

万千山正舞得出神，突然听到一声女孩子的叫好声。他立马收住鞭子，向来人看去。来人是一个和万千山差不多大的女孩。女孩长得眉清目秀，一袭长发编成了粗壮的麻花辫，甩在脑后，白皙的脸蛋透着一股子纯情和天真，看起来十分惹人喜爱。

“你的鞭子舞的真好，能教教我不?”女孩冲万千山微微一笑说道。

“你是谁家的小孩，跑出来撒欢，不怕土匪把你抓了去做压寨夫人?”万千山不屑一顾地说道。

女孩听万千山这么一说，竟然哈哈笑了起来，说道：“土匪?哈哈，我就是土匪啊！怎么你没看出来吗? 还闯荡江湖呢，你眼力太差了!”

万千山被女孩说得一愣。他把玉龙鞭别回腰间，再看一眼女孩，转身往太阳寨走去。女孩也不说话，跟在他的身后，边走边哼唱着歌谣：

雪花这个飘啊
心上人何时能来到
要问我妹妹的心事
慢慢地你就会知道

万千山走得有些急促，刺溜一下滑倒在雪地上。女孩见状又哈哈大笑起来，把万千山羞得满脸通红。他拍拍身上的雪，气呼呼地说道：

“你到底是谁啊? 打扰我练武，还嘲笑我，小心我收拾你啊!”

女孩一听万千山的话，把双手叉在腰间，挑衅地说道：

“你来啊，小女子的武功也不是吃素的，咱们过两招吧！”

万千山看纠缠不过就说：“好男不和女斗，我还要去看我爹呢！”

“你爹没事，我娘正给他换药呢，大人在商量大事，小孩子总跟着掺和啥？”

“你娘？你是江北红的女儿？”万千山疑惑地问道。

“是啊，你看我不像吗？”女孩调皮地说道。

“像、像、像。”万千山赶紧说：“你太像了，你比你娘还俊呢，就是不知道你有没有你娘那能耐？”

女孩扬了扬脸，看了一眼万千山问道：“你叫啥？看你还像个英雄坯子，我们就交个朋友吧？”

“我叫万千山，打遍万水千山的意思。”

“呀，这名字还真有点儿霸气呢！”

“那你呢？小丫头片子。”

“我大名叫天慈，是我娘给我起的名。我不是丫头片子，我都十五岁了！”天慈一边用手摆弄着自己的麻花辫，一边说。

“ 以后你就叫我千山哥吧，我比你大一岁！”万千山说。

“那你以后得保护我，可不许欺负我！”天慈高兴地说道。

万千山和天慈两个人一边说着话，一边向太阳寨走去。此刻，太阳已经升得老高，阳光暖暖地照在无垠的雪地上，晃得人睁不开眼睛。这是万家父子在太阳寨避难的第二个日子，万千山的心情并没有因为天慈的出现而有所好转，他总是想着不知生死的娘，天慈看千山总是闷闷不乐，好像有心事的样子，就说：

“千山哥，我带你去岛上走走吧，有可多好玩的呢，没准我们还能抓到野兔呢！”万千山未置可否地跟在天慈的身后，向松花江上的小岛走去。

两个少年来到岛上，天慈告诉千山，这个岛叫太阳滩，有很多美丽的传说。千山说都啥传说，你讲给我听听。天慈就讲了起来。那是一个侠盗的故事，也是一个爱情故事，故事中的侠盗，每得到一笔银子，都要分给太阳山附近的穷苦百姓。某年，他盗了都统大人的家，把得来的金银首饰换成现大洋，全部捐给一所正在筹建的寺院。后来，有人通风报信，把侠盗出卖给了都统大人，侠盗和都统大人带来的兵丁苦战了半夜，在绝望之余，把正在怀孕的妻子送出后门，自己守着后门血战到天亮，才被众兵丁砍伤在院子里。一年后，侠盗被押上刑场时，在围观的人群里，看到了怀抱婴儿的妻子，他仰天大笑地死在了刽子手的刀下。再后来，侠盗的妻子在太阳滩上揭竿而起，拉起一支人马，专干劫富济贫之事。

故事讲完了，天慈的眼里已经泪莹莹的了。

万千山望着长天上的一只鹰，悠悠地说："我也要做这样的大侠!"

天慈抓紧万千山的胳膊说："你做大侠，我就做红线女!"

万千山说："不行，你要嫁一个安稳人家，过点太平的日子!"

天慈说："不，要嫁，我就嫁个大英雄!"

两个人正说得热闹，从北边跑过来一个人，年纪和他们差不多。他跑到天慈和万千山的跟前，瞪了一眼万千山，然后拉起天慈的手就走。

这个人就是张达，他从如家客栈逃出来，直接上了太阳寨。

天慈甩开张达的手说："张达，你别拉我回去，咱们在这玩一会儿吧，我想打几只兔子拿回去!"

张达说："天慈，别跟这小子玩，他是逃难的，小心给咱惹来杀身之祸!"

万千山也说："天慈妹妹，你回去吧，我自己在江边走走!"

天慈不情愿地跟着张达往回走，只留下万千山一个人又要起了他的玉龙鞭。

张达是太阳寨张炮台的儿子，和天慈同岁，他们从小一块长大，张达喜欢天慈，处处护着她。张炮台和江北红也早就商量过，等他们长大了就把婚事办了。

在张达眼里天慈只是他一个人的，绝对不允许别人接近她。所以，当他看见天慈和万千山在江边玩时，非常生气。

张达回头看了万千山一眼，满眼都是怨气。

5

太阳寨里，江北红正在为万江平换药。

江北红细心的呵护，竟然让万江平悲伤难平的心有了一丝温暖。

“大掌柜的，能问你个事儿吗?”万江平探问道。

“万大掌柜的，别吞吞吐吐的，这可不像你万江平的脾气。”

万江平淡然一笑，“我如今还是什么大掌柜啊，一个亡命天涯的丧家之犬，已经不是当年了!”

江北红把搅拌均匀的草药糊在万江平的伤口上说：

“万大掌柜的，这话可不应该从你嘴里说出来。我江北红虽然没有你能耐大，可是道上的事也是清楚的。在咱们这条道上，谁不知道你万江平专门干大买卖，方圆百十里的百姓也没少受你恩惠。今儿，你是走了背字，可是早晚你会东山再起!”

“但愿吧，早晚有一天，我要收拾黑狼这个败类!”万江平活动了一下腿脚说道。

“万大掌柜的，其实，我早就料到黑狼会有祸害你这一天。水香派出去的探子说，官兵血洗了香炉山，我就带领弟兄们去接应，可是没想到在这碰见了你们，也算你们父子俩大难不死吧！”江北红说。

“黑狼心狠手辣，恐怕我已经让你惹祸上身了！”万江平看了一眼江北红。

“哈哈，我会怕黑狼？我江北红在道上混，靠的就是正义二字！他敢来叫我的板，我就和他拼了，大不了来个你死我活！”江北红边说边用黑棉布将万江平的腿伤紧紧地裹起来，然后又说：

“我就不信，道上这些绺子都能坐视不管，咱道上的事道上解决，黑狼如此不地道，谁见了都饶不了他！”

两个人正说着话，一个崽子推门进来，他先向万江平鞠了一躬，又对江北红说道：“大当家的，小的已经按您的吩咐，将几位老大请到了议事厅，他们正候着呢。”江北红说了声知道了，你先出去吧，我一会儿就到。

小崽子将门关好，返回了议事厅待命。江北红整整对襟棉袄，又挎上自己的盒子枪，走出了万江平的屋子，来到了议事厅。

此时，议事厅里已经坐满了太阳寨的众弟兄。大家正你一言我一语地议论着昨天的事。张炮台坐在上座一言不发。等江北红一到，众人都站了起来。江北红一挥手，示意大家坐下说话。她自己坐在虎皮椅上，对着面前的弟兄们说道：

“今儿叫大家过来，是和大家伙商量商量万江平万大掌柜的的事！”

江北红把盒子枪从身上摘下来，用嘴吹了吹枪管，又把枪放到了面前的桌子上，说：

“大家伙儿都知道，这万江平是个名震东北的英雄，今天他落了难，我想把他留在太阳寨里，大家伙有啥意见没有？”

江北红说完，挨个地扫视着坐在下面的兄弟们。当她的目光和张炮台相遇时，她似乎读懂了张炮台的心思，就发问道：

“炮台，你跟了我这么多年了，你心里是咋想的？和我说说。”

这等于是将了张炮台一军。

江北红知道，张炮台虽然骁勇善战，但是心胸狭窄，容不了比他强的人。江北红更清楚，她想留住万江平，张炮台是最大的障碍。所以她先开了口，让张炮台一时不知所措。

张炮台确实是个嫉贤妒能之人，当年他被江北红从丐帮中带到了太阳寨，过上了大碗喝酒、大块吃肉的日子，没几年的工夫，他就凭着自己的骁勇，干到了炮台这一带兵打仗的总头目的位置，算得上是深得江北红的信任。但是，这张炮台却容不下比他更强的人，好几个来山上入伙的好汉，都被张炮台给难为走了。江北红碍于这些年东拼西杀，张炮台为山寨流了不少血汗，也不好多说什么。可是这两年，各大绺子都在招贤纳士、充实力量，唯独太阳寨还是门庭冷落，这让江北红急得心如火焚。

江北红眼睁睁地盯着张炮台，让他一时不知所措。

挨了半晌，张炮台才涨红着脸说道：

“大当家的，万江平不是个小喽啰，以他的江湖地位，如果入伙我们太阳寨，咱们给他什么位置合适呢？难不成还要让他做炮台？”

张炮台说完，看了一眼江北红，又看了看众弟兄。

这时，几个平日有点功劳，被张炮台提拔起来的土匪也附和。一个土匪道：“是啊，大掌柜的，这万江平可不是个好对付的主儿，让他入伙，将来可别吞了咱的山寨！”

另一个也阴阳怪气地说：“就是啊，如果让姓万的弄出暗度陈仓的事来，咱这些年就白把脑袋别在裤腰带上，杀得你死我活了！”

等大家七嘴八舌地说完，江北红站了起来，顿了顿嗓子说道：

“这万江平如今是不如当年了，但是他的智谋在我们之上，人又仗义，武功也出众，是个难得的英雄。这回他被黑狼算计，我们救了他，正好可以把他留在山寨，也好充实我们的力量。至于把他安排在哪把交椅上，大家不用担心。他不会抢你们任何一个人的差事，我想，就让他做大当家的吧，我来给他打下手！”江北红话音刚落，整个议事厅就炸了锅。

争论整整持续了一个上午，待到日上中天的时候，还是没有结果。

张炮台坐在那里一声不吭，任凭大家七嘴八舌地议论。

江北红急了，她把手重重地拍在桌子上说道：

“我江北红带领众位弟兄，打下这太阳寨的江山，没亏待过任何一位弟兄，眼下各绺子你争我夺，随时都有可能被吞掉的危险！万江平能力在我之上，我想让他帮助我们扩大势力范围，保住这些年大伙用命换来的家业，这有什么错吗？”

张炮台两眼发直，大厅里一时鸦雀无声，江北红用一根手指在枪管上一拨，枪在桌子上疾速地转起了圈儿，然后，江北红一手按住枪身，刚好是拿起来就能搂火的位置。她环视了一下四周说：

“就这么定了，谁不服气，就和我这枪杆说去吧！”

说完，江北红抓起枪来，起身离开了议事厅，把张炮台和一帮弟兄扔在了那里。

江北红一走，众弟兄赶紧围住了张炮台，有人让他想个法子，有人问他到底该怎么办。张炮台懊恼地吼了起来：

“都滚蛋，老子烦着呢！”

说完，张炮台也起身离开了议事厅，留下这些小头目在那里面面相觑。

江北红回到自己的房里，气得一声不吭，她狠狠地装上一袋叶子烟，点着了火，凶猛地抽了起来。

这时，突然响起了急促的敲门声，江北红喊了声进来，一个水香闯入门里，十万火急地向江北红报告说，黑狼已经纠集了一伙土匪，准备从江南的松花山向哈尔滨进发，发誓要一举拿下太阳寨。

“真来了！”江北红暗骂一声：“看来这场恶仗是非打不可了，只是没想到这帮王八羔子来得这么快。”江北红在心里盘算着，又镇静地吩咐水香，继续派崽子们打探消息。她磕去烟灰，立即召集张炮台等头目，商议如何抵御黑狼的进犯。

众人再次聚集在议事厅里，江北红吩咐水香，将黑狼即将纠结土匪向太阳寨进发一事，给大家做了通报。

然后，江北红问大家有什么主意，在场的人却都不吭声。

一时间，整个议事厅的气氛凝重起来。江北红急了，瞪着大眼睛喊道：

“这都咋了，换了以往，你们都嗓子眼伸出小巴掌了，今儿怎么都成了孬种了呢？那黑狼就那么可怕吗？”

“黑狼倒不可怕，来十条黑狼，我们也照样收拾！可是大当家的，你说就为了一个落魄的万江平，我们就和黑狼血拼，这值得吗？”张炮台边说边往嘴里倒了一大口烈性白酒。

江北红知道张炮台的脾气，他一这样灌酒的时候，就说明他很生气。

这些年，张炮台虽然说有些心胸狭窄，可是对她江北红还算是忠心耿耿的，帮着她打下了半个家业。其实，还有一件事，江北红也是清楚的，那就是张炮台一直喜欢着她。有好几次，江北红都帮张炮台张罗续个新媳妇，但是张炮台总是推脱说孩子还小，以后再作打算。

有一次，江北红和张炮台去二龙山开各山头的联络大会，回来的路上，两人在小酒馆喝了不少酒，借着酒劲，张炮台把自己的心里话都说了出来。江北红告诉张炮台，他们只能做兄妹，做一对好搭档，就是不能做夫妻。一番话说得张炮台泪流满面，从此再也没提过和江北红结为夫妻的事。

倒是张炮台的儿子张达与江北红的女儿天慈来往得十分要好，两个孩子一起接受江北红从哈尔滨请来的家庭教师的教育，每日先文后武，快乐地成长着。

但是，心胸狭窄的张炮台却在内心深处怨恨起了江北红，他暗自想：你江北红再能耐，也不能没有我张炮台。既然你江北红不能做我老婆，那我就得想法做老大！

江北红瞅瞅张炮台，态度稍稍平静了下来，问道：

“那你说咱们该怎么办？不能就这么等着黑狼上山吃了咱们吧？”

张炮台回答得很干脆：“把万江平交给黑狼，咱们就会免除一场血战，也让弟兄们能多活几天，这几年，弟兄们打打杀杀的，命也没少送！”

“那不行，这么不仗义的事，我江北红怎么能干得出来呢？咱这太阳寨，就是靠仗义二字立起来的！”江北红又有些急了。

“那就干吧，反正我们的命也没有万江平的值钱！”张炮台说完起身离去，临到门口又甩下了一句话：“大掌柜的，你看着办吧，如果你非要万江平当老大，我们弟兄可就下山另寻他路了！”

偌大的议事厅里，只剩下江北红一个人了。

刚才还闹哄哄的，现在一下子静了下来，让江北红突然感到了不自在。

就像一场暴风骤雨来临之前的片刻的宁静，宁静中孕育着巨大的狂风和暴雨。

江北红突然感觉到自己有些累了，如果师兄，也就是她的当家的不死得那么早，今儿来抗这些事的，也不会是她江北红了。

江北红不知不觉地流下了眼泪，她已经很多年没有流泪了。

在道上，她是大名鼎鼎的女当家的，走到哪里都有人让三分，可是没有人知道，她走到今天所付出的甘苦。

当年，江北红的师傅被朝廷逼迫，在驿马山落草为寇时，成了远近闻名的侠盗。那年夏天，师傅在一片花丛中，捡到了还不满周岁的江北红，他看孩子饿得奄奄一息，就把她带回山寨，派人悉心喂养。稍大时，师傅为她取名蒋红，又请先生教她识文断字，自己则传授她武功，等到蒋红十五六岁时，已经是一个武功超群，英姿飒爽的女侠了。

十七岁时，师傅就把她和自己的儿子，也就是蒋红的大师兄蒋天远的婚事给办了。

一年后，师傅和都统大人发生了冲突，被列入剿杀的名单，朝廷几次派人暗中捉拿师傅，都没能得手。后来，都统大人设计，让道上的另一名大盗出马，以商量盗取朝廷金库，散发给南方涌来的难民为由，设宴将师傅骗入城里。师傅被灌下迷药后，惨遭杀害。蒋天远为父报仇，要刺杀都统大人这个贪官，偏赶上都统那夜出去逛窑子，蒋天远一夜之间盗空了都统大人的家，后来被人出卖，也在当年死于非命。

身怀六甲的蒋红无奈，只能和几个常受蒋家周济的村民一路逃到了哈尔滨这个地界，在江北的太阳滩一带安营扎寨、劫富济贫。不久，蒋红得了一个千金，请教书先生为孩子取名天慈，意为天赐慈恩、万物生辉的意思。没几年的工夫，凭着仗义和一身好武功，蒋红就在江北一带闯出了名气，还干了几票大生意，在道上算是立住了根基。

早年的松花江北岸，是一片亘古的荒原，蒋红落脚此地后，将自己的山寨取名太阳寨，又将自己的江湖名号，定为江北红。

从此，江湖中多了一个仗义疏财、敢打敢拼的女豪杰，为乱世增添了一道靓丽的风景。

6

落日西沉。硕大的落日，给松花江披上了一袭猩红。

那点点的红晕，有几分沉重和黯淡。厚厚的白雪被这红晕浸染，使整个松花江有些深沉的醉意。

这条蛰伏在坚冰下的江流，在这乱世之中自然不会发出任何的声音，它只是默默地承受着四季的洗礼和那些奔波的脚步。

江北红独自一人坐在松花江边，后面是她苦心经营多年的太阳寨，松花江南岸是浮华人世，有享不尽的人间荣华。但是多年来，江北红习惯了山寨的生活，倒是她的女儿天慈，总是嚷嚷着要去哈尔滨买些小玩意，可每次都被江北红制止了。这些年，她把自己的女儿当成了唯一的宝贝，生怕有个闪失，对不住死去的丈夫。其实，打打杀杀多年，江北红又何尝不想有个可靠的男人帮帮她，但是知音难寻。

张炮台虽然能干，可心性狭隘，又善于算计，不是个可靠的人物。江北红就想找一个像万江平这样侠肝义胆、义薄云天的英雄。无数次不眠之夜，她都在自己的内心勾勒着英雄的形象，梦想着有朝一日，自己可以和这样的男人在一起打拼天下。

现在，她终于等到这一天了。

万江平被黑狼追杀而逃至她的地界，这江北方圆二百里，没有她江北红做不了主的事。这样的英雄，江北红怎么能让他擦肩而过呢？

待到天彻底黑下来，江北红回到了山寨。

万江平正在运气疗伤，看江北红进来，赶紧收住架势，客气地说："大掌柜的来了，这一整天都没见到您，是不是有什么事了？"

江北红很随意地说了声没事，伸手掀起万江平腿上的被子，检查伤口的愈合情况。伤口愈合得很快，江北红说："看来没什么大事儿了，这伤口都长了肉芽了！"

万江平说："是啊，多亏了大掌柜的照顾，这份恩情容我来日再报吧！"

江北红望着万江平说："万大掌柜的，眼下您也没有什么好的去处，就留在我这儿打理这太阳寨吧。您德高望重，就做我们的大掌柜的吧，我给您打打下手！"

听江北红这么一说，万江平霍地站了起来，但是腿伤又让他疼得哎哟一声，赶紧又坐了下来。

"这哪能行呢？我留下来当个普通的喽啰还行，当大掌柜的万万使不得！别因为我，冷了兄弟们的心，那可都是和您出生入死的人！"万江平认真地说。

"绺子上的头把交椅，自古都是能者居之。干大事的，哪来的那么多说道啊？我看就这么定了吧，眼下，这太阳寨还是我说了算！"江北红执拗地说。

"不行，要那样的话，我们爷俩就要离开这儿了！这份家业，是你们兄弟打下来的，我可不能坐享其成！"

万江平有些急了，他又站了起来，还吃力地走了两步，边走边说："大掌柜的，您非要让我做这把交椅，我只能拂了您的好意，就此离开太阳寨！"

江北红看拗他不过，只好作罢，转身拿药为万江平擦洗伤口换上新药。

此时，在张炮台那儿，一大帮土匪正在议论怎么对付万江平这个不速之客。

一个土匪激动地说："我们干脆冲进去，把那姓万的绑起来，扔到江南去得了！"

另一个土匪骂了一句蠢货，接着说："你不要命了，大掌柜的脾气咱们都知道，她最讨厌干这不仗义的事了！"

接着，大家你一言我一语，吵吵了半天也没弄出个头尾。

张炮台干咳了两声，显得有点不耐烦。几个弟兄看情况不妙，都溜了出去。张炮台身边只剩下一个管山寨后勤的粮台侍候着。

张炮台看人走得差不多了，招呼粮台凑近他跟前，吩咐了一阵，就自顾歇息了。

张炮台迷迷糊糊刚要睡着的时候，他的儿子张达跑了回来。他告诉张炮台，他今天新认识了一个大哥叫万千山，武功贼厉害，还教了他两招呢。

张炮台听了儿子的话，连眼睛也没睁，不耐烦地告诉张达，以后少和那个万千山瞎搭理，他不是咱这太阳寨的人。

张达似懂非懂地嗯了一声，钻进被窝做梦去了。

第二天，天刚蒙蒙亮，天慈就把万千山和张达拉在了一起，准备徒步过江，到哈尔滨去玩玩。

和天慈在一起的时候，张达并不情愿带上万千山，他只想学万千山的武艺，绝不能让万千山分享到天慈的感情，就是兄妹关系，也会让自己寝食难安。但张达拗不过天慈，又不敢把心里那点念头说给天慈听，万一天慈还没想到要和万千山发生恋爱关系，自己反倒给这个心地纯洁的小姑娘提了醒。张达左思右想，只能跟着他们，只要发现他们走得太近了，自己就在中间插上一杠子。

三人很快就来到江边，淘气的天慈先是在江面胡乱滑了一通冰，见万千山和张达不远不近地蹲在冰面上，一声也不言语，她滑过来蹲下央求两位哥哥，拉着她的胳膊一起滑过江去。万千山和张达拗不过她，只好由着她的性子，让她开心。

天慈也的确开心得不得了，嚷着要两个哥哥一辈子哄着她。

张达高兴地应允着，而万千山则深沉地说："天慈，照顾你一辈子的事，就得你张达哥了，我很快就会离开这里的！"

天慈不解地看看万千山，又看看张达，不知说什么好。

张达似乎若有所思，他转了转眼珠，对万千山说："我好像明白了，我爹容不下你和你爹万江平，昨天晚上，他还告诉我要离你远点呢！"

天慈噘起了嘴，很生气的样子。看天慈不高兴了，两人也就不说这个话题了，张达一路盘算着，到哈尔滨玩点什么能够开开眼界。

哈尔滨真是热闹，街道两旁店铺如林，有饭庄、绸缎铺、杂货店、扎裁铺……看得天慈眼花缭乱。天慈在一个泥人摊子边停下来，摸摸这个，弄弄那个，高兴得手舞足蹈。

在一处卖匕首的小摊前，万千山停下脚步，对天慈和张达说："弟弟、妹妹，我买两把好刀送给你们作为防身的家伙，也算留个纪念吧！"

万千山的话让天慈十分伤感，她拉住万千山的一只手，摇晃着说："千山哥，你别走，你走了我也走！不然，剩下我和张达就不好玩了！"

听了天慈的话，张达也拉过万千山的另一只手说："哥哥你放心，我和天慈会留住你，将来我们一起打天下！"

万千山苦笑了一下，掏出钱来买了两把镶嵌着红宝石的匕首，给天慈和张达每人一把，告诉他们这是个念想，以后他们要是想他了，就拿出刀来看看。接下来，万千山还故作潇洒地说："走，哥哥领你俩下馆子去，吃饱喝足了，再给天慈买点小玩意，咱好回太阳寨！”

天慈和张达闷闷不乐地跟在万千山的身后，街市十分热闹，兄妹三人却再无心玩耍。张达倒是有些希望万千山离开太阳寨，这样就没人跟他抢天慈了。张达知道，自打万千山一来，自己就逊色了不少，天慈也一天到晚地跟着万千山转来转去，让他看着十分生气。

在老东北酒馆里，万千山为天慈和张达点了两个好菜，自己则要了一壶小烧，有滋有味地喝起来。

张达也要喝点，万千山笑了，说：“行啊，今儿咱哥俩整点，好好交交心。”

万千山又和小二要了一个酒杯，给张达倒了一杯，两人砰地碰了一下，然后一饮而尽。没到个把钟头的工夫，哥俩已经喝了足足一斤半的小烧。万千山还好，虽然微微有些醉意，但是还很清醒，脚步也依然扎实。张达则不一样了，他喝得太多了。

张达趁着酒劲，指着万千山说：“万千山，你是个少年英雄，我啥也不是，但是你不能抢我的媳妇，天慈是我的。你要敢抢，我就和你拼命！”

万千山拍了拍张达的肩膀说：“老弟你喝多了，大哥不会抢你的女人，我只拿天慈当妹妹！”

张达稀里糊涂地又说了些什么，也听不清，说完趴在桌子上睡着了。

天慈看张达醉成这个样子，急得哭了起来，万千山赶紧劝慰说：“好妹妹别害怕，男人喝醉酒算不了什么的，一会儿醒酒就好了。”

这时候，从外面进来三个纨绔青年，带着几个打手，摇摇摆摆地在酒馆中乱晃一气。

酒馆老板见此三人走了进来，赶紧赔着笑脸迎了过去："哎哟，这不是刘大少爷吗，赶紧楼上包间请！"

那个为首的刘大少爷也不言语，刚要上楼，一眼看见坐在那里抹眼泪的天慈就凑了过来，一把将睡得迷迷糊糊的张达推倒在地，坐在了天慈身边。

"哎哟，看把这小美人哭的，这个可怜，告诉哥哥，谁欺负你了，哥给你出气！"

说着，这个刘大少爷就伸手去摸天慈的脸。天慈生性刚烈，哪受过这样的羞辱，啪地就给刘大少爷一记耳光。另外几个一看自己的老大吃了亏，呼地扑了上来，一场恶仗就在眼前。

万千山一见这阵势，知道是碰见了混混，对于这些人，他见得多了。这两年和父亲打打杀杀、走南闯北的，自然就懂得多一些。他赶紧鞠躬施礼，赔笑道：

"几位大爷，我家小妹有眼不识泰山，冒犯了大爷，还请多包涵，日后小弟一定登门谢罪！"

"去你娘的，还登门谢罪，你配吗？让哥几个把这小妞带回去玩玩，就算了事！"

万千山说："光天化日，抢男霸女可不是好事！"

刘大少爷啪地给了万千山一记耳光，万千山的火窜了上来，但是他想起了父亲教过他的一句话：遇事能忍最为高。于是，他又赔着笑脸道：

"众位大爷，我们赔点钱，你们就放我们一马吧！"

"钱？大爷我有的是钱！"刘大少爷边说边抓住天慈的手，抬脚就往外拉。

天慈再也控制不住自己的情绪，她双目圆睁，杀气毕现，顺势揪住刘大少爷的手，轻轻一拉，再来一记清风脚，毫不费力地就将刘大少爷踢翻在地。

看天慈动了手，万千山也不再客气，他从腰间解下玉龙鞭，三下五除二就将几个人打得皮开肉绽。

天慈看了看在地上打滚的刘家大少爷，抽出自己的牛角尖刀，在他的脸上刻下了一道又深又长的记号。然后又把几个人用绳子拴在一起，绑在老东北酒馆的门口示众。天慈还不解恨，又照着几个人的屁股狠狠地踢了十来脚之后，才和万千山一起拖着张达向江边跑去。

快到江边的时候，张达清醒了，问刚才发生了什么事？万千山打趣地告诉他，刚才和天慈一起打了几只山猫，张达懊悔不已地说，怎么没叫我一声呢，我最爱打山猫了。

几个少年兴高采烈地回到了太阳寨，只是不知道，这一仗打出了一个一辈子的冤家，埋下了无穷的后患。

7

万千山和天慈刚才痛打的不是别人，正是刘凤督队的大公子刘金贵。

这刘凤在清廷专门负责打击土匪一职，近几年他带领几队人马打击了好几个山头，各路绺子都对他恨之入骨。那恶匪黑狼就是勾结他，才血洗了万江平的山头。只是，几个年幼的孩子都不知道，这刘大少爷就是刘凤的儿子，要是让万千山知道了，还不就地将这刘金贵碎尸万段？

刘金贵被几个少年痛打的消息，在小小的哈尔滨不胫而走。等刘金贵在众人的搀扶下跑回位于马家沟的刘家宅院时，简直气炸了刘凤的肺。他骂了儿子一句没用的东西后，就吩咐手下，调查这几个小刁民是哪来的，抓住后一定要狠狠地收拾。

当然，这刘凤也不知道，痛打他那宝贝儿子的少年，就是万江平的儿子。

刘家的宅院虽然不是很大，但也够气派，中间是正房，正房后面是卧房，正房的门上横一匾额，上书四个大字：精忠报国。两边各有一栋厢房，分别住着仆人和执事。刘凤坐在正房的火炉旁，一边烤火一边懊恼地差人去找黑狼。

这时，刘凤的小妾摇摆着屁股走了过来，趴在刘凤的背上，嗲声嗲气地问怎么了，刘凤正是烦心的时候，他一把推开小妾连喊了两声滚蛋。小妾看自己吃了一鼻子灰，酸溜溜地回到房里，摆弄首饰去了。

刘凤的这个小妾是黑狼送给他的礼物。

刘凤痴迷女色，被黑狼看穿了心思，于是将刚刚从秦家岗掠来的这个黄花姑娘，送给了他。开始这个姑娘宁死不从，可是她架不住刘凤的拳打脚踢，又见刘凤差人送了些银两给她爹娘，姑娘没办法也就只好从了。后来刘凤赐了她一个名字，叫满喜儿。姑娘也不在乎，任凭刘凤怎么称呼她都行。

被一顿痛打的刘金贵，正躺在床上大喊大叫，弄得丫鬟们都束手无策。

不一会儿，黑狼就赶到了刘宅。他其实早已经到了哈尔滨，正在刘凤安排的一处住所里养伤，他的几十号兄弟也正火速赶往哈尔滨，准备与刘凤的清兵会合，一起去剿杀太阳寨。

黑狼进了上房，深施一礼，刘凤挥挥手，不耐烦地说："你就别客套了，快坐下吧。"满喜儿过来给他们上完了茶，又被刘凤赶了出去。黑狼突然发现满喜儿出落得有模样了，目光都快把她的衣裳划开了。满喜儿走到门口，回头狠狠地瞪了黑狼一眼，开门出去了。黑狼落座，从口袋里抽出手，在向刘凤打听大公子被打的情况时，还不经意地在他的茶杯上方弹了下指甲，然后把茶杯端给刘凤。刘凤喝了口茶，把儿子被打的事情简单地说了一遍，又招呼刘金贵的狐朋狗友们，过来给黑狼仔细地描绘了一遍打人者的相貌。当他们描述其中一个打人者手使软鞭时，黑狼的眼睛一亮，说："莫不是那万江平的儿子万千山?"刘凤也猛地直起腰说："依照描述倒有几分相像。"他不禁嘀咕，当日没有宰了万家父子，真是……

还没等刘凤说完，黑狼单腿给刘凤跪下，并许诺三日内一定将万家父子捉来，让刘凤斩首示众。刘凤困了，上下眼皮直往一起粘，他打了个哈欠，又起身伸了个懒腰，一下子把自己摔到床上，告诉黑狼出去时把门带好。

黑狼在屋子里站了一下，问刘凤是不是觉得身子骨有点虚，还要不要再给他弄点大力丸，刘凤撩了一下眼皮，说那就看你的了，然后示意黑狼下去，再听召唤。

黑狼出了刘凤的屋子，回身轻轻地把门带严，走到走廊尽头，向南一拐，拔出怀里的刀子，伸手推开了满喜儿的屋子。

满喜儿在刘凤那里没得到好脸子，还被赶了出来，正有一肚子的怨气，见到黑狼，不禁骂道："是你这个犊子啊，你把老娘抢来给人了，老娘还没跟你算钱，咋的，今儿结账来了?"

黑狼冷笑了一声，说："吃香喝辣玩新鲜的，我是让你到这来享受来了，还没收你的钱呢!"

满喜儿从床边站起来了，说："咋的，你还想让我给你磕头谢恩哪?"

黑狼呼地一下扬起了刀，说："谢恩就不用了，大爷今天要用用你的身子!"

满喜儿想喊，黑狼把刀贴在她的胸口上说："奶奶的，想见见血从腔子里喷出来是啥样子，你就喊!"

满喜儿浑身发抖了，吭吭哧哧地说：“我、我是怕姓刘的推、推门进来。”

黑狼说：“他喝了我的药末子，两个时辰别想睁开眼睛了！”

没想到，满喜儿一把推开了黑狼，说：“那我还怕啥?!”说着，把自己脱了个精光。

黑狼愣了一下，然后恶虎一样扑了过去。

好像把整个下半辈子都丢在了满喜儿的身上，黑狼爬起来时，有点眼晕。他穿好衣服，没走到门口又折回来，打开满喜儿的首饰盒，从里面选出两样值钱的，塞入怀里就走。

满喜儿看着这一切，惊得目瞪口呆，半天才想起叫喊：“你真他妈是胡子啊！”

黑狼离开了刘宅，没有回到自己的住处，而是去了东来顺饭店。这是一家在哈尔滨十分有名的老字号，掌柜的是山东人，据说已经干了几十年的光景了，生意一直很好。黑狼走进大厅，又拐到楼梯口，顺着楼梯直接上了二楼的包间。

包间里一个人面朝里，背向门口，听到有人进来也不回头，用低沉而又沙哑的嗓音说：

“兄弟，你怎么才来，再晚一会儿我就走了。”

黑狼拉上包房的帘子，坐在哑嗓子的身边说：“兄弟对不住了，刚才刘凤督队家的大公子被人打了，说是被一个少年用鞭子抽的，我猜是不是万江平的儿子万千山干的?”

“不是他还能有谁？今儿他带着江北红的闺女进城了。”哑嗓子说。

“这么说真是这个小混蛋。”黑狼说道。

“兄弟，那你就老账新账和他们万家一起算吧！三天内，我把万家父子交给你，保证不让你浪费一兵一卒。但有一条，以后咱们井水河水两不犯，我要做太阳寨的老大!”说完，哑嗓子起身离开了包间，压低了帽檐走出了东来顺。

等万千山和天慈以及醉醺醺的张达回到太阳寨的时候，已经是午后十分。

万千山和他俩告别之后，直接回到房里。万江平见儿子回来，赶紧问去哪了，万千山敷衍了两句，说是和天慈他们去江上玩冰尜去了。

万江平也没多问。他示意儿子坐在他身边，小声地说：“千山，爹总感觉这太阳寨里藏着杀机，咱爷俩得小心点!”

万千山疑惑地问杀机是来自江北红大掌柜的吗?

万江平摇了摇头，告诉儿子小心张炮台，也许就这一两天，这家伙就会有行动。

说完，万江平从内兜里掏出一包药粉，告诉千山要是明天大宴咱爷俩的话，吃饭之前一定要把这药喝下去。然后，他又详细地和千山耳语了一阵。

万千山听完父亲的话不禁一愣，但他马上又恢复了镇定。

8

当晨光毫不吝啬地照亮整个太阳寨的时候，张炮台派小崽子来请万江平和他的儿子一起去议事厅。

收拾妥当，万江平带着儿子，由一个小崽子带路，左转右转地来到了议事厅。

大厅里，张炮台带领各大小头目都已落座，江北红今天打扮得格外精神，对襟艳红棉袄，裹腿的灰蓝布棉裤，腰间扎了一条宽口皮带，中间是明晃晃的黄铜带扣，看起来十分的威武。

张炮台看万家父子进来赶紧起身，堆着笑脸相迎，其他人也纷纷拱手抱拳表示欢迎。

万江平被安排在上座，万千山站在他身后，江北红坐在他的次首，然后是张炮台。

大家落座寒暄之后，张炮台起身说话："众位兄弟，今儿是我们太阳寨的一个好日子，咱们大掌柜的提议，请万江平万大掌柜的做咱太阳寨的大掌柜的。这是个好事啊！在咱道上谁不知道万大掌柜的是个豪杰，今儿能走进咱这小寨，也是咱的荣幸不是？咱这些年打下这片家业不容易，各个绺子现在是你争我夺，说不定谁就把谁给吞了。万大掌柜的这一来，咱这力量就大增了，也是大长咱太阳寨威风的好时机。今儿咱兄弟们就正式请万大掌柜的做咱的大当家的，大伙说好不好？"

张炮台慷慨激昂地说完，各大小土匪连连叫好，表示同意。

就在张炮台说话的工夫，万江平几次想站起来回绝，都被江北红制止了。

对于张炮台的这个举动，江北红还是有几分感动的，留下万家父子，不仅能使太阳寨的实力大增，也能把自己心目中的英雄留在身边。

江北红毕竟是个女人，打打杀杀的强悍的外表背后，也有女人的万般柔情，这些年她一个人披风沥雨，没有男人的呵护和关怀，生命里少了几分色彩。但是，江北红又不是个随便的人，她要找一个真正的男人，也就是那种铁骨铮铮的真汉子。在她的眼里，万江平绝对是理想的对象。所以，昨天夜里张炮台急着见江北红，说支持她的主意，同意请万江平做太阳寨的大掌柜时，江北红先是一愣，然后又高兴地大声叫好，还夸张炮台能够识大体，心胸浩瀚，将来一定能干更大的事。

众人七手八脚地将万江平推到神龛面前，为他点着了十九炷香。江北红就站在万江平的身边，她将香递给万江平，示意他前三、后四、左五、右六、中一，让他一一地上香。

万江平却没有接，急得江北红直朝他瞪眼睛。

万江平面对大伙抱拳拱手说道：

“众位兄弟，我万江平是个逃难之人，来太阳寨避难，已经给大伙添了不少的麻烦，江某已经感激不尽！如今，让我做这里的老大，我实难从命，如果众位真想把我们万家父子留下，那我们就做个普通的小崽子吧，我们心里也安生点！”

张炮台还没等万江平的话说完就急了：

“那可不行，咱大掌柜的慧眼识珠，认定了你江大英雄，我们这些做兄弟的怎能有眼不识泰山呢？今儿您做咱大当家的，我们这些兄弟鞍前马后侍候着，我们一起打地盘、抢地主，您不会是胆怯了吧？”

张炮台的话听起来有些带刺，但是又让人说不出什么。大厅里一片嗡嗡之声，江北红示意大家安静下来，她清了清嗓子，对万江平说：

“万大掌柜，今儿兄弟们都请你做咱太阳寨的大当家的，我看你就应了吧，我和炮台一起做你的手下。我们都相信你能使太阳寨大展宏图、如日中天！”

江北红的眼里充满了期盼，手中的香冒着一缕缕青烟，这青烟由淡渐浓，不一会儿整个议事厅就笼罩在一片朦胧之中。

江北平还要推脱，但又拗不过大伙的央求，只好皱着眉头答应了，但是他只同意做半年的时间，等把黑狼收拾了，自己就带着儿子另寻出路。

大伙也不好再说什么，赶紧举行仪式，不到一个钟头的工夫，仪式就举行完毕。

张炮台吩咐粮台，赶紧去准备酒宴，中午要大醉一场。

万江平成了太阳寨的大掌柜的，江北红的眼里流露出了幸福的光芒。

她的心就像一片经历了久旱的大地，终于要迎来一场酣畅淋漓的大雨。但是江北红不知道，她要抵达的幸福彼岸，到底还有多遥远。

时间接近正午，太阳已经升得老高。冰封的松花江像一条沉睡的巨龙，冰上坚硬的鳞片状花纹，与阳光交相辉映，熠熠生辉。江心岛上，几只野兔正嬉戏奔跑，在雪地上留下了一行行欢快的脚印。

可是，一队人马惊了歌唱的飞鸟和玩耍的野兔。这一队人马悄悄地过江，潜伏在树林之中。太阳寨的一个哨子看到这队人马过得江来，赶紧跑回山寨，悄悄地报告了张炮台。

大厅里，酒菜上桌，香气四溢，粮台报告，酒宴准备完毕！

张炮台躬身请万江平和江北红上座，自己紧挨着江北红坐在第三把椅子上。

小崽子给各位一一倒上酒，为了表示对新当家的敬意，张炮台自行先干了一大碗，接着众土匪也纷纷把酒干了。江北红今儿也格外地高兴，不一会儿三大碗酒下肚，两颊绯红，双目含情地看着万江平。

这一切都被张炮台看在眼里，自然是十分不快，但是张炮台还是笑意盈盈，只是心中那嫉妒的火焰，已经熊熊地燃烧起来。

万江平的酒量自不必说，虽说身上有伤，但喝个十碗二十碗的也不在话下。张炮台带领弟兄们轮番给新当家的敬酒，让万江平应接不暇。万江平也不推辞，来者不拒，一碗一碗地豪饮起来。

约莫喝了一个时辰左右，江北红就先醉倒在桌前，昏睡过去。张炮台赶紧吩咐小崽子将她送回卧房，好好歇息。趁着张炮台起身去茅房的工夫，万江平把儿子万千山叫到跟前，耳语了几句，等张炮台回来又与他对饮起来。

此时看起来热烈的场面，却已经是刀光剑影。

万江平与张炮台又连干了三杯，还没等放下酒碗，万江平就一头扎在桌子上呼呼大睡起来。张炮台使劲地摇了摇他的肩膀，又喊了几声大掌柜的，见万江平没有丝毫反应，露出了一丝狰狞的笑意。

张炮台赶紧吩咐小崽子，将万江平五花大绑送到地牢里，派两个小崽子把守，又让水香派人去通知黑狼及刘凤督队，就说已将万江平和江北红两个匪首拿下，让他们赶紧来山上将人押走。

9

原来，在东来顺酒店和黑狼密谋的人正是张炮台。

一切安排妥当，张炮台美滋滋地坐在虎皮椅上，体验起做大掌柜的的感觉来了。

这把椅子他已经惦记了好几年，就是没有一个合适的机会，现在时机成熟，也该是他张炮台做老大的时候了。其实，暗地里张炮台已经苦心经营了两三年，在这两三年里张炮台拉拢兄弟，将太阳寨里的几个大小土匪头目都变成了自己人。属于江北红的人也就剩下她从驿马山带出来的十来个兄弟。他们都被张炮台表面重用，但实际已经将他们排斥在权力的核心之外。这一点江北红也有所发现，只是没想到张炮台野心会这么大，江北红原以为张炮台只是心胸狭隘，容不下别人，搞点权力斗争，怎么也不会对她下手。

可是江北红错了，张炮台已经渐渐地将她掏空，直到今天羽翼丰满，终于对她下手了。

地牢里，被五花大绑的万江平旁边是依然沉醉不醒的江北红。从美人识英雄到太阳寨焚香易主，又从举酒相庆到阴暗的大牢，似乎只是几个时辰的时间，但与此相关的所有人的命运，都有了一个根本的改变。

张炮台设计的地牢里不见天日，就连寻常监所里那个小小的窗口也没有。不知在什么地方，亮着一盏油灯，晃动的光影从栅栏门外透过来，让人产生浑浑噩噩的感觉。静，这个被石头封闭着的世界，就像早已死透了一样。

万江平是清醒的，而江北红还陶醉在英雄美人的美梦之中。这个善良的女响马，怎么也不会想到，就在此时此刻，一场血雨腥风已经到来了。

张炮台派出的哨子已经将黑狼一伙引进山寨，进寨后他马上吩咐自己的人，先占领关押万江平和江北红的地牢。

地牢里的万江平看着仍然昏睡不醒的江北红，眼里流下两行热泪。为了万家父子，这个昔日叱咤风云的女英雄，竟落到这般田地，旧恨新仇不报，这叫他万江平怎么能闭上眼睛?

没一会儿，吵吵嚷嚷地进来五个人，有一个是张炮台的手下，另外四个流里流气的人，万江平不认识。他们七手八脚地将万江平和江北红装进了麻袋，并扎紧了麻袋口。麻袋里的万江平听到一声低沉的惨叫，有人被打倒在地，接着被拖了出去。

与此同时，高居于虎皮椅里的张炮台见黑狼到来，赶紧起身相迎。

黑狼抱拳道："祝贺你啊，张炮台，交出了姓万的和江北红，你就成了这太阳寨的大掌柜的！我和刘凤督队言而有信，还真不忍心剿灭你这家大业大的太阳寨！"

张炮台赶紧道谢，然后带着黑狼向地牢奔去。

黑狼边走边想："万江平，这就叫老天有眼哪！今儿狼爷我可以报这血海深仇了，看我怎么收拾你！”

张炮台走在黑狼的身边，他似乎感到了杀气。对于黑狼，他是不能完全相信的，这个人不仅心狠手辣，还是个见财起意的主儿，他一旦瞄上了太阳寨这份家业，凭自己这点能耐是对付不了他的。想到这里，张炮台不禁仔细地研究了一下黑狼刚才的那番话，不忍剿灭是什么意思？难道他已经对自己这份家业动上了心思？一旦把万江平交到他手上，他突然翻脸无情怎么办？张炮台越想心里越没底，他缓了一下脚步，低声吩咐跟在后面的一个喽啰，赶紧串联弟兄们全神戒备，一旦情况有变，就和黑狼拼个你死我活。喽啰转身去了，张炮台紧走几步赶上了黑狼。

黑狼脸色铁青，似乎根本就没把张炮台放在眼里，他仍旧在自言自语：

“万江平，我要先割了你的命根，再将你五马分尸，把你那狗头挂起来示众！”

张炮台有点头皮发麻，他把手搭在了腰间的手枪上，嘴里却说：

“哈哈，人在咱们手里，怎么处置，还不是你说了算吗？”

黑狼没说什么，脸上的肌肉似笑非笑地抽动了一下。

进了地牢，心烦意乱的张炮台并没发现牢门口站着的都是些什么人。黑狼看见麻袋里装着的两个人还在里面挣扎，不禁心花怒放起来。他转身看看张炮台说：

“张大掌柜的，你立了一大功，能让我报这深仇，我该怎么感谢你呢？”

张炮台说：“都是自家兄弟，还客气什么，把人带走就是了。”

黑狼狞笑了一下，还没等张炮台反应过来，黑狼已经将枪口对准了他。接着吩咐自己的人，下了张炮台几个手下的枪。

张炮台浑身的血液唰的一下凉了下去，他知道自己担心的事情果然发生了。大脑空白了一刹那，张炮台赔着笑脸让黑狼把枪拿开，说："枪这玩意可不是闹着玩的。"

黑狼说："谁他们在和你闹着玩，你这个蠢货，真以为我会让你做太阳寨的老大？今儿我先灭了你这个吃里爬外的货！"

说完，黑狼一枪就打爆了张炮台的头，刚刚还沉浸在做大掌柜的的美梦中的张炮台，就地一命呜呼了。

黑狼一脚踢开张炮台的尸首，吩咐人将"万江平"和"江北红"押出大牢，带回官府交差。可就在他们刚刚走到地牢门口的时候，一抬头看见高处站着几个人，正中间正是万江平，旁边是江北红。黑狼不禁倒吸了一口凉气，赶紧打开麻袋，一看是自己的两个手下，不禁哎呀一声，心说这下完了！

万江平站在牢门口微微一笑对黑狼说：

"黑狼，今儿是你和我做个了断的日子！"

"姓万的，我现在是朝廷的人，你动我一根毫毛，都得拿命来偿！"黑狼说。

"黑狼你勾结张炮台，瓦解我太阳寨，我江北红能饶了你？今儿这土牢就是你的葬身之地！"

江北红怒目而视，接着说："地牢里的兄弟听着，不论你们是黑狼的人还是太阳寨的人，我都不想把你们也炸死在这里，我们只跟黑狼一个人算账！想活命的，就自己出来！"

听江北红这么说，进入地牢里的土匪开始往出走，先是太阳寨的，然后是松花山的。黑狼看见自己的人也在生死面前选择了背叛，气得张牙舞爪，伸手拔出了盒子枪，可是还没等他开枪，就被万千山的一记长鞭把枪打落在地。

等地牢里的土匪都走了出来，只剩下黑狼一个人的时候，万千山迎着他走去。

万千山的这一举动，连万江平和江北红也没想到，他们想要阻拦已经来不及了。

万千山收起手里的长鞭，站在了黑狼的面前。

“黑狼，你杀我娘，又剿了我香炉山，我要亲手宰了你报仇!”万千山说。

“哈哈，就凭你？乳臭未干的毛孩子，来吧，干掉你老子又赚一个!”说着，黑狼拉开了架势。

万千山抖了抖自己的玉龙鞭，三步并作两步，与黑狼交战在一起。过了二十来个回合，两人还没有分出胜负。江北红有点急了，她看了看万江平，意思是用不用伸手帮一下，万江平摇了摇头，胸有成竹地继续观战。

万千山不过是个十五六岁的孩子，却有一身如此了得的武功，真是个少年英雄。在一旁观战的天慈暗暗佩服起万千山来。比起张达，万千山不仅武功好，更多了几分豪气和英雄特有的侠骨柔肠。

在天慈看来，万千山和万江平一样，都是这乱世中的英雄，是值得依靠的男人。就在这一刻，天慈真的喜欢上了万千山。

万千山和黑狼继续交战，但黑狼已经明显地处于下风。万千山越战越勇，几招便把黑狼逼到了角落里，万千山在黑狼的身上耍起了神鞭。不一会儿的工夫，黑狼就被万千山的玉龙鞭抽得皮开肉绽。

黑狼已经奄奄一息了，从前他只知道万千山学了一身武功，但没想到这么厉害。他斜身靠在土墙上，身上流出了几条血溪，这些血溪又汇流到一起，北风一吹，凝固成黑乎乎的硬甲，把黑狼包裹在里面。

万千山不再继续鞭打黑狼，他收起鞭子，走到黑狼面前，俯身查看黑狼是否已经断气。就在万千山俯身下去的瞬间，黑狼唰地睁开眼睛，迅速地从裤腿里掏出一把牛角尖刀，朝万千山刺来。

在这千钧一发之际，万千山猛地侧身，用一只手抓住黑狼拿刀的手腕，又用力地钩了回来，照着黑狼的胸口就是一刀，黑狼终于毙命在太阳寨。

这一切对于江北红来说，有些突然还有些发蒙。因为她在酒宴上喝了张炮台下过蒙汗药的酒，睡梦中被五花大绑地扔进了地牢里，等他醒来的时候，已经被万千山救出了地牢。

原来，万江平早就料到张炮台会对他们下毒手，也猜到张炮台会利用酒宴做手脚，将他们迷倒之后交给官府，于是事先做了准备。他在与张炮台喝酒之前自己先吃下了解药，又将计就计地被张炮台的人绑了扔进地牢。

这时，万千山已按照父亲的吩咐混进了地牢，他在暗中看到进来的五个人把父亲和江北红装进了麻袋，也认出了其中一个是张炮台的手下，另外四个肯定是外鬼，但他没想到的是，四个外鬼竟然杀了张炮台的手下。就在两个外鬼把死尸拖出地牢，扔进走廊的一口破箱子时，万千山出手结果了他们，又返回地牢，把另外两个外鬼打昏，捆上手脚，堵好嘴巴，换出了麻袋里的万江平和江北红。直到万家父子把江北红抬到天慈的屋子里，天慈才知道寨子发生了什么事。万江平如此周密细致的安排让江北红佩服得五体投地，她更加崇拜自己心目中的这个英雄。

一场浩劫就这样过去，如果哪个环节稍有疏漏就会酿成大祸。万江平的胆识和谋略、万千山的勇猛，给太阳寨、给江北红和她的女儿，带来了新的希望。

江北红将众土匪又召集到议事厅，只是此时土匪的数量又增加了不少。增加的这一部分人，就是黑狼带来的松花山绺子队。这些人见江北红如此仗义，万江平也是难得一见的英雄豪杰，就说什么也不走了，非要留下来和他们一起干。

江北红和万江平也只好应允了。

江北红派人厚葬了张炮台，不管怎么说，他也为太阳寨干了不少事，虽然做了罪不可赦的错事，但人已经死了，也就不再追究。江北红的仗义，让原来被张炮台蛊惑的土匪们羞愧不已，他们下定决心，以后要好好地跟着大掌柜的。

一切都安排妥当之后，江北红吩咐粮台摆下酒宴庆功，这回江北红真要痛痛快快地大醉一场。酒宴摆好之后，大家纷纷落座，这工夫天慈才发现，一直没见到张达，江北红一听也担心起来。

万千山说昨天早上他在江边练武的时候，看见张达被两个张炮台的手下给送过了江，去了哈尔滨。万千山问他干什么去，他说他爹让人带他去瞧病，说是昨天下晚闹了一宿的肚子。万江平听万千山这么一说就明白了，他告诉江北红和天慈不要担心，张炮台一准是怕打起来牵连他儿子，把张达送走了。

江北红感叹了一声说，张达这孩子忠厚仁义，这一走不知道哪年还能再见到他，天慈也说张达是个好哥哥，从小就宠着她。

张达确实是被他爹张炮台送走了。

张炮台把一切计划妥当之后，就差人将儿子送到了吉林他姥姥家去了。但是张达不知道张炮台要干什么，只是觉得怪怪的，也不敢多问，也没顾得上和天慈、千山告别就去了吉林。

人生即是如此，生活的洪流总是推着你不断地往前走，不知道哪里会有波折，也不知道哪里是命运的岔路口。人不能选择自己的命运，但是可以不停地与它抗争，万江平是这样，江北红也是这样。而这三个少年：万千山、蒋天慈和去了吉林的张达，也是这样，他们行走于这乱世的风雨之中，努力地寻找命运的彼岸。

10

黑狼被万千山打死在太阳寨的消息不胫而走。

万千山一时间竟成了民间的传奇人物，说这个少年英雄如何神勇、如何神通、如何如何的神灵附体，故事竟然出现了十多个版本，就连傅家店艺馆里说书的先生，也把这件事编成了评书，引来听众的一阵阵叫好声。

太阳寨添人进口，一时间事务繁杂，万江平和江北红忙得不可开交。万千山要去香炉山的断崖下祭奠一下母亲，天慈征得了江北红的同意，和万千山一起上了路。

两个人打扮一番，大清早就过了江，他们要在集市上买些祭品和饮食。

天气很好，街市上大多是些卖早点的小摊子，天慈选了个干净的油条摊子，招呼万千山坐下来。摊主是个三十几岁的大嫂，胖乎乎的，满面春风，说起话来更是响金鸣玉，她先和万千山打了个招呼，此刻的万千山心里只有惨死在黑狼手下的母亲，只是冲老板娘点了下头。老板娘回身又夸起了天慈，说：

“哟，你看我们这妹子长的，容貌出众、体态大方，不是个公主，也是个格格了！难不成是北京下来的贵客？有您这二位光顾，今儿我这摊子，可是要大发利市了！”

天慈看了万千山一眼，知道他心里压抑，也不想和老板娘逗着玩，就说：

“给我们来两碗浆子、六根油条，要炸得酥脆点儿！”

老板娘答应一声，回身冲摊子里面的男人喊：“六根油条啊，多花点心思，客大爷是名达显贵，咬一口要金崩玉散、四海飘香！"

万千山用一只手托着额头，也不出声，天慈笑着对老板娘说：

"您可真能忽悠，我们算什么明达显贵啊？"

老板娘端上两碗热腾腾的浆子，放到万千山和天慈的面前，然后在天慈的身边伏下身来，又看万千山一眼，声音不大不小地说：

"是不是惹人家生气了？男人哪，就是长不大的孩子，你得连拍带哄！"

天慈明白，老板娘为了做好生意，是要逗万千山开心，于是也瞅了万千山一眼，大声地说：

"谁敢惹人家呀，回头让他咬一口，不疼不痒的，也烂你锅盖大一个窟窿！"

万千山果然扑哧一声笑了，善意地看了老板娘一眼，问：

"大嫂，除了绷在墙上的驴皮，什么能不疼不痒就烂锅盖那么大的窟窿？"

天慈在万千山的胳膊上拍了一掌，笑道：

"你还真会骂人啊？"

老板娘开心了，又端上两样小咸菜，喜洋洋地说：

"好了好了，这不就和好如初了？两个人凑到一铺炕上多不容易，我就看不得小两口怄气！都饱饱地吃着，完了去傅家店艺馆听回评书，今儿个说的可是小英雄万千山，听完了保证你们小两口这辈子都遇不上连雨天！"

天慈看看万千山，万千山也看看天慈，都笑了一下，脸红得和下喜帖的纸一样。

吃过了早点，万千山和天慈买好了应用物品，看看东西还真不少，这么远的路，两个人有些不好带，万千山就跑到牲畜市场买了头驴，刚把东西分开捆好搭在驴背上，就看见一群孩子边跑边唱地过来了。

浑身胆，一根鞭，
小爷就是万千山。
杀黑狼，斩凶顽，
英雄自古出少年！

天慈低声地对万千山说：

“你名气大了！”

万千山皱了下眉头，说：

“也不知道是好事还是坏事，我愿意过平静的日子。”

天慈也悠悠地说：

“什么时候才能过上平静的日子呢？”

这日，闲来无事的刘凤督队的儿子刘金贵刚刚把伤养得差不多了，想出去透透气，刚走到门口就被他爹刘凤喝住：

“你这败家子，整天就知道闲逛，又要去哪里鬼混？”

“爹，我去李掌柜家找李瘦猴子玩去，您放心吧，我一会儿就回来。”刘金贵说完，也不等他爹吱声，撒腿就跑。

这李瘦猴子是哈尔滨有名的李家烧锅李掌柜的儿子，大名李通，他爹给他起这个名儿，意为财运亨通的意思。李家的生意做得很大，李掌柜在哈尔滨也是有头面的人物。李家还有一女，名叫李念，在北京女子中学读书，很少回来。

这李通因为家境好，又是家中独子，他爹自然娇惯、溺爱，以至于他从小好吃懒做、不学无术，十几岁就进赌场、逛窑子。他爹也拿他没办法，心想，只要这孩子不惹出大事来，也就任凭他闹去吧，无非是花几个小钱儿，也是无所谓的事。

这刘金贵和李通是在妓院里认识的，两人臭味相投，相交甚好。这两个家伙在一起没少干坏事，也欺负了不少良家少女，可是，这些受害人谁也不敢言语，他们两家一个有权，一个有钱，老百姓是惹不起的。

李家的宅院十分阔气，比刘家的宅子是有过之而无不及。整个院落是三进四合院。每进中间以花墙分隔，都是三三制组合，每进正房、厢房、门房各三间。正房是坐北朝南的走向，青砖结构，双坡硬山，屋顶有脊兽一对。下建前檐走廊，朱红色的明柱，上嵌木质喜字形花纹。明柱之间悬挂着火红的纱灯，灯下石鼓做工精细。正房前檐的窗下，镶嵌着一溜栩栩如生的青黑色砖雕，绿漆的雕花格子门窗，都是新涂的油彩。二进院的正中，在大理石的围栏里长着一棵古榆，老树盘根错节，形态苍劲，给这个院落增添了几分生机。垂花门旁都贴着烫金的福字。其余厢房均为木质结构，面向东西，单坡瓦顶。一丈多高的青砖围墙，将李家大院围了个严严实实。

李家正门朝南，朱漆的门框内两扇黑漆大门，门上镶着青铜的门环拉手，门前是大理石台阶，左右有拴马桩。

李家的烧锅就建在路南，占地近200亩，长短工共有30余人。李掌柜是个十足的吝啬鬼，想方设法克扣工人工资，工人们整月白干，也是常有的事。

刘金贵手拍青铜门环，敲开了李家的大门，看门的老头子一看是刘大公子，赶紧赔着笑脸请他进去。

刘金贵也不客气，进了院子直接去了李通的房间，还没等到门口就喊：

“瘦猴、瘦猴，你哥哥我来了！”

李通在屋子里正闷得发慌，突然听见刘金贵的声音，赶紧跑出来，两个狐朋狗友多日未见，一下子抱在一起。

李通拍着刘金贵的肩膀说：

“哥哥，你的伤没事了吧？等有机会，咱一定收拾那个万千山！”

“收拾他万家是迟早的事，我爹早有打算，咱就别管那个了！”

“今儿咱哥俩去哪玩啊？”李通问刘金贵。

“咱去听书吧，这些日子把我闷死了。”刘金贵拉着李通就走。

李通说：“你等等我，我回屋去拿点钱！”

刘金贵喊住了李通说：“得了吧兄弟，那天你也为我挨了顿万千山的鞭子，今儿哥哥请客。”

两人出了李宅，拦了一辆人力车，径直奔书馆去了。两人到了书馆，下了车，也不付车钱，车夫伸手去要，却被刘金贵一脚踹了出去，李通也骂那车夫：

“你没长眼睛啊，还敢和刘大公子要钱，赶紧滚蛋！”

车夫无奈，只好忍气吞声走开了。

进了书馆，二人拣了个上好的位子坐下，要了一壶茶、一碟花生豆、一碟核桃仁，两人边吃边听起书来。

刘金贵越听越不对劲儿，这说书的先生说的分明是万千山痛打狗仗人势的花花公子，又在太阳寨斩杀无恶不作的恶匪黑狼的故事。这两件事经过说书先生的演绎，又加进了不少虚构的章节，说的是神乎其神。

刘金贵和李通越听越不是滋味。两人冲上说书先生的三尺讲台，一脚将他踢倒在地。这些听书的听众，也不知道是怎么回事，吓得是落荒而逃。

二人把说书先生打得鼻青脸肿，又砸了书馆的几张桌子，才骂骂咧咧地离去。

11

刘金贵本想来书馆听听书、散散心，哪承想却惹了一肚子气。李通看他闷闷不乐，赶紧劝慰道：

“哥哥你别和那帮王八羔子生气了，弟弟带你去香春阁散散心吧，那新来了不少小妞，听说一个比一个娇嫩呢。”

刘金贵说：“那好吧，今儿大爷得好好玩玩，去去身上这股子晦气！”

他们要去的香春阁，就在书馆不远处的桃花巷里。

桃花巷里妓院一个挨着一个，各种花哨的招牌和那些妓女一样在桃花巷里争奇斗艳。

每家的招牌下面都站着几个打扮妖艳的妓女在招揽客人，她们不时地向来往的行人抛着媚眼，说着低俗的挑逗的话。

香春阁在桃花巷的深处，虽说地点有点偏，但是因为这里的妓女年龄偏小，长的又一个比一个娇嫩，所以每日都是宾客不断，打情骂俏之声不绝于耳。这香春阁的老鸨也是妓女出身，为了能够把生意做好，香春阁和土匪勾结，每年都花很多钱从土匪手里购买他们抢来的民女。这些女孩子绝大多数都难逃劫数，最小的才十三四岁就接客，大一点的也就是十六七岁。

老鸨为了能够让这些雏妓伺候好客人，想了很多办法对她们进行培训，稍微有不听话的就是一顿暴打。曾经有一个妓女想要逃走，被打手们抓了回来，活活把这个女孩子给折磨死了。打那以后，香春阁很少再有妓女逃跑，她们怕自己人没跑出去，倒被祸害死。

刘金贵和李通进了香春阁，老鸨赶紧迎了上来，嗲声嗲气地说：

“天啊，两位大公子可来了，都想死我们这些丫头了。”

“是想大爷的钱了吧？”李通反问道。

“看您说的哪里话啊？在香春阁，您不花钱不也照样享受吗？快里边请吧，到这就跟到了家一样。”

“别废话了，赶紧给大爷找个没开苞的来，钱一个也少不了你的！”李通有些不耐烦了。

其实，李通没少往香春阁扔钱，有时候不带钱老鸨就给他记账，一个月去找他爹李掌柜结算一次。这香春阁的老鸨是愿意给李通记账的，因为这是笔糊涂账，李通自己也不记得每个月来香春阁多少次，所以老鸨就胡乱地多写几笔，糊弄了李家不少的钱。

在三号包间里，刘金贵一边喝着酒，一边等老鸨送来的还没有开苞的处女。李通则早就跑到另一个屋子，找他的老相好秀玉去了。

秀玉是香春阁比较有地位的妓女，就连老鸨也得让她三分，因为每天奔着她的顾客多得都数不过来，老鸨没少在秀玉身上赚钱。有几个富商想给秀玉赎身，都被老鸨出的天价给吓跑了。有时候，秀玉也和老鸨闹，但是每次都架不住老鸨的威逼利诱，又乖乖地接客去了。秀玉讨客人的喜欢，主要是秀玉有点内秀，懂些琴棋书画，因此说起话来就和别的妓女不一样，所以那些大富商们心情一烦闷了就来找她聊天解闷，再鱼水一番，心情也就好了许多。

秀玉之所以懂得这么多，是因为她曾经读过几天私塾，后来她的父亲又为她请了家庭老师，秀玉的父亲本想等秀玉长大成人后嫁个好人家，可是哪承想，家当一夜之间被土匪洗劫一空，秀玉爹被土匪杀死，秀玉也被捉上山，被土匪糟蹋了，玩够之后，又卖到了妓院，那年秀玉才十六岁。

李通和秀玉相拥着说了一会儿话，然后李通从手上摘下自己的金戒指递给了秀玉。他告诉秀玉，今儿他没带钱，不能多给她了，这金戒指就当是送她的礼物了。

秀玉接过戒指，淡淡地说了声谢谢，然后打开柜锁，把戒指放了进去，又小心地锁上柜门，把钥匙压在了自己的枕头底下。等她把这一连串的动作做完，李通已经急不可耐地脱了衣服，他看秀玉转过身，一下子把秀玉压在床上，饿虎扑食般地动作起来。

秀玉不是很喜欢李通，但是李通和那些奸商相比，虽然粗鲁了些，但是人还年轻，常常是三下五下地就完事了，让秀玉少遭不少罪；还有最重要的一点，就是这个李通从来不拿钱当回事，兜里有多少给多少，不像那些做买卖的，算计来算计去的。

老鸨为刘金贵送来了一个女孩，还告诉他这可是个雏，是第一次出来接客的。

刘金贵高兴地摆摆手，示意老鸨赶紧出去。老鸨出去了，屋子里只剩下刘金贵和女孩。

女孩虽然被穿上了鲜艳的衣服，脸也被画得十分艳俗，但是依然挡不住她眼睛里的纯真、干净和惶恐。

凭着自己丰富的经验，刘金贵断定这真是个没开苞的女孩，心里更加高兴起来。他走到女孩身边，用一只手抬起女孩的下巴，问道：

“小妹妹，你多大了，叫什么名?”

“我叫婉儿，今年十六岁。”女孩低下头回答。

刘金贵怜惜地把女孩搂在怀里，女孩推开刘金贵，躲到了角落里。

刘金贵一步跨过去，抓过女孩就在她的脸上亲了起来。女孩挣扎着，苦苦哀求刘金贵放过他。刘金贵哈哈大笑起来，说：

“傻丫头，我放过你，别人也不会放过你，还不如跟了我，日后也好多照顾你的生意，大爷在哈尔滨这地界，是有点小势力的！”

刘金贵说完，一把把女孩按在床上，开始撕她的衣服，女孩拼命地挣扎，可是被刘金贵两个大嘴巴给扇迷糊了，等女孩清醒一点，刘金贵已经破了自己的身，两行悲伤的泪水顺着女孩的脸颊流了下来。

等刘金贵和李通意犹未尽地离开香春阁的时候，已经是黄昏时分了。街道上稀疏的行人，像斑点一样点缀着这冬天的傍晚。这两个游魂一样的哥们，交流着风月场中的经验，开着不咸不淡的玩笑。

刘金贵显然更得意一些，他搂住李通的肩膀说：

“瘦猴，你是好兄弟，赶明儿个，哥哥也请你一把，总花你的钱，不好意思！”

李通深知这只是刘金贵在和他客套，因为刘金贵是个把钱看得比他爹还重的人，怎么能舍得花钱请人呢。但是，对于李通来说，刘金贵能和他客套，这就足够了，这说明刘金贵还是给他点面子的，换了别人，刘金贵连个谢字都不会说。

哥俩兴冲冲地往家走去，在街角转弯的时候，和一个彪形大汉重重地撞在了一起，两人刚要开骂，却发现是一个红头发、蓝眼睛的洋人。

看洋人走了过去，李通问：“哥哥，这洋人来咱哈尔滨干什么？”

“听说是俄国人，来考察什么玩意的，反正和咱们没啥关系。”

“这洋人怎么长这样呢？”李通说。

“洋人嘛，都这样，听我爹说，还有比这更吓人的洋人呢，还会开轮船和飞机呢！”刘金贵故弄玄虚地说。

“飞机？啥玩意是飞机？”

他没有回答李通到底什么是飞机，因为他也没见过。

走到十字路口的时候，两人就告别各回各家了。

哈尔滨确实来了洋人，这些人是一个叫什么希特洛夫斯基带来的特别考察队，就住在田家烧锅镇。

田家烧锅与李通他爹开的李家烧锅，正好是一个城南，一个城西。两家各做各的买卖，各有各的道道，谁也没为难过谁。只是田家烧锅总是被土匪洗劫，弄得几近破产，终于在洋鬼子进城时，被洋鬼子都买了去，做了他们的驻地。

自此，田家烧锅就成了明日黄花，光芒不再了。

等刘金贵回到家里的时候，没敢惊动他爹，他蹑手蹑脚地回到自己的屋子，可是还没等开门，就被执事的叫住了，执事的告诉刘金贵，老爷正在上房等着他，让他一回来就赶紧过去。

刘金贵一听他爹在等着他，腿肚子都转筋了。但是他又不敢不去，只好硬着头皮来到上房。一进门，刘凤就大喝一声：“混账，你还知道回来？”

刘金贵看他爹真生气了，赶紧跪下，吓得直哆嗦。刘凤一看自己儿子这熊样，更生气了，就让他那么跪着。挨了半晌，刘金贵有些支撑不住了，胆怯地问他爹：

“爹，您老有何吩咐啊？”

“哼，你这个窝囊废，把老子的脸都丢尽了！现在市面上都把你被姓万那小子打的事儿，编成评书了！你啊，不争气，正经事一件干不来，尽干那些不干不净的坏事！”刘凤说完，慨叹了一声。

“爹，那我们得收拾万家啊，把太阳寨给血洗了吧！”

“你说得容易，你去打一个试试，你连个兔子都抓不到。这几天，我正为这事伤脑筋呢！”刘凤顿了一下接着说：“我给你安排了个差事，省得你一天到晚不学好，让人家弄死在街上！收收心，明儿个你就给老子上任去吧！”

“什么差事？”

“有个俄国商人叫什么斯基，来咱这收购粮食和牲畜，你给当个向导，估计也就是带带路、跑跑腿什么的。在人家跟前，你得受点儿支使，别总你想咋的就咋的，看给老子惹出什么事来，我砸折你的狗腿！”

“是，爹。”

“滚吧，看着你我就脑袋疼！”刘凤把儿子打发了，回到自己的屋子里，独自坐在那盘算起如何对付万江平来了。

12

当然，万江平和江北红不可能想不到刘凤要剿灭太阳寨，他们也在做着充分的准备。

这几天，万千山一面不停地操练着太阳寨里的百十来号人马，一面带领大家修筑攻势，以防官兵随时来犯。天慈更是整天跟在万千山的身后，就像他的影子，一步也舍不得离开。

其实，想要剿灭这太阳寨，也不是什么容易的事。

太阳寨隐藏在松花江北岸的荒原之中，这片荒原四面环水，丘陵起伏，沼泽密布，草原与密林交相辉映，一般不熟悉地形的人，是很难摸进来的。特别是打死黑狼之后，万千山将原来从江岸通往山寨的路通通堵死，又秘密地打通了一条十分隐秘的小径，除了托底的哨子可以自由出入之外，其他人出寨一律要经过万千山的允许。

这天清晨，万江平和江北红一起从小径走出山寨，化妆来到松花江边侦察地形。

万江平走得快些，江北红跟在他身后，不时地说着什么。

突然，江北红叫住了前面的万江平，指着刚刚升起的太阳说：

“万大哥，你看多美啊，这么些年，我还是第一次看见咱这疙瘩还有这好景致呢！”

江北红早已经改口管万江平叫万大哥了。她叫得这样亲切，万江平也不跟她计较，任凭她怎么在感情上靠近自己，万江平都是压低着姿态，时刻注意和这个一直被自己敬重的女人保持着不远不近的距离。这不仅因为江北红是他的救命恩人，也不是怕江湖上认为他是要靠那种特殊的关系牢牢地掌握住太阳寨，更重要的是，他无法把刚刚失去的妻子，安放到心灵的某个角落。

顺着江北红手指的方向，万江平向东方的天空望去。

那确实是一幅壮美的图景。

刚刚跳出地平线、从东方升起的太阳，泛着羞涩的红晕，像一个刚刚走出闺房的少女，胆怯地渴望着爱情，迈着谨慎而又幸福的小步，慢慢地向她的心上人靠近；大地上白茫茫一片，干净的白雪，覆盖着还没有被践踏的荒原，不远处，太阳滩上被晨风轻轻舞动的芦苇，也和着太阳的脚步，轻轻地跳起舞来。

他们继续沿着松花江北岸向东走去。

突然一只野兔从前面一闪而过，江北红掏出枪比画了一下，却没有射击。万江平看了看她，笑了起来。

江北红看万江平笑了，也开心地笑了起来说：

“这太阳滩就是有股子野性的灵气，什么东西都不能碰，它们都保着咱们呢！”

“是啊，这地方的风水可比我那香炉山强多了！”

提起香炉山，万江平有些怅然若失。

“万大哥，看你说的多外道，我这地界不就是你的地界吗？以后，咱一块儿把这太阳寨弄得威风八面，看谁还敢动咱们的歪念头？跟着你，我这心就是踏实！”

“大哥早晚得走，你早晚得找个人嫁了，毕竟是女人家，不能总当这胡子吧？”

“当胡子有什么不好，劫富济贫，又自由又快意，我这辈子就当定胡子了！”

“总当胡子你就嫁不出去了。”

“哈哈，我也嫁个胡子不就完了吗？”

江北红说完，含情脉脉地看着万江平，可是万江平只是微微地笑了一下。过了一会儿，万江平又好像想起什么，转身对江北红说：

“听说哈尔滨来了不少洋人，到底是咋回事呢？”

“我也不知道，到现在我还没见过洋人长啥模样呢。”

“以后，说不定会闹出啥乱子呢！”

“眼下，咱们最要紧的是怎么应付刘凤的剿杀，万大哥，你说这刘凤啥时候能打过来呢？”江北红忧心忡忡地说。

“应该就这些日子吧，一开了春，草深林密的，他就不好打了！咱们得加紧布防，小心他们随时杀过来！”

万江平说完指了指江南岸一块缺口的堤坝，又说：“我看，这两年要发大水。一发大水，咱那寨子就得被淹，开春也要想办法修修堤坝了，水火无情啊！”

“兵来将挡，水来土掩。大水咱倒不怕，可眼下咱这百十多号兄弟，怎么养活啊？都好些日子没干啥买卖了！”江北红说完坐在一块石头上，眼睛望着湛蓝的天空。

两个人正说着话，突然看见前边江湾处出现一伙人，互相搀扶着蹒跚而行。等这些人走到近前，一看不免让人心生怜悯。

大冬天的，这些人只穿着单薄的外衣，脚上是露了洞的破鞋，其中有一个孩子，也就是十一二岁的样子，趴在一个男人的肩膀上，好像已经要不行了。

万江平拦住他们问：“兵荒马乱的，不在家猫冬，跑出来干什么?”那伙人中的一个老人走上前来，把手中的打狗棒往地上杵了杵，还没等说话就哭了起来。

原来，江北松浦镇有一个大地主，姓许名虎，为人心狠手辣，仗着官府中有亲戚，自己养了二十来个家丁，专门欺压百姓，搜刮民脂民膏。

老百姓租他的地不但得不到一粒粮食，到头来还要倒找给他钱，没钱交他就收你的房子。这伙老百姓就是种了许虎的地，被许虎没收了粮食，还要交占地面的钱，这些人交不起就被赶出了家门。

“那你们怎么不告官呢?”江北红问那个老人。

“告官？不告还好点。这一告啊，闹不好还要蹲大狱呢!”老人摇了摇头，绝望地流着眼泪。

“这不没王法了吗?”江北红气愤地说。

“这年头还哪有王法啊?”一个百姓说。

万江平说：“这许虎我听说过，仗着官府的势力，没少干坏事，可怜那地界上的老百姓了，咱得想办法收拾他!”

说完，万江平从兜里掏出几块大洋，给了老人说：

“你们先去哈尔滨将就一段日子，用这些钱去买点棉衣、棉鞋和吃的。许虎那儿，我们会有办法帮你们讨个公道的！年关前后，派个人来这里听消息，我给你们准信儿!”

“你给我们讨公道？你比官府还大?”老人疑惑地问。

“我没官府大，但是我们不怕官府!”

老人一边听万江平说话，一边接过钱，感激涕零地跪下来，后面的十来个百姓也纷纷跪下来，磕头谢恩。

万江平把他们一一扶起，当他看见那个奄奄一息的孩子时说：

“你们要信得过我，就把这孩子留下，我帮你们把他的病治好，再给你们送回去。”老人听万江平这么说，又感激地说：

“这是我的小孙子，害病有些日子了，就是没钱治，要是能让他活下来，您可是大救星啊!”

万江平接过孩子，让老人带着人快走，自己则背着孩子，和江北红一起回到了太阳寨。

松浦的恶霸许虎，确实是一个恶贯满盈的大恶人，他仗着自己的妹妹给呼兰河的一个副都统当了小妾，有了仰仗，就为非作歹，干尽了坏事，逼死了不少百姓。

有一户百姓因为交不起地租，许虎就把这家的闺女抢了去，糟蹋了好些日子后卖到了妓院，后来这个女孩含恨吊死在妓院的屋梁上。女孩子的爹娘去找许虎要人，也被家丁活活打死，扔在了呼兰河里。

为了躲避许虎，不少百姓纷纷逃到外地，去另讨生活。

13

万千山和天慈正在山寨里操练兵马，看见爹背着个要咽气的孩子回来，赶紧跑过去问是怎么回事。

万江平就把早上遇见一伙逃荒百姓的事，说给了万千山和天慈，万千山生气地说：

“爹，我最恨这欺负百姓的恶霸了，咱做了他得了!”

万江平看了看儿子说：

“这事咱还得从长计议，好好谋划谋划，不能着急!”万千山点了点头。

转眼就到了年关，哈尔滨市井上又开始热闹了起来。挑担子剃头的、卖糖葫芦的、抽帖算命的、拉车的，都忙活起来了。

人们都想在年前这几天抓紧时间赚两个钱，好和一家人过个好年，吃顿饺子。这天，万千山和天慈也乔装打扮，到集市上置办年货。其实是天慈缠着万千山来的，她就是想让万千山陪着她出来走走。

正是情窦初开的年龄，天慈的心里已经深深地爱上了这个少年英雄，而万千山却一直把天慈当成妹妹。在他的心里，还没有憧憬过爱情，更没有过对女性的幻想。杀了黑狼之后，万千山把全部的身心，都用在了太阳寨的兵马操练上。对于天慈的心思，万千山虽然有所知查，但是一直装糊涂，从来不给天慈一点错觉，他总是叫她妹妹，让天慈喊他哥哥。

两个人来到一个馄饨摊子，天慈非要吃馄饨，万千山只好领着她坐下来，给天慈要了一碗馄饨，自己看着天慈吃。天慈心疼千山，用小勺盛了一个馄饨递到千山的嘴边，然后噘了一下嘴，示意千山吃进去。

千山不吃，天慈生气地放下了小勺，说自己也不吃了，千山没办法只好吃了一个，天慈这才开心地吃了起来。

吃完馄饨，付了钱，万千山和天慈又买了点小东西，就准备回太阳寨。他们刚刚走到老王麻子膏药铺门口的拐角，迎面就来了一伙人，其中洋人居多，几个梳辫子的中国人屁颠屁颠地跟在后面。万千山眼尖目明，一把拉过天慈，躲在了墙角里。等这些人过去，万千山才长长地松了一口气。天慈不解地问怎么了，万千山说：

“你没看见刘金贵和那伙洋人在一起吗，他们是怎么混一块的呢?”

“那咱收拾他得了，省得他再干坏事!”天慈说。

“现在还没工夫收拾他，咱还有更大的事要做呢!”万千山往下拉了拉狗皮帽子，扯起天慈往松花江方向走去。

万千山说得更大的事，就是他一直盘算着如何收拾松浦镇的恶霸许虎。

尽管他爹还没把这件事交给他，但是万千山已经决定先把这笔买卖做了，为太阳寨弄回一笔口粮钱。万千山是个知恩图报的人，他想报答太阳寨大掌柜的江北红的救命之恩。

路过妓院的时候，天慈好奇地往里看了看。万千山说这有啥好看的，都是卖肉的。

“卖肉？买什么肉?”天慈不解地问。

“别问了，以后你就明白了。”千山示意天慈快走。

两个人刚要走过妓院的正门口这当，突然看见妓院的打手把一个瘸子扔了出来，打手们的嘴里还骂骂咧咧地说：“这些人的眼睛被屎糊住了，要饭都要到这来了，真晦气，下回再来，打断你的另一条腿。”

瘸子被妓院的打手给打成了满脸花，趴在墙根底下，是一副奄奄一息的样子。血从瘸子的脸上流下来，被风一吹，就凝固在他蓬乱的头发和黑漆漆的脖子上。

万千山看了一眼，动了恻隐之心，想要搭救一把。他扶起瘸子，把他的头靠在自己的怀里，帮他擦去脸上的血迹，查看头部的伤势。

万千山这一看不要紧，不禁啊地惊叫了一声。

这个瘸子不是别人，正是被死去的张炮台派人送往吉林的张达。

天慈看见张达这副惨状，心疼地哭了起来。

万千山说：“天慈，这里不是说话的地方，咱们把他背回寨子再说吧！”

天慈答应一声，万千山把张达背到背上，马不停蹄地来到松花江边，天慈让万千山歇口气，他们在一片杂树林里坐了下来。

万千山费了好大的劲儿才把张达叫醒，张达醒过来使劲地眨眨眼睛，一看自己是在万千山的怀里，天慈也站在一边，就呜呜地哭起来。

原来，张炮台想派两个心腹送张达去吉林，等自己做了太阳寨的大掌柜的，就把儿子接回来，可是没想到却惨死在黑狼的枪下。两个土匪护送张达刚刚走到拉林，就听道上传来消息，说张炮台密谋暗算江北红和万江平，却被黑狼杀死，黑狼又死在少年英雄万千山的玉龙鞭下。

这个消息，两个土匪起先没有告诉张达。两个人商量，现在既然脱离了张炮台的掌控，莫不来个杀人越货，小发一笔横财不说，也许还能用这笔钱买点枪和人马，兴许自己也能当个大掌柜的啥的。

说干就干，两个人把张达捆了起来，直打到张达停止了呼吸，才卷起财物，扬长而去。

14

两个土匪本以为张达必死无疑，可是张达命大，只是被打断了那条本来就有伤的腿。他挣脱了绳索，居然靠要饭，一路千辛万苦赶回了哈尔滨，准备回太阳寨，找他爹给他报仇。

这时候，少年英雄万千山痛打流氓刘金贵，又杀死恶匪黑狼的故事已经传遍了四乡，当张达得知自己的父亲与黑狼勾结，密谋霸占太阳寨又被黑狼害死时，伤心不已。他知道自己再也回不了太阳寨了，那里已经跟他没有一点瓜葛了。

但是张达始终不相信是黑狼杀死了父亲，他一直在心里认为，是万家父子杀死了他爹。因为他爹是万家父子留在太阳寨的绊脚石。肯定是他们做掉了爹爹，说是黑狼杀死了他爹，不过是掩人耳目罢了。

于是，张达一路回到了哈尔滨，就在这里以乞讨为生，受尽了屈辱和折磨。

现在，他看见自己躺在万千山的怀里，先是委屈地哭了一场，接着又挣扎着从他那肮脏的露出了黑乎乎的棉絮的棉袄兜里，掏出了万千山送给他的那把带宝石的匕首，他用破烂的袖口又仔细地擦了擦，然后扔给万千山说：

“万千山，是不是你杀了我爹？你就用这个匕首，再杀了我吧！”

“别胡说，你爹勾结黑狼又被黑狼杀死了，不是千山哥干的！”天慈生气地说。

“不，他们嫌我爹碍事，挡了他们当太阳寨大当家的道，就是你们害你了我爹，就是你们。”张达吼叫道。

“张达，你慢慢就知道了，我们万家父子，不是那种是非不明的人！”万千山并不生气，他接着说：“我将你带回太阳寨，太阳寨永远是你的家，你就不要在这受这份罪了！”

张达不愿意，推了一把万千山说，就是死也要为他爹报仇，绝不回太阳寨。

天慈坐在张达身边的一棵倒木上，把张炮台死亡的前前后后细说了一遍，张达仍旧高声地说：“万千山父子不来争权夺位，我爹怎么会背叛太阳寨？我爹不背叛太阳寨，怎么会去勾结黑狼？我爹不和黑狼照上那一面儿，又怎么可能死在他手里？归根到底，就是他们万家父子挑起的事端，我的仇不找他们万家父子报，还能算到谁的头上?”

天慈看着眼前这个张达，心里不停地翻腾。这还是那个和自己一起长大的小哥哥吗?

五年前，天慈刚刚十岁，负责教她和张达武艺的师傅在江北红的督促下，天天逼着她和张达早起练功。两个孩子尚未成年，并不懂得大人的良苦用心，也无法忍受那份超出常人想象的艰苦，常常在练功时敷衍师父，有时甚至趁师傅不注意，躲到林子里，一玩就是一个上午。因为这个，他们没少挨江北红的责罚，每次挨打，张达总是用身体挡住天慈，并且把事情全部揽到自己身上。

小天慈曾经问张达：“总这么为我挨板子，你多疼啊?”

张达说：“我多挨一下，你就少挨一下。”

张达不喜欢习武，对教书先生倒是毕恭毕敬的，功课也学得有模有样，时间久了，问一答十，这一点深得江北红喜爱。张炮台心里却有些悲哀，他心想，难道这太阳寨就活该由女人做主?他有时会骂张达是个没出息的东西，说你这辈子就臣服在女人的脚底下吧!

张达有时会把父亲骂他的话告诉天慈，天慈就瞪着小眼睛望着很远的地方，品味张炮台骂张达的那些话，她似乎感觉到了什么，小脸红红的，也不看张达，然后掉头就走，嘴上还说：“他骂得对呢!”

当小姑娘天慈已经能把一把剑舞得水泼不进时，张达的拳术还停留在三脚猫的功夫上呢，但他的文字功夫要远胜于天慈了，而且还有很多的鬼心眼儿。那年，天慈十二岁了，师傅开始教她八卦掌，这是一套以技击为主的掌法，起、落、扣、摆，虚实莫测，脱身化影，柔则绵里藏针，刚则惊雷闪电，非常益于实战。要练好这样一套掌法，体力上的消耗也就非同小可了。从十二岁练到十三岁了，天慈觉得她的身手已经很好了，用不着整天让师傅像看犯人一样受那份罪了。

天慈开始逃师傅的课，不断地遭到师傅和母亲的责罚，某天傍晚，天慈和张达密谋，第二天早起过江，去哈尔滨玩上一天。孩子的心里是装不住事儿的，好容易熬到天亮，两个孩子果然悄悄出走了。他们在哈尔滨逛了一整天，到了傍晚，就被一伙贼人盯上了，这伙贼人有八九个人，个个都有些功夫，带头大哥叫通天乌鸦，他专门靠拐卖儿童为生。

通天乌鸦带着这伙贼人，跟踪了天慈和张达，在离松花江不远的一片桦树林里，他们围上了两个少年。这一仗直打到明月高升，张达首先被通天乌鸦制服并绑到了一棵树上。

通天乌鸦抹着脸上的汗水说："想不到你们还都是练家子，拿去换钱，将来非遭你们报复不可，今晚你们不死都不行了！"

天慈怒不可遏地说："谁死谁活，你说了也不算，得问问我的八卦掌！"

通天乌鸦说："八卦掌的确是一门管用的功夫，可惜你没练到火候就拿来显摆，遇上我们兄弟，就不能不倒霉了！"

通天乌鸦说完就要动手，被绑在树上的张达却说话了。

张达说："都住手吧，我说你们这些人，就没有一个能想明白事儿的？"

通天乌鸦问张达想说什么，张达说："把我们都弄死了有啥意思？你们不就是想弄点钱吗？你看看，我们是那种没钱人家的孩子吗？要我说，留下她一命，把我一个人弄死，然后打发人带上我的脑瓜子，给我们家送个信，还愁拿不到大钱？"

天慈让张达闭嘴，张达说："我早先全听你的了，你今天就听我一回吧。反正咱爹老骂我是败家子，有钱也不给我花。我活着还有啥用？你今天要是不在道外抓住我，我早就死透了，还用得着别人杀我一回吗？"

通天乌鸦转了会儿眼珠，立刻盯住了张达："小子，你拿爷爷开心呢吧？"

张达骂道："瞅你那倒霉样吧，我要是不想死，敢拿你开心？"

所有人的注意力都集中到了张达身上，张达突然拼命地高叫："天慈，快跑啊——"

声音在夜空里回荡，但天慈没有跑，她突然出招，把一个贼人打倒在地，通天乌鸦知道真的被张达耍了，他呼号一声返回身来，几个人二次围上天慈，在张达的号叫声里打了起来。

等太阳寨出来寻找天慈和张达的人闻声赶来，天慈在几个人的围攻下，已经露出败象。

太阳寨的人把天慈和那伙贼的战场团团围住，张炮台令手下上来拿人，被天慈的师傅制止了，他几个旋转就进了战圈，提起天慈就扔出了圈外。然后和通天乌鸦互通了名号，通天乌鸦知道今天无法善了了，要一决生死，这一战只打了半个时辰，通天乌鸦最后倒在地上，天慈的师傅毫发无伤。

从此，天慈知道，自己那点功夫还远远没有达到实战的要求，她开始安心练武，一身功夫越练越精。也就是从那一天起，天慈知道，张达是一个肯为她而死的人，她也下定决心，到必要的时候，也要豁出命来保护张达。

现在，张达竟成了这副样子，让天慈的心陷入深深的痛苦之中。她流泪了，带着泪水对张达说："不管怎样，你都必须和我们一起回太阳寨！"

看张达不从，万千山说："我不能看着你在外边饿死冻死，也不怕你找我报仇！"

说完，扛起张达就向太阳寨走去。

日落时分，万千山背着瘸腿又受了伤的张达，后面跟着思绪万千的天慈，三人一回到山寨就直奔张达原来住的屋子。

天慈立刻把找到张达的消息告诉了江北红，江北红和万江平一起赶了过来。

当江北红看见万千山背回了早已经被折磨得不成人形的张达，簌簌地流下了眼泪。

山寨上的人受了伤，是不能出去请医生的，万江平找来了山上治红伤的土郎中，要给张达看看腿，土郎中给人治伤的办法，张达是看到过的，他睁大了惊恐的眼睛，拼命地叫道："我的腿不治了，你们把我也杀了吧！"

万江平看了看江北红，江北红说："伤口都臭了，现在不治，这条腿就得烂掉了，说不定连命也保不住了！"

土郎中说："他不配合，我也下不了手啊！"

张达还在大喊大叫，江北红咬了咬嘴唇说："把人捆了，把嘴堵上，我得让他活下去！"

张达一翻身，差点儿没滚到地上，万江平和万千山出手把拼命挣扎的张达捆了起来，又用毛巾把嘴塞上。

在山寨里，刮骨疗伤是一件近乎残忍的事情，万江平吩咐江北红："这没什么好看的，你把千山和天慈带出去吧！"

江北红拉着两个孩子出去了，万江平这才让土郎中下手治病。

张达瞪大了眼睛望着土郎中，他看到土郎中打开一个油布卷，里面一格一格的，插的都是些剪子、锯子、剔骨刀之类。土郎中抽出一把半月形的弯刀，在火上烧了一下，刚回过身来，张达闷哼一声就背过气去了。

张达的腿错过了最佳的医治时间，已经无法恢复了，土郎中挖净他伤口四周的烂肉，又剔去几片碎骨，上药、包扎，这期间，张达几次疼醒又几次疼晕，再次醒来，他听到土郎中对万江平说："瘸是定下了，这条腿还能不能留住，就看他的造化了！"

万江平问："往后就得拄拐了？"

土郎中叹口气，说："兴许，也没准儿！"

土郎中出去了，江北红又进了屋。脸色苍白的张达躺在炕上，牙齿咬得咯咯响，不知是因为疼痛，还是因为别的什么。不管江北红怎么呼唤张达，张达也不肯睁开眼睛。

她心疼这个从小就没了娘的孩子，一直把他当自己的亲儿子看待，有点儿好吃的好穿的，她都会先留给他。眼看着张达和自己的女儿一块长大，而且感情甚笃，她心里也有一番喜悦，因此张炮台提出要给这两个孩子定下亲事，江北红也没有表示反对。她只是希望，张达能在未来的江湖岁月里，历练成一个勇敢正直、坚强果断的汉子，能不能撑起太阳寨这杆大旗，都没关系。反正，她并不想让女儿天慈也走自己这条路，女儿应该有她的日子，在丰富多彩的人世间，即使做不得大户人家的主妇，也得是个吃穿不愁的贤妻良母。就为这些，江北红给两个孩子专门请了先生，教他们识文断字。

江北红万万没有想到，她留下了万家父子，却逼反了张炮台，并且闹到了这么难以收拾的地步。

江北红想起了背叛山寨的张炮台，她虽然不能容忍人与人之间的背叛，但想起这些年张炮台为她江北红所做的一切，心中的恨，也就渐渐地淡漠了。现在，张炮台扔下了这个孩子，她江北红有责任照顾他长大成人，并让他安安稳稳地活下去。

江北红用毛巾擦去张达脸上的汗水，低声地安慰了一番，让他好好地养伤，又吩咐两个小崽子好好侍候着，这才和万江平从张达的屋子里走出来。

张达又回到了太阳寨，只是这里再也见不到他的父亲，现在的炮台是万千山了。

张达想念他的父亲，同时对万家父子恨之入骨。

如果不是万家父子来到太阳寨，他爹也不会勾结黑狼，自己也不会去吉林，好好的两条腿，也就不会硬生生地毁掉一条，成了残废。

接下来的日子是平静的，平静得连操场上都没有人声了，张达感到，就连窗外树上的那对小鸟，也从来没有飞来或飞去过。

张达的伤渐渐地痊愈了，唯独他的那条腿，就是神医也治不好了。为了不让张达感到寂寞，更是为了不让他觉得自己是个无用的人，江北红安排他和粮台一起，学习管理山寨的账目和整个后勤管理的门道。

张达从小就不爱习武，只愿意识文断字，江北红给他安排这个差事，倒真让他渐渐活跃起来，脸上也多了些年轻人的气色。

天慈这几天却心事重重。

张炮台没死的时候，就张罗着要把天慈当儿媳妇。张达从小就十分呵护天慈，凡事都让着她、宠着她。太阳寨里的每一个人都认为天慈一定会嫁给张达的。可是，自从万千山出现后，天慈才知道自己真正喜欢的人是万千山，对张达，她有的只是兄妹的情意。现在张达回来了，而且变成了瘸子，自己要是不嫁给他，良心上说不过去，嫁吧，自己总感觉现在的张达和往日的张达已经不是同一个人了，变化出在哪里，她自己也想不清楚。更要命的是，她一想到张达，万千山就会突然间跳入脑海，头脑里的万千山一来，张达的身影就慢慢地暗了下去，像心头的一片阴影。我该怎么办呢？天慈真的有些为难了。

时间过得好快，转眼就是农历腊月二十三了。

小年这天早上，万千山起得很早，他先去看了看张达，与他聊了几句，张达似乎没有谈话的兴致，万千山就去操练兵马了。

操练结束后，他点出了二十个功夫好的土匪，把他们叫到自己的房里，关上门，商量一件大事。

15

松浦镇先于哈尔滨开埠，是一个热闹的街区，这里商户云集，经济繁荣。

又因为这里是交通要道，所以朝廷的官兵在这里驻防。先前提到的松浦镇恶霸许虎，就是仗着呼兰河副都统的权势，才敢如此为非作歹的。

小年这天，松浦镇也十分热闹，赶集的人络绎不绝地涌来，各类小商小贩相互攀比着叫卖，好像谁的声音高，谁的买卖就做得好一样。这时，从南边走来两个挑挑子的年轻人，一前一后地来到集市，他们是来卖上等山货的。

两人拣了一处平坦的地界，放下挑子就叫卖起来。

“人参，上好的人参！”高个子年轻人先开始叫卖。

另一个也不含糊，扯着嗓门喊道：“有钱没钱，回家过年！鹿茸，上好的鹿茸，便宜卖喽，便宜换钱，回家过年——”

两人叫得挺欢，却卖不出去一件东西，但是两人一点也不着急，还不时地插科打诨。旁边卖干菜的老大爷倒急了，问他俩：

“孩子，你们想把东西卖出去吗？”

“怎么不想，不卖东西上这来干啥啊？”年轻人反问道。

“这么金贵的东西，老百姓能买得起吗？你们得换个地方卖！”

“那我们去哪卖啊，老大爷您指点一下吧！”年轻人问。

“去许虎家门口卖，这松浦镇，也只有他能买得起这东西吃。”老大爷回答。

“他家怎么走啊，老大爷。”年轻人又问。

“朝前走，第一个胡同口往东拐，上大道，最大最气派的房子就是许虎的。你们赶紧去吧，兴许能碰上好运气！”

“谢了大爷！”两个年轻人片刻也没耽误，挑起挑子直奔许家而去。

这两人不是别人，正是少年英雄万千山和他的一个手下。

两人从太阳寨出发来到松浦镇，为的就是打探许虎家的情况，摸清他家的位置和宅院的布局，以便晚上下手，洗劫恶霸许虎。

来到许虎家门口，万千山往后推了推狗皮帽子，抬头观瞧。

好一座坐北朝南的气派的大宅院，大门口两侧，各有一个半蹲半坐的石狮子守护着黑漆大门。宅院的正房全部由青砖砌成，屋顶是琉璃红瓦，四角是云卷飞檐，红漆木门上镶嵌黄铜拉环，院子里是青砖铺地，两排兵器架分立两侧，是家丁用来练武的家什；两侧厢房用粗石砌成，木格小窗糊着粗黄纸，一看就知道是家丁的住处，门房虽然简陋，但是坚固凝重，两条大狼狗警惕地听着动静，四周院墙高有丈余，一般人难以翻越。

万千山看完心中暗想，这许虎的宅院，比一般小官吏的还要气派，把守森严，防护严密，是个易守难攻的地方，比自己想象的要难得多。

放下挑子，万千山和他的手下就蹲在许虎家门口，挽起袖口叫卖起来：

“有钱没钱，回家过年，人参、鹿茸，上好的人参、鹿茸，便宜卖喽！便宜换钱，回家过年——”万千山扯着大嗓门喊了起来。

不一会儿，许虎家的大狼狗就叫了起来，两只大狼狗疯狂地冲着门外使劲，像是要冲到门外把人吃了似的。狼狗越叫，万千山就越高兴，也就喊得越欢。

这时候，许虎的家丁开了角门，走出院子朝着万千山两个骂道：

“小王八羔子，滚一边去，惊动了我家掌柜的，还不扒了你们的皮?”

“扒皮，干啥扒我们的皮，我们卖东西，又没抢男霸女!”万千山顶撞了一句。

“呵呵，小王八羔子，还敢和爷爷顶嘴，看我怎么收拾你!”那个家丁上来抓住万千山的脖领子就是一拳。

万千山也不还手，冲着大街人多的地方就喊了起来:

“打人了！打人了！抢劫了！抢劫了！快救命啊——”

万千山越喊，家丁就越生气，正厮打的工夫，许家的黑漆大门吱呀一声又开了，走出来一个彪形大汉，此人长得是满脸横肉，蒜头鼻子上布满了黑色的小雀斑，一双鼠眼射出寒光，让人看了不禁心生寒意。

两个家丁模样的人，卑躬屈膝地跟在他身后，万千山看见此人就明白了，这就是无恶不作的恶霸许虎。

“把这两个愣头青给我带进来，看看他们究竟想干啥。”许虎吩咐道。

“是，掌柜的!”家丁答应一声，把万千山和他的手下拖进了院子。

家丁们抢下了担子，取走了人参、鹿茸，然后连踢带打的把两个人推进了后院，全都扔进一个石头垒成的地窖里。

万千山利用家丁拖他们进院的工夫，已经把整个院子的情况观察了一遍，心中早已经有了主意。

万千山是故意闹事，好让家丁抓他进去的。这样就可以在晚上的时候，来个里应外合了。现在已经是黄昏时分，万千山算计着，他的二十个兄弟此刻正扛着枪向松浦镇而来，等到天彻底黑下来，他们就会埋伏在许家周围，等万千山发出的信号了。

正盘算的工夫，地窖的门哗啦一下打开了，两个家丁让万千山上来，要押着他去见许虎。万千山上了地窖，被推推搡搡地弄到了许虎的正堂。

许虎正拿着南泥壶喝着龙井茶，见家丁把万千山押了进来，连眼皮也没撩一下，开口问道：

“小兔崽子，这么面生，你从哪来啊？”

“我从驿马山那边来！”

“哈尔滨都搁不下你吗？为啥跑到我这松浦镇来卖人参？”

“这边的人富足点，能买得起！”

“你的人参和鹿茸，我都要了！”

“谢谢大爷，一共5块钱！”

“行，给你五块钱，不过你得和地窖里那个小兔崽子一起给我干一年活计！”

听许虎这么说，万千山佯装很急的样子说：

“你这不是抢人吗，我爹还等着我拿钱回家过年呢！”

“年你就别过了，你赶上我今儿个高兴，留下你的小命就不错了！”

许虎说完，闭上眼睛不再说话。家丁赶紧又把万千山押回地窖。

万千山坐在地窖里冰凉的石板上，他盘算着，等到半夜，他的兄弟们一到，就下手收拾许虎。

地窖铁门的缝隙中，最后一点光亮也消失了，地窖里完全黑下来。万千山知道，天已经黑了，他的兄弟们也该来了。

伸手不见五指的地窖里，万千山打开自己的小百宝盒，拿出香头用火点上，他已经算计好了，这些香头烧完就是半夜，而一到半夜，他就可以冲出去了。

点好香头，万千山微微有些倦意，他闭上眼睛，回想起这段日子发生的每一件事。

他想念他死去的师傅，想念他失踪的娘，想念他们的香炉山，每天晚上做梦他都会梦见自己在香炉山里纵横驰骋，可是这一切，现在只能是梦了。

万千山更知道，天慈喜欢自己，可是他只把她当妹妹，而且他想干一番大事业，不想早早成亲，把自己拴在女人的手心里。

此时在太阳寨里，一天没见到万千山踪影的天慈四处寻找着万千山。

她来到粮台的账房，问张达看见千山哥没有，张达告诉她，一大早千山来了，说了几句话就走了。天慈嗯了一声，转身要走，却被张达叫住了，张达看天慈回过身来，赶紧低下了头，也不说话，就那么闷着。

天慈看张达不吱声就说："张达哥我得走了，我还有事要办。"张达这才看了天慈一眼，然后暗暗长叹一声，默默地点了点头。

张达知道，现在的天慈已经深深地喜欢上了万千山，她不可能再嫁给他了，因为他现在不但是个瘸子，还是个没爹没娘的孤儿，只能在这太阳寨里寄人篱下地生活。

他恨透了万千山，张达把这一切都归结为万千山和他的父亲，如果他们不来山寨，那么这一切就不会发生了。他可以有爱、有父亲、有太阳寨这份庞大的家业。

现在，这一切的一切，有的彻底消失了，有的看得到却摸不着了。对于消失的，给张达留下了无法磨灭的恨，而看得到摸不着的，又给张达带来了一种奇异的痒，痒得他拼命地想抓挠，又不知道抓哪儿才能让他舒服一点儿。

又恨又痒，让张达的心不断地滋长着某种疯狂，他看着天慈离去的背影，死死地捏着拳头，说："痒，是比疼更可恶的东西!"

天慈找不到万千山，就直奔母亲的房里，见母亲正在缝棉袄就问：

“娘，你这是给谁做的棉袄？”

“给你万大叔。”江北红回答。

“娘，你是不是喜欢万大叔？”天慈嘻嘻一笑地问。

听女儿这么一问，江北红的脸唰的一下就红了，她怜爱地拍了一把天慈说：

“小孩子家家的，你懂什么？赶紧写字去吧！”天慈被母亲打发出去，屋子里只剩下江北红一个人。

刚才女儿的问话，让她的心里一热。是啊，她是喜欢万江平，可是万江平却没有一点反应。

“不行，一定要让他明白，我江北红这辈子就跟定他万江平了！”江北红心里这么想着，一走神被针扎了一下。

“这个男人，咋这么难侍候，最后一针也扎人手！”江北红咬断丝线，眉头紧锁。

江北红琢磨不透万江平的心思，她觉得眼前的这个万大英雄，真是一个深不可测的谜。思虑了一阵，江北红挟起刚刚缝好的棉袄，也开门出了屋子。

万江平一天没见到万千山了，也正着急呢，看江北红推门进来，赶紧急切地问：

“妹子，你看见千山没有？”

“一天都没见这孩子了，天慈也在找他呢！”江北红答道。

“这孩子，又跑哪惹事去了，真叫人操心呢！”万江平说。

“没事的，千山这孩子机灵着呢，你别太操心，说不定玩够就回来了呢！”江北红劝慰道。

万江平给江北红倒了一杯水，看江北红满腹心事的样子，就关切地问：

“妹子，你怎么了？有事了？”

“嗯，有点事。”

“啥事，大哥能帮你吗?”

“说能也能，说不能也不能!”

听江北红这么一说，万江平笑了：

“到底啥事啊? 整得这么深奥!”

江北红没有立即回答，她坐在长条板凳上，从腋下拿出给万江平缝制的棉袄说：

“过年了，给你缝了件新衣裳，暖暖身子吧!”万江平拿过棉袄在自己的身上比了比，正合身，心里暖洋洋的。江北红让他穿上试试，万江平不好意思地说不用试了，穿着肯定合身，明天再试吧。江北红含情脉脉地看了一眼万江平，接着说：

“万哥，身子冷多穿点就行了，这心要是冷该咋办啊?”万江平点了一袋烟，闷闷地吐出一口烟雾，没吱声。

屋子里的空气就要凝固了。

过了半天，万江平才开口：

“妹子，这些年你不容易，找个人嫁了吧，人的心要是冷，就得另一个人的心来焐啊!”

“我找到了能焐热我心的人，万哥!”江北红说完低下了头。

16

其实，万江平明白江北红话的意思。

很久以来，他也知道江北红对他的感情，但是他又不能轻易地接过这个话茬，他的女人，也就是千山的母亲，现在还生死不明，如果自己这时候就应了江北红，有一天自己的媳妇回来该咋办呢? 这些年，一个柔弱的女人，一直跟着他过那种打打杀杀的日子，遭了不少的罪，他不能就这样和别人草草地结婚，他的心里过不去。

万江平没有问江北红的心上人是谁，因为他知道，江北红心中的人就是自己。万江平机智地换了个话题，把江北红的话引开了。他问江北红，驿马山那边现在怎么样？江北红告诉他，驿马山被官兵剿了后，一直荒着，没人敢再上山去立杆子了。万江平点点头，若有所思地嗯了一声，就再也不言语了。

江北红走出万江平屋子的时候，满天的星星已经纷纷睁开了惺忪的睡眼，竞相闪烁着淡蓝色的光芒。北风吹得凶猛，摇得荒原上的草木呜呜地响着，几声狼嚎，撕扯着被寒冷笼罩的茫茫的夜色，让人更感到孤独和无助。

江北红紧走了两步，想快点回到自己的屋子去，可是她没走两步就蹲了下来，靠在土墙上呜呜地哭了起来。

她想到了蒋天远，也想到了她在蒋天远身边时的孤独。

蒋天远总是在外面忙碌，有时十天半月也不回家一趟，江北红总觉得她的家还是她少女时代的那个土窝棚，屋顶漏雨，四面透风，深更半夜野兽的号叫就像响在门口或窗口一样。那也是在一个冬季的夜晚，蒋天远又出去十几天了，江北红做了个梦，她梦见蒋天远骑着一匹白马，向一片浓雾中走去，江北红拼命地喊他，他回过头来望着她，满脸都是夕阳里的笑意，只是不说一句话。江北红追过去，蒋天远却打马飞进了一片大火，白马在大火中直立而起，当它把前蹄踏回地面时，背上再也没有蒋天远了。火在烧，那马化作一缕白烟，直向漆染的夜空中飘去。江北红大叫一声醒过来，已经是满脸的泪水，想到梦中的情景，江北红不禁掩面痛哭起来。

好像哭了许久许久，忽然感觉有人已经点亮了油灯，她惊讶地睁开眼睛，居然看见蒋天远就坐在炕沿边上望着自己出神。江北红以为自己还在梦里，愣了好一会儿，才问蒋天远是人还是鬼，蒋天远笑着说，他已经从鬼门关里闯出来了，从此不生不死。江北红问蒋天远，你真的回来了吗，蒋天远不再说笑了，他对江北红说，已经回来好一会儿了，看江北红睡得很熟，不忍打扰，谁知江北红竟被噩梦惊醒了，怕吓到江北红，更是不敢出声了。江北红望着蒋天远，突然扑上去，抱着他撕咬起来。她给蒋天远讲那个梦，蒋天远说那梦是个好兆头，还说江北红会做这样的梦，天生就是旺夫命。

但是不久蒋天远就出事了，他真的撇下江北红，流出一腔热血，去了比天还远的地方。

江北红靠在土墙上，哭得眼睫毛上都结了冰，她悠悠地说：

“天远，你不要怪我，我的事只能和你说说。我爱上别人了，可这个人心事太重，我大概永远也抓不住他。你告诉我，我该怎么办？”

寒风在吹，没有人能给江北红一个确切的回答。

江北红依旧是孤独的，孤独得像天上的那片半月，又薄、又冷。

万千山点着的香头就快烧完了，也就是说，已经是半夜了。

万千山推推在他旁边睡着的手下，把他喊醒，两个人小声地说了几句话后，万千山蹬着手下的肩膀，用双手去顶地窖的铁门。可是，顶了两下，铁门竟然纹丝未动。

“这门一定是上了锁了！”万千山心里琢磨着，掏出别在小腿里的窄长的匕首，绕着铁门和地窖砖缝划了一圈，找到了锁的位置，咔嚓一下别折了锁，推开铁门，窜出了地窖。

他示意手下马上从后墙翻出去和赶来埋伏在周围的兄弟们会合，只等万千山发出信号，里应外合地洗劫许虎。

此时月黑风高，许虎的家丁也都在厢房里进入了梦乡，守护大门的两只狼狗也钻进狗窝偷偷睡觉去了。

整个院落是一片死寂，只有北风的呜咽之声，让人心惊胆战。

万千山轻点身形，转了两圈就来到了许虎的上房，伏在窗下探听屋子里的动静。许虎的屋内鼾声如雷，睡得正香。万千山刚要掏出小刀划门而入，突然听见屋内有响动，他赶紧躲到门后面。

不一会儿门开了，一个女人手提灯笼走到屋外，直奔茅房而去。看样子这个女人是许虎的女人，万千山心头一动有了主意。他看女子拐过墙角，进了茅房，就尾随而去，伏在墙角。等女人从茅房出来，万千山从后面搂住女人的脖子，捂住她的嘴，女人被这突如其来的意外，吓得魂不附体。

万千山对女人说："你别乱叫，我不杀你，我只想收拾许虎。"女人吓得只顾哆嗦，还哪里叫得出声，她指指上房，意思是告诉万千山，许虎正在睡觉。万千山将女人的嘴塞上，然后扯下她的斗篷，披在自己身上，又把女人的帽子扯下来，带在自己头上，轻轻地照着女人的后脑就是一掌，拍昏后才将女人拖到地窖里藏了起来。

此时，万千山乔装成了许虎的女人从墙角里出来，向上房走去，他刚要开门进屋，就看见一个家丁睡眼惺忪地从厢房出来，随口问了一句谁呀，万千山压低了嗓门，学着女人的声音对家丁说："你瞎眼了？看不出是你家少奶奶，赶紧滚回去睡觉！"

家丁没敢再言语，躲回屋子睡觉去了。

进了屋子，吹灭灯笼，万千山轻轻地坐在许虎身边，拿出匕首调皮地在许虎的脸上刮起胡子来。许虎用手划拉了两下，说："宝贝别闹，大爷我睡得正香呢。"万千山把刀放在许虎的脖子上说："大爷您别睡了，家里来贵客了，还不起来备下好酒好菜招待着？"

许虎一听动静不对，想要起来，可是万千山的刀压住了他的脖子，许虎没敢再动，他看着眼前这个黑乎乎的人影说：

“兄弟是哪个绺子的，咱们对对脉子，兴许是大水冲了龙王庙呢！”

“不用对了，许虎，你这个恶霸，今儿小爷爷我就是来治你的！”

“我许虎也是有名的汉子，自问没得罪过道上的朋友！”

万千山小声地说：“有名的汉子小爷爷我见得多了，别的少说，你赶紧取出大洋五百块，送小爷爷回家，不然我就要了你的命！”

许虎来了横劲儿，说：“有这么多钱，我宁可逛窑子用，要钱没有，要命有一条！”

没想到许虎还是个滚刀肉，万千山说：“那好吧，你自己连命都不要了，就别怪小爷爷我不仁义了！”

说着，万千山一掌击昏许虎，迅速用绳子捆了，又怕他醒来喊叫，撕下一块被角塞了他的嘴，转身出屋，捡起两块石子，先将一块扔向墙外，然后又迅猛地抛出第二块，两块石子在空中相撞，发出啪的一声脆响。早已经埋伏在墙外的弟兄们一看万千山发出了信号，纷纷翻墙而入，万千山带领他们直接冲进厢房，沉睡中的十几个家丁，还没等反应过来是怎么回事，就都一命呜呼了。

然后，万千山又返回许虎的屋子，将五花大绑的许虎扔进院子，吩咐众手下将所有金银细软和粮食都装上了马车，命众人押车运回太阳寨。

万千山看看扔在院子里的许虎说：

“许虎，你坏事干尽，今天先给你提个醒儿，以后不要为非作歹了。这些财务，算小爷爷我借你的，只是有借没还！”

许虎已经醒了，直气得双目圆睁、双脚乱踹，但又丝毫没有办法。

夜色之中，许虎的家被悄无声息地洗劫一空，五辆大马车从高大的门楼鱼贯而出。

晨曦初绽的时候，万千山带着五辆装得满满的大马车返回了太阳寨。

一夜没睡的万江平看到万千山他们回来，赶紧问是怎么回事。万千山就把自己如何筹划洗劫许虎，又如何乔装成卖山货的货郎混进许宅，和弟兄们里应外合地收拾了恶霸、洗劫了钱财粮食一事，仔细地说给了万江平。

万江平听万千山说完神色凝重，并没有表露出欢喜之色。万千山不解，忙问他爹是怎么回事，万江平也没多言语，只是嘱咐万千山赶紧去歇着，近期不要出寨。之后，万江平就去找江北红商量事情去了。

松浦镇的恶霸许虎被土匪洗劫的消息，成了松浦镇的头号新闻。那些受尽了许虎欺压的百姓偷偷地议论着，都说打得好。许虎命大没死，等他被他那副都统的妹夫派人解救下来的时候，已经被冻得奄奄一息，上气不接下气了。

呼兰河副都统张蓝见看许虎被作弄成这样，家中钱物也被洗劫一空，气得暴跳如雷。他听了许虎的描述，知道带头土匪使用软鞭，还自称小爷爷，就已经心中有数了，他认定这土匪不是别人，正是近来民间盛传的少年英雄万千山。

17

两天后，张蓝见紧急召见哈尔滨专事剿匪的督队刘凤，两人细说了详情，再将近来发生的几件事仔细地分析，又缜密地谋划了一番之后，才相互告辞。

张蓝见和刘凤二人本来是分管两个不同区域的朝廷官员，但是又因为万千山近来在两个人的属地都做了案，两人于是决定联合剿匪。他们以为在过年的时候来剿灭太阳寨，是个高妙之举，因为土匪也是人，也要过年的，一过年就会放松警惕，可以轻易攻下太阳寨。但是他们想错了，心思缜密的万江平已经预料到他们会在过年这几天来攻打山寨，万江平已经和江北红、万千山商量好了御敌之策。

刘凤带着亲信回到哈尔滨时，已经是日落时分。

他的儿子刘金贵这几天带着一帮俄国人四处收购牲畜和粮食，走遍了哈尔滨及其周边的村屯。刘金贵和洋人在一起，学会了几句俄国话。看他爹匆匆地赶回来，赶紧上前说了句“哈拉少”，然后嬉皮笑脸地说：

“爹，这几天儿子可长本事了，洋人办事全靠我了！”

刘凤瞅了一眼儿子，脱掉官服换上便装，坐在雕花红木椅上说：

“你是真长本事了，还跟爹说上鸟语了！”

刘金贵赶紧凑到他爹跟前，神秘地说：

“爹，这洋人贼有钱，听说要在哈尔滨修铁路呢！”

“嗯，这件事爹早知道，你得长点心眼儿，多干点正事，多弄些钱，将来你老子不行了，还要靠着你享受下半辈子呢！”

刘凤说完喝了一口茶，闭上眼睛不说话了。

沙北村的孩子们这几天都奔走相告地说村里来了一帮洋人。这伙洋人就是刘金贵帮忙的那伙俄商，头目叫列文。

这个列文长得人高马大，留着一撮小红胡子，褐色的眼珠闪烁着幽深而又奸诈的光芒。他们不惜重金收购乡民手中的粮食，然后雇马车拉到江边码头存储起来。一些村民看他们出的价高，就纷纷将粮食卖给了他们。

但是，在沙北村，有一户村民却丝毫不为俄人的高价所动。这家的主人姓王名二，打了半辈子光棍，前些日子不知从哪儿领回来一个年轻漂亮的媳妇。只是这个女人怪得很，从来不出屋，整天坐在炕上盯着天棚发呆。

村里的街坊都问王二，他这媳妇从哪来，王二就是不说。

王二是个老实憨厚的农民，自打得了这个媳妇，干起活来更起劲了，虽然这个媳妇还不曾让他碰过一下，但是王二始终相信，啥时候他这傻媳妇信任他了，就会把身子和心都交给他。王二这天从江边打鱼回来，收获颇丰，心情自然很好。他边拾掇鱼边对傻媳妇说："今儿给你做鱼吃，给你补补脑子，省得你一天傻呵呵的，让人家瞧不起咱。"

正说着话，有人嘭嘭砸门。王二赶紧跑过来开门，打开门一看，是一个长得青面獠牙的中国人，身后跟着一帮奇形怪状的洋人，王二顿时吓了一跳。

那个青面獠牙的中国人，就是刘金贵。

没等王二说话，刘金贵就进了院子，直奔仓房而去，见了粮食就吩咐人往出扛。

王二见他们要行抢，赶紧阻拦，却被刘金贵一把推倒在地。刘金贵说：

"真是不识抬举，给你钱你怕啥?"

王二起身又冲上去，并说："我不要钱，俺家这粮食还不够自己吃呢，不能卖!"

这时几个洋人走上来，把王二架到墙根，连踢带打，还叽里呱啦地不知道说些啥，把王二吓得直哆嗦。

就在几个人正往外扛粮食的工夫，王二的傻媳妇从屋里出来了，她看王二被人打了，就冲这些人扑上去，说来也怪，这个女人力气很大，还像会点拳脚，几个来回就把这伙人给撵到了大门外。

刘金贵还想继续进去抢粮食，却被列文挡住了。

列文边拉他往外走边说：

“这个女人好厉害，她是个疯子，不要惹她！”

刘金贵骂骂咧咧地和列文走了。

王二捂着自己被打得鼻青脸肿的脑袋回了屋，看见他那傻媳妇又坐到炕上，傻愣愣地望天儿去了。王二拉住傻媳妇的手说：

“我的傻媳妇，我的傻素月，你怎么就敢出手打人家呢？”

素月愣愣地说：“你有事了，我不该帮忙吗？”

“天哪，我的天哪，知道帮着你男人了，你还不傻啊！”说完王二高兴地流下了眼泪。

这个王二，就是在香炉山打猎的人，而这个素月，就是万千山的母亲朱久红，他们一直住在沙北村。

王二的傻媳妇赶跑了洋人，这可让沙北村的人吃惊不小，村民们都争着抢着来看这个傻女人。

王二知道，他们从此再也过不上消停的日子了，就琢磨着赶紧搬家，找个安生的地方，过几天安稳的日子。

刘金贵被傻女人给赶了出来，心里一直窝了一口气。忙完了事儿，他也没回家，就直接去李家烧锅找李通去了。

进了李家大宅，刘金贵直奔李通的房间，喊了半天也没见李通的人影，刘金贵心里骂道：“这个混蛋准是自己快活去了，等我找着他，非得好好地宰他一顿不可！”

刘金贵找不到李通就想往出走，一抬头，看见一个女孩迎面走了过来，女孩的身形和仪态让刘金贵的眼睛不由得一亮。

这个女孩子也就是十六七岁的样子，齐耳短发，水灵灵的大眼睛，忽闪忽闪地好像会说话，白净的脸蛋没有一点瑕疵，皮肤细腻润白，身段纤细苗条，十分可人。刘金贵看得眼睛都直了，直到女孩从他身旁走过去并进了屋子，刘金贵还没醒过腔来。

到了门房，刘金贵问看门的老头，这个女孩是谁，门房说，这是我们家的二小姐，名叫李念，刚打北京放假回来，要住上好一阵子呢。

刘金贵哼哈地答应了一声，走出了李宅，直接去香春阁了。

一路上，刘金贵的脑海里都是李家二小姐的影子。刘金贵心想："就是把哈尔滨所有的妓女都找出来，也赶不上这李家二小姐漂亮。如果能把这样的女孩划拉到手，我刘金贵也就不白活一回了！"

想着想着，刘金贵嘴角不禁泛起了一丝淫邪的笑意。进了香春阁，刘金贵就朝老鸨喊了起来：

"赶紧给老子安排个上好的房间，老子今儿要痛快一把，快点，今儿老子给现钱！"

老鸨一听是刘金贵的声音，赶紧颠颠地跑过来，拉住刘金贵的手说：

"大公子可有日子没来了，今儿想找哪个丫头快活啊？"

刘金贵看也不看老鸨，脱口就说："我找李念！"

老鸨愣了一下，然后凑上来，在刘金贵的脸上轻拍一下，说：

"哎呀我的大公子，你要什么李念的，姐姐我这里可没有，不过这桃、杏、樱、槐的吗，我是可劲儿您挑！"

刘金贵捏了一把老鸨的屁股说：

"今儿大爷要你陪，怎么样，钱一个不少你的！"

"大爷您可真能开玩笑，我这都残花败柳了，哪还比得了那些雏啊？"

刘金贵朝左边啐了一口，说：

“你瘦的都跟刀似的了，我还真怕姐姐活杀了我呢！”

老鸨也不接茬儿，拧了刘金贵一把就朝楼上喊起来：

“婉儿，赶紧的，你刘爷来了，今儿你刘爷心情好，保准能多赏你两个！”

老鸨喊完了话，就请刘金贵上楼。几日不见的婉儿，已经和第一天被刘金贵开苞的时候大不一样了。婉儿浓妆艳抹，身穿大开襟的旗袍，手拿素花手帕，看刘金贵上了楼，赶紧把身子贴在刘金贵的身上，娇滴滴地说：

“刘爷，人家可想死你了！”

刘金贵看婉儿已经如此会发嗲，心里不禁笑了起来，心中暗想：“这窑子真是个鬼窝啊，啥样纯洁的大姑娘，到这里待上三天也得变成婊子！”

想到这儿的时候，刘金贵的脑海里又浮现出了李家二小姐的倩影。心说：“老子今儿就拿你当李念了，高兴一会儿是一会儿！”

婉儿把刘金贵侍候得心花怒放起来，还真的丢给了婉儿俩大子儿。

走出香春阁，刘金贵的脑海里还总是浮现出李家二小姐的影子。他知道，自己这是被李家二小姐迷住了。

回到家里，执事的告诉刘金贵，说李家烧锅的公子李通在房里等着他呢。听说李通来了，刘金贵心里一喜，赶紧进了会客厅。刘金贵进来的时候，李通站在茶几旁正盯着墙上的一幅侍女图出神。刘金贵拍了李通一下，吓得李通打了个寒噤。

刘金贵招呼李通坐下，问他有什么事，李通看看跟前没有别人，就跟刘金贵说：

“哥哥，听说你在洋人那混得不错，能不能介绍小弟我也去干个啥差事？”

刘金贵伸出小指头挖起了耳朵，卖起了关子：

“大哥，不是我不想帮你，的确是洋人那不好疏通啊！”

李通的心思都在怎么才能靠上洋人的事情上，并没听出刘金贵已经改口称自己为大哥了，他皱起眉头说：

“那咋办？大哥，我是真想去，给不给钱都行！”

“我试试吧，反正你也是我大哥，不怕你抢了我的饭碗！”

李通还是傻傻的，郑重地说：“我怎么能抢你的饭碗呢？那还叫兄弟吗？”

刘金贵把指甲缝里的耳屎弹了出去，接着说：

“大哥，兄弟我今儿去你家找你，看见你二妹子了，一看就是有学问的，长得可比你强得多了！”刘金贵终于把话题引到了李家二小姐的身上。

“那是，我二妹子那可是真有学问，在北京读的是贵族学校呢！我爹还指望她将来混个好差事，带我们去北京发展呢！”一听刘金贵说起自己的二妹妹，李通来了精神。

“你妹子也是我妹子，大哥你也得让兄弟认识认识咱妹子了，兄弟将来也借个光啥的嘛，你说是不是？”刘金贵假装正经地说。

“那没问题啊，咱俩要都去给洋人办事了，就可以天天去我家玩，顺便也让咱妹子教咱点墨水！”

说到这里，李通突然愣了一下，问：

“可真的，你怎么管我叫大哥啊？”

听李通答应介绍自己和他妹妹认识，刘金贵一下子就心花怒放起来，他拍着李通的肩膀说：“你本来就比我大几天，以前是你让着我，打今儿起，我得敬着你了，要不怎么在一起干事儿？”

刘金贵还告诉李通，明早早点来他家，一起去洋人那儿，李通乐得直拍大腿。

其实，刘金贵在李宅遇见李家二小姐李念的时候，李念也看见他了。只是，李念一看见这个长得面目狰狞的人，心里就不舒服。听说是来找大哥的，心里就更不痛快。李念知道大哥这几年不学无术，尽干坏事，来找他的人，也不会是什么好东西，因此就装作没看见刘金贵，走过去了。可她怎么也想不到，刘金贵竟然打起了她的主意。

李通回到家，高兴地告诉他爹，说明天他也要去给洋人当差去了，李念正好在爹的屋里帮爹爹打扫那架子上他总也不看的书。

李念听了哥哥的话，老大的不高兴，她放下手里的活儿说：

“哥，你怎么能去给洋人当差呢？你知不知道八国联军都进北京了，他们还放火烧了圆明园！那些洋人，都是咱的敌人，你去帮他们，还有没有点儿中国人的骨气？”

李念没想到，爹爹竟站到了李通一边儿，他说：

“闺女，你这话可就不对了，咱是商人，讲究的是挣钱。你哥也该做点正经事了，只要能钱赚，干啥都有理！”

“钱、钱、钱，你们就知道赚钱，国家要是没有了，赚钱还有啥用？”

李念真的生气了，她的脸白得吓人。

李掌柜嗔怪女儿：

“不赚钱，用啥供你去北京念书？老闺女，你是越学越傻了！”

三个人在屋里吵起嘴来，父子俩的矛头都指向了李念。

“我不跟你们说了，你们爱干啥干啥吧！”李念放下手中的一本书，气冲冲地出去了。

大街上，洋人似乎一下子多了很多。这些人穿着西装打着领结，三五成群地漫步在哈尔滨的大街小巷，没有一点人在他乡的谦卑，反倒十分地傲慢和不可一世。似乎哈尔滨这个城市，一下子就成了他们的了。

李念漫无目的地在街上走着，那些参天的古榆，光秃秃地把枝丫伸向茫茫的天空，几只乌鸦凄惨地叫了几声，就把那让人心悸的叫声交还给了大地。榆树已经越来越少了，乌鸦也就没了栖息的地方，它们绝望的哀鸣似乎是一种暗示，只是没有人来破译他们的语言。

李念拐过街角，她看见前面“德润风”浴池的山墙上，贴着一张告示，就好奇地上前看了看。告示上画着一张人像，是一个和她年龄相仿的少年，这个少年眼睛不大，却炯炯有神，人像旁边写了几行字，写的是通缉土匪万千山，捉到有赏等。

李念嘴里叨咕着万千山、万千山，心想：“这个和自己年纪差不多的人，怎么就当了土匪呢？啊，这世道可真是……”

李通没听妹妹的话，和刘金贵一起做了洋人的帮手，他们整天和洋人走街串户，专门收购百姓的粮食、牲畜、家禽等。本来刘金贵一个人就够坏的了，再加上这个李通，更是坏上加坏。哪个百姓敢说个不字，上去就是一顿拳脚，轻则伤，重则死，闹得百姓胆战心惊。

洋人把收购来的粮食都存放在傅家甸码头的一个大仓库里，家禽和牲畜则一律宰杀冰冻，没多少日子就堆满了好几个大仓库。

18

洋人在哈尔滨收粮食的事，太阳寨的人都知道。

万江平和江北红对洋人的大面积到来，深感忧虑，他们不断地猜测，这些洋人来哈尔滨究竟要干什么？八国联军进北京烧杀抢掠，不仅火烧了圆明园，还有清漪园、畅春园、静明园、静宜园，同时陷于这场大火的，还有万寿山、玉泉山、香山，三天三夜的大火，是一场空前的劫难。现在，洋人们又来哈尔滨干什么？会不会也像进北京一样，造成一场大烧杀、大洗劫？万江平和江北红琢磨到这里，都不禁倒吸了一口凉气。

他们召集寨子里的上层人物开了一次会，万江平对到会的人员说：

“现在，这么多洋人呼啦一下子涌进了哈尔滨，一定有大阴谋，不提早做好准备，不仅中国人要遭难，就连太阳寨也要吃大亏!”

江北红也说：“外国人烧了北京皇家的三山五园，还抢走了数不清的中国国宝，他们杀人无数。现在又开始算计哈尔滨了，哈尔滨是咱们的哈尔滨，不能再吃北京那样的亏了！他们敢在咱们的地面上闹事，咱就让他们尝尝东北人的厉害!”

一时间群情激愤，大家摩拳擦掌，准备在必要的时候和洋人拼命。

万千山按照万江平和江北红的指令，正在对土匪们强化实战训练，他将精干的人马拨给天慈一部分，让她训练出一批身手轻灵的预备队，作为战时的特别需要。

这天，万江平在寨子里巡视了一圈，看万千山和天慈把大小事务安排得井井有条，心里稍微平静了一点儿。他信步来到张达屋子里，张达正埋头于他那一堆账目里，听到有人进门了，抬头一看是万江平，随即又把头低下，理也不理。万江平问他这段日子过得怎么样，他说没有爹的日子就那样。话不投机，万江平想嘱咐一下张达，说每本账目都是山寨命脉，话一出口就被张达顶了回去。张达说：

“信不过外人，你就换你的心腹，我这点活儿，是给红姨干的!”

万江平没话说了，只好叹口气走了出来。不知怎么了，这些日子心情一不好，他第一个想到的倾诉对象就是江北红。这多奇怪，他总想找江北红聊聊天。

万江平第一次主动走进了江北红的屋子，屋子的格局一明一暗，外屋是江北红临时召集重要下属的客室。客室的北墙上有一幅字画，上书“义气江湖”四个大字；字画左右挂着两把自制的手枪，据说是蒋天远留下来的；墙旁放有一张长桌，桌边围有六把高背椅，擦拭得锃光瓦亮；南墙窗下是一张旧式茶几，两边摆着颜色已经发红的藤椅，看上去古色古香。里屋是江北红的卧室，门总是关着的，除了天慈，谁也没有进去过。

江北红让万江平坐在藤椅上，亲自为他沏了茶，清香的茶叶味道，在屋子里弥漫开来，让人觉得十分的安逸和温馨。

火盆里的火很旺，江北红今天穿的是一件酱紫色的紧身棉袍，样子淑雅而秀丽。

万江平轻咳了一声说：“心情好一些了？”

江北红不好意思地笑了一下，反问：

“你看呢？”

万江平又轻咳一下，开始埋头卷叶子烟：

“我这人太笨，总是看不出女人的心思。”

江北红的眼睛有些潮湿，她望着万江平手中渐渐成形的烟卷儿，若有所思地说：

“哎，还是不想看啊，要看出女人的心思，并不比卷一支叶子烟难。”

万江平点着了卷好的烟，熄灭火柴，又把火柴梗扔进炭火盆，看着火柴梗慢慢弯曲、烧透，火苗从被烧成黑色的火柴梗上灭掉，有一缕纤细的白烟升起来、散开去，这才开口说话：

“一眼就能看透的事情，它未必就能长久。就像这火柴，扔到火上就着了，可没烧一会儿，它就烧透了，变成一缕烟儿，没了。”

江北红说：

“它有真情，懂得燃烧，所以你就看到了它的火苗儿!”

万江平说：

“我说不清那么多道理，可我喜欢这火盆里的炭，它发不出多少光来，可它一旦着了，就能散热，就能让人觉得温暖。”

江北红盯着万江平，眼神里满是疑问，有些惊讶地问：

“你是说，我不够温暖?”

万江平这才突然意识到，他把要说的意思搞拧了，赶紧答道：

“不不，你是温暖的。我是想说，我想了很久才想明白，为什么一时还不能接受你的感情。我是个刚刚失去女人的人，心里有太大的阴影，这种阴影不是别人能消除得了的，得让我自己把心里的雨下透了。心里放晴了，才对得起像你这么好的女人。”

江北红隔着桌子抓住了万江平的手，她眼睛里的光清澈了，紧紧地抓着那只粗大的手，轻轻地说：

“江平，我等着你!”

几乎是一夜之间，俄国人就塞满了哈尔滨，他们在这里盖洋房，建工厂，开银行，修码头，建教堂，房子一幢幢地盖起来了，工厂一间挨一间地建成了，商会、银行、车站、桥梁、学校、饭店……都像变魔术一般，把整个哈尔滨挤得满满的。

刘金贵和李通被洋人指使得屁颠屁颠的，还乐此不疲地卑躬屈膝。

李通也学着洋人的口吻，不时地说几句鸟语，惹得刘金贵哈哈大笑。腊月二十八那天，俄商列文非要去打猎，让这两个假洋鬼子给找个好猎场。刘金贵不假思索地说，去江北太阳滩啊，那有的是野兔、野鸡，还有野猪和狼呢。洋人一听来了兴致，背上猎枪坐上四轮马车就来到了江北。

列文的枪法很准，打猎也是行家里手，不一会儿就打到了好几只野兔。刘金贵和李通都不会放枪，他们只能帮着列文和几个洋人四处圈猎物，刘金贵正跑得欢的时候，突然脚被一只大铁夹子给死死地夹住了，疼得嗷嗷直叫。

可能是因为心情的关系，张达这几天胃口不好，他喜欢吃野猪肉，天慈就在林子里下了几盘夹子，不时地出来遛遛，看看有没有收获。这几天，万千山正操练着队伍，天慈又不愿意叫上张达一起出来，只好一个人进了林子。天慈想，反正这是太阳寨的地界，走出个三里五里的，也出不了大事。天慈遛过了几盘夹子，都没有收获，以为今天又白跑了，正向最后一盘夹子走来时，突然听到了挣扎的声音，摸到一棵树后往前一看，发现自己埋的铁夹子夹住了一个大活人，起先还是一惊，看清被夹住的居然是在酒馆里调戏自己，又被万千山痛打过的花花公子，竟又哈哈大笑起来。

刘金贵看有人过来，赶紧求救，说："快帮我松开夹子吧，我快疼死了！"

天慈走上前来，站在刘金贵跟前，并没有帮他打开铁夹的意思。这时候，坐在地上的刘金贵也认出了天慈，他们四目对视在一起，都冒出了仇恨的火花。

天慈踢了一脚刘金贵，叉着腰说：

"这就叫恶有恶报，当时我哥一鞭子没抽死你，你又跑这撒欢来了？"

刘金贵掰了一下大铁夹，没掰动，他不得不露出一脸可怜相，继续向天慈求救：

"姑奶奶，求你放开我吧，这罪可不是人受的！"

天慈的眼睛在冒火，她冷漠地说：

"先夹着吧，这玩意是专门对付你这种东西的！"

刘金贵知道求也没用了，竟然抱着脑袋鬼哭狼嚎地叫起来。

突然，天慈感觉身后有个硬邦邦的东西顶住了她，回头一看，心里不由地说："这下坏了，这小子居然把洋人带来了！"

几个洋人就在身后，有一个已经用猎枪顶住了天慈的后腰。

刘金贵看洋人过来了，赶紧凶恶地叫喊：

"快抓住她，她是土匪万千山的妹妹！"

李通也附和道：

"对，就是她，这小骚货和她哥哥一样，都是富人的祸害，就连洋人也不放在眼里了，快把她绑起来！"

天慈被洋人抓了起来，几个洋人摸着天慈俊俏的脸蛋，眼睛里露出了淫邪的光，天慈照着洋人的脸就吐了一口。

几个洋人不但没生气还哈哈笑了起来，那个列文用半生不熟的中国话连说："有味道有味道。"天慈使劲地挣扎着，可她毕竟在人家的枪口下，不到万不得已的情况，不能把自己的生命搭在无谓的反抗上。刘金贵在一个大汉的帮助下，终于脱离了铁夹子，他爬起来就给了天慈一嘴巴，天慈的嘴角立刻流出了血。

洋人们听过太多关于土匪的传闻了，特别是万千山这个名字，更是令他们头疼，如果不把这伙人解决掉，说不定什么时候，他们就会像对付许虎那样，把他们这些外国人抢个精光。列文命令手下把天慈押到了哈尔滨，关在了督队刘凤的临时牢房里。

刘凤正犯愁这太阳寨不好打呢，儿子却带着洋人把太阳寨大掌柜的的女儿给抓了。就凭这条鱼，他就能把整个太阳寨都钓到岸上来。想到这里，刘凤不禁哈哈大笑起来，心想：

"太阳寨啊太阳寨，我看你的太阳还能撑起几个大白天！"

19

天慈失踪了，太阳寨里的人都急成了热锅上的蚂蚁。

一个小崽子告诉江北红，说天慈早晨起来就去太阳滩遛套子去了，他要跟着，天慈把他赶了回来。江北红吩咐手下兄弟赶紧去太阳滩找人，心如火焚的万千山和张达也都上了太阳滩。晚上，万千山、张达和派出去的弟兄陆续地回来了，谁也没有发现天慈的踪影。万江平似乎感觉到了事态的严重，和大家分析了一番，他说，刘凤要攻打太阳寨的风声正紧，这时候出了这样的事，必须往最坏的方向打算。万千山也说，极有可能是刘凤的人摸进了太阳滩，正好赶上天慈一个人出了寨子，随即就将人掠走了。经过分析，大家一致认为，要找到天慈，必须从刘凤入手。于是，万江平又派出一路弟兄，由万千山亲自带领，连夜奔赴哈尔滨找，重点侦察刘凤这两天是不是向城外派出过队伍。

第二天清早，万千山带着派出去的兄弟们垂头丧气地回来了。这两天，刘凤的大部分人马，都在给洋人看仓库，余下的人都在四处收缴年关保护费，根本就没有兵力往外派。

天慈就像突然从人间蒸发了一样。

江北红终于沉不住气了，投进万江平的怀里，哭了起来。

现在女儿失踪了，就像从她的心头剜掉了一块肉。

当年，江北红从驿马山逃到这太阳寨，天慈还是个离不开怀抱的小孩，江北红一边操持寨子里的大小事务，一边精心哺育着这个从小没爹的女儿。天慈从小就特别懂事，每当看见妈妈下山回来，她都会扑上去，亲妈妈的脸，还关心地问妈妈累不累，有没有人欺负她。

可以说，这些年来，天慈是江北红唯一的心灵支柱，被迫落草为寇不容易，做一个山寨的女寨主更不容易，每天都是打打杀杀的，连个说心里话的人都没有，全靠着女儿天慈在身边，江北红才能开心一点，才知道自己不仅是一个山寨灵魂，更是一个做了母亲的女人。

可是现在天慈不见了，江北红的半边天轰然地塌了下来。

万千山不忍看江北红伤心的样子，就一个人来到外面，他坐在一块冰冷的石头上，看着天上眨眼的星星，为天慈祈祷。这时，张达走了过来，坐在另外一块石头上冷冷地说：

“万千山，别看你救了我，可是我还是要说，是你，是你们害了天慈!”

万千山以沉默回应着张达的指责。

“如果不是你们来太阳寨，我爹也不会死，天慈也不会失踪，都是你们来闹腾的！如果你万千山不来，我和天慈就快结婚了，可是现在你看看，我爹没了，我的腿也瘸了，天慈也不见了！都是你，万千山，把我们的好日子搅和成这样，你于心何忍?!”

张达激动得直哆嗦，虽然夜色很黑，但是万千山仍能感觉到张达浑身的每个部位都在颤抖。万千山还是什么都没说，但是他的沉默，更加激怒了张达。张达说：

“你以为你不说话就可以逃避吗？我的天慈没了、我爹没了，就剩下我这个残废了！万千山，我恨你，我一直怀疑在地牢里打死我爹的人是你和你爹。是的，你们父子用邪术蒙住了红姨和天慈的眼睛，而后杀了我爹，又把这笔杀人账赖在死人头上，做得真是利索啊！你觉得你们得逞了是不是？告诉你，老天就要睁眼了!”

“住嘴!”万千山终于忍不住了，他噌地站起来，揪住张达的衣领说道：

“张达，连是非善恶都辨不清，亏你读了那么多的书！现在天慈失踪了，我的心情并不比你轻松，没时间和你翻旧账!”说完，一把将张达甩到了旁边。

张达爬起来，也一把揪住了万千山的衣领：

“姓万的，你今天最好把我也杀了，不然，我早晚会杀了你们!”

张达疯狂地摇晃着万千山，呜呜地哭起来。

整个太阳寨因为天慈的失踪，一下子陷入了危机之中。

江北红整日以泪洗面，万江平一面继续组织弟兄们出去寻找，一面托道上的朋友帮着探听消息。三日过去了，还是没有音讯。万江平琢磨着，这孩子一定是落入了谁的手里，要不然早就该有消息了。一种不祥的预感，一下子袭上了他的心头。

刘凤抓到了江北红的女儿自然是喜不自胜，但是他并没有急于向太阳寨下通牒。他要像猫捉耗子一样戏耍他们几天，让他们先忍受几天煎熬，再找他们算账。因此，他一面封锁消息，一面在暗中做着攻打太阳寨的准备。

手里有了天慈，刘凤这两天便优哉游哉起来，似乎太阳寨已经毫无悬念地落入了他的手心。为了达到他的目的，刘凤吩咐儿子刘金贵，暂时不要到关押天慈的地方去，拿下太阳寨以后，这个漂亮的女子任凭刘金贵处置。

刘金贵这次很听父亲的话，他知道，太阳寨不除，他先动了天慈，今生今世就永无宁日了。刘金贵强忍着疯狂报复天慈的念头，继续带着李通给洋人干事。

较之刘金贵比，李通更多了几分聪明，不像刘金贵那么粗野。因此，没两天的工夫，他就得到了洋人的赏识，教会了他不少洋文。洋人还告诉他，以后能用到他的地方很多，让他好好干，前途是无量的。李通点头哈腰地听洋人的话，当然他也得听刘金贵的话，因为就目前来讲，他还是怕刘金贵的。

刘金贵这家伙心狠手辣，说不定干出什么坏事来呢。

腊月二十九，家家都忙着贴对联、蒸年糕，好不热闹。李家烧锅这几天也格外忙活，因为年关一到，喝酒的人就多了，那些平时舍不得喝几口的，到了过年，怎么也得喝一壶，而那些有钱的人家，更要在过年的时候摆上几桌，宴请亲朋好友。如此一来，李家烧锅的买卖就到了最好的时候了。

李掌柜在前台边忙活边抱怨：

“这两个儿女啊，一个也帮不上我，全靠我这把老骨头了，不知道我还能干几年?!”

一个伙计在一旁安慰他说：“掌柜的，你别上火，大少爷给洋人办事，那洋票子划拉得一把一把的，你家小姐在北京读书，将来没准还能当大官呢!”

李掌柜冷冷一笑，说：“只怕到那时候，我这把老骨头就没了!”

雇佣伙计的告示已经贴出去有些日子了，还是不见有人前来应事儿，李掌柜心里十分着急。眼下，人手不够，影响了生意，耽误了赚钱，这比什么都让他闹心。李掌柜正盘算着怎么才能再弄几个人手来，就听伙计来报告说，大门口有一男一女要来做伙计，问掌柜能不能现在就上工。李掌柜一听，一下子来了两个伙计，赶紧吩咐人将他们带进来。

这一男一女进了院子，由伙计领着直奔李掌柜的账房。这是一对夫妻模样的人，男人紧紧地拽着妻子的手，生怕丢了她似的；女的围着大头巾，一句话也不说，看上去像个傻子一样。李掌柜简单地问了这个男人姓名，男的一一作答。他说自己叫王二，他的媳妇叫素月，李掌柜看素月傻呆呆的，什么也干不了，只能吃闲饭，就对王二说：

“留下你可以，你媳妇可不行，她傻呵呵的，只能吃闲饭!”

男人一听不用自己的媳妇，有些急了，赶紧说：

“掌柜的，你不用她俺也就不干了，俺不能把她扔下啊，这可是俺的媳妇!”

“那你说她能干啥，难不成我还要给她白拿份工钱不成?”

王二犯了犟劲，硬生生地说：

“也就是一天三碗干饭，我多忙活一会儿，还挣不来咋的?”

李掌柜有些不耐烦了，挥挥手说：“你们走吧，我这儿不能白养闲人!”

说完示意伙计将来人撵出去。这工夫，正好二小姐李念来账房找李掌柜说事儿，一见两个人被她爹哄了出去，顿时心生怜悯，就和李掌柜说：

“爹，你就留下他们吧，这女的你交给我，让她给我收拾收拾屋子总能干吧?”

王二一听这个小姐说出这番话来，赶紧鞠躬说：

“还是小姐心肠好，王二谢谢您了!”

二小姐李念一手拉住了素月，对王二说：

“我是看重你对你媳妇的这份感情，好好干活吧，亏不着你们!”

李掌柜白了一眼女儿，又白了一眼王二，说：“那也行，不过每月扣你们一块钱，算是你媳妇的伙食费!”

王二听李掌柜这么一说，也不好反驳什么，赶紧说了声谢谢就上工去了。

素月被留下了，李念打心眼儿里可怜这个傻女人。

这个傻女人也就是不到四十岁的样子，人长得清秀，身段苗条，她的眼睛里总是透着一种善意，虽然她总也不开口，但是好像有很多话要说。李念读过书，已经看出这个女人是暂时失忆了，一定是受过外伤或者别的打击。李念领着女人回到了自己的房间里，把女人安顿好，轻轻地对她说：

“你以后就和我住一起了，你别害怕，有事我会帮助你的。”

不知道为什么，素月也好像很喜欢李念，李念说什么她都点头，然后再小心翼翼地摸摸李念的头和脸。

李念越来越觉得，这是一个有故事的女人。

20

刘金贵和李通这天早早地就收工了。

因为洋人们也要体验一下中国年的感觉，所以就休息了一天，也学着中国人的样子，笨手笨脚地贴起了春联，包起了饺子。

刘金贵这天没回家，而是直接和李通去李家烧锅了。刘金贵不为别的，他就是惦记着李念，自打那次在李家门口碰见她，他就再也忘不了这个清丽可人的女孩了。

进了李宅，刘金贵四下张望，可看了半天也没见李念的影儿。李通问刘金贵找什么呢，刘金贵支支吾吾地也没说出什么来，就和李通进屋去了。

这时，李掌柜看李通回来了，就叫他去账房帮忙。李通让刘金贵在自己的房里待着，说他一会儿就回来。

等李通出了屋，刘金贵也溜了出去，在一个下人那里问明了李念的房间，他整理了一下自己的西装，弄了弄领带，向李念的房间走去。

李念正在屋里和傻女人说话，听见有人敲门，打开门一看是刘金贵，就非常不悦地说：

“我哥的屋子在东边，你走错了！”

刘金贵嬉皮笑脸地说：“二小姐，我就是来看你的！”

说完，刘金贵又掐指弹了弹袖口，好像自己很有风度的样子。

李念看到这个丑陋的男人心里就发冷，她说：

“我有什么好看的，你还是去我哥那屋等他吧！”

说完，李念伸手就关自己的门。

刘金贵不肯轻易放过这个说话的机会，用一只手支住门，另一只手拉住李念的手，模仿着洋人的口气说：

“二小姐，咱们俩应该交个朋友，你是我见过的最最动人的女孩！”

李念此时恶心得都要吐了，但又不好翻脸，无可奈何地说：

“假洋鬼子，别以为你穿上这身衣服就是绅士了，赶紧走吧，我还要看书呢！”

她甩开刘金贵的手，再次关上了门。

屋子里，素月正盯着茶几上摊开的一本书出神，听李念气呼呼地摔门进来，赶紧关切地拉住她的手，用眼睛询问着李念到底是怎么回事。

李念拍了拍素月的肩膀说：“没事，是一个无赖，找我哥的！”

素月看一眼从窗前走过的刘金贵，喃喃自语地说：

“又一个无赖，世上的无赖可真多！”

李念看着素月的表情，越发觉得这是一个不寻常的女人，她问：

“你也遇上过无赖？”

素月表情凝重地站在那里，好一会儿又嘀咕道：

“谁知道呢，我究竟有没有遇上过无赖？”

再过一会儿，素月盯着心事重重的李念，抓紧她的手说：

“孩子，再见到无赖，你躲远点儿，他们都会杀人放火啊！”

一声孩子，把李念叫得心情激荡，她感到这个傻女人就像关心着她的女儿一样关心着自己，她想：有这样一个母亲，该有多好啊？

刘金贵在李念这吃了闭门羹，心里很不快，他到了账房和李通打了个招呼就走了。

回到家，下人告诉他，刘凤到洋人的仓库检查士兵执勤的情况去了，要下午才能回来，临走时嘱咐，等刘金贵回来让他老老实实地待着，别到临时监房去惹是生非。刘金贵这才想起临时牢房里还关着个天慈呢。

对李念的火气没处消，刘金贵喝了一杯冰冷的茶，仍旧觉得心里热辣辣的，他丢下了茶杯，直奔临时牢房那儿去了。

刘金贵边走边想："我今天非好好收拾收拾这个野丫头不可，活着也是让人瞧不起，我还怕什么太阳寨啊？今儿大爷就把你开苞，再把你卖到妓院去，看你还牛性不牛性?"

临时牢房里，天慈的手被反绑着，正坐在一堆羊草上流泪。

她已经被抓来三四天了，在这几天里，除了送饭的人一天来一趟外，再没有人来打扰过她。过堂啊、拷打啊、逼供啊，一切被捕的人要经历的过程都没有进行，抓她过来的人好像都死掉了一样。

天慈不敢睡觉，她怕睡着了会被冻死在这里。每天一餐，这一餐只有一个冷馒头，饥饿、困倦、寒冷，轮番地侵袭着天慈，使她不时地昏厥，她不得不强迫自己从昏昏欲睡的状态中精神起来。

山寨里一定都炸锅了，母亲、万伯伯、万千山和张达肯定都快急疯了。天慈还想到，抓他的人有着很深的背景，不然使唤不动洋人，至于刘金贵和那个李通，只不过是个向导。主谋者一定是冲着山寨去的，自己被抓不要紧，一定还会连累山寨的。

天慈这么想着，就使劲地敲打着牢房的铁门，铁门咚咚的响声震得屋顶上的雪簌簌地落下来。但没有人理她，监牢里也没有任何声息。天慈是个烈性的女子，她连踢带打地哭闹着，可是任凭她怎么闹腾，依然没有人来瞧她一眼。她绝望地瘫坐在羊草堆上，期待着有人能拉她出去过堂，即使挨上一顿鞭打，也比这么干耗下去强。

但她好像被押到了人鬼神三不管的地界，能感觉到的，只有寂静和绝望。

天慈曾萌生过逃跑的念头，但这所监牢实在是太坚固了，它仿佛是在地下，一扇窗户也没有，只在西南角的上方有一个透气口，离人两米多高，从那里流进来的空气刚刚能使人不至于缺氧而死。气灯有规律地咝咝响着，惨蓝色的灯光照在四面光滑的石壁上，被凸凹的石面吸收，然后石头发出了强硬的光，有些地方在向外渗水，凉得让人发抖。

不知过了多久，监所外的门被打开了，进来的人好像踩在空木箱上，脚步声越来越近，并且沉重而空旷。没一会儿的工夫，两个执事的把刘金贵让了进来，然后又把大铁门轰隆一声关上，似乎还上了锁。

天慈看到刘金贵进来了，心中的怒火腾地一下燃烧起来，她使足浑身的力量扑上来，想发泄一下胸中的怒气。但一连几天的饥饿、困倦、寒冷的折磨，已经把这个女孩子的体力消耗殆尽，她只踢出了一脚，刘金贵用双手猛地一推，将她直接推倒在羊草堆上，刘金贵饿虎扑食般地扑了上去，啪啪地给了天慈两个耳光，接下来就开始撕扯她的衣服。

天慈哪能受这般欺负，她重新蓄积力量，一脚踹在刘金贵的下身，疼得刘金贵嗷嗷直叫。

被激怒的刘金贵再次扑到天慈身上，更加疯狂地撕扯天慈的衣服，没几下，天慈的衣服就被扯得一条一条的，露出了红红的肚兜。

刘金贵淫笑着，去抱天慈，天慈大叫着猛地起身，死死咬住了刘金贵的手，血从天慈的嘴里流了出来，掺着她绝望的、宁死不从的眼泪。

刘金贵号叫着抽回自己的手，也顾不得疼痛了，猛地一拳打过去，天慈只觉得胸口被雷击了一下，仰面朝天地倒了下去。

饥饿、困倦、寒冷和人体之中所有真实的感觉都没有了，天慈只觉得自己已经空了，像一片不由自主的落叶，在寂静的天空中飘，越飘天色越暗，越飘离人世越远。

似乎有一只黑鸟飞在她的前头，但她看不到鸟的真身，只能听清忽远忽近的鸟叫，她就跟着这只莫名的鸟，向更加莫名的地方飞去。

这就是死吗？我就这样在寂寞的飘浮中死去吗？

21

就在这生死攸关之时，牢房的大铁门又哗啦一声打开了，这次进来的人是刘凤。

刘凤怒喝了一声："混账，快给我住手！"

刘金贵看父亲进来，赶紧从天慈身上滚下来，捂着流血的手说："爹，这个贱货咬我！"

刘凤说："咬死你也不多，谁让你不规矩？"

说完，刘凤一脚把刘金贵踢了出去，刘金贵在门外站了一会儿，恼怒地走了。牢房里只剩下刘凤和天慈。天慈躲在角落里，她怒骂着刘凤：

"走狗，你快把我放了，我要有个好歹，太阳寨会扒了你的狗皮！"

刘凤哈哈笑了起来：

"小丫头，到了这会儿还敢放肆，这可是在我督队的牢房里，你最好乖乖地听话!”

天慈吐了一口嘴里的鲜血说:

“别说是你督队的牢房，就是阴曹地府，姑奶奶也不向恶鬼低头。要杀要剐你就快着点，别在这耗着!”

冷蓝的灯光下，刘凤的笑脸十分阴险，他上前一步说:

“小丫头，我现在还不舍得让你死。”说完，刘凤伸手去摸天慈的脸蛋，并吧嗒吧嗒嘴，说:“还真是俊呢，就这一脸怒气，就是一盘上好的下酒菜，老爷我一定要吃了你，但不是现在!”

刘凤是个恶毒的家伙，他知道，到嘴边的肉，也不能说吃就吃，那得炖到火候。他的心里早就有了主意，他要用万千山来换天慈，等抓住了万千山将其处死之后，再把天慈据为己有，这是一举两得的好事，要办到高枕无忧的程度才行。

天慈趁刘凤发愣的工夫，突然踹出一脚，刘凤被踢到墙根，扑通一声坐了下去，脑袋磕在石墙上，嗡嗡地响。他捂着后脑勺，好半天才清醒过来，本该发火，却挤出一脸笑容，他站起身来，揉着脑袋说:

“踢一脚就踢一脚吧，我让你后悔耍这点威风的日子还在后头呢!”

天慈用尽浑身的力气踢出一脚，自己也感到头晕目眩，连日来的饥饿和失眠、地牢里的阴森和寒冷，再加上自身的焦虑和对亲人的思念，对于一个正在成长的小姑娘来说，无疑是一种非人的折磨。她强挺着让自己站稳了，她不知道眼前这个恶魔接下来要干什么，她必须尽自己最大的努力保护自己。

晕眩、两腿发软，身体不断地发出需要休息的信号，眼前不时地出现一片片的白雾，天慈咬住了自己的舌头，想用疼痛抗拒不断袭来的困乏感。

刘凤望着天慈，他已经发现这个小女子的体力和意志正在迅速地崩溃，他的笑容越发阴险起来，并且用异常缓慢的声音说：

“饥饿？寒冷？需要补充食物？告诉你吧，我今天杀了两口肥猪，预备了大碗酒、大块肉，还有熘肝尖儿、炒肥肠、熏酱肘子。那叫一个香，香得我想一想都流口水。对了，我说这些干什么？这些东西，你在寨子里经常享用，恐怕都吃腻了。我要用这些东西犒劳我的弟兄们，吃饱喝足了好去打仗。山寨也在张罗过年吧？那儿的吃喝，会有数不清的山珍海味，什么蒸熊掌啊、熏鹿腿啊、炖野鸭啊、炒山鸡啊，说不定还有一整只黄乎乎、颤巍巍的烤野猪呢！对了，你喜不喜欢吃清炖鲤鱼呢？松花江的大鲤子，白生生的鱼肉、黄澄澄的鱼子，闻着香艳、看着鲜嫩、吃着润滑，馋得都快让人流出眼泪了！呀，我怎么这么了解吃喝的道道呢，说起来都滔滔不绝了！你闻闻，伙房里的香味都扑进来了，我的厨子也是，你把东西做得这么香干吗？做得这么香，还把味道传得这么远干吗？这不是活活坑了我们这位饥饿的小姑娘吗？”

的确有一股浓烈的香味从石壁上方的窗口飘了进来，那是杀猪菜的味道，酸菜、肥肉、血肠、山花椒，这些东西的味道混合在一起，是东北人最熟悉的年味儿。天慈咽了口吐沫，她什么也不想说，轻轻地坐到干草堆上，闭起了眼睛。她在想，这个年，山寨上所有关心自己的人，都过不好了，他们肯定在一门心思地为自己担心。

万千山此刻正焦急万分地寻找天慈，但是茫茫人海，到哪里去找一个人呢？

在松花江边，万千山寻了一块石头坐下来，已经几夜没合眼的他，迷迷糊糊地打起了盹。

江风依旧呼啸着吹过，雪被风扬起来，拍打着少年的脸。

在江边，万千山做了一个梦。他梦见天慈正被一只猛虎追赶，天慈边跑边喊："千山哥，快来救我。"就在猛虎快要把天慈吞下去的时候，一只鹰从天空俯冲了下来，叼起天慈就消失在了茫茫天际。鹰落在很远的山崖上，瞪着发红的眼睛盯着自己的猎物，天慈坐在一个干枯的池塘边，唱着一首歌：

血泪呀填满了干枯的湖泊
哥哥你呀怎么还不来救我
猛虎掏了我的心，哥哥呀
雄鹰又啄瞎了我的眼睛……

千山看见了天慈，更听见了天慈的歌声，他飞一般地向山崖跑过去，嘴里喊着："天慈！天慈！"突然，前面的山崖不见了，浓雾把整个世界都遮掩起来。大惊之下，万千山猛地睁开眼睛，眼前只有凛冽的寒风和白茫茫的雪野，连一点天慈的影子都没有。

万千山流下了眼泪。

江北红更是急火攻心，已经病倒在床上，万江平在身边安慰着。出去探听消息的小崽子都回来报告说，一点消息也没有，只是原来和呼兰河副都统一起调集兵马，准备攻打太阳寨的督队刘凤这两天突然停止了行动，整天在家优哉游哉地喝茶逗鸟。

万江平听到这个消息，不由一怔：

"难道天慈落入了他的手中？不然怎么会突然停止行动，过起安闲的日子来，难道是手里有了王牌，胸有成竹了？如果是这样，那就大事不妙了！"

万江平心中这样想着，但是他没有把这个想法告诉江北红。他挥手让崽子们先下去，安顿好江北红，自己也出去了。

万江平在江边找到了万千山。他告诉万千山，从现在的情况看，天慈多半是落在了刘凤的手里。只是摸不清这个刘凤为什么还没有派人送来通牒，这里边肯定有阴谋。万千山听父亲这么一说，似乎明白了什么。他对万江平说：

“爹，真要是这样，我就去刘凤那儿把天慈换回来吧，他们要收拾的人是我！”

万江平深情地看了一眼儿子，拍了拍他的肩膀说：

“儿子，太阳寨救了咱爷俩的命，咱现在又牵连了人家，不能只顾及自己的安危了。看来，咱爷俩是得做好拼命的准备了！”

万千山说：“爹，我不怕，不就是一条命吗，只要天慈没事就行！”

万江平思索了一会儿，说：

“事不宜迟，赶紧回寨子里安排一下，我们这就进城！”

父子俩把寨子里的头目召集到江北红的屋子里，万江平说出了自己的想法，并强调天慈很可能就押在刘凤的老巢里。江北红也肯定了万江平的判断，说如果真是刘凤抓走了天慈，肯定是想利用天慈束缚住太阳寨的手脚，以便顺利地除掉太阳寨。万江平做了一些必要的安排，怕江北红担心或反对，他们没告诉她此行是想用万千山换回天慈。只是说必须亲自到刘凤的老巢里做一下细致的侦察。江北红想打发别人去，万江平说刘凤的老巢不比别处，身手一般的人去了弄不好偷鸡不成反蚀把米，会坏大事。江北红打起精神，说万家父子不在的时候，由她亲自打理山寨，并嘱咐万江平道：

“你们要万事小心，绝不能救不到人，再搭上自己。我需要天慈，但山寨更需要你们！”

万家父子收拾了一下，立刻起身出了太阳寨。

来到松花江上，一伙逃难者正沿着江边向老船口那边仓皇地奔逃，万千山赶紧过去问是怎么回事。

这伙人告诉万千山，一伙洋人抢占土地、放火烧房子、糟蹋民女、无恶不作，百姓都纷纷而逃，到别处去讨生活了。

万千山听完，好像有一块石头重重地砸在了心口。

22

原来，刘金贵和李通侍候的洋人并不是什么客商，而是俄国沙皇派到哈尔滨来的哥萨克大兵，那个列文就是哥萨克骑兵团的团长。

沙皇尼古拉二世妄图把中国东北设置成他们的军事殖民地，将他们所谓的“黄俄罗斯”并入俄国。

大年初一这天，炮队街上的俄国大兵俱乐部里，一群俄国大兵正在举行联欢活动，几个金发碧眼的俄国女孩正在陪着士兵们跳舞。刘金贵和李通也穿梭其中，一会儿握握这个女孩的手，一会儿摸摸那个女孩的脸蛋。

哥萨克骑兵团的团长列文没有跳舞，而是静静地坐在靠窗口的一把椅子上，悠闲地喝着伏特加。一个勤务兵开门进来，趴在列文的耳朵旁嘀咕了两句，转身离开了。列文放下酒杯，招呼刘金贵过来。

刘金贵赶紧过来了，俯身给列文鞠了一躬说：“列文先生，您有什么吩咐?”

列文奸笑了一下说：“刘，那天在太阳滩抓到的女孩好有味道，和令尊说一声，把这个女孩送给我怎样?”

刘金贵一听，挠了挠脑袋：

“这个，我得和家父商量一下，好像很难，这个女孩一家都是朝廷的重犯!”

列文挥了挥手，耸了耸肩膀，不可一世地说：“整个哈尔滨都将是我们沙皇俄国的一部分，还差一个女孩吗？告诉你的父亲，如果他把女孩交给我，我会向司令申请给你个要职，你看怎么样？”

刘金贵高兴地连声说好。

那天，列文打发走了李通，把刘金贵留了下来。他派了一名俄国女孩，吩咐她要让刘金贵开心，要满足他的所有要求。这个俄国女孩名叫达丽雅，是随中东铁路筑路队从莫斯科来到哈尔滨的。

达丽雅长得非常漂亮：一头金发波浪般地卷曲着，一直披到脑后，一双碧眼就像两泓清澈的深潭，高挑的鼻梁、性感的嘴唇和丰满而又高挑的身材，让刘金贵兴奋不已。达丽雅拉起刘金贵的手，就像一个贵妇人牵着一条瘦小的狗一样。他们迈步走出了俱乐部的玻璃门，回到了达丽雅的房间。房间里弥漫着一股外国香水的味道，宽大的铜制双人床上，被子胡乱摊在那里，让人感觉这是个随时都可以做爱的场所。达丽雅褪下了身上的裙子，像一匹白马那样光洁闪亮，她给刘金贵倒了一杯伏特加，喂他喝下去，然后大笑着将刘金贵压倒在床上。

刘金贵是第一次尝到俄国女人的滋味，完事之后，他亲了一口达丽雅说：

“真想让你做我的老婆，可你是洋人，我要生出个杂种，我爹非要了我的命不可！”

达丽雅半躺在床上，雪白的浴巾盖住她美丽的身体，一双修长的玉腿散发着迷人的味道，她的目光总有一种让刘金贵琢磨不透的东西——淡淡的忧伤。刘金贵刚刚穿好衣服，回头看见风姿绰约的达丽雅还在床上含情脉脉地看着他，圆润、白皙的双肩流泻着迷人的风韵，不觉又来了精神，他再次扑到达丽雅的身上，云雨了一番，直到精疲力竭。

达丽雅穿好衣服，淡淡地对刘金贵说："我的任务完成了，你该滚蛋了！"

刘金贵还不愿意走，想再搂着达丽雅躺一会儿，可是他看见达丽雅已经穿好了裙子，正准备出门，也只能意犹未尽地离去了。

达丽雅是一个白俄女孩，这次随中东铁路筑路队来哈尔滨，她是不情愿的。但是没办法，她不敢违抗沙皇的命令，不仅是她，所有的人都不敢。达丽雅走出自己的房间，来到街上漫无目的地散步，街两边盖起了不少俄式建筑。

"这座城市，越来越像我的家乡了！"达丽雅这样想着，心里不觉愉快了一些。

刘凤没有答应列文的要求，他不能把天慈送给他。

也就在同一天，刘凤差人给万江平和江北红送去了通牒。

他要求万千山必须来自首，万江平、江北红必须交出太阳寨所有的武器、粮食、财宝，再将所有土匪解散后，离开哈尔滨，永远不得再次入境，如果两日内万千山不来自首，必将天慈斩首示众。

江北红接到了这份通牒，她的心一下子沉到了谷底。江北红是绝对不愿意用千山换回天慈的，天慈是她的精神支柱，万千山也同样是万江平唯一的亲人，她怎么能用万千山来换天慈的性命？但是，万江平已经带着万千山去了刘凤的老巢，万一出了岔子，万千山就危险了！怎么办？留下守寨的江北红心如火焚。

万江平和万千山已经来到了哈尔滨，在刘凤老巢外，万江平默默地看了儿子很久，然后低沉地说：

"生死攸关的时候，遇事要沉得住气才能干大事，能活下来，就不朝死路上走！"

万千山也看着父亲，眼里含着泪水说："希望刘凤不要为难你，换出天慈，赶紧带她回山寨，我尽量设法逃出去！”

万江平抓着儿子的胳膊使劲捏了捏，来到刘凤的门楼下，两个人和门岗打了招呼，说明自己是太阳寨的人，一个门岗赶紧进去通报，没一会儿又折回来，对万家父子说刘爷有请，万家父子互望一眼，一起走进了刘凤的大门。

在督队的大堂上，站着十几个荷枪实弹的大汉，北墙上，有一幅抢眼的中堂，上书一个斗大的“枪”字，占据落款地方的四个小字也看得清清楚楚，竟是“枪胆枪魂”。字画两旁，一字排开挂着许多枪械。万千山看到这幅字画，不禁暗自笑了，心说：

“敢情这个人就是靠枪支撑着呢，一旦没了枪，他非倒下不可！”

刘凤让万家父子在一把长靠背椅上坐下来，又命人倒了两杯茶，说：

“两位千万别怪我摆出这样的阵式，要知道，你们可不是一般的人，我得用枪给自己壮胆是不是？”

万千山面无惧色地问：

“刘队长，咱们明人不做暗事，天慈是在你这里吧？”

刘凤望着眼前这父子俩，心里不由地颤抖了一下，他尽量压制一下自己波动的情绪，奸笑着说：

“那当然，我刘某想要的人，想什么法儿都能弄到手！”

万江平向前跨了一步说：“我是万江平，我这颗脑袋你已经惦记很久了吧，我来换回那孩子，你看如何？”

没等刘凤说出话来，万千山也上前一步，说：

“刘凤，小爷我是你最危险的敌人，你还是留下我吧，否则你后患无穷！”

刘凤发出一阵尖利的大笑，然后从椅子里站起来说：

“我敬重你们是英雄，并不想弄得你死我活，但你们爷俩儿，必须留下一个，让我向上面交个差。你们放心，不管谁留下，押个十天半月，我自然有办法让你们逃出去！”

刘凤那样子，还真有点要交他们这些江湖朋友的意思。

万千山说：

“我万千山来了，就是想让你放了天慈，我入你大狱，就任凭你是杀是剐！”

刘凤奸笑了一声：

“哈哈，好个万千山，你果然是真英雄。有句老话你听说过吧，自古兵匪一家，我吃谁喝谁？”

万江平一直观察着刘凤，他知道刘凤在撒谎，此刻，他恨不得马上就将万家父子消灭在大厅里，但他有更大的野心，他的算盘珠子，已经打好了，只要迷惑住万家父子，让太阳寨放松对他的警惕，才有突然重创太阳寨，进而一举歼灭的可能。万江平还意识到，只要用万千山换走天慈，那么留在这里的万千山就随时都有遇害的可能，但他此刻必须先把天慈安全地带回去。一个女孩子留在敌人手里，早晚会遭到刘凤或刘金贵的污辱，到那时候，天慈就生不如死了。再说，天慈是江北红的命根子，一个女人再坚强，也承受不住丧女之痛，不如把最大的痛苦留给自己，这是江湖人应有的道义。

这时候，刘凤又说话了：

“万江平，我知道你儿子是太阳寨的炮台，掌管着整个太阳寨的军权，这也是我想留下他的理由，我想交差，也想和你们交朋友，没他不行。再说，我也不得不考虑我的安全，一旦你们翻了脸，我拿什么要挟你们？你放心，五天之后万千山没回太阳寨，你们随时可以摸进我的家，做掉我的一家老小！”

万江平显得心平气和，他笑了一下说：

“刘队长，抓我们的告示贴得满街都是，我理解你的心情，江湖上讲究的就是义气。你要拿我儿子交差，我也只好把他留下，但我今天必须把天慈带走，你不希望我们爷俩现在就和你玩命吧？”

刘凤干笑两声说：

“咱们之间还没有值得玩命的事儿，人活着，不就求个天下太平吗？”

万千山恨不得马上就让天慈脱离刘凤的魔掌，他对刘凤说：

“多说无宜，你还是赶紧放人吧！”

刘凤白了一眼万千山，说：

“人肯定是要放的，不过我的条件还没有完全开出来，你爹和江北红必须解散了队伍，让我的人顺利地接收太阳寨，我可以保全你们所有人的性命！”

这个条件开得实在是太大了，万千山立刻就火了，他说：

“这可由不得你，解散了太阳寨，我们这些人还有活路吗？！”

没想到，万江平却同意了刘凤开出的条件，他问刘凤：

“你打算几时派人接收太阳寨？”

刘凤愣了一下，他没想到万江平竟一口答应了他，想了一下才说：“我确定你解散了太阳寨，才能带着你儿子和那小姑娘进太阳滩！”

万江平追问一句：

“你怎么确定我是不是已经解散了太阳寨？”

刘凤转了转眼珠说：

“这个问题，请恕我不能直言相告！”

万千山要说什么，被万江平制止了，他说：“我早就不想过这打打杀杀的日子了，太阳寨所有的财物，由你处置，我只要带走江北红母女去过太平日子。你怎么保证我们离开你的势力范围？”

刘凤站起来说：“事情办妥后，谁敢动你们一根汗毛，就是和我刘凤过不去!”

万江平也站了起来，他盯着刘凤的眼睛，问：

“看来我今天是带不走天慈了?”

刘凤不敢接触万江平的眼睛，把目光移到一旁，没有说话。

万江平离去前，看了万千山足有半分钟的时间，万千山的情绪安定下来，他把身上的鞭子解下来扔在了桌子上。

万江平对刘凤说了句：“有你一家老小垫底，我就不怕我的两个孩子留下几天。”然后昂首走出了刘凤的大堂。

刘凤听到万江平那冷气四射的语音，不禁倒吸了一口冷气，好半天才示意手下人，将万千山锁了，押入大牢。

23

万千山的手脚都被套上了锁链，扔进了大牢。

正在流泪的天慈一看万千山被扔了进来，一下子愣在那里，万千山看天慈衣冠不整，更是心疼不已，他们二人靠在一起，地牢里的寒气似乎减弱了一些。

天慈边哭边说：

“千山哥，你怎么进来了?”

“天慈，我是来换你的，那刘凤答应，只要我自首就放你回去!”

“你们傻啊，那刘凤是不会放我的，他和他儿子都要霸占我呢!”天慈哭着说。

“他们那是白日做梦，我爹已经回去做准备了，到时候再收拾他们!”万千山气得紧咬牙关。

当晚，万千山和天慈在大牢里一夜未眠。北风吹着屋檐，发出呜呜的哀鸣，一种不祥的气息笼罩着哈尔滨的上空。

刘凤抓了天慈，少年英雄万千山自首以求换回天慈一命的消息，在道上不胫而走。就在此时，与万江平和江北红有交情的二龙山匪首天龙、卧虎山匪首黑星、乌吉密匪首李成纷纷赶赴太阳寨，商议如何解救万千山一事。

议事厅里大家你一言我一语，商量着该如何是好。江北红起身抱拳，向各道上的兄弟表示感谢。她说刘凤要解散太阳寨是假，他看上了太阳寨的家业才是真，把他想要的东西先给他，以后再设法捞回来也就是了。

二龙山匪首天龙沉思了片刻，说道：

"我看，未必如此长他人志气，这刘凤狡诈得很，即使按他说的做了，能不能放回天慈和万千山也很难说！"

卧虎山匪首黑星赞同天龙的看法：

"江北红大掌柜的，咱们可不能轻信了这帮朝廷的人，你忘了八年前，你的驿马山是如何被剿灭的了？现在，我们得想个上策，既能救回天慈和千山，还能保全你的实力！"

"咱这几个绺子的人马，少说也有个三四百，万大掌柜的，你就说怎么干吧，我们都听你指使！"乌吉密匪首李成说。

商量来商量去，还是没有一个两全其美的主意，一直过了晌午，几个当家的还是没有想出一个好办法。

万江平起身来到了议事厅外，凝望着江南的方向，江北红也跟了出来，轻轻地把头靠在了万江平的肩膀上。

这段日子，两个人的感情好像拉近了许多，江北红经历了太多的坎坷，她需要一个强有力的男人，特别是在天慈失踪之后，更显示出了她女人的柔弱性，她发现自己对万江平的依赖已经是无法遏止的了。万江平的心似乎也在不可逆转地向江北红的身上靠，起初，他被发生在自己身上的变化吓了一跳，但天慈失踪以后，江北红那哀伤的样子，又让他无法不心疼，如果自己再像以前那样给江北红一个若即若离的感觉，江北红将被巨大的打击摧垮，说不定还会有性命之忧。

江北红无力地靠在万江平的肩膀上，又忍不住轻轻地哭泣起来。万江平拍了拍她的手，这样的安慰显然是太没有力量了，但万江平暂时什么也做不了。

江北红死死地抓住了万江平的手，好像一撒手，万江平也会从她身边消失一样。

北风在吹，天空飘下零散的雪花，一会儿，雪花就密集起来，白花花的，两米以外，什么也看不见了。

“下雪了。”

“下雪了。”

“雪多大，我什么也看不见了。”

“得安排寨子里的兄弟，多加岗哨！”

万千山被关进刘凤地牢的消息同样传到了呼兰河副都统张蓝见的耳朵里，张蓝见当夜便火速赶往哈尔滨。

见张蓝见突然到来，刘凤赶紧出门迎接。张蓝见此行只有一个目的，万千山必须由他押回呼兰府法办，因为万千山在松浦镇犯下了大罪，那是他张蓝见的地界。

对于张蓝见的要求，刘凤未置可否，只说等抓到了太阳寨的全部土匪再说。张蓝见没有办法，只能悻悻地离去。

刘凤是个诡计多端的人，他知道此刻几路土匪正聚集在太阳寨里，商量如何解救万千山和天慈的办法。刘凤心想：

“你们来的人越多越好，我正好可以给你们点颜色看看，也省得我挨着个儿地敲着你们的脑门子，告诉你们把我刘凤当祖宗供着！”

想到这里，刘凤吩咐手下，增派兵力，严加布防，如果土匪敢来，就认准太阳寨的人，让他们来一个死一个。

年关一过，寒冷的北方也渐渐地回暖，不再像寒冬腊月那样寒风料峭，大地在蒙昧之中即将苏醒。一年之计在于春，老百姓们盼着春天快点到来，可哪知道，等待他们的却是一场前所未有的灾难，侵略者的脚步踏上了他们的头顶。

这天一大早刘金贵就直奔李通家去了。

刘金贵一路琢磨着天慈，她现在虽然关在大牢里，自己却不能随时调遣受用，真是白瞎这大好的时机了。当然，对于天慈，令他烦恼的还不仅仅是他自己暂时不能轻易下手，更令他愤恨的是他爹也看上了这个黄花闺女，洋人那边也正惦记着天慈。他不禁自问，天下的人怎么都和他刘金贵过不去呢？

刘金贵想来想去，除了天慈，还是李家二小姐最让他垂涎三尺。

刘金贵来得有点太早了，李通还没起来，刘金贵撒谎说自己去茅房，让李通正好趁着这个工夫穿衣服。李通答应了一声，又懒洋洋地躺下了。

刘金贵根本就没去茅房，而是直接拐到了李念的房间，他先是趴在窗前听了听，没听到什么动静，就用手指戳开了窗纸，向李念的屋里窥探起来。

李念也刚刚醒来，她半披着被子坐在炕上，露出了雪白的双肩和胸前红红的肚兜。那凝脂般的皮肤，好像刚刚打磨好的汉白玉一样，洁白无瑕。一个花季少女的芬芳，在这清晨缓缓地溢出，看得刘金贵眼睛都直了，口水也淌到了下巴上。

他忍不住起了邪念，刚要推门闯进去，突然脑后挨了重重的一棒，刘金贵闷哼一声，昏倒在李念的窗前。

打倒刘金贵的人是素月，她看到这个人鬼鬼祟祟地趴在窗前，知道是在偷看李念，天下哪有这么不要脸的男人啊？素月操起墙角的木棒，狠狠地给了刘金贵一下。

李念听见动静，赶紧披上衣服，推开窗户一看，见窗下躺着的人是刘金贵，不由吓了一跳，忙问素月是怎么回事，素月用怜惜的眼光看了看李念，然后指了指窗上的纸洞。李念一看就明白了，穿戴整齐，三步并作两步来到李通的屋子里。

李通看妹妹一大早就气鼓鼓的，忙问妹妹怎么了，李念就把刘金贵偷看自己穿衣服，又被素月给打了一棒子的事说给了李通。李通听完赶紧跑到李念的窗下，想看看刘金贵怎么样了。

这时，刘金贵已经迷迷糊糊地醒了过来，李通看看他，他也看了看李通，两个人谁也没说什么，刘金贵推脱家里还有点急事，从地上爬起来就跑了。

李通当然是对刘金贵的做法怀恨在心，但是他又不能马上和刘金贵翻脸，他想继续留在洋人身边，暂时就不能惹恼刘金贵。再说，刘金贵毕竟是个心狠手辣的小人，现在翻脸，对他李通个人和李家烧锅都没有什么好处。李通忍了，他想，刘金贵不是没把妹妹怎么样吗？即使已经怎么样了，报仇的日子也没到呢！

第二天，李通又像往常一样，对刘金贵毕恭毕敬了。

打从刘金贵偷窥李念之后，素月更是跟在李念的身边，形影不离了。

24

刘金贵没打成李念的主意，又挨了重重的一棒，心里不是滋味，他想来想去，还是去香春阁找婉儿吧。

其实，他不仅仅是想和女人云雨一番，他心中正盘算着一个主意。

进了香春阁，让老鸨叫出婉儿，又点了几个小菜、一斤烧酒，刘金贵让婉儿坐下来和他喝几杯。婉儿看刘金贵闷闷不乐，就问他怎么了。刘金贵就把他如何抓回了匪首江北红的女儿，自己想睡了这女孩，遭到他爹的阻拦，现在俄国人也要求他把天慈送过去，他爹一口拒绝的事，胡乱地讲了一通。

婉儿听来听去也没听太明白，她就问刘金贵，除了这些闹心的事，还有没有什么让他开心的事儿。刘金贵想了想说，开心的事倒有，他爹利用天慈抓到了一条大鱼，婉儿忙问什么大鱼，刘金贵嘿嘿一笑说：

“告诉你也没关系，我爹抓住了万千山这个小王八蛋，总算能为我报仇了！以前，他可是把我收拾够呛啊！”

婉儿一听，不觉心中一沉：

“万千山？难道是在香炉山下，把我从土匪吴猛手中解救出来的少年英雄？”

婉儿心中边想，边试探着对刘金贵说：

“万千山是谁啊，还算你们刘家的大鱼？”

刘金贵此时已经微微有些醉意，用手捏了捏婉儿的脸蛋说：

“你不知道，这万千山能耐可大了，他是原来香炉山的大土匪万江平的儿子，这香炉山被我们家血洗了，他又跑哈尔滨来撒野。这下好了，我非把他千刀万剐不可！”

说完刘金贵趴在桌子上，迷迷糊糊地睡着了。

“难道真是救过我的万千山小英雄？”婉儿心中犯着嘀咕，不觉想起了当年万千山从吴猛手中把她解救出来的一幕。

当年，万千山路过婉儿家，正赶上婉儿刚刚被托盘岭的土匪吴猛抢走，万千山就只身去了托盘岭，要回了婉儿，使她免遭了践踏。

想到这里，婉儿心里盘算着，能不能想办法报答当年的恩情？

刘金贵醒来的时候，天已经过了晌午，睡一觉养足了精神，刘金贵感觉浑身都是劲，他搂过婉儿，一把摁在床上，狠狠地折腾了一番。婉儿也格外卖力气，使了很多招数，让刘金贵尽情地开心，几番云雨过后，婉儿又给刘金贵捶了捶筋骨、捏了捏脚。

刘金贵看着婉儿，喜欢得不得了，她照着婉儿雪白的屁股拍了一下说：

“婉儿，你要天天能这么侍候我就好了，那爷爷我就真成神仙了！”

婉儿听刘金贵这么说，赶紧接过话茬说：

“那还不好办，你给我赎身，养了我不就得了？”

刘金贵吧嗒吧嗒嘴无奈地说：

“我哪有那笔闲钱呢？你们那死老鸨还不黑死我？”

婉儿说：“这不算个啥事，这些日子我总接待一个做皮货生意的富商，他没少给我钱，估计赎身差不多了。只要你让我跟着你，就是去给你家当丫鬟，我也乐意！”

听婉儿这么一说，刘金贵坐了起来，高兴地说：

“真的？那我就让你去给我家当丫鬟，白天干活，晚上陪爷爷我睡觉！”

婉儿也不含糊：“就这么定了！”

说完，她让刘金贵去找老鸨谈谈价钱。

老鸨听刘金贵要为婉儿赎身，不觉一愣。看刘金贵诚心诚意的，老鸨就说：

“刘爷，你是有头面的人物，我也不敢不给你面子，如果你能出三百块大洋，我就让你把婉儿领走！”

刘金贵一听这老鸨狮子大开口，一脸不悦地说：

“你买她才花多少钱？我就给你一百块！”

老鸨哈哈地假笑了两声说：

“刘爷，你可真会说笑话，这婉儿现在可是我们这的头牌，那有钱的主儿都排着队等着呢，你这点钱可真是让我犯难啊！”

刘金贵有点不耐烦了，叽叽歪歪地对老鸨说：

“你别磨叽了，快说少多少钱不行吧，大爷还要去洋人那谈事呢！”

老鸨想了想，伸出了两个手指头，意思是二百块。刘金贵拍了一下桌子，毫不犹豫地说成交。

老鸨拿出了卖身契，刘金贵从婉儿那里拿了钱，交给了老鸨，心里别提有多高兴了。他本来就想把婉儿弄出来，送到洋人那去顶替天慈，糊弄洋鬼子，正犯愁没那么多钱为婉儿赎身呢，这婉儿倒自己送上门来，自己拿钱让刘金贵给赎身。

“真邪门了，我刘金贵竟碰上这等好事，天上真往下掉馅饼啊！”刘金贵心里这个乐啊。

婉儿跟着刘金贵一路从妓院回到了刘宅，刘金贵安顿好婉儿，又当着婉儿的面吩咐几个执事的，要听从婉儿召唤，以后她就是刘家的少奶奶。

刘金贵告诉婉儿，他爹去呼兰府开会，明天回来，晚上府内要加倍地小心，不能出去乱走。说完，刘金贵就往出走，婉儿拉住他问他上哪去，刘金贵说去洋人那说点事儿。婉儿说你放心去吧，我一定在家老老实实地等你回来。

刘金贵出门了，他心里在想：

列文，你就是我亲爹，也挡不住我糊弄你！

列文的办公室里，李通给列文倒了杯自家刚刚接出来的高度小烧酒，让列文尝尝鲜。

列文品了几口后，竖起大拇指连连说好。李通让洋人品酒，是他爹李掌柜的主意。

李掌柜是个精明的生意人，他看自己的儿子和洋人打得火热，洋人又爱喝烈性酒，就吩咐李通去跟洋人说说，以后咱们李家烧锅给他们供应烧酒，价格好商量。李掌柜看出了这个商机，盘算着从洋人身上大捞一笔，却遭到女儿李念的反对。李念告诉她爹，别去和洋人打交道，他们是侵略者，要占了东北，把东北变成他们俄国的地方。

李掌柜却不以为然，敲着桌子告诉李念，不管他是什么侵略者还是小偷，只要能做生意，给咱钱赚，就都是好人。

李念看和她爹实在说不通，就回到自己的屋子里和素月说话去了。

这素月和李念在一起相处得十分融洽，除了王二来看看她，她就整天和李念在一起。李念的娘死得早，从小就是父亲和佣人们带大的，所以她对素月特别亲切，也不管素月能不能听得懂，有什么心里话都和素月说。每当李念和素月说话，素月就安静地听着，有时候李念说起她娘，会流下伤心的眼泪，素月就心疼地帮她擦去，然后两个女人就抱在一起轻声地抽泣。

素月不知道自己的过去，在她的记忆中，已经不知道自己叫朱久红。更忘记了自己的丈夫万江平和儿子万千山。而此时，她的丈夫万江平正焦急地想着办法，琢磨救出儿子万千山呢。有一天，李念看素月待得寂寞，就对素月说，要给她讲讲近来市面上的事儿，让她解解闷。素月表现出很高兴的样子，李念就给她讲少年英雄痛打坏蛋刘金贵、杀死恶匪黑狼、洗劫恶霸许虎、割掉督队刘凤耳朵的故事。

开始，素月只是静静地听着，可是当李念讲到这个少年英雄万千山现在已经被抓起来，关到了督队的大牢里时，素月的脸抽动了一下，特别是她听到“万千山”三个字时，眼睛一下子亮了起来。

她抓住李念的手，想说什么，可是怎么也说不出来。她好像在努力回忆什么，但是又怎么也想不起来。她模仿着李念的话，不停地叨咕着万千山、万千山……

儿子的名字是一个失忆者骨头里泯灭不了的字眼，作为一个母亲，尽管她在记忆中忘记了儿子的存在，但是当她听到儿子的名字时，还是隐隐地感觉到了什么。对于素月来说，她的记忆仅仅是从王二开始的，然后是强行收购粮食的洋人和打她丈夫的青面獠牙的刘金贵，再有就是这个李念了。除了王二，李念是她最信任的人。

好像是憋了很久，素月突然憋出一句话来："万千山，是哪儿的万千山啊?!"

李念愣了一下，她发现素月眼里已经蓄满了泪水，这让她感到十分惊讶，她赶紧顺着素月的话茬说：

"就是太阳寨的万千山啊!"

素月的嘴里又开始嘀咕"太阳寨"这个名字，许久许久，素月的声音停止了，眼里的泪水流出来，她悠悠地说：

"不知道，我怎么什么都不知道呢?"

李念想，素月肯定与万千山有着不同寻常的关系，要不然在听到万千山的名字时，她不会那样激动。究竟是什么关系呢？可惜，自己无法接近万千山，不然非得弄个明白不可。

这以后，李念又有意识地在素月面前提到过几次万千山的名字，素月听到后都程度不同地表现出了特别的激动，但激动过后，她仍旧什么也回忆不起来，反倒像得过一场大病一样，异常的苍白和疲惫。

李念不敢再有硬逼素月重拾记忆的企图了，她不是医生，不懂病理，她怕把素月逼出更大的毛病来，反而影响她将来恢复记忆的可能性。

李念不提，素月当然也就想不起万千山这个名字了，她整天跟着李念，生怕常来李家的那个刘金贵会让李念吃什么大亏。

25

刘金贵敲开了列文的门，看见李通正和洋人说得火热，心里有些不是滋味。

“这个李通通过我来给洋人当差，现在倒越过我和洋人办起事来，非得教训教训他不可！”

心里想着，他来到洋人面前深深地鞠了一躬，李通看刘金贵来了，赶紧笑呵呵地说：

“哥哥你来了，过年这两天就没见着你，可想死老弟了！”

刘金贵冷笑了一下说：

“瘦猴，你现在是忙人了，我想见你都难呢！”李通不与刘金贵争辩，赶紧告退。走到门口，李通回头看了一眼刘金贵，刘金贵恰巧此时也回头看李通，四目相对，对方都觉察出了什么，又都冷冷地一笑而过了。

列文坐在办公桌后面的宽大的雕花椅上，一手玩弄着刚刚淘弄来的中国玉扳指，一手打开抽屉，拿出了一份任命书递给刘金贵。

刘金贵接过任命书，上面写着一行黑体大字：拟任中国人刘金贵为波波夫商会第三商贸交易局业务主办。

落款是中东铁路公司，波波夫商会总务处，署名是列文。

刘金贵一看高兴得不得了，赶紧给列文点着了烟斗，感谢列文的栽培。列文看了看刘金贵，伸手拿回了任命书，奸笑了一下说：

“刘，交代给你的事办得怎么样了？”

刘金贵一听列文还是惦记着天慈，就俯身说道：

“列文先生，我已经派出人手，正在给你找更有味道的中国妞，保证比那个天慈更好。”

“那么天慈呢，她被你们弄到哪里了？”列文很不高兴地问。

“天慈？天慈被我爹给斩首了！”刘金贵和列文撒谎说。

“可惜了，可惜了，你们太不讲人道，杀害这么有味道的女孩，你们这是在犯罪！”列文显然很生气。

“一定给您找到更好的，列文先生，您就瞧好吧！”

刘金贵向列文保证。列文摆了摆手，示意刘金贵先下去。刘金贵看了一眼那张任命书，欲言又止，列文明白了他的意思，告诉刘金贵这个任命暂时还不能下达给他，俄国方面要看看他以后的表现再说。

刘金贵知道列文是在故意拿捏他，很是沮丧。从列文房间里出来，他无精打采地走下楼梯，正好碰上坐在墙角俄式沙发上的李通。李通看刘金贵下来了，赶紧问他是不是任命书下来了，刘金贵白了李通一眼，说：

“瘦猴，这盐打哪咸，醋打哪酸，你还懂吧？”

李通赶紧说：“明白，明白。”

刘金贵说：“瘦猴，你明白就好，别整让哥哥不高兴的事，要是那样，咱可就都没好日子过了！”

李通早已经感觉到了刘金贵对自己的不满，他们之间早晚有翻脸的那一天，但是李通感觉现在闹起来还不是时候。有容乃大，能忍自高，李通还得放下姿态，先让刘金贵在他脖子上骑几天，等时机成熟了再收拾他。

再说婉儿，看刘金贵出去了，半天也没有回来，就走出了屋子，四处转悠起来。执事的看她在院子里转来转去，就告诉她说这里是督队府，不要乱走乱看。

婉儿嫣然一笑，尽量把软软的身子贴近那个执事的，甩了一下花手帕说：

“这位兵爷，我可是刘大少爷的人，你要是欺负了我，他可饶不了你!”

执事的也不敢和她顶嘴，小心翼翼地劝说她回自己的屋子里去，还故意强调，大少爷那儿倒没什么，万一督队突然回来了，谁都不好交代。

婉儿把手搭在执事的肩上，故作调皮地说：

“兵爷，听大少爷说，这督队府里还有牢房，小姐我长这么大还没见过大牢什么样呢，你带妹子去看看如何?”

执事的听婉儿这么一说，吓了一跳，赶紧推辞，却被婉儿抓住了手。

执事的一下子蒙了，张口结舌，半天说不出话来。

婉儿见四下里没人，把红红的小嘴贴在执事的耳朵上，柔声细语地说：

“你还不知道吗，女人天生就好奇，你要是满足了我的好奇心啊，我就把你当个体己人，以后你要什么我就给什么。”

执事的见婉儿已经浪成这副样子，觉得有股火烫劲儿，直从丹田往上涌，弄得心里热辣辣的没处发泄。婉儿见火候就要到了，赶紧伸出手，在执事的大腿上轻捏一下，嗲声嗲气地说：

“哎呀，你就帮人家快活一下嘛，大不了、大不了妹妹也找个时机，让你快活快活!”

执事的汗都下来了，瞧婉儿半天，猛一咬牙，说声我豁出去了，扯了婉儿一把，就带着她去了后院的地牢。

虽然有一盏气灯，乍一进来，牢房里还是显得黑乎乎的。

婉儿看了半天才看清，里面有一男一女两个年纪不大的犯人，其中那男犯人，正是曾经救过她的万千山，虽然三年过去了，万千山已经比从前高大帅气了不少，但是模样却没有大的改变。婉儿看见万千山，故意吆喝了一声：

“呀，这小犯人长得还不赖嘛，快过来，让奶奶好好瞧瞧！”

执事的朝万千山吼了几声，让万千山到牢门口来。

万千山看到一个打扮得花枝招展的女人在牢门口等着他过去，心中一愣，心想这是怎么回事呢？万千山不是那种见了女人就两眼发直的人，也从不理会打扮得过于花哨的女人，于是他低下了头。

既饥饿又困倦的天慈本来没心思和力量与人斗嘴玩，可眼望着牢门外的女人，突然感觉有点儿可笑，于是就笑着说：

“喂，花母鸡，怎么都跑到牢房勾引男人来了？”

婉儿见万千山不理自己，心里本来就急，一听天慈说她是来勾引男人来的，于是恼怒地说：

“你是什么东西？我就是只花母鸡，也比你强，你都和犯人住一起了，也敢在你姑奶奶面前指东道西？”

两个年纪相仿的女孩子一个门里，一个门外，说着说着就大吵大闹起来，管事的去拉婉儿，万千山也劝天慈，可两个女孩子谁也不让谁半分，吓得执事的脸都长了。

吵着吵着，婉儿突然惊叫着蹲了下来，执事的赶紧问是怎么了。婉儿说肚子疼的老毛病又犯了，这个病一犯起来就要命，一点都动不得。执事的听到这话，吓得直跺脚，不停地说：“惹大祸了，这回我可怎么办？”婉儿说：“你快去我房里拿药，不在梳妆台上，就是在床头柜的抽屉里，好好翻翻，我吃上那药就没事了。”

执事的出了牢门，慌忙向刘金贵的房间里跑去。

看执事的跑着出去了，婉儿赶紧招呼万千山：

“时间不多，你快来!”

万千山此时已经明白了几分，知道这个女孩子不简单。

婉儿也没时间提自己是谁了，她告诉万千山，自己会想办法将他们解救出去的，让万千山别太着急。

万千山觉得婉儿面熟，只是记不得在哪里见过了，有些话到了嘴边，就是说不出口。

婉儿知道万千山有话要说，只是还不信任自己，她焦急地说：

“有话就说，我是婉儿，你救过我的命!”

万千山突然想起来了，她正是自己从吴猛手里救出来的那个女孩子，于是告诉婉儿，出了这督队府向西有个“老独一处”饭馆，门前有个要饭的，那是他们太阳寨的人，让她去给太阳寨送个信，说是这督队府已经布满了机关，府外各商铺、民居里，也都布满了朝廷的兵马，告诉他爹不要轻易杀过来，以免全军覆没。

万千山又交代婉儿，如何与太阳寨人乔装的乞丐接头，婉儿也一一记住了。两个人刚说完，执事的就跑回来了，告诉婉儿说没找到药。婉儿假装还是很疼地站起来，说疼得轻一点儿了，让执事的扶着她就回去了。

进了房间，婉儿换了一身素净的衣服，带上围巾，心急火燎地出了督队府。

到了西街，找到了“老独一处”饭馆，婉儿果真看见两个乞丐正在那里抓虱子，就凑过去对乞丐说：

“有珍珠白玉汤，你们喝不喝?”

两个乞丐一听，都来了精神，立马站起来问婉儿：

“这珍珠白玉汤馊没馊?”

婉儿说：“还没馊，不过再等两天就馊了。”

婉儿四下看了看，又接着说："汤在锅里，锅边狗多，小心喝汤时被狗咬了！"

两个乞丐听完，赶紧点头道谢，婉儿朝乞丐的破碗里扔了一块铜板，也不过多耽搁，转身回了督队府。

26

太阳寨里，万江平、江北红正集结人马准备去救人，小崽子突然来报，说是哨子回来了，还带回了新消息。

万江平赶紧让哨子进来说话。哨子把一个女子如何与他们接头、万千山捎回的口信都原原本本地说了一遍。万江平听完，眉头一皱，眼睛又一亮，连说有了有了。

江北红忙问万江平有了什么主意，万江平说既然那刘凤去了呼兰府，咱们何不趁今晚月黑风高直捣督队府，救出千山和天慈。江北红说："那督队府周围布置了近千人马，我们能杀出来吗？"万江平说："没事儿，他们的主子不在，这些当兵的都是怕死的主儿，不会和咱们死磕。咱们多带点枪，再拿点咱自制的土雷，连打带吓，还怕进得去出不来吗？"

商议完毕，万江平和江北红就召集各大寨主，制定方案，分配各寨进攻、支援的任务，攻击督队府，有得打、有得拿，各路人马当然群情振奋，会议一散，各寨开始组织人马，只待天黑，就去强攻督队府，解救万千山和天慈。

刘凤确实去了呼兰府。他是来参加呼兰河副都统张蓝见的六十大寿。

上次张蓝见向刘凤要人，被刘凤玩了一把太极，连软带硬地给推了回来，这让张蓝见总感觉不是滋味，这次自己过六十大寿，本来不想请刘凤，但是又怕日后落下口实，就差人给刘凤送了份请柬，哪知这刘凤真的备下了厚礼赶来了。

一见面，两人抱拳施礼，互相寒暄了一番。落座之后，张蓝见就叫过来他小妾的哥哥许虎，让他拜见刘凤。许虎那次被万千山收拾之后已经好久没在松浦镇露面，一直在妹妹这里调养生息。现在，许虎的病也养得差不多了，又听说哈尔滨督队刘凤捉了万千山，恨不得能一步赶到哈尔滨，亲手结果万千山的小命。

此次刘凤来呼兰府参加寿宴，张蓝见特意引荐许虎给刘凤，意思是让刘凤看看这个受害人就在他的府上，等待着将强贼法办；另一方面，张蓝见想让刘凤知道，这许虎是自己的大舅哥，许虎被强人所伤，又被洗劫了家财，这么一来，这案子就成了他张蓝见的家事，于公于私，你刘凤都得给个面子，将案犯万千山交给呼兰府处理。

刘凤明白张蓝见的意思，但是太阳寨这伙土匪是在道台府挂了号的清剿对象，谁能够剿灭太阳寨，剿灭万江平，那么谁就能连升三级，这样的好事他刘凤怎么能轻易地交给张蓝见呢？所以，刘凤总是敷衍张蓝见，既不说把万千山交给他，也不说不交给他。两个人就这样彼此揣摩着对方的心理，又你来我往地玩起了太极。

酒席宴会隆重地开始了，刘凤被奉为上宾，坐在上座。

张蓝见和许虎都不停地给刘凤敬酒。张蓝见深知刘凤好色，就给他身边安排了一个很有姿色的女人，殷勤地侍候着。刘凤心情自然是不错，还给身边的女人哼起了歌谣。一桌人正喝在兴头上，勤务兵突然来报，说府门外有一瘸腿少年，非要见刘凤督队，刘凤皱着眉头说不见，勤务兵说，那少年说了，如果不见他，刘队长会错过绝好的剿匪机会。

一听到剿匪的好机会，刘凤的眉头拧得更紧了，不由得纳起闷来：

“这个找我的少年，怎么会知道我在呼兰府呢，真是怪了!”

刘凤未动声色，看了看张蓝见，张蓝见明白刘凤这是在等他的应允，这毕竟是在张府，刘凤也不好喧宾夺主。张蓝见赶紧吩咐，让勤务兵把人带进来，在厅堂说话。于是，张蓝见跟着刘凤来到厅堂。片刻的工夫，来人被带到近前，刘凤仔细观瞧，一看这个十五六岁的少年走路一瘸一拐的，不觉怀疑起来：

“这小子是干什么的，他能有什么好的情报?”

刘凤正琢磨着，来人在二位大人面前突然跪下说：

“两位大人在上，小人这里有礼了！小人是太阳寨原炮台的儿子张达，小人今天来，是要向两位大人禀报，太阳寨的人已经得到几家绺子的援助，准备在今夜攻打督队府，救出万千山和天慈!”

刘凤一听就明白了，敢情这个一口一个小人的毛孩子，是张炮台的儿子，于是开口说道：

“张达，你爹是怎么死的，你可知道?”

“我爹一定是被万家父子害死的!”张达答道。

“你说的没错，孩子，你爹正是被他们万家父子所害，黑狼根本没杀你爹!”刘凤继续挑拨张达说。

“所以，今天我来给两位大人提供情报，请二位大人带兵剿灭太阳寨!”张达说。

“也好替你报仇是不是?”张蓝见问道。

“是的，大人!”张达如实回答。

刘凤和张蓝见交换了一下眼色，吩咐手下将张达带下去，张达刚要起身，又跪下说道：

“刘大人，小人想鞍前马后地跟着您，请您收下我!”

张达跪在那里恳求，刘凤想了一下说：“那好吧，等剿灭了太阳寨，你就留在我府中当个差吧!”张达磕头谢恩。

就在刘凤和张蓝见商议如何在今晚彻底剿灭太阳寨的时候，哥萨克骑兵团团长列文把李家烧锅的李掌柜和他的儿子李通叫到了炮队街的列文办公室里。

李掌柜腰弯到了九十度，木头一样站在列文的办公桌前，李通在一旁服侍着列文。一个白俄女孩走进来，这个女孩就是达丽雅，她把一个文件盒放在了列文的办公桌上，转身就要出去。列文叫住了达丽雅，示意她留下来。

列文看了看李家烧锅的李掌柜，傲慢地说：

“李，以后你们李家烧锅的酒就由我们全包了，钱一个也不会少给。”

“谢谢，谢谢列文先生！”李掌柜赶紧作揖致谢。

“谢什么，我们做的是生意，不过得有一个条件。”列文说。

“只要有好买卖做，什么条件都行！”李掌柜赶紧说，李通也在一旁附和。

列文掏出烟斗，李通赶紧给他点上。列文非常享受地抽了两口，把烟斗轻轻地捏在手里，用另一只手捋了捋自己的胡子，沉思了片刻开口说：

“李掌柜，你先回去吧，我的条件以后再说。李通，你留下来！”

李掌柜鞠躬告退，一路上都在想：“这列文要提什么条件呢，怎么又没有说呀，这洋鬼子的葫芦里，究竟卖的是什么药呢？”

李掌柜一路琢磨着回到了家里。

这边，列文把李通叫到跟前耳语了一番，李通也急急忙忙地出去了。

屋子里只剩下列文和达丽雅的时候，列文起身走到达丽雅的跟前，亲了一口达丽雅光洁漂亮的额头，达丽雅没有任何回应。

列文又坐下来，跷起二郎腿，对达丽雅说：

“我们不远万里来到中国，来到哈尔滨，就是要把这里变成黄俄罗斯，变成我们的一部分。现在铁路已经修到了这里，我们的计划实行的很顺利！”

达丽雅看了看列文说：

“这和我有什么关系吗？我只是你们的一个工具，一个连妓女都不如的工具！”

列文摆了摆手：

“不、不、不，你很重要，我们要利用这些中国人来帮我们做事！”

“所以你就让我去和他们上床，然后拍下这些照片吗？”达丽雅无可奈何地说。

列文狞笑了一下：

“当然不只是几张照片这么简单，我们要的是所有的、所有的一切！”

达丽雅没再说什么，站在那里沉默起来。

列文看了看表，接着说：“吉娣是不是快到了？”

达丽雅点了点头。

“那你快去准备接站吧，吉娣很可爱，晚上你们好好说说话！”

达丽雅转身走出了列文办公室，在楼梯的拐角处碰见了匆忙赶回来的李通，李通淫邪地看了她一眼，却被达丽雅以不屑和厌恶的目光给挡了回去。达丽雅长长地出了一口气，走出了这幢黄色的小楼。

李通匆忙地赶回来，又趴在列文的耳边嘀咕了半天。说完话，列文摁响了桌脚旁的电铃，不一会儿，一队哥萨克大兵就集合好了，由列文率领，李通带路，向刘凤的督队府去了。

督队府里，刘金贵和婉儿正在床上折腾来折腾去地忙活着。

刘金贵被婉儿迷得魂不附体，虽然他还是把婉儿当成妓女，但是她存在于刘金贵的现实生活里，就像饭桌上的肉，想什么时候夹起来吃，就什么时候吃，很是方便，不像李念，也不像那个达丽雅。所以，刘金贵没事就和婉儿折腾，婉儿也殷勤地满足他，让他彻底信任自己，以求合适的机会救出万千山。

张蓝见的人马已经向太阳寨进发，他们兵分两路，一路要直接捣毁守卫空虚的太阳寨；另一路要在松花江边设下埋伏，伏击正在向督队府进发的土匪。安排妥当之后，张蓝见和刘凤各自告别，刘凤率领自己的亲信急速返回哈尔滨。

列文率领哥萨克大兵很快就来到了督队府，把刘金贵和督队府的这些当兵的都吓了一跳。刘金贵万万没想到，列文会在这个时候到他这里来，他赶紧穿好衣服，出来迎接。

他给列文鞠了一躬，哆哆嗦嗦地说：

“列文先生，这么兴师动众的有什么大事吗？如果需要，您打发个人来招呼小的一声，不就完了吗？”

列文拍了拍刘金贵的肩膀，假装善意地说：

“刘，上帝不喜欢撒谎的孩子，帝国更不喜欢不忠实的合作者！”

“我忠实，我绝对忠实！我对列文先生，一向是表里如一！”刘金贵说完，看见了站在一旁的李通，心中明白了八九分。他瞪了一眼李通，没敢说什么。

李通却开口说话了：

“哥哥，你就赶紧把天慈交出来吧，列文先生还能原谅你！”

刘金贵心里恨透了李通，但没说什么，他看了看列文说：

“列文先生，我给您物色了更有味道的女孩，您何必就非得要天慈呢？”

列文已经没有耐心和刘金贵说下去了，他一挥手，那些哥萨克大兵迅速地缴了督队府官兵的枪械，把他们赶到角落里，统统绑了起来。

“赶紧打开牢门，我把天慈带走，要不然，今天就给你这督队府点颜色看看!”列文的面目狰狞起来。

“可是，可是，我爹他……”刘金贵吞吞吐吐，没说完就咽了回去。

“你爹？你爹不就是个督队吗，他敢和我们帝国军队对抗吗?”

列文边说边向牢门口走去，李通跟在后面，指着后院的一个黑漆漆的铁门说，那就是关押天慈的地方。刘金贵此时已经被两个哥萨克大兵架着胳膊，夹了起来，连拖带拉地来到了牢门口。列文让刘金贵吩咐牢房的守卫开门，刘金贵不敢不听，吩咐守卫将牢门打开。

牢门哗啦一声打开了，此时，万千山和天慈在牢里已经被关得精疲力竭，互相依靠着坐在草堆上。铁门突然开了，一道强烈的阳光晃得他们一下子捂住了眼睛。列文走进牢房看了看天慈，又看了看戴着手铐和脚镣的万千山，冷笑了一下。

他挥手示意大兵将天慈带走，然后对万千山说：

“你就是那个传说中的英雄吗?”

万千山努力地站起来问列文：“红毛鬼，你们要把天慈带到哪去?”

列文狞笑了一下说：“传说中的英雄不要着急，我们要让她去享受帝国的生活，不在这里受罪，难道这还不好吗?”

列文转身走出牢房，到牢门口，他看了看刘金贵说：

“刘，你是个爱撒谎的家伙，走吧，我要好好给你上一课!”

几个哥萨克大兵绑了刘金贵，牵着他走出了督队府。

哥萨克大兵们押着天慈，牵着刘金贵一路回到了炮队街。

27

天慈被列文抢走了，万千山扑在牢门口，用头撞着这沉重的铁门，喊着天慈的名字。

牢房的门又被锁上了，两个守卫被刚才的情景吓得还没缓过神来，锁上门之后，坐在牢门口商量怎么向督队交代。

这两个守卫当中，那个叫钱四的曾经被婉儿勾引过。这钱四也是个好色的主儿，他看婉儿如此风骚，就大着胆子，趁刘金贵不在，把婉儿给睡了。

婉儿对钱四说："我要是把这事告诉刘金贵，你可就没命了。"钱四吓得赶紧给婉儿跪下，求她千万别说出去，说他家上有八十老母，下有三岁小儿，让婉儿饶了他。婉儿说："行，只要你听我的，我就不说，还继续给你好处。"钱四一听乐了，赶紧说行。

两人正犯愁的工夫，婉儿来到了牢门口。

婉儿躲在屋子里，看到了刚刚发生的一切，等俄国大兵们离开督队府不见了踪影之后，她马上走出房间，来到牢房门口。看看还吓得直打哆嗦的两个看守说：

"兵爷，天慈被俄国人抢走了，少爷也被抓去了，老爷回来不要了你们的命才怪呢！"

其中那个叫钱四的守卫不知该如何是好，跟婉儿说："姑奶奶，您是大少爷的人，千万在老爷那儿给我们求求情啊！"

婉儿说："我刚来，哪有这么大的面子？再说，少爷就是老爷的命根子，少爷都被人家弄走了，被生吞活剥了也说不定，这个情，谁还说得下来？我可听大少爷说了，他爹是个杀人不眨眼的主！"

另一个守卫一听，吓得更是不知道该如何是好。

婉儿见他们真的懵了，就凑到钱四的耳边说：

“眼下，只有一个人能救你们!”

钱四赶紧问是谁，婉儿悄声地说：“就是牢里的那个人!”

钱四疑惑地看着婉儿，婉儿继续说：

“你们只要放了这个人，和他一起走，不就没事了吗?”

两个守卫傻傻地看着婉儿，钱四声音发抖地问：

“你让我们跟着他?”

“他可是个英雄，很仗义，你们要是放了他，不就是给自己找到一条生路了吗? 以后，跟着他大碗喝酒大块吃肉，还兴许能发大财呢!”

钱四有点动心了，可另一个守卫却连连摇头说：

“那可不行，那可不行，这可是杀头的大罪!”

婉儿假装无奈地说：

“我也没办法了，哎，咋的都是死，你们就等着刘凤回来挨刀吧!”

婉儿给钱四使了个眼色，钱四就明白了，趁另一个守卫不备，钱四一刀下去，就把他给结果在牢门口，然后赶紧和婉儿打开牢门，给万千山打开了手铐脚镣。三个人也没顾得上说句话，互看一眼，就迅速地向大门口跑去。

此时，在松花江边，一场血战已经开始了。

张蓝见率近五百官兵，在太阳滩南岸伏击了太阳寨万江平和江北红以及其他几个山头支援的队伍，两队人马在松花江上展开了激烈的厮杀。

与此同时，刘凤也带着张达等手下官兵回到了督队府，他一脚门里一脚门外刚要进去，却看见万千山和婉儿以及钱四正跑到大门口，刘凤喊了一声大事不好，抽刀就向万千山砍来。这时，和刘凤一起回来的几个亲信也跑进府内，解救出被俄兵绑起来的官兵，一时间，上百名官兵围着万千山和婉儿打了起来。

钱四基本没什么武功，婉儿更是手无缚鸡之力，刘凤和手下十余个官兵又紧紧地咬住万千山不放，没几个回合，钱四和婉儿便惨死在官兵的刀下。万千山看救出自己的婉儿和钱四都死了，又看见张达追随在刘凤左右，心中更是升腾起一股怒火，甩开他的玉龙鞭飞舞起来，没几下，十几个官兵就一命呜呼了。刘凤从小就是个练家子，武功并不比万千山差，但是万千山年轻力壮，心中又怀着无限的仇恨，杀起来更显出几分神勇和无畏。

又是五个回合下来，刘凤渐渐体力不支，他佯装败逃，向西街方面跑去，万千山此时已经杀红了眼，不顾一切地追上去，哪知这刘凤熟谙暗器之道，一记袖刀飞出，直奔万千山面门而来，万千山看到一记飞镖冲自己的面目打来，赶紧向后一个翻身，躲过了第一只，哪知刘凤又连打出了第二只飞镖，万千山躲闪不及，被刺中了左肩，万千山哎呀一声，一个箭步闪开身形，直奔埠头街松花江边而去。

刘凤不再追赶万千山，而是转身回到了督队府。

府内十几具尸体横七竖八地倒在地上，钱四和婉儿的尸体都躺在门外，婉儿被一刀刺中了心脏，鲜血正潺潺而出。刘凤吩咐手下将府内打扫干净，又叫来几个在府内负责护卫的清兵，问了详情，几个守卫哆哆嗦嗦地和刘凤讲了洋人如何软禁府内当差的，又如何抢走天慈、押走大少爷一事，详详细细地给刘凤讲了一遍。刘凤气得双眼血红，一脚踢翻了衙役，将他们哄出了大堂。

一架大火炉里，粗大的劈柴烧得呼呼直响，屋子里热如盛夏，刘凤脱掉了棉衣，像饿狼一样在屋子里转了几圈，一屁股坐在了椅子上。

刚才，三姨太和那些兵卒一样也被洋人捆了起来，有个洋鬼子还把她的上衣扯得稀烂，虽然因为时间匆忙，洋人没做什么实际事儿，但三姨太仍旧惊恐万状，掀起门帘走出来，想让刘凤给她压压惊，刚拱进刘凤怀里，就被他一脚踢了出来。刘凤看着三姨太那落魄的样子，更是来气，抓起桌上的一杯凉茶泼了过去，三姨太被浇得激灵一下，用怨毒的目光看了一眼刘凤，一声不吭地回了里屋，细声细语地哭起来。

“真是赔了夫人又折兵啊！”刘凤心中暗想，这仇一定要报啊，可是该找谁报呢？洋人是得罪不起的，万千山又跑了，这个心头大患，以后将怎样对付自己呢？现在，张蓝见正率领人马与太阳寨的众匪首展开厮杀，估计这工夫也该结束战斗了，胜负如何呢？

刘凤呆坐在大堂上，想来想去，现在怎么救出自己的儿子才是最重要的，他用手拖住自己的下颚，呆呆地发起愣来。

正如刘凤所料，此时，在松花江边展开的一场厮杀已经接近了尾声。双方伤亡都很惨重。江北红被一枪击中右腿，伤势不轻，却还坚持着与十几个清兵厮杀，万江平与张蓝见已经来来往往打了近四十个回合，依然不分胜负，其他几个山头来帮忙的朋友，也被清兵团团围住。太阳寨这边陷入了危机之中。

万江平和张蓝见都渐渐地体力不支，正在双方打得难舍难分之时，呼地看见太阳寨那边冒出了滚滚的浓烟，原来另一路去直捣太阳寨的清兵已经占领了太阳寨，负责守寨的十几个土匪，也被清兵砍死。万江平一看山寨被捣毁，心中怒火更旺，使出了浑身的解数，与张蓝见要拼个你死我活。

清兵的优势越来越明显，再打下去，后果不堪设想。江北红挥刀砍杀了几个清兵，向万江平靠拢过来，二龙山匪首天龙、卧虎山匪首黑星、乌吉密匪首李成也边打边退，万江平明白大家的意思，虚晃一招闪开身形，与张蓝见拉开了近五米的距离，喊了一声："撤!"

然后带着几个贴身随从，连同剩下的不足五十来号弟兄，仓皇地向东逃去。张蓝见一路追赶，却没有追上，只好作罢。

等万千山赶到江边时，已是尸横遍野、惨不忍睹。万千山看太阳寨的人死了不少，心痛到了极点。他一个一个地叫，想要把他们从死神的手中叫回来，可是没有一个人回应他。只有一个还有一口气的土匪，拼尽了最后一口气指了指东方，意思是告诉万千山，万江平他们向东逃去了，那土匪望着万千山，一句话也没说出来，就一命呜呼了。

28

万千山独自一人站在呼啸的北风之中，欲哭无泪。

而此时，列文已经押着天慈回到了他的黄色小楼。

列文把天慈关在三楼的一个房间里，吩咐两个大兵严加看管，不能让她逃走。然后，又亲自安排伙房，为天慈配出菜谱，让她的身体尽快恢复起来。此时的天慈，就像一只待宰的羔羊，绝望地望着窗外的四角天空。经过几天的折腾，天慈已经精疲力竭，再加之在牢狱之中忍饥挨饿，她虚弱到了极点。靠着冰冷的砖墙，她竟然迷迷糊糊地睡着了。

李通为列文能够得到天慈立下了大功，得到了列文的奖赏，列文把原来要给刘金贵的职务赏给了他，乐得李通合不拢嘴，连声道谢。李家烧锅的好酒，也源源不断地流入了列文的商会里。李家现在是名利双收。

而刘金贵此时却被列文押在了酒窖里，列文吩咐两个大兵，要好好地给这个中国坏小子上上课，让他以后以诚待人，否则还要挨上帝的惩罚。

刘金贵被两个大兵折磨得死去活来，连连告饶，直到他昏死过去才算罢休。

天慈醒过来的时候，天已经黑了。

在黑屋子里天慈以泪洗面，她真的恨自己不该一个人去太阳滩，现在竟然成了洋人的猎物，更因此连累了太阳寨。她想她的娘江北红，想念她的太阳寨，想念她那曾经无忧无虑的生活，她更惦记千山哥，也不知道他此时是死是活。

天慈正在想念着亲人，突然听见屋外的走廊里有脚步声，就赶紧向里躲了躲，悄悄地听着动静。脚步声来到门口的时候，突然停了下来，然后沉重的木门吱呀一声开了，两个俄国女孩走了进来。这两个女孩，就是达丽雅和她的妹妹吉娣。她们奉了列文的命令，来为天慈洗澡、换衣服，列文要让这个中国女孩成为她盘子里的一道美餐。

天慈看这两个俄国女孩进来，就央求她们放了她。达丽雅和吉娣无奈地摇摇头，她们告诉天慈说，这幢黄色的小楼是哥萨克骑兵团的团部，谁也走不出去，就连她们自己出门，都要列文先生批准才行。

天慈绝望地一头撞向了墙壁，却被达丽雅拉住了。

达丽雅对天慈说："你不要绝望，只要活着，就会有办法！"

达丽雅和吉娣解开天慈反绑的双手，看见天慈的手腕已经勒出了深深的一道血痕，连声说太可怜了、太可怜了。解开绳索，天慈就要冲出去，可她刚推开两个人跑到门口，就被两个哥萨克大兵给推了回去。

在经历了漫长的严冬的洗礼，在经历了呼啸的北风的蹂躏，松花江终于迎来了春天。冰封的河面开始解冻，巨大的冰排涌动着激情呼啸着排山倒海般地向东涌去。

开江了！

但是，哈尔滨这座城市，并没有因为春天的到来而迎来曙光。

丧心病狂的哥萨克大兵们烧杀抢掠、奸淫妇女、焚烧民宅、枪杀居民、抢劫军械……做尽了伤天害理的事。

哈尔滨居民，陷入了苦难的深渊。

而充满了原始气息的太阳滩，也被叫成了太阳岛，盖满了俄国别墅、俱乐部、尖顶的教堂……太阳滩，成了俄国人休闲、娱乐的天堂。

在“西西福斯”歌舞咖啡馆里，哥萨克骑兵团团长列文正悠闲地喝着啤酒，这是入春以来天气最好的一天。他那瓦蓝的眼珠不时地在舞池跳舞的人中飘来飘去，他已经好久没有尽情地跳舞了，但这并不是因为没有好的舞伴，而是近来的哈尔滨，轰轰烈烈地闹起了义和团，还有那些忠义军也活跃在东北各地，与沙俄侵略者顽强地对抗。

上级对列文的工作很满意，说他领导的护路队在与义和团的斗争中表现得很勇猛和顽强，希望他能再接再厉，为“黄俄罗斯”计划，为祖国再立功勋。所以，尽管每天都面对着义和团和忠义军的反抗，但是列文想在这个让他很惬意的日子里，好好地放松一下。

他来到这家西西福斯歌舞咖啡馆里的时候，那些俄国人，当然也有其他国家的人，都已经开始翩翩起舞了。列文并不着急，他选了一处靠近角落里的位子坐了下来，和服务生要了一杯啤酒，悠闲地喝了起来。

这时，吉娣来到他身边，列文点了点头，示意她坐下。吉娣是达丽雅的妹妹，是和父亲一起来哈尔滨的，达丽雅比他们来的都早，达丽雅和吉娣不一样，吉娣是属于中东铁路管理局的助理工程师，算是高层人士，而达丽雅则是随军的后勤人员，所以达丽雅和吉娣的命运就不一样了。达丽雅要听命于列文的指挥，稍有不从就军法论处。而吉娣直接归铁路管理局支配，所以列文也对她敬让三分。

吉娣也点了一杯啤酒，坐在列文旁边，对列文说：

“列文先生，您怎么处理那个中国女孩？她太可怜了！”

“哦，可怜？”列文疑惑地看看吉娣。

“难道她不可怜吗？她都被你摧残成什么样子了？”吉娣稍稍有些激动。

“哦，不，吉娣你错了，她太不听话，如果她乖一点，也许会好受一些！”列文辩解。

“怎么才算是听话呢？你蹂躏她，还要她去为你的兵服务，这太狠毒了！”吉娣站起来。

列文喝了一口啤酒，又把杯子轻轻地放在桌子上，继续辩解：

“又不是她一个，你看有多少女孩在为我们服务，她们不都是乖乖地听话吗？那个天慈她太不识抬举了！”列文耸了耸肩膀，表示无奈。

“她会疯的，你再这样下去的话！”吉娣看起来有些无奈。

“那我也没办法。所有的黄种人都要为我们服务，你看所有的人都在逐渐地成为我们帝国的工具。我是说所有的、所有的东北人！”

列文望着吉娣继续说：“你看所有的森林、矿产、桥梁，不都成了我们的了吗，这里马上就会成为黄俄罗斯！”

“你们这是在犯罪，侵略者、侵略者！”吉娣放下杯子生气地离开了列文。

天慈被列文抓来的第二天晚上，就被毫无人性地蹂躏了。天慈的手脚被分别绑在四根床柱上，眼睁睁地看着列文一件件撕去她的衣裳，天慈知道自己完了。当她看见列文那闪烁着禽兽一样光芒的蓝色的眼睛时，天慈恨不得能把它挖出来踩碎，但是她没有办法，她一动也动不了。天慈绝望地哀号，直到把喉咙喊哑了，也没人来救她。

那是一个漫长的夜晚，漫长的好像痛苦的一生。

等列文在天慈身上发泄完兽欲，心满意足地离开的时候，已经是黎明的时候了。列文惊叹天慈的身姿和细腻润滑的肌肤，以及属于一个纯洁少女的淡淡的体香，那无疑是迷人的。天慈本来想把这一切都留给她心爱的千山哥，可是现在一切都没有了，从那个夜晚开始，天慈进入了人间的地狱。

列文发现了天慈眼睛里的仇恨，他害怕了，他整天把天慈绑在那张大床上，他怕一旦放开天慈，这个身手很好的女孩子会把他撕得粉碎。他要一直绑着天慈，直到把她身上的棱角彻底磨掉。

就在列文蹂躏天慈的时候，达丽雅就在他们的隔壁，她刚刚从她妹妹在太阳岛上的员工别墅归来。听着天慈绝望的哭叫声，达丽雅焦虑万分，达丽雅知道列文是一个什么样的恶毒男人，她知道天慈的厄运绝不会仅仅到此为止。达丽雅和她的妹妹吉娣都是善良的白俄女孩，她们也想救天慈出去，但这是不太可能的。

天慈始终被关在那幢黄色小楼三楼的房间里，过着地狱一样的生活。

而此刻，万千山始终在想办法解救天慈，但几次都没有成功。

和吉娣说的一样，天慈疯了，她不再哭叫，而总是望着天花板，没完没了地笑，有时笑得异常恐怖。列文看到天慈竟然成了疯子，愣愣地看了她好一会儿，说声白瞎这个漂亮的女孩子了，然后摇摇头走出了屋子。

几个哥萨克大兵在列文的安排下轮奸了她，最后，竟然把赤身裸体的天慈赶出了黄色小楼。达丽雅在黄色小楼旁边的一条阴暗的小街里，找到了在夜晚刺骨的寒风中瑟瑟发抖的天慈。当晚，达丽雅把天慈送到了妹妹吉娣的住处。看着这个可怜的中国小女孩，姐妹俩也流下了伤心的眼泪。

当吉娣辗转找到万千山的时候，已经是三天后的事了。在天恒山上，当吉娣领着疯掉的天慈见到了已经瘫痪在床的江北红、万江平和万千山时，所有的人都惊呆在那里。只是天慈再也不认识她的亲人了，江北红抱住自己的女儿哭得死去活来。

万千山用拳头疯狂地捶打自己的脑袋，可是一切都晚了。吉娣简单地讲述了天慈的遭遇，她每说一句话，就在天慈的亲人们的心上划下一道深深的伤痕。

吉娣离开天恒山的时候，天已经黑了。她深深地鞠了一躬，说是代表侵略者们向受难者道歉。

在那次张蓝见和刘凤合力围剿太阳寨的战役中，江北红的腿被子弹击中，因为治疗不及时，伤口溃烂化脓，最后只能生生地锯掉了那半条腿。而万江平在逃脱的过程中，也中了张蓝见的枪，打在腰椎上，幸保一命。万千山在天恒山找到他们的时候，正是天慈被列文蹂躏的晚上。几天后，哈尔滨的大街小巷里再次贴出了缉捕悍匪万千山的告示。

而此时，沙皇的军队也越来越多地涌入了哈尔滨，加快他们侵略的步伐。他们的手段也更加残忍，对中国居民的残暴，简直无法形容，百姓们纷纷背井离乡，以求逃离俄国军队的魔爪。针对俄国军队对哈尔滨的迫害和侵略，各地的义和团、忠义军以及起义的乡民，越来越多，很多山头的土匪也都一致地把枪口对准了外国强盗。

天慈回来后的第五日，天恒山迎来了一位特殊的客人，他就是哈尔滨义和团团练大臣邱昆。

邱昆向万千山讲述了各地起义军与沙皇侵略者展开斗争的壮

烈场面和义举，并动员万千山也加入义和团，说以他的威望、胆识和武功，可以带动相当大一部分力量，比如二龙山、卧虎山等地的土匪势力，都可以成为义和团的重要力量。

万千山听完邱昆的话，一抱拳对邱昆说道：

“如今我万家与这洋人有着不共戴天的深仇，国恨家仇怎么能让我万千山无动于衷呢?”

邱昆激动地站起来，拉住万千山的手说：

“不愧是少年英雄，从今儿起，你就是咱哈尔滨义和团一部的总头领，你马上召集人马，咱们要跟洋人好好干一场!”

“请团练大臣放心，不把洋人赶出哈尔滨，我万千山对不起祖宗!”

说完，万千山立刻差人给二龙山、卧虎山、乌吉密等几个山头的大掌柜的写信，力劝他们加入义和团，将枪口一致对外，杀洋人打鬼子，将侵略者赶出中国。

29

在哈尔滨这边，李家烧锅还在做着洋人的生意，赚着洋人的钱。

李通也依然乐此不疲地做着洋人的走狗，帮着洋人干尽了坏事。李家烧锅还专门辟出土地，为洋人开办制材厂和机械厂所用。李家烧锅的掌柜把大把大把的钱揣进了腰包，他才不管什么侵略者还是野心家，他要的就是钱，只要赚钱，他就什么事都干。

李家烧锅彻彻底底地成了俄国人在哈尔滨种下的一颗毒瘤。

对于父亲和哥哥的行为，李念已经是忍无可忍。她曾经几次和父亲为这件事吵架，但是任凭她怎么说，李掌柜就一句话，赚钱就好，国家亡不亡，和他没有关系。

李念见劝不动她爹，只能退一步，不让他爹和李通跟洋人串通一气，做坑害国家和民众的事情，惹得李通对李念的意见很大，好几次都要将她赶出家门，被他爹制止了。

天慈并没有被刘凤处死，而是被关在督队府的监牢里，是李通报告给列文的，因此他在洋人那里成了红人。

实际上，李通出卖刘金贵是早就盘算好了的，因为一直以来，他在刘金贵面前都低三下四，早就受够了，他就想着翻身的那一天呢。前恨没消，刘金贵又偷窥了他妹妹李念，让李通更是怀恨在心。只是这家伙城府很深，刘金贵没想到他能反戈一击，而且使出了让刘金贵一招毙命的招数。李通不仅告诉列文说刘凤爷俩藏起了天慈，还撒谎说刘金贵在帮洋人做生意时，侵吞了大量的钱财，并亲自传授给李通弄洋人钱的办法，李通不想那么干，刘金贵就骂李通是狗腿子。这更让列文十分气恼，要不然也不会对刘金贵下手如此之重。刘金贵三天两头就被洋人毒打一次，打得浑身血淋淋的，再往上浇烈性白酒，那酒都是李通家烧的，让满身伤痕的刘金贵生不如死。

等刘凤费尽周折，想尽了办法从列文那里花重金买回自己的儿子时，刘金贵几乎成了一个残废，胳膊断了一条，肋骨折了三根，这让刘凤心疼不已。

而这时的刘凤，因为剿匪不利，丢了要犯万千山，已被朝廷降职，派到了一个叫三姓的地方，做了一个小得可怜的小官，手下只有几十号人马，负责巡查江边的防务。其实，这也是个虚职，整天无事可做。

刘金贵跟他爹爹来到了三姓，但是却始终没忘记李通陷害他的仇恨。整日地想着将来有一天东山再起，一定要把这李通碎尸万段，以解心头之恨，每日刘金贵都坐在松花江边遥望着哈尔滨，期待复仇的日子快点到来。

李家烧锅父子的行为让当地百姓痛恨不已，百姓们都渴望有一天有人狠狠地收拾他们一顿。王二也同样地恨洋人，因为洋人曾经去他家抢粮食，王二虽然是个农民，但是他也走南闯北地见过些市面，他知道这洋人是要占了自己的国家，李家烧锅爷俩和洋人串通一气，更是让他愤恨。

清明的时候，李家烧锅又招来了几个新伙计，这几个新伙计让李掌柜特别满意，个个长得膀大腰圆，一看就是干力气活的好手，而且这些人都是从北方过来的，那边比哈尔滨穷得多，到哈尔滨来寻生计，他们是给点钱就干。特别是其中有一个叫三狗子的小伙子，他不仅人长得壮实，还懂得烧酒的技术，李掌柜就安排他和大师傅一起看着烧锅。这小伙子还真不赖，不少李家烧锅不懂的酿酒技巧，他都一一地使了出来。这样一来，李家烧锅的酒，就比从前更好喝了。

日子在大江东去的涛声中平静地流淌。

列文还在喝着李家烧锅的酒，而且喝得津津有味，乐此不疲。

三月的一天，列文再次受到了上级的嘉奖，说他护路有功，给他颁发了一枚勋章。为了表示庆祝，列文特意在黄色小楼里设了酒宴，宴请了很多绅士、贵族和在哈俄军的头头脑脑们，还请来了一个私人乐队助兴。

那天李家烧锅的白酒，成了宴会上的主要饮品，这些洋人纷纷夸赞说："中国的白酒就是好喝，不仅度数高，而且口味也够纯正。"所以这些贪酒的俄国人就都喝得多了一些，临走的时候，列文还给每人装了满满的一玻璃瓶，以表心意。

可是第二天就出事了，所有参加宴会的人都中毒了，一个个面色铁青，呼吸困难，华盛道银行的财务助理安德烈夫竟然一命呜呼了。

就连列文本人也中毒很深，连吐了两口鲜血，差点去见上帝。那一阵子，忙坏了俄国医生们，他们想尽了一切办法，为这些俄国的头面人物们保命。

后来经过统计，在这次中毒事件中，共有三十四人中毒，其中死一人、残五人。列文侥幸逃过一劫。

这件中毒事件惊动了中东铁路管理局的高层领导，他下令一定要彻查此事，对严重伤害俄国人利益和生命财产安全的行为，要严惩不贷。列文当然是这个件事中无法逃避的责任人，他被高层领导训斥一番后，保证彻查此事，给所有受害人一个交代。

最后经过化验和各种分析，认定李家烧锅的酒里有毒。

李家父子早已经知道俄国人中毒的事。李掌柜满面愁容地告诉儿子，看来这事和他们家脱不了干系，搞不好还要闹个杀头的罪名。李通急得团团转，问他爹到底该怎么办？李掌柜说：

“眼下最要紧的是查出是谁在酒里下的毒？”

李通不解地问他爹：

“这毒就一定是出自咱家吗？没准是在列文那里有人做手脚呢？”

李掌柜摇了摇头，叹息着说：

“列文一定会拿咱家开刀的，看来咱这好日子是过到头了！”

原来，那个新来的伙计三狗子，是刘凤在三姓的一个手下，叫于林。刘凤父子看于林聪明伶俐，还在外县的烧锅烧过酒，就派他到哈尔滨，去李家烧锅应了伙计这个差事，然后伺机在酒里下毒，把李家烧锅置于死地。

这天，两个哥萨克大兵押来了李通。

列文气急败坏地质问他到底是怎么回事，李通也没说出个一二三。列文告诉李通，两天之内不把这件事查清楚，就烧了他的李家烧锅，还要让他们爷俩蹲监狱。李通吓得赶紧向列文保证，一定查个水落石出，说完就赶紧回去了。

挨了列文一顿训斥的李通走出列文房间时，还挨了那两个哥萨克大兵的一顿胖揍，原因是没从李通的口袋里掏足把李通押来时的跑腿费和护送费。

李通的火气呼呼地往上蹿，他在回家的路上心里盘算着：

这件事到底是谁干的呢？和他有如此深仇大恨的只有刘金贵，可这家伙现在又去了三姓，即使他回来，也没有可能在那么多人的眼皮底下进烧锅啊！想来想去，李通也想不出到底是谁干的，闷闷不乐地回了家。

到了家里，李通叫了烧锅的工人挨个审问，问到底有没有人在酒里下药的事儿。可是这些工人们面面相觑，都推脱和自己没有任何关系。问到那个新来的于林，他也向李通保证说，他好不容易才找碗饭吃，怎么能祸害东家呢？李通查了半天也没查出什么结果来。

晚上，李掌柜和儿子李通在灯下小声地商量着，这件事到底该怎么办。突然李通一拍大腿，瞪圆了眼珠子和他爹说：

“爹，八成是李念干的吧？她总拦着咱和洋人做生意，莫不是她捣的鬼？”

李掌柜一听吓了一跳，对李通说：“你可别乱讲，这可是杀头的罪过啊！若真是她干的，咱也不能认，那就是咱李家的人，查明了你和我都得跟着她掉脑袋！”

李通说：

“我算计着，肯定是她！”

李掌柜心里也犯嘀咕：

“难不成真是这丫头干的，为了破坏我和洋人的生意，她就能这么不计生死？”

想到这儿，李掌柜慨叹了一声，告诉儿子，这件事要从长计议，是你妹妹干的就更不能认了，宁可下大狱，也不能丢了一家人的性命。

李通胡乱地答应了一声就出去了。

列文规定的日子马上就到了。两日，仅仅是两日，李通还是没有丝毫的头绪，他知道如果不在洋人那有个交代，那么他的好日子就到头了。

让一帮俄国人喝下了毒的酒，头一个要被杀头的，就是他李通。

30

夜色渐深，偌大的院落像睡着了一样，毫无声息。

李掌柜却依然没有睡意，他轻推木门来到院子里，这转转、那看看，看着自己这些年打下的家业，就葬送在几杯毒酒里，真是心疼啊。李掌柜知道，洋人是饶不了他的，即使这酒里的毒真不是他下的，那么他也难逃干系。因为列文，必须得给上级和所有中毒的人一个交代。那么，列文就必须得拿他李家烧锅开刀了。

李掌柜来到女儿的窗前，看女儿的房里还亮着灯。心中又泛起一阵酸楚：

“这孩子从小就没了妈，是个苦命的孩子，这些年她在北京念书，虽然喝了不少的墨水，可是现在这世道又用不上，如果真是这宝贝闺女在酒里下的毒，列文还不撕了她？”

李掌柜边想边叹气，不由得自言自语道：“哎，但愿老天保佑吧！”

李掌柜刚要离开女儿的窗前，李念听到了父亲的声音，披上衣服，开门出来了，她问她爹是怎么了，李掌柜无可奈何地摆了摆手说：

“闺女，没事儿，你快睡觉吧！”

说完就转身回到了自己的房里，李念望着父亲的背影，心里竟然生出莫名的怅惘。老人除了贪财和缺少骨气外，算得上是个好父亲。他独居多年，很大的一个原因，就是因为怕续个夫人回来，给女儿气受。

记得李念上初中时，媒人都把一个漂亮的山东女子领到家了，女子对这份家业和她要面对的这个男人都很满意，并明确表示，要善待前方留下的两个孩子。而李念和李通对父亲要娶这个女子过门，也表示不反对。可李念的父亲却问了那女子一句话，他说，你能不生养孩子，就只照顾我们爷仨吗？那女子愣了半天也没回答上来。李念的父亲说：

“你没有这个打算，这就让我为难了，还是另选人家吧！”

媒婆想把事情说成了，上来好声好色地说：

“我说李掌柜，您这话算是为难我们女人了，年纪轻轻的，谁不想有个自己的后生呢，你说是不是？”

李掌柜把眼睛眯上了，仰在太师椅里轻拍着锃亮的脑门子说：

“这日子啊，就是缠磨人，就是不让你清静呢！”

媒人知道这是下逐客令呢，说声算我多余了，拉起那漂亮女子就走。

从此，再也没有媒人来登李家的门，李掌柜似乎也从来没想过女人。

李念眼看着越来越显老的父亲进屋了，眼里竟含着一汪眼泪，觉得有些事情倒是她对不起爹爹了，她自言自语地说：

“你不知不觉就老了，我是多想做您的孝顺女儿啊！可这世道，偏要把咱爷俩往两条道上赶，这究竟是怎么回事呢？”

而此时，已经成了哈尔滨义和团一部首领的万千山召集了几个山头的当家的，成立了新的联盟，几个山头的老大都纷纷响应万千山的号召，在天恒山一起喝下了血酒。

天慈还是疯疯癫癫的，不过在亲人的照顾下，她的情绪稳定了不少。万江平因为腰椎受伤，只能和江北红一起在天恒山调养生息，为万千山做好后盾。

其实，李家烧锅早已经上了万千山列出的黑名单。

这李家烧锅父子帮着洋人为非作歹，祸害了不少的哈尔滨百姓，万千山他们也早都掌握情况，这次，万千山决定先收拾这两个卖国贼。

当李家烧锅的李掌柜正为怎么逃过毒酒这一劫而惶惶不可终日的时候，在列文给出的最后期限的前一天晚上，李家烧锅闯进了一伙特殊的客人。

来人不是别人，正是万千山带领的义和团的勇士们，他们要砸李家烧锅，给李家一点警告，如果他们还是一意孤行，硬要给洋人当狗，就找个时机，一举端掉这个洋人亲手培植起来的毒瘤。

万千山带人闯进李家烧锅的时候，李掌柜和他的儿子李通正在商议第二天怎么去列文那里交代。

深更半夜突然闯进来一伙人，用枪逼住了他们。

万千山用枪托敲了敲李通的脑袋，又看了看李掌柜说：

“你们李家烧锅这几年大发了，是不是该出点血，支持咱兄弟几个小钱啊?”

李掌柜知道来了土匪是打家劫舍的，就赶紧作揖说：

“众位好汉，家中近日钱财不多，都压在了货里，还请多多包涵!”

万千山哈哈大笑了两声，说：

“别跟我要滑头，谁不知道你们李家烧锅跟着洋人跑，挣了无数洋人的好钱儿，跟我来这套，没门儿！”

李通此时已经认出了万千山，还狐假虎威地说：

“万千山，你知道我们李家和洋人的关系，还敢来闹事，我看你是不想活了！”

“哈哈，那你能把我万千山怎么样？实话告诉你吧，你万爷我现在是义和团的人，就是跟洋人对着干的！”

万千山说完示意手下弟兄将他们爷俩绑了去喂狗，又叫来几个弟兄洗劫账房，将所有的钱都装起来。李掌柜看这帮人来真格的了，赶紧跪下求饶说：

“小英雄，我给你两千块大洋，您就给我们留条生路吧！”

“两千，两千不是太便宜你们了吗？不行，少了一万块，你们爷俩就休想活命！”万千山把枪对准了李通的脑袋接着说：“这个小坏蛋干了不少坏事，我就先崩了他吧！”

说完万千山就要扣动扳机，李通号叫着对他爹说：

“爹，把钱给他们吧，要不咱爷俩都得死，这万千山可是个杀人不眨眼的主儿啊！”

李掌柜叹息了一声，说：

“那就请各位给我们爷俩留条活路吧！”

万千山见目的达到，也不想伤人性命，就说：

“行，就饶了你们爷俩的狗命，赶紧准备，小爷还要赶路！另外，我还要给你们一个忠告，洋人是义和团的死对头，再给他们当狗，我下次就来要你们的命了！”

李掌柜从账房里拿出了银票和大洋，战战兢兢地交给了万千山，万千山看了看又交给了旁边的黑星，对李家父子说：

“钱，我们是拿了，我还得重复一遍，别再替洋人为非作歹！”

此时，门外已经有人放火，点着了李家烧锅。

万千山冲出了屋子，问是谁放的火，一个手下人说，是他们李家烧锅自己人放的，说着从人群里拉出了一个壮实的小伙子。万千山问他为什么放火，他说他叫三狗子，来时就恨李家里通外国，和洋人一起算计中国人。万千山也不好多说什么，命人放了三狗子。

李念听见院子里有动静，赶紧出来看到底发生了什么事，这时素月也跟着跑出来。

万千山看后院里还有两个女人，其中一个围着头巾，就对她们说：

“我万千山只拿钱不劫色，赶紧收拾东西逃命去吧，这李家烧锅马上就要烧毁了!”

听到万千山三个字，素月的眼睛又闪现出了异样的光芒。她努力地搜寻着记忆中的一切，然后将目光定格在暗夜中万千山的身上，心里咚咚地跳着，却什么也想不起来。万千山看了看这个围着头巾的女人，也感到那么亲切，黑灯瞎火的，他并没有发现这个素月就是他的母亲朱久红。但是，他又感到这个女人的身影和气息是如此熟悉，就走上前问李念：

“她是谁?”

“是我姨妈。”李念答道。

“她叫啥?”万千山问。

“素月。”李念看了看万千山接着说：“你就是那个少年英雄万千山?”

“我是，但我不是英雄，我只是为民除害!”万千山答道。

“那你是谁?”万千山看着李念问。

“我是李家的二小姐，万千山，是不是连我也一块绑了?”李念毫无惧色。

又听到万千山三个字，素月眼睛瞪得大大的，总有一种冲上去的冲动。万千山看这个围着头巾的女人很怪异，猛地掀开了女人的围巾，他啊的一声愣在那里。

“娘！”万千山好半天才惊叫着喊道。可是素月并没有答应，她只是那么看着万千山。李念看万千山认得素月还喊娘，也惊呆在了那里。

来不及多问，万千山架起素月就走，李念一把拉住万千山说：

“你想把她带到哪儿去？”

“你管不着，她是我娘！”万千山一把推开了李念。

“她不认识你，她失忆了！”万千山不再跟李念纠缠，把素月放到马背上，自己也上了马，朝弟兄们喊道：

“离开李家烧锅，弟兄们，撤！”

李念还想追回素月，可是被一个土匪推倒在地，素月也在马背上回望着李念，眼睛里是依依不舍的眷恋之情。

眨眼之间，李家烧锅淹没在一片火海之中。

曾经红极一时的李家烧锅，就此消失在哈尔滨的地图上。等老百姓们竞相涌来看热闹的时候，李掌柜正在放声大哭。他在当天夜里，就打发李通和李念去关里逃命，李念让他爹也一起走，可是李掌柜说他死也要死在烧锅里，不能和他们一起走。万般无奈，李通拉上拼命哭叫着的李念踏上了逃亡之路。

李通和李念必须得走，要不然列文也不会放过他们，列文一定会拿李通去问罪，李念也将落入洋人之手。李掌柜的选择是出于无奈，也是一种必然。

等列文的骑兵赶到李家烧锅，李家烧锅已经变成了一片废墟，列文抓了疯疯癫癫的李掌柜，在松花江边的船坞旁将李掌柜枪决了。

31

当万千山满载而归回到天恒山的时候，天已经亮了。

万千山下了马，把素月也接下马来，跪在母亲面前，流着眼泪喊了声娘。万江平听见万千山的喊声，也跑了出来，看见站在眼前的朱久红，愣在那里许久说不出话来。

朱久红喃喃地说自己是素月，她不认识他们。万江平和万千山知道，朱久红这是失去记忆了。

来到天恒山的素月并没有很快恢复记忆。但她的归来，让万家父子心里的一块石头落了地。自从香炉山被刘凤和黑狼打散，朱久红生死不明，音讯全无，万千山去找过两次也没找到，甚至还在母亲被踢下山崖的地方立了块碑。现在，朱久红毕竟是回来了，尽管已经失去记忆，不再认得自己的丈夫和儿子，但是这也足以让万家父子感到万幸，而素月还一时不能接受这些陌生人，除了万千山，她甚至害怕眼前的这些人。

对于朱久红的归来，有一个人的心里更是百感交集，这个人就是江北红。

自从江北红受伤瘫痪以来，万江平对她悉心照料，比自己的男人还要体贴入微，江北红以为万江平一定会照顾她一辈子的，而且，会铁了心地娶了她。尽管万江平始终没有开口，但是江北红是抱着很大希望的。她知道万江平是个汉子，是个知恩图报的男人，她江北红为了他万江平，也算是赴汤蹈火了，自己残了不说，女儿也疯了，现在，她就剩下万江平了，万江平怎么还能拒绝和她成婚呢?

可是现在，朱久红回来了。江北红除了为他们万家父子感到高兴外，心里泛起了汹涌的波澜。

那一夜，江北红一夜未眠，她看着满天的繁星，看着自己疯掉的蜷缩在角落里刚刚睡着的女儿天慈，眼泪像决堤的洪水一般流了下来。

万江平虽然出身草莽，但也是个心思细腻的人，是个侠骨柔肠的人。他懂得江北红的心思，但是他也一时不知道该怎么处理眼前的状况。

天亮的时候，万江平和往常一样来为江北红送饭。江北红看万江平进来赶紧转过头去，不让他看见自己哭红的眼睛。其实，万江平看见了江北红哭红的眼睛。他把饭菜放到桌子上，给江北红翻了个身，扶着她坐起来。江北红低下了头。万江平也一时陷入了沉默。

过了一会儿，万江平开口对江北红说：

“大掌柜的，我明白你的心思，我万家父子是有良心的！”

“我不要你知恩图报，我没想过要你报答我！”

“是我万家坑了你，也坑了太阳寨！”

“我要怕这些，当初就不救你了！”

江北红说完又流下了眼泪，她接着说：

“在太阳滩上从黑狼手里救下你，我就知道这一切是我自个儿愿意的，为了你万江平，我干啥都不后悔！”

“我懂你的心思。”万江平低声地说。

“你不懂！”江北红有点激动：“这么久了，你除了照顾我，你什么都没说过！”

“我能照顾你一辈子，还有天慈，以后她就是我亲闺女，是我们万家的孩子！”

听见有人说话，天慈也醒了，她看着眼前的万江平，吓得大哭起来，连连喊着别碰我、别碰我，并一头扎进母亲的怀里。

江北红赶紧抱着天慈。万江平不忍再看，转身出去了。

回到了亲人身边的朱久红，依然是那么平静。她总是一个人静静地坐在天恒山的一块石头上，西望着哈尔滨，松花江从她不远处匆匆流过，那些放哨的小崽子们有时候见了她会亲切地喊一声大嫂，她也只是淡淡地投去善良的一瞥。

在朱久红的记忆中，她叫素月，她的男人是王二，还有二小姐李念，可是现在他们都不在她的身边了。在她身边的是一群义和团的勇士，只有那个万千山让她感觉气息相通。叫了素月的朱久红，有些惦记王二了，她担心那个自称她男人的王二是不是被烧死了。

天恒山是哈尔滨附近的一座山，离哈尔滨不过几十里地，当初万江平他们溃逃到此的时候，没想到要在这里久留，但后来看这里四面环水、易守难攻，就留了下来。最重要的一点，是这里离哈尔滨很近。

这天，万千山刚与大家商量完下一步的行动计划，就听哨子来报，说山下来了个人，自称王二，是来找他媳妇的。

万千山说这里哪来的他媳妇，别再是个探子什么的，赶紧把他轰走。不大一会儿，小崽子又来报说，这个人不走，嚷着要见你，不见到他媳妇他就不下山。万千山觉得蹊跷，那就见见吧，看看到底是怎么回事。

小崽子带上来王二，王二给万千山行了个礼，万千山看了看王二，人长得憨厚质朴，眼睛里是一种耿直和善的目光，并无杀气，心里就放下了一点。他问王二：

“你说你来找你媳妇？谁是你媳妇啊？”

“抢了李家烧锅的人是你吧？”王二反问。

“没错，是我万千山！”

“这就是了，我就冲你要媳妇！”王二说。

万千山接着问王二：“我抢的是李家烧锅，这跟你媳妇有啥关系呢？”

“你不光抢了李家烧锅，还抢走了一个围着围巾的女人！”王二有点委屈的样子。

“我抢了个女的也没错，可我抢回来的是我娘，怎么成你媳妇了呢？”

王二挠了挠脑袋，愣了半天才望着万千山脚上的大头乌拉说：“这可就邪了，有人会抢女人当娘，还抢不抢爹呢？”

万千山觉得这王二的话说得挺难听，再一看他那样子，并无恶意，就哈哈大笑起来，他说：“我爹在后边歇着呢，我还抢个爹回来干啥啊？再说，你怎么就能肯定我抢回来的就是你媳妇呢？”

王二盯住了万千山，一口咬定地说：

“没错，你抢的那个女的就是我媳妇，不信你把她找来问问！”

这时，万江平走了过来，他看了看王二，又看了看万千山说：

“去把你娘领过来，看他俩认识不？”

万千山愣怔地看着他爹，万江平对王二说：

“你别急，慢慢告诉我，你们是怎么认识的，她怎么成了你媳妇？”

王二看着万江平，还没等开口，万千山领来了他娘，王二一看朱久红进来，赶紧跑到她身边，握住她的手，关切地问：

“素月，你咋样？”

素月此时也拉住王二的手，竟然簌簌地流下眼泪。她心疼地捋了捋王二的头发，轻声地问：

“你跑哪去了？这些人非要带我来这儿！”

王二看看万千山，又看看万江平，说道：

“你们看怎么样，她是不是我媳妇？”

万江平拍拍王二的肩膀，和善地说：

“兄弟，这是我的媳妇，也是他娘！”万江平指了指万千山，又说：“我们在香炉山被朝廷打散了，你说说你是在哪遇见的她？”

王二一听明白了几分，敢情这伙人是香炉山的，也不好再隐瞒，就把自己如何在香炉山下捡到素月，又悉心地照顾，帮她养好伤，带回沙北村但又被洋人欺负，跑到李家烧锅寻生计，李家二小姐如何照顾素月等事情，详细地说了一遍。

旁边的素月听得傻傻的，此时她相信王二说的话，但是却依然想不起过去的事。

王二说完伤心地看看素月说：

“看来，他们真的是你的亲人，你回到了亲人的身边，我也放心了！”

之后，给万江平和万千山各行了个礼，又深情地看了一眼素月，转身就要走，却被素月一把拉住了，她紧紧地拉住王二的衣角，就是不松开。

万江平和万千山全都明白了，是眼前这个叫王二的男人，救了被刘凤一脚踢落山崖的朱久红，又一直悉心地照顾她，将她带到了哈尔滨。如果没有这个王二，朱久红早就喂狼了。看着眼前的情景，万千山才知道他娘身边的那个李家二小姐，也一直在照顾他娘。

万千山一时不知该如何是好，万江平开口说话了：

“王二兄弟，我看你就留在山上吧，我万江平把你当兄弟看，你看咋样？”

万千山也说：“那就留下来吧，你是我娘的救命恩人，我们得报答你！”

王二站在那琢磨了半天，心里想：“这万家父子虽然是土匪出身，现在又成了义和团，不过他们不坏，跟着他们干，也错不了；

另外他要执意下山，万家父子肯定也不能让他带走素月。还是留下来吧，留下来至少能天天见到素月！”

这么一想，王二就给万江平鞠了一躬说：

“谢谢万大掌柜的，那我就留在你这山头。我王二是粗人，需要俺干啥，您随便吩咐一下就行了！”

素月看王二答应留下来，嘴角也泛起了一丝微笑。

32

李家烧锅就这样完蛋了，李掌柜直到挨了洋人的枪子，也没弄明白究竟是谁在他家的酒里下了毒。

李掌柜就这么死了，而他的儿女李通和李念，也踏上了生死逃亡路。

兄妹俩没有走大路，而是挑小路来走，他们准备去热河，去投靠他们的舅舅。

李念打算从舅舅那里再去北京，也许等她到北京时，北京的局势也稳定了，她就可以找到她的同学们，在北京谋个可以糊口的工作。

现在李家烧锅没了，钱也没了，自己也从李家二小姐变成了落魄的凤凰。李念知道这以后的路，就得靠他们自己去走了。此时，她很想她爹，虽然她爹和洋人勾结，但是从小到大，她爹对她是疼爱有加，可以说是放在手心怕吓着，含在嘴里怕化了，这一点是值得她永久怀念的。走在逃亡的路上，李念一直也弄不明白自己究竟有没有真恨过她爹，但恨洋人这一层是千真万确的，如果没有洋人，中国的日子会好过很多，中国的百姓会少流许多血。可是现在，到处是洋人，许多人的家都没了，许多孩子变成了无家可归的孤儿。

李念想，有生之年，自己也要为赶走洋人做点事情。

李通走在妹妹的前面，一句话也不说。

他突然感觉这人生就像是做梦一样，昨天还人五人六地混在一帮洋人面前，今儿就变成了落水狗，突然间就什么都没有了。李通想不明白，但是他似乎又比谁都明白。

他知道，近来李家烧锅激起了民愤，就是不出现毒酒事件，也早晚会有人来收拾他们，就是万千山不来，别人也得来，李家烧锅已经坐到了火炉子上，早晚得被烧个片甲不留。

他想来想去，认为他爹让他俩逃出哈尔滨还是聪明的，要不在洋人那也交代不下去，老百姓那儿、土匪那儿，早晚都得收拾他们。

李通在心里嘀咕：这样一走，也闹个安生，至少能保命啊！

哥俩一路走着，一路想着心事，不知不觉地进入了一片密林之中。

密林里阴森森的，一条狭窄的山路蜿蜒着伸向密林深处。小路上有野兽的蹄印星星点点，李念有点害怕，她赶紧拉住哥哥的衣角，悄没声息地跟在后面。

小路上的杂草被踩平了，脚步闷声闷气地响着，声音仿佛来自很神秘的地方。

林子很密，花花点点的阳光从长满绿叶的树梢上漏下来，也显得阴森而晦暗。走着走着，李通突然停下了，他拉过了李念说：

"快看，地上有血！"

李念看到，地上不但有血，还有动物的粪便，一片狼藉。

李念问："是猎人干的吧？"

李通说："没准儿，也兴许是土匪打了野兽，在这里扒皮开膛！"

李念抓住了李通的胳膊，开始浑身发抖，她禁不住问道：

“哥，遇上土匪怎么办啊?”

李通的声音也有些发颤了：

“能怎么办？只好听天由命了！”

李念想了一下，突然蹲下身来，扒开路旁的草，抠起一把湿润的泥土来，在手心里搓了搓，泥泥水水抹得满脸都是。她在学校里排过小戏，有些演技，眨眼间就扮出一副傻相来，她问李通：

“哥，你看我像不像个精神病?”

李通看了一阵说：

“还真像，可我得扮个什么人才好呢?”

李念想也不想地说：

“你就是我哥，遇上土匪了，你就说送我去吉林，到精神病院去!”

两个人继续朝前走，风过树林，发出许多奇声怪响。

林间小路似乎总也没有尽头。

李念实在走累了，一屁股坐在石头上歇息起来。李通也没了办法，只能先在这歇歇了，一会儿再往前走吧。

林涛呜咽，似乎是在哭诉，李念真的很累了，她靠在哥哥的身上，不觉地睡着了。李通也一身疲惫，不一会儿也进入了梦乡。

等兄妹二人被一阵大雨淋醒的时候，天已经是黄昏了。一场大雨使这密林更显得幽暗、深邃。两个人浑身都像冻透了一样，冷的直哆嗦。

李通脱下自己的长衫披在了李念的身上，又让妹妹往自己的身上靠了靠，此时兄妹情深，才渐渐地体现出来，先前的分歧与成见，似乎都被这苦难给融化了。李念靠在哥哥的怀里竟然簌簌地流下了眼泪，她说：

“哥，我想咱爹了。”

李通也叹着气，但是他转念一想，自己是男人，就说：

“妹妹，你别害怕，咱家早晚还能东山再起的。到时候，哥哥给你买个大房子！”

“哥，咱再别给洋人干事了，咱是中国人！”

李通嗯了一声，说：

“妹妹你放心吧，哥不会就这么完蛋的！”

天不觉就要黑了，大雨也停了下来。黑漆漆的树林里伸手不见五指，李念躲在哥哥的怀里，吓得连大气都不敢出。

“这山里会不会有狼啊？”李念小声地问哥哥。

“别瞎说，要是狼真的来了，咱哥俩这小命就搭在这了！”

李通打了个冷战，四下望了望，可是黑蒙蒙的，什么也看不见。

突然，李念拉了拉哥哥的衣角，小声地说：“哥，你看，那边有光！”

李通赶紧顺着妹妹手指的方向往前看。真的有光，是绿的。

狼！这不是狼眼睛的光吗？李通虽然没见过狼，但是听父亲说过，狼的眼睛是绿的，在夜晚就能发出光来。李通小声地告诉妹妹千万别出声，说那是星星，是她的眼睛花了。

李念半信半疑，又猫在哥哥的怀里。

可是不一会儿，绿光又多了几个，一道道绿光闪烁着鬼魅般的光芒，吓得哥俩连大气都不敢出。又过了一会儿，那些绿光竟然离得近了。

是狼！此时李念才反应过来：“哥，狼会不会吃了咱们啊！”李念吓得小声地哭了起来。

“别害怕，妹妹，有哥呢！”李通想起自己还有把刀，就掏出来拿在手上，做好了与狼生死一搏的准备。

33

好不容易挨到了天亮，阳光透过浓密的树枝射进密林之中。

照耀着刚刚逃过这生死一劫的兄妹俩。李通还好一些，李念则因为一夜的潮冷，竟然发起烧来。

“得快点走出这片林子，找个落脚的地方才好!”李通这样想着扶起妹妹，两人踉踉跄跄地原路返回，向密林之外走去。

好不容易走出了密林，兄妹俩松了一口气，总算看到了一点儿曙光。这次兄妹俩没选择走山间小路，而是选择了走大路。走大路虽然很冒险，但是，可以在疲惫的时候找到一家客栈，好好休息休息。李念病得很严重，李通想，现在最要紧的不是赶路，而是找个小客栈，把李念安顿下来，好抓紧时间找个药铺，给妹妹抓点管用的汤药。

又坚持走了二十余里，兄妹俩来到了一个小镇。小镇不大，东西走向，都是坐北朝南的房子。小镇虽然不是很繁华，但看起来也殷实淳朴，李通的心总算有了点谱儿。

兄妹俩寻了一间客栈，这间客栈虽然不大，但是整洁干净，老板四十多岁，长得一脸的憨厚相，大嘴叉塌鼻梁；个子不高，身板却很结实，有点像武大郎。

老板看进来一男一女两个人，赶紧迎上前去，絮絮叨叨说了一堆本店的好处，兄妹俩都累得这般惨相，还哪有心思听他叨咕，赶紧让老板找了一间好一点的客房，再做几个像样的菜来。老板高兴地应了一声，转身忙活去了。

李通把妹妹放在床上，用手在妹妹的额头上摸了摸，很烫。李念躺在床上，竟然稀里糊涂地睡着了。李通给妹妹盖好被子，就出去给妹妹抓药去了。

李通出了客栈来到街上，仔细一打听才知道，这个镇子叫聚元镇，已经有百八十年的历史了。李通找了家药店，和坐堂的大夫说了一下妹妹的病情，抓了药，就急匆匆地转身往回走。

可是他刚从药店那条街口拐过来，忽见客栈里冒出了滚滚的浓烟。李通简直不相信自己的眼睛，以为自己走错了，可他挤了挤眼睛，眼问心心问眼，一点儿没错，就是他和妹妹住的那家客栈。李通三步并作两步，跟头把式地向客栈跑去。

客栈着火了，滚滚浓烟汹涌着，从店门和大小窗口往外冒，瞬间就弥漫了整条街道。客栈里的人们纷纷向外跑，李通疯了似的往客栈里闯，却被里面往出跑的人撞了个满怀，那人说李通：

“你还进去，这房子马上就落架了，非把你烧死在里边不可！”

李通大声呼喊着妹妹，可是此时李念已经被浓烟与火海淹没在客栈之中。

客栈老板哀号着坐在客栈的门口，他号啕着说自己这些年的家业算是完了，他求这些看热闹的百姓救火，可是却没一个人伸出手。李通不能眼睁睁地看着妹妹烧死，他扔下药包，跑到客栈门口，从雨水缸里端起了一盆凉水就浇在自己的身上，然后冲进了火海之中。

客栈里布满了浓烟，几乎什么也看不见。李通凭着刚才进出留下的印象，搜寻着妹妹的房间，不一会儿他就被浓烟呛得喘不上气来。李通找了半天，终于在最里边的一个角落里找到了他们的房间。他开门冲进去，使劲用手摸索着，他终于摸到了妹妹。

此时，李念已经昏厥过去了，李通来不及拿起包袱，背起妹妹就往出跑，几根烧毁的梁柱落下来，差点砸到他们身上，李通奋力地跑出客栈，客栈的房子随即轰的一声塌了架。

李家兄妹死里逃生，总算捡了一条命。

但是包袱烧在了客栈里面，他们的身上已经一文钱都没有了。

李通找了个废弃的房子，又弄来了一堆干草，把妹妹放上去。李念的嘴唇已经裂开了，还不时地喊着妈妈。李通把手放在她头上，烧得很厉害。

“现在最要紧的是如何能给她再弄点药，只有退了烧，病才能好！”李通心里想着，急得团团转。

李通想到了刚刚买药的那家药店，老板看起来是挺和气的一个人，也许他会帮帮我的。李通这样想着，把妹妹留在了破房子里，去找那个药店老板去了。

李通吞吞吐吐地说明了来意，却被老板给轰了出来。

老板站在门口骂：

“没钱还想拿药，不是脑子有毛病吧？这都啥年月了，谁还做菩萨啊？”

李通站在那里，低垂着脑袋，一声也不言语。想走吧，离了这里，这个小镇上就没第二家药店了，不走吧，伸手向人家讨要还是头一回，丢多大的人啊！

见李通不动窝儿，药店老板更来气了，又开口骂道：

“你是死人哪还是我说的话你不懂啊？赶紧滚犊子吧，别耽误我做买卖！”

过路的人见药店老板骂得越来越不入耳，就说：

“一包草药的事儿，也用不着动这么大的肝火，给了是你积德，不给是他没赶上好时候。消消火气，回屋喝茶去吧。”

药店老板说：

“说不上是怎么回事呢，这年头骗钱骗物的多了，你今天给他了，他明儿还来，非赖到你扒层皮不可，就是那样，还不知道你能抖落掉、抖不掉呢！”

药店老板说完朝地上啐一口，转身回屋了，气得李通一边咒骂着老板不是东西，一边向破房子走去。

还没进破房子，李通就听见几个人在里面叽叽喳喳地怪笑着。

进得门来，他抬头一看是几个小混混，正在妹妹的身上摸来摸去。李通冲上去推开那几个人，用身体护住妹妹。几个混混相互看了看，抓过李通就打。

等李通挣扎着爬起来的时候，几个混混已经扬长而去了。李通擦了擦自己脸上的血迹，心里骂道：

“这帮王八蛋，就欺负外乡人，这要是在哈尔滨，我非活活劈了你们不可！”

想起哈尔滨，李通又想起了列文，想起了万千山。他仍旧狠狠地骂道：

“老子再回去的时候，一定要先灭了你们，以报此仇！”

李念已经不省人事了，李通去井边给妹妹弄了一点水，润了润妹妹干裂的嘴唇。这时，破房子外面已经围了不少人，指指点点地看着他们。李通扑通一下给外边的人跪下，求他们行行好，救他妹妹一命，可是没人愿意伸出援助之手。

“这年月这么乱，自己还难活呢，谁还有心思搭救别人，真是的！”一个人叨咕着离开了人群，接着人们就陆续地散开了。

李通绝望地跪在妹妹的身边说：

“妹妹，哥哥对不住你，你要死在这儿，哥哥怎么向爹娘交代啊？”

李通呜呜地哭起来。

突然，李通感觉身边站了一个人，他赶紧抬头，看见一个慈祥的老大娘站在他身边，正关切地看着他们。

李通好像一下子又有了希望。他抱住老大娘的腿说：

“大娘，求你救救我妹妹吧，她可是京城的大学生啊！她要是死了，我也活不下去了！”

老大娘扶起李通说：

“孩子，你别着急，大娘会救她的！”

说话的工夫，老大娘把手放在李念的额头，说：

“好烫啊，赶紧把她背起来，到我家给她煎药吧！”

李通连磕头带作揖，背起李念向老大娘家走去。

李通知道他们兄妹遇见了好心人，也把自己家被土匪打劫的事和老大娘说了一遍。但是，他没说自己给洋人做走狗的那一段。老大娘悉心地照顾李念，煎药喂药十分及时，就像对待自己的孩子一样。没几天的工夫，李念的病情就有了好转。看见妹妹的病一天天见好，李通十分高兴，他拉着妹妹李念给老大娘跪下了，李通说：

“大娘，您就是我们的亲娘，打今儿起，您就把我们俩当自己的孩子吧！”

老大娘看两个孩子这么知恩图报，感动得不知道说什么好，赶紧把他们扶了起来。

34

老大娘把李念安排在了自己的东屋，和自己住在一起。

她晚上经常睡不着觉，就想找个人说说话。这下好了，有了李念，她就不寂寞了。

李通一个人睡在西屋，没事的时候就帮老大娘干点家务活，劈柴担水的，这些活李通还干得来。老大娘一下子得了一个姑娘一个儿子，很是高兴，每天都弄点好吃的，让这兄妹俩好好补养补养。

这天，李通一个人在西屋，翻过来调过去的怎么也睡不着。他琢磨着，妹妹的病好得差不多了，兄妹俩也该起程了。可是这世道乱哄哄的，听说小日本又占了奉天，眼看就要打到长春了，这一路别再出点啥事儿，自己倒不要紧，把妹妹毁了，这当哥的不是罪人了吗？李通虽然和刘金贵干了很多坏事，又做了洋人的走狗，但对自己的妹妹，还是十分地呵护和疼爱的。毕竟是亲兄妹，李通知道自己有责任照顾好妹妹。但是如果不走，长期留在这个老大娘的家里，也不是个事儿，哪年能报上自己的仇呢？

李通想来想去，一夜也没睡着觉。

第二天天刚蒙蒙亮的时候，李通似乎有了主意，他叫醒妹妹，说是有事和她商量。李念一听哥哥有事，赶紧穿上衣服，和哥哥去西屋说话了。

李通看着妹妹，想了好一会儿才说：

“妹妹，哥哥想把你留在这儿，我出去找个事情做，能混上口饭就回来接你！”

李念听说哥哥要一个人走，不禁急了：

“把我自己扔这里，我不干！咱爹也有过交代，咱们不能分开！”

“可是这兵荒马乱的，没准儿再遇到啥波折，哥怕你在路上出事啊，万一落到洋人手里，哥赔上这条命也救不了你！”李通说。

李念知道哥哥说的不无道理，她思索了片刻，担心地问：

“那你要去哪啊？啥时候来接我？”

李通说：

“我想去奉天，哥哥有个光腚娃娃在那边，听说混得不错，哥去投奔他。等哥一挣到钱了就来接你，还有这干娘，咱也一起报答了！”

李念听哥哥说完，什么话也没说，站在那簌簌地掉眼泪。李念知道，现在也只能这样了，这一路上，她没少拖累哥哥，兄妹俩不但差点喂狼，还险些被恶人糟蹋。李念知道哥哥的决定是对的，但是她又舍不得哥哥，这一别，不知道啥年月才能再见面呢。

李念叮嘱了哥哥一番，并嘱咐他从此不要再做坏事了，李通一一答应。他也嘱咐妹妹，在这里要养好身体，和干娘好好相处。

兄妹俩又抱头哭了一阵，才一起来到东屋，和干娘说了下一步的打算。

李通给干娘跪下，求她照顾好自己的妹妹，说他一赚了钱就回来报答她。干娘摸了摸两个孩子的头，告诉李通尽可以放心地走，她会像对亲姑娘一样照顾好李念的。

吃过早饭，李通简单收拾了一下，干娘又给他塞了几块钱，催他趁天色晴好早点儿上路。李通拜别了干娘，又嘱咐了妹妹几句，就依依不舍地离开了聚元镇。

李念凝望着哥哥离去的背影，转身伏在干娘的怀里哭了起来。

人生便是如此，不知道在哪个岔路口改变了自己的人生。李家兄妹也是如此，聚元镇一别，也彻底地改变了他们的命运。

从此，兄妹俩走上了不同的人生道路。

35

天恒山上，云走风高，太阳格外的明亮。

万千山正要带领两个手下去埠头侦察俄国人军械厂的地形，刚走到下山的路口哨子就来报告，说有两个人正在上山，要找您和万大掌柜的商量点大事。

万千山心想，这会是谁呢？怎么会找到天恒山来呢？思索一番，没有头绪，但有一点是肯定的，上山的人一定和这次行动有关，他赶紧吩咐哨子将两人带上山来。

万千山请来万江平，两人坐在议事厅里，想要看看究竟是谁，找他们商量什么大事。

两个人被小崽子引上山来，见了万江平一抱拳说道：

“万大掌柜的，可否记得张某人？”

万江平一看，心中咯噔地一下。此人正是当年在松花江边设下埋伏，伏击太阳寨众人的呼兰府副都统张蓝见。万江平起身抱拳，冷冷地说：

“当然记得，您是张副都统，小人还挨过您一个枪子，怎么能忘记呢？”

万千山一听来人是张蓝见，立刻来了火气，掏出手枪对准了张蓝见。

张蓝见不慌不忙地坐下，微微一笑，说：

“想必这位小英雄就是万千山吧，火气还这么大。当年你洗劫了许虎，把他吊在牌楼之上，可是名震四方的一个事儿啊！”

万千山嘲讽地说：

“你今天急匆匆地赶来，不是又来剿匪的吧？不过我们现在不是土匪了，我们是义和团，专门打洋人的！”

张蓝见哈哈一笑，说：

“这就对了嘛，既然你们不当土匪了，那我们就是朋友了！”

“谁和你是朋友？”万千山冷冷地说。

万江平轻轻按下了万千山的枪，对张蓝见说：

“副都统今日亲临天恒山，到底有何指教啊？”

张蓝见清了清嗓子说：

“此番来天恒山，就是为了联合两位英雄一致抗击外侮，现在清廷令各省督抚召集义民成团，共同抗击沙俄侵略者。我们同为炎黄子孙，怎么能坐视洋人在我国为非作歹却视而不见呢？”

万江平略微沉思了一下，说：

“副都统说的是啊，打击洋鬼子，保卫我家乡，这是我们义不容辞的责任。可是让我们听命于朝廷，这就难了，我们偶尔联合起来干点事情，倒是没什么说的。”

张蓝见呵呵一笑说：

“那就好，那就好，我们来个精诚合作，岂不是更好！”

万江平说：“只要是保家卫国，义和团就冲在前头。”张蓝见说：“既有合作的意思，我们就各自草拟一个共同平寇的条约，有朝一日，一起给洋人点厉害瞧瞧。”张蓝见又扯了些别的，见天色不早，起身告辞。

万江平陪他走到山下，到了江边的渡口，又送他上了船，才一路返回天恒山上。

朱久红正在山间的青石上看风景，看万江平过来，赶紧站起来，紧张地看着他。万江平来到近前，轻轻地拍了拍她的肩膀说：

“你最近的气色好多了，样子又和当年差不多了！”

“当年？当年我是什么样？”朱久红最近多少可以开口说话了。

“当年你是万家沟头号的好姑娘，小伙子们都争着抢着要你当媳妇！”

“那后来呢？”

“后来，后来你就嫁给我了，还有了咱们的儿子万千山。”

“可是这些事，我都想不起来了啊！”

朱久红挠着脑袋，很着急的样子。万江平深情地注视着朱久红，想起当年的往事。……

这时候，天慈疯疯癫癫地跑过来，嘴里不停地喊着：

“别碰我，别碰我！”

自打从洋人那回来，天慈的嘴里总是喊着这三个字。万江平看着天慈心如刀割。可以说，江北红为他们万家算是把什么都搭进去了，自己也残废了，女儿也被洋人糟蹋变得疯疯癫癫的。

现在，该怎么对待这母女俩呢？万江平真有点犯难了。

万江平拉住天慈，天慈赶紧使劲甩开他，吓得往山下跑去。万江平追上去说：

“孩子，跟叔叔回家去！”

天慈惊恐地看着他，眼睛里是委屈，是仇恨，是空空洞洞的迷茫。

36

万江平一手拉着天慈，一手拉着朱久红向山上走去。

天恒山上此时已经是花红柳绿，清风吹拂着青石、绿树和草丛里嬉戏的松鼠，黄雀在树尖上摇晃着盎然的春意。但是这一切，万江平都无心体会，他的心头压着一块重重的石头。这个草莽英雄，这个仗义的男人，陷入了内心的漩涡之中。

刚要到山顶的时候，王二迎面走过来，他手里拿着一条薄软的外衣，轻轻地给朱久红披上。他怕山风凉，吹疼了朱久红的脑袋，自打他救了朱久红之后，她就常常头痛，而且最近越发地严重了。王二被万千山安排在粮台那里，帮着粮台打理天恒山上的后勤工作，加入义和团之后，王二负责的事情就更多了，有的时候忙起来，一两天都见不到朱久红，他心里很是牵挂。

这天，他帮着粮台发了兄弟们的贴补之后，就来找朱久红，想要看看这两天她怎么样了。他发现朱久红不在屋子里，就知道她又是去江边看江水去了。王二直奔江边，他看到了朱久红，却没想到还碰见了万江平，王二的心里有些酸楚。

人家毕竟是一家人，自己到底算什么呢？充其量不过是个救命恩人！可是他又离不开朱久红，他太喜欢她了，喜欢得从来没舍得碰她一下，给她的只是关怀和体贴。当然，朱久红也离不开他。好几次见不到王二的时候，朱久红都会到粮台那里去找他，看王二在那里，她的眼睛就有了一丝柔和的光，她就那么静静地站在那里，看王二忙来忙去的，每当此时，王二就幸福得不得了。

他看着朱久红也在惦记着自己，心里就有了一种力量，支撑他在这天恒山上干下去。

很多次，王二都想着离开天恒山，让万家一家人团聚，他总感觉自己是多余的，可是每当他拿着包裹偷偷地下山的时候，他都能想起朱久红那渴盼的眼神，想起她依赖他的情形，于是他就后悔了，就又折回来。

可是今天，当他看见万江平一手牵着天慈，一手牵着朱久红的时候，王二的心里忽悠地又沉了一下。他又感觉自己真的不属于这里，他在这里是显得怪异和多余的，而且不仅仅是这些，他更是人家团聚的一个阻碍。

他们一起往山上走，朱久红又和往常一样拉着王二的衣角，天慈总是想跑开，可是万江平怕她一个人跑来跑去的出事儿，非得拉着她回去。在快要到各自的住处时，王二看了看万江平，说：

“大掌柜的，我想跟你说点事儿。”

万江平示意朱久红把天慈带回房里，剩下他和王二，两个人捡了一块平坦的地方坐了下来。

“啥事儿？兄弟你说吧，大哥这儿都给你担着！”万江平说。

“我想离开天恒山，让你们一家人团聚，我在这里，心里总不是个滋味！”

王二说完，眼睛看着远方。山下的松花江上，一艘俄国的货船正趾高气扬地开过去。

“别瞎说，这天恒山也是你的家啊，走什么走？别的你不用想，好好在这帮着打理后边儿的事！”

“大掌柜的、素月——”王二还是习惯这个称呼朱久红，发现自己又说走嘴了，他赶紧改口：“不，朱久红是你媳妇，是少掌柜的娘，这是不能改变的，我算啥呢？我在这儿，倒是个阻碍了！”

“别胡说，你和我们万家是一家人，万家在你王二就在，别瞎想了，好好忙活自己的事去吧！再说——”万江平说到这里顿了一下：“再说，久红她也离不开你。”

王二再没说什么，万江平也开始沉默。两个人就这样静静地坐着。一个是走过了无数生死轮回的草莽英雄，一个是憨厚质朴的汉子，两个人就这样各自想着自己的心事。

万江平和王二道别之后，直接去了江北红那儿。

这两天江北红的情绪很低落，但是她从不在万江平的面前表现出来。这一切都瞒不过万江平的眼睛，她越是这样，万江平的心里越是难受。看万江平进来，江北红努力地挪了挪自己的身子，让万江平坐下来。万江平给她热好了药，又用嘴吹了吹，帮江北红喝了下去。

江北红喝完药，看着万江平说：

“万大哥，以后别来照顾我了，多去看看久红吧。”

“她那有王二照顾，还有千山呢，用不着我。”万江平给江北红掖了掖被角说。

“那也不行，你是她丈夫，你得尽责。”江北红说得很认真。

“眼下你的病要紧，别的以后再说吧。”

“别的？啥别的？”江北红反问道。

“没啥，我得照顾你一辈子！”万江平说完用眼睛看着江北红，目光中是一片赤诚。

“这可不行，你得照顾久红，我自己的事，我能想办法，从明儿起你就别过来了！”

江北红的眼泪在眼睛里打转，万江平没再说什么，他拿出一个从哈尔滨买来的暖水袋，灌满了开水，放到江北红的腰上说：

“这东西好，热乎，你那腰不好，有了这个，能少遭些罪！”说完，万江平一声不响地出了江北红的屋子。

万江平在江北红的门口站了好一会儿，他听见屋子里的江北红在低声抽泣。这个刚强的女子，这个绿林女侠，今天竟然成了一个卧床不起的残废，而这一切，都因他万江平而起，他是有责任照顾到底的。当初，江北红向他示爱的时候，他因为不知道朱久红的生死而没有答应，现在朱久红回来了，却又失忆了，这一切搅得万江平心神不宁，他不知道自己该怎么办，但是又隐隐地知道自己该去做些什么。

离开江北红，万江平竟然不知道去哪里才好了，他只感觉自己的脚步很沉重。

打这以后，江北红不允许万江平进她的屋子了，也拒绝万江平的关心，这让万江平很着急，但是，江北红是一个说一不二的女子，她说什么就是什么，这一点万江平清楚。

现在，万江平已经有六七天没进去江北红的屋子了。

这天傍晚的时候，万千山带着一帮义和团的勇士准备下山了，他们要在半夜的时候偷袭俄国人的军械厂。这是万千山成为义和团哈尔滨一部的首领以来，干得最大的一个事，他已经准备了两三天了。

俄军的这个军械厂，在埠头区靠近黄树林子一带，因其是俄军的重要设施，所以有重兵把守。万千山曾乔装成乞丐，几次去军械厂附近侦察地形，这个军械厂的西门毗邻黄树林子，便于隐蔽，所以万千山选择这里作为突破口。万千山决定从军械厂西侧门攻入，东、北两个方向也发动小规模的进攻，以诱惑敌人的火力。不仅要狠狠地给俄国人点颜色看看，还要占领这里，夺回这块被俄国人占领的土地。

这次行动，得到了呼兰府副都统张蓝见的配合，两人经过缜密的部署，决定由万千山的义和团和清兵共同发起攻击，拿下军械厂后，将缴获的军械迅速地运回天恒山和呼兰府。

夜色渐浓，张蓝见率领所部三营、炮队一营，由涝洲船口横渡松花江；万千山也率领手下近两百余人，从旱路悄悄向黄树林子靠近，为了不引起敌人的注意，万千山将这两百余人分数批乔装进城，于半夜前，在黄树林子与张蓝见部会合。

随着义和团和爱国清兵对俄军反抗的加剧，俄国人也加紧了对其战略要地的布防。把守这个军械厂的俄国兵，已经由过去的一百余人增加到现在的三百人，耀目刺眼的探照灯，把周围照得如同白昼。想要接近这里，也不是十分容易的事。

万千山与张蓝见会合后，马上组织人马开始了凶猛的进攻，子弹和自制的土雷如暴雨般打向俄军，还没等俄军组织反击，万千山已经率人冲进了军械厂与敌人展开了肉搏，俄军虽然顽强地抵抗，但是却回天无力。张蓝见也率手下迅速地控制厂内大部分要地，整个战斗打得十分干净利落，不到四十分钟就击毙俄军三十余人，缴获各种军械和物资足足三大马车。张蓝见带领清兵控制了军械厂及附近区域，狠狠地打击了敌人的嚣张气焰。

这次战斗等于给俄国人上了重要的一课。义和团和爱国清兵的无畏精神，也激起了更多人的爱国之心，纷纷加入义和团，还有的群众联合成立了忠义军，也与敌人展开了殊死的搏斗。

37

硕大的夕阳慢慢地转到了世界的另一面，松花江被夜幕笼罩。

在太阳岛上的水上俱乐部里，俄国大兵的尖叫声、舞女放浪的舞姿、炫目的霓虹灯、华丽的舞曲交织在一起，闪烁的灯火照得松花江两岸忽明忽暗。这里是俄人娱乐的场所，整个俱乐部的造型活泼优雅，朱红色的尖顶，木结构的装饰，雕花的窗子，加上黄白相间的墙壁，在高大的榆树掩映下，就像一个童话故事。有时候，江鸥会落在油漆的栏杆上，与你对视；有时候，远处的花香和江水的水气，更让你如醉如痴；有时候，浩渺的松花江，衬托一片绚丽的晚霞，使得这座建筑更具有别样的风采。

附近的中国百姓戏称它为鬼窝。每当夜幕降临，那些俄国的男男女女就络绎不绝地来到这里，他们在这里过着腐朽没落的生活，妄图用一时的放纵，来洗去漂泊在异国他乡的满身尘土。在舞池中间，一对对俄国男女欢快地起舞，口哨声、狂叫声不绝于耳。

达丽雅刚刚和一个大兵跳过一曲华尔兹，显得有点兴奋。她来到静静坐在角落里的吉娣身边。吉娣也很喜欢这里，只是她很少跳舞，也很少和那些俄国大兵们打情骂俏。

吉娣喜欢静静地坐着，透过这些放浪的舞姿和欢叫声的缝隙，去寻找那一点点关于祖国、关于故园的声音。可是，她却渐渐地感到自己离它们越来越远了，她越来越厌恶侵略，厌恶跑到别人的领土上来大肆地掠夺。

看达丽雅过来，吉娣很努力地往里面挪了挪，达丽雅一屁股坐下来，点燃了一根烟，她也递给了吉娣一根，但是吉娣没有接。

“怎么了亲爱的吉娣，又在想念那个中国的少年英雄了?”

达丽雅对吉娣说：

“他最近可没少和咱们俄国人作对，烧了军械厂，听说最近又击沉了我们一艘船呢!”

“哦，他真厉害，我越来越崇拜他了！我听很多人讲过他的故事，像他这样的英雄可不多啊！”吉娣说起万千山，眼睛里有一种异样的光芒。

“哦，你喜欢他是吗？”达丽雅明知故问。

“是又怎么样？”吉娣反问。

“他可是我们的敌人，他是我们把这里变成黄俄罗斯的一个障碍！”

“他只是在保卫他的家园。达丽雅，我的姐姐，你别和那个列文一个腔调好不好？”吉娣有点激动。

这时舞曲停了下来，人们纷纷回到自己的座位上去喝酒、抽烟。好几个女孩和大兵相拥着走出了舞厅，去别的地方快活了。达丽雅给他们飞了一个吻，然后继续和吉娣辩论着。吉娣显得有些不耐烦了，她抛下达丽雅，自己走出了俱乐部，到外面呼吸新鲜空气去了。

吉娣已经了解了很多和万千山有关的故事，换句话说，一切和万千山有关的故事，她都想听。上次在天恒山，她看见万千山之后就再也忘不掉他了。她深深地喜欢上了这个太阳岛上的传奇英雄。尽管最近万千山带着义和团在和俄国人战斗，但是这并不能冲淡吉娣对他的复杂的感情。相反，每次听到万千山又胜利了一次，吉娣的心就会为他高兴一次。

可是这些万千山并不知道。

万千山此刻正在天恒山上，他的左胳膊受了伤。

前几天在伏击从三姓那边开来的一艘俄国木材运输船时，被红毛鬼打了一枪。

万千山对吉娣还没有太多的感觉，他只是在脑海里常常出现这个俄国女孩的身影。

那天这个吉娣费尽周折把天慈送到天恒山时，真的让万千山好意外。只是吉娣被送下山时，他只顾照看时而呆傻、时而疯癫的天慈了，也没和吉娣道别，也没说声谢谢。这让万千山想起来时，不免有一点后悔。

万千山的胳膊受伤之后，他在山上休息了两天。这两天他天天陪着天慈，和她说话，陪她四处散步。天慈最近的精神状态好了很多，不再像以前那样大哭大闹了。安静下来的天慈只是不说话，每当万千山来陪着她，她的眼睛就会温柔起来，脸上的表情也丰富起来。有时候，她依偎在万千山的怀里，像个安静的小兔子，有时候她会突然紧紧地抱住万千山，好久都不松开。

在天慈面前，万千山有时会想起张达，这个从小和天慈一起长大的男子，居然会和他的父亲一样，选择对朋友的背叛，真是白瞎他读的那些书了。看起来，有些人读多少书都没用，就像张达，读书越多越钻牛角尖，这是为什么呢？万千山想不明白。

天慈常常会死死地看着万千山，看了许久许久，有时会突然地问：

“你知道太阳寨吗？”

万千山赶紧回答：

“我知道，我当然知道太阳寨！”

天慈眼里的光却散了，很伤心地说：

“你什么都知道，我咋就不知道呢？”

万千山多么希望有一天他能和天慈把有关太阳寨的话题聊下去，但天慈总是在问过那句话后，就对这个话题失去了兴致。

这天下午，万千山又带着天慈来到了松花江边，江水无声地流着，几只江鸥在水上盘旋，有时某一只会突然扎向水面，叼起一尾鱼来，飞向远处。

天慈看着这些水鸟，表情异常兴奋，她突然对万千山说：

“你回太阳寨吧，天慈等着你呢！”

万千山的心颤抖了一下，除了太阳寨之外，天慈又想起了一个名字，这是不是说，她的病情在一天天地好转？

万千山问：

“你知道天慈？”

天慈看了万千山一眼，又把目光转向了飞动的江鸥：

“我不知道，可你兴许知道呀！”

再问什么，天慈也不回答了，她说：

“别吵，那大鸟又看到鱼了！”

万千山不说话了，他看着天慈，心里在想：如果这里是太阳寨，天慈能不能恢复到原来的样子？

太阳寨没了，太阳寨变成了太阳岛，把天慈迫害成现在这副样子的洋人，正在太阳岛上寻欢作乐。

天慈是万千山心里的一块痛，是一块永远也不能愈合的痛。

万千山已经做了一个决定：要一辈子照顾天慈。可是江北红反对他的这个决定。江北红说等自己的伤再好一些，就带着天慈去深山里隐居，不牵连他们爷俩。

每当江北红这么说，万千山都表示坚决反对，他告诉江北红，他现在有两个娘，一个是他的生身母亲，一个是他的再生母亲。在他的心里，这两个娘是一样重要的。

更让万千山宽慰的是，他的亲娘朱久红的头疼病渐渐地好了，而且精神也一天比一天好。只是王二在前两天突然不见了踪影，他给万江平留了一封信，说素月的病好得差不多了，自己要去别的地方讨生活了，让他们一家人可以好好地团聚。

万千山曾派出去几个弟兄去找王二，可是都没找到。不见了王二的朱久红很紧张，为了不影响她的情绪，万千山就撒谎说，王二跟着义和团去牡丹江那边传教去了，要好久才能回来呢。

38

吉娣走出俱乐部，一个人来到松花江边，漫无目的地散步。

此时，夜色深沉，江风送来一丝丝微凉，吹得她有点冷，不禁打了个寒战。自从到中国来之后，吉娣总是这样，感觉有一种冷冷的气息包围着她，尽管这里已经到处都是俄式的建筑，大街小巷里穿梭着无数的俄国人，但吉娣知道这里永远都不是她的故乡。

吉娣想过江，回船坞那边自己的住处去休息，最近她总感觉自己很累。吉娣在江边寻找着摆渡的舢板船。走了半天才发现，前面影影绰绰地有一只小船泊在那里，只是不见摆渡的人。吉娣沿着台阶走近小船，用半生不熟的中国话喊船家，刚喊了两声，摆渡人就从小船里站起来，吓了吉娣一跳。她一直以为摆渡的人在岸上呢。

吉娣看到摆渡的人还在，高兴得不得了，赶紧说：

"师傅，我要过江，能送我一趟吗?"

"这么晚了，我要休息了!"摆渡人看起来有些疲倦，他接着说："刚才我正做梦呢，我梦见自个儿捡了个金元宝，可被你喊醒了，金元宝也没了!"

吉娣听摆渡人这么说，哈哈地笑了起来，她说：

"你们中国人真可爱，那么相信梦，梦是假的!"

"梦是假的，可是人要是没有梦，活着就更没奔头了!"

摆渡人的话让吉娣吃了一惊。她没想到一个普普通通的摆渡人，还能说出像哲学家那样的话，她不禁在心里佩服起来。她向前走了两步，要上船，摆渡人看自己已经不能拒绝这个看起来很和善的俄国女孩，就说：

“上来吧，这二半夜的，把你自己扔这儿，也显得我太不仗义了，把你送回去我可真该歇着了！”

两个人上了船，摆渡人使劲地划着船，向江的对岸驶去。江风呼呼地吹着，波浪涌动着暗夜的深沉，俱乐部里的灯火不时地照亮一小片江水，也照亮两个人的脸，不知道为什么，摆渡人总感觉这个俄国女孩在哪里见过。而吉娣也感觉这个摆渡人好像很面熟。两个人各自努力地在脑海中回忆着，可是又都没有想起来。

小船在江中涤荡着夜色，不时地有拉着木材的俄国轮船，拉着长长的汽笛，翻起巨大的波浪。摆渡人很厌恶这些俄国大船，他对着那艘驶过的大船喃喃地骂了一句，然后用复杂的目光看着吉娣说：

“都是你们这些红毛鬼子，把我们祸害成这样！”

虽然在黑夜中，但是吉娣依然能感觉到摆渡人目光中的仇恨和抱怨。她没说什么，她不知道该向摆渡人说点什么才能平息他的怒气。吉娣知道这个摆渡人是个好人，好人是不能用来伤害的。此时此刻，吉娣真痛恨自己是侵略者中的一个。

但是吉娣不是一个侵略者，她只是一个漂泊到中国来的白俄女孩，她和她的父亲并不是十分有钱的人，他的父亲只是一个银行的职员，挣着为数不多的薪水。他们在平民船坞里和很多俄国人一起住着俄式单体住宅。这种砖木结构的俄式单体住宅，通常是砖砌墙、板夹泥墙或者是石头外砌墙，这种房子一般都是单层木架，红瓦房顶或铁皮房盖，外面大都刷成黄色。房盖是洋铁皮的，每当下雨时，雨点就会敲击着铁皮发出音乐般美妙的旋律。吉娣很喜欢他们住的这个地方，美丽而且还有淡淡的野性；荒蛮，但是又处处透着悠远。

吉娣又想起了万千山，他的眼神就是这样的，让你一眼就忘不了，锐利又深邃。吉娣想起万千山，内心里就有一种淡淡的温暖。她看看划着桨的摆渡人，不自觉地问：

“您知道万千山吗?”

吉娣感觉自己的问题有点突兀，这么一个靠摆渡为生的人，怎么会留心万千山呢？但是出乎吉娣的意料，摆渡人的回答很是让她吃惊：

“万千山，哦，这个孩子刚刚受伤了，胳膊被红毛鬼子打了一枪!”

摆渡人并没有因为知道万千山而显得有几分自豪，语气中带有几分淡淡的酸楚。

“他伤得重吗?”吉娣有点紧张。

“不重，不过是皮肉伤，这小子刚强着呢!”

摆渡人说完就哼起了船歌。他浑厚的歌声撞击着滔滔东去的江水，不一会儿就消失在茫茫的夜色之中了。

小船咣当一声靠岸的时候，吉娣才从这美丽的带有几分伤感的江中夜色中回过神来。她掏出钱，小心地递给摆渡人，摆渡人却拒绝了。这让吉娣十分意外。

摆渡人只是淡淡地说了一句：

“孩子，我看你和那些洋人不一样，钱你留着吧!”说完，摆渡人掉转船头，向回划去。

吉娣愣在那里，心想：“这个人真是不一样，似曾相识又想不起来，他不收船钱，是不是已经想起我是谁了呢?”

吉娣没有想起这个人是谁，但是这个摆渡人却想起了她。

在吉娣去天恒山送天慈的那一天，这个人就在旁边。他在就要将船划到江心的时候，突然想起了这个俄国女孩。他的内心对她充满了敬意。

这个摆渡人就是王二。

吉娣回到她的家里，父亲已经在自己的房间里睡着了。窗外还不时地有手风琴的声音传过来，吉娣知道这是她的那些同胞们在想念家乡了。

这手风琴的声音，是从不远处的另一个房子里传出来的，拉琴的人叫彼得，是一个混血儿，他的母亲是爱尔兰人，他的父亲是俄国人。他的身体留着双重的血液：既有俄国人的浪漫与不羁，又有爱尔兰人的坚韧与智慧。吉娣知道，彼得一直喜欢着她，但是吉娣却没有给他任何机会。

彼得总是在困倦来临之前，为吉娣拉一首俄国乐曲。

透过窗户，吉娣看到了彼得，他坐在一把长椅里，长椅的高大和凉亭的空旷，让彼得显得更加孤独，头发好像刚刚洗过，有几缕贴在脸上，这又让他的脸，在吉娣眼里多少有些破碎感。沧桑，这个人越来越沧桑了！

吉娣心里这样喊着，不由得捂住了胸口，她感到那儿很疼，并且一阵阵地发闷。

就在她要把目光移开时，琴声停了，彼得弯腰从地上拎起一个啤酒瓶，把瓶里的啤酒一口气喝下去，摇摇晃晃地到另一个屋子里去了。

这个人真让人担心！吉娣在窗口站了一会儿，摇摇头离开了。

吉娣更担心的是万千山。

现在，俄国军队已经开始打击义和团的势力，而且据说清朝政府又做出了让步，要与洋人一起剿灭义和团，维护俄国在哈尔滨的“正常利益”。

万千山的伤势如何？面对俄国人和清政府两股势力的打击，他该怎么办？这个年轻的生命，会不会被邪恶的毒流吞没？

吉娣心里压上了一块沉重的巨石，她感到自己马上就要承受不住了。

吉娣居住的平民船坞里，以俄国人居多，大约占到了百分之七十。不少无事可做的俄国人，就在这里的俄国酒店里喝酒、唱歌，或者和老板娘们打情骂俏，借以打发一天又一天漫长的异国生活。而那些居住在这里的中国贫民，他们靠在松花江摆渡，或者是到江南打各种各样的零工为生。彼得就是这些靠喝酒和唱歌打发日子的人。只是他从不与那些胖胖的俄国女招待或老板娘们打情骂俏。每次他都会在餐厅里捡一个靠角落的位子坐下来，要一杯劣质的白酒，然后静静地一边想着心事，一边把酒喝到天黑。他已经习惯了这样的日子，或者说很多俄国人都习惯了这样的生活。没有钱了，他们就把自己的皮大衣或者别的什么玩意卖了，然后再去喝酒，如此循环往复。

很多俄国人的生活，就这样渐渐地窘迫起来。

39

彼得唯一让吉娣佩服的就是他的正义感。

有一次，驻扎在船坞里的一个俄国大兵痛打一个中国老百姓，被彼得撞见了，他冲上去就给了那个俄国大兵重重的一拳。那个俄国大兵被彼得打得一愣，站在那里狂叫道："我们都是俄国人。"彼得冲上去又是一拳，把那个大兵掀翻在地，彼得把大兵按在地上说："你们是没有人性的俄国人，你们是侵略者。"后来，彼得成了经常光顾民娘久尔饭店的人眼中的英雄，每次彼得去，那个胖乎乎的老板娘都会殷勤地给他递上一杯酒，然后没完没了地和彼得说这说那，老板娘的饶舌，有时让彼得讨厌得不得了。

在船坞里驻扎的中东铁路护路队是第五步兵连，这是一群让人讨厌的家伙。酗酒闹事、调戏妇女，无所不为，不只是彼得，还有吉娣和更多的俄国人对这些穷凶极恶的人十分愤恨。这些俄国大兵，在平民船坞里横行霸道惯了，经常欺负中国百姓，稍有不服，轻则拳脚相向重则命丧当场。

特别是那些酒后肆意在居民区里乱窜的俄国大兵，常常闯入中国老百姓家里，抢夺贵重物品、奸淫良家妇女，吓得那些老百姓，一看见俄国大兵过来，就赶紧关窗锁门，连个大气也不敢出。

攻打平民船坞，早已经纳入了万千山的战斗计划，就在他受伤修养的两天里，他的心思也都在江北的这块土地上，不把这里资源的俄国兵赶出去，万千山的心就像堵着一块石头。他联合张蓝见的清兵，在经历了殊死的搏斗之后，把驻扎在这里的俄国兵赶出了平民船坞，把他们撵到了江对岸的埠头区。

吉娣目睹了这场战斗，她再一次看到了万千山的身影。尽管她离得很远，可是她相信她看见了万千山，也许只是一个模糊的影子，也许根本不是，但是她相信自己，甚至相信万千山也看见了她。

吉娣开始刻意地打扮自己，多穿中国女孩子穿的服装，比如旗袍，她一次就做了三件，有长袖的、有短袖的，有米色的、有红色的和紫色的。她说她要尽量地生活得哈尔滨化，而达丽雅却说，她是想最终活得万千山化，对于这样的说法，吉娣并没表示什么，但她的脸却红了，心跳得很厉害。

清兵暂时占领了平民船坞，让这些中国老百姓得到一次短暂的快乐。

但是，这一次义和团和爱国清兵联合的进攻，也彻底激怒了俄国侵略者，不到两日，萨哈罗夫救援哈尔滨兵团就从哈巴罗夫斯克登上战舰，迅速赶到了哈尔滨。部队登陆的当天随即发动了反击，让人意外的是，俄国人没有浪费一颗子弹，就重新占领了平民船坞，因为前一天，张蓝见的部队已经接到命令，紧急退出了这里。

万千山开始有些不明白，为什么好好的一块地方，偌大的哈尔滨，甚至是整个东北，都要变成黄俄罗斯呢？为什么清廷对这些入侵者总是畏畏缩缩、战战兢兢，甚至签下一个又一个丧权辱国的条约呢？

但是，还有更让万千山想不到的事情已经悄悄地接近了他，使他又一次陷入了危险的漩涡之中。

实际上，此时清廷已经为了他们的最高利益，决定联合洋人，共同镇压义和团了。

就在万千山带领他的义和团勇士们，拿着大刀在苇子沟一带与前来大肆掠夺这里资源的俄国兵，拼得你死我活的时候，洋人却已经开始秘密地与张蓝见商议，如何将万千山这股义和团势力彻底地消灭掉。

而且，这一次跟在张蓝见身后的，又多了一个人。

这个人就是刘凤，他再次被清廷启用，一路兴高采烈地从三姓回到了哈尔滨。刘凤此次调回哈尔滨，是作为张蓝见的副统领，直接负责剿灭万千山的工作。

刘凤的双脚一踏上哈尔滨的土地，就发誓不剿灭万千山誓不为人。

但是，此时此刻，万千山对这些还一无所知。

这几天一直下雨，混沌的天让人感到忧郁。

天气的变化，总是没有人脸变得快。就在清廷将矛头从抗击外侮转到向洋人低头，开始打击义和团和忠义军的时候，张蓝见与刘凤开始准备消灭万千山了。

张蓝见知道天恒山是万千山的老巢，他也去过那里，知道这是个易守难攻的地方，所以他没有立刻进攻。他要研究战略战术，还要等待一个完全由自己把握的时机。

刘凤也有自己的打算，这次回哈尔滨，他只是张蓝见的副手，他不是那种放屁也得听吆喝的人，但这一次他要听张蓝见的。在万千山的眼里，他刘凤早已是好出头的鸟，早在人家的准星上了，你一动就得挨人家的枪子儿。他想，反正自己是个副手，何时打、怎么打，都听你张蓝见的，到时候你张蓝见让我冲在前头，我就用枪顶着下属的腰眼子，让他们往上冲，打好了我自然会争功，打不好，是你张蓝见指挥不利，干我屁事?

刘凤也在稳坐钓鱼台，根本不提攻打万千山的事，倒是刘金贵急不可耐地嚷着，让刘凤快些出兵杀死万千山，以解心头之恨。

刘金贵一提这事儿，就被刘凤骂一顿，说他是个有鼻涕没脑子的货，刘金贵不服，刘凤就破口大骂，让他上一边待着去。

刘金贵走到门外就小声地骂刘凤：

“活该你归人家张蓝见管，你就是让万千山吓成缩头乌龟了!”

40

天恒山这几天似乎沉静了许多。

万千山和他爹万江平简单地分析了一下朝廷最近的微妙举动，都察觉到风声不对。

万江平知道，这是朝廷迫于洋人的压力开始退缩了。他告诉万千山，最近小心点，可能洋人要对义和团进行反攻和清剿，不要轻易出击。

万千山点点头，赞同父亲的想法。他安排各路人马养精蓄锐、按兵不动，同时派出一批探子，进城搜集情报。

还有一些事，让万家父子日夜不安。

朱久红虽然头疼的病好了，但是因为多日不见王二，心里总是慌慌乱乱的，有好几次，朱久红要一个人下山去找王二，都被放哨的哨子给截了回来。万一什么时候一时大意，让她一个人跑了出去，情况就危险了。

万江平每次见到朱久红，都会给她讲一些过去的事，讲他们被“逼上梁山”，讲他们如何劫富济贫，讲他们的万千山如何学艺，如何成了少年英雄的事。朱久红就那么听着，就像听别人的故事。尽管这个讲故事的人，始终在强调这些事就发生在自己的身上，但是朱久红就是一点印象都没有，她什么都想不起来。

她的内心也是相当痛苦和矛盾的。

万江平的伤还在恢复中，江北红已经有许多日子没见着他了。天慈的精神时好时坏，也很难在江北红的屋子里待上一会儿，有时候一出去就是一整天，江北红知道有万千山在，天慈出不了事，可就怕一旦打起仗来，没了管束，天慈会有意外。

其实，江北红早已经做出了一个决定。

端午节的早上，一场小雨使天恒山像一块刚刚被淘洗过的美玉，散发着晶莹剔透的光泽。绿油油的枝叶闪烁着光芒，鸟鸣比往日更加清脆，这应该是让人惬意的一天。

但是，这一天却让万江平陷入了更加痛苦的境地。

雨后，万千山刚刚出去检查防务，万江平正在为江北红做一辆能够载着她出来看风景的木制小推车。照顾江北红和天慈的水香急急忙忙地跑来告诉万江平，江北红和天慈已经悄悄离开了天恒山。万江平刚好用铁锤在木头上砸眼儿，这个消息让他惊得一下子把锤子砸在了自己的手上。

万江平默然地站在那里，好久也没醒过神来。

趁人们都在忙着自己的事情，江北红让一直跟着她的两个兄弟抬着她下山，雇了一辆马车，拉着她和天慈离开了天恒山。

她们往哪里去了，她们现在在哪里？谁也不知道。

万江平回过神来，疯了一样冲向山下，他呼喊着江北红的名字，他的眼泪打湿了这多雨的夏天。

江北红和天慈的离去，也同样让万千山懊悔不已，这些日子只顾着与洋人拼杀，忽略了对她们的照顾，现在只能面对她们留下的空空的房子，和那些让他心疼的回忆。

是王二的离去，让江北红下定了离开天恒山的决心。

江北红最后以大当家的身份，吩咐所有哨子不能把她下山的消息报告给万江平，然后她让一直跟着她的两个兄弟，抬着她悄悄下了山。早已经在山下等候的马车就这样载着母女俩踏上了远行之路。

江北红带着天慈坐着马车一路向南，出了哈尔滨，向吉林方向匆忙地赶去。江北红想去热河，她的舅舅在那里开了个药铺，过着还算安定的日子。江北红想让舅舅在热河给她安顿个住处，自己这些年也攒了点小钱儿，够过几年的。她想，这样一来，万江平也能和朱久红早日团聚。江北红知道自己尽管深深地爱着万江平，但是，每当她看见朱久红，她的心就软了下来，她就感觉自己应该悄悄地离开，这样万江平才能更好地照顾朱久红。

就在她们离去的第二天，万家父子再次陷入了一场浩劫之中。

张蓝见知道天恒山易守难攻，刘凤也知道万千山的厉害，两人并未急于下手。

这天，中东铁路护路队第五队队长列文又将两人请到了他的黄色小楼里，刘金贵也跟着两人再次来到了这幢黄色小楼。

刘凤看见列文，多少显得有些别扭，他一直在想，列文根本就没把自己放在眼里，他先从自己手里抢走了天慈，又强行羁押了自己的儿子，最后，还让自己花重金赎回了只剩下半条命的儿子，这简直是刘凤的奇耻大辱。有旧怨在心，刘凤看到列文就像又被蛇咬了一口一样，但是，此刻他又不能表现出来，这让他相当的难受。

刘金贵的心情也同样的复杂。再次面对这个洋人列文，刘金贵说不出自己是胆怯还是愤恨，想上去咬他几口，又怕他那层说翻就翻的脸皮。他看着列文，心里不停地怨恨，又不断地打鼓，只好小心地鞠躬、小心地站在父亲身后，听着他们谈话。

列文看出了刘凤父子的心思，他先像观赏动物那样观赏了他们一阵，然后摊开两手笑了一下，故作洒脱地对刘凤说：

"刘先生，当年的事过去了，现在我们又成了朋友，成了合作伙伴。我希望我们的合作是愉快的、是势不可挡的！您说呢？我们的副统领？"

列文知道刘凤现在是副统领，就故意提高声调称呼他的官职。

刘凤在张蓝见面前不敢表现出个人的情绪，赶紧迎合道：

"列文先生说的是，我们要以大局为重，协助贵国发展在哈尔滨的伟大事业，才是我目前要竭尽全力完成的要务！"

说完，刘凤看看坐在一旁的张蓝见，张蓝见微微一笑，点头赞许。

列文说：

"这就好，这就好，我们将是最亲密的战友。我们要共同努力，消灭义和团和一切阻挡我们的势力，将他们一网打尽，永远都不能再站起来！"

列文说完，起身来到刘金贵身旁，微笑着拍了拍刘金贵的肩膀："刘，现在看来，你还是忠心的，你比那个李通要强得多。以后跟着我好好干，我让你赚大把大把的钱，玩大量大量的女人！"

刘金贵很努力地笑了一下，连声说谢谢。

这一天，列文和张蓝见、刘凤商议的结果是，要消灭聚集在哈尔滨的义和团，首要的任务就是先把万千山干掉。因为他是义和团在哈尔滨方面的领袖人物，他完蛋了，义和团就失去了拳头，没什么威力了。

列文要求张蓝见和刘凤必须在三日内将万千山的义和团消灭在天恒山，否则再闹出什么乱子，谁也不好交代了。列文的话明显地带有命令和恐吓的成分，这让刘凤很不舒服，但是他也不敢顶撞。张蓝见倒是一个劲儿地点头称是，因为张蓝见最近从洋人那捞了不少的好处，他已经被洋人俘虏了。

刘金贵再次被列文安排了一个好差事：去太阳岛上清理中国的小商小贩，维护在那里经商的俄国商人的利益。

当时，太阳岛已经成为享有盛名的避暑、游乐的好去处。这个白沙碧水，带有几分野性的原始的迷人的小岛，让不少中外的富商与显贵们乐此不疲。这样一来，在太阳岛上开餐馆等生意，就十分赚钱，不少脑袋灵活的中国人纷纷来岛上做买卖。后来，俄国人一看这里蕴藏着无限的商机，有无数的钱可赚，就试图垄断太阳岛的经营活动。随即，一大批俄国商人涌了进来，试图将这里的中国人赶出去。

这一举动让在这里经商的中国人大为不满，因此，太阳岛上冲突不断，中国商贩常常与俄国商贩发生争端。失去人性的俄国商人仗着自己的强大势力，经常将中国人打得头破血流，死伤者不在少数。冲突归冲突，仍然有不少中国人坚持在这里做生意，这让俄国人十分恼怒，他们专门成立了一个肃清队，打击在这里经商的中国人。

此次，刘金贵被列文委任为太阳岛中国商业肃清队的队长，让他纠集一帮流氓恶棍，在太阳岛上四处游荡，专门为俄国人维护所谓的经营秩序。见到中国商贩就抢秤盘、砸摊子，稍遇反抗就拳脚相加。刘金贵再次成为列强的走狗，而且比以往更猖狂了，他带领的二十几个手下，个个如狼似虎，有如凶神恶煞一般。

41

达丽雅看见了刘金贵，这个让她厌恶的中国人又成了这幢小黄楼里的奴才。

刘金贵也看见了达丽雅。在他们目光对视的那一刻，刘金贵想起了自己和达丽雅在床上翻云覆雨的情景，而达丽雅想的则是这个人还会干出什么坏事来。

达丽雅尽管和吉娣不一样，她对政治麻木，不管什么侵略不侵略的，只要开心就好，但是她也一样讨厌像刘金贵这样龌龊的、靠出卖祖国来换取金钱和地位的人。达丽雅没有搭理刘金贵，那一次就足以让她厌恶一辈子了。

但是，直到现在达丽雅也不明白，列文为什么让她去陪刘金贵睡觉，她找不到一个合理的答案。

刘金贵在太阳岛欺压中国的商贩，轻则伤，重则死。没多久，那些坚持在太阳岛经商的中国人，就再也不敢来了。这一点让列文很高兴，他夸赞刘金贵的工作做得很有力度，他很满意。列文还给刘金贵配了一把俄国手枪，并告诉他，可以随意向中国人开枪，只要是为了俄国的利益，打死多少人都是可以的。

达丽雅知道自己的妹妹吉娣喜欢万千山，达丽雅也知道列文和张蓝见、刘凤正准备消灭他，达丽雅想把这件事告诉吉娣，让吉娣设法通知万千山赶快躲起来，以免遭到不测。事情紧急，达丽雅匆忙地走到江边码头，她想寻找一只小船过江去找吉娣。

达丽雅喊来一艘小船，摇船的人正是王二。

她让王二快点把她送到江对岸去，王二却说风大怕过江危险。达丽雅说给他双倍的钱，可王二说，给多少钱也不敢过江，万一船翻了，就得葬送在大江里。

其实，王二不是因为怕风大出危险，而是心情不好，根本就没心思干活。这两天，他总是梦见素月，不是梦见她掉下山崖了，就是梦见她被人抓走了，弄得他整天心神不宁的。王二打心眼里喜欢素月，也打心眼里惦记她，可是为了让万家一家人团聚，他必须做出离开素月的选择。他知道此刻素月也一定在想他，他越是这样想就越心痛。

达丽雅喊他摆渡的时候，他已经一小天没干活了，就那么傻傻地躺在自己的小船上，望着天空发呆。

松花江宽阔的江面上，一艘俄国人的物资运输船正准备靠近码头，卸下船上装载的修筑铁路的木材和其他物资。趾高气扬的俄国大兵们站在轮船的甲板上哼唱着俄国民歌。这些木材是俄国人在中东铁路沿线的牡丹江等地掠夺的，他们一面消耗中国资源，一面修筑用来为他们扩大侵略战果的中东铁路。

王二看到这艘船即将靠在对岸，就对达丽雅说：

“姑娘，你赶紧上船吧，我送你过江！”

达丽雅正一筹莫展呢，突然听王二说又可以过江了，心想：

“这个人是不是有病啊，怎么变化得这么快呢?”

王二确实因为看见这条俄国的大船靠了岸，才突然想为达丽雅摆渡过江的。王二想好好看看这先进的俄国大船，到底是怎么回事。这条船是从三姓开过来的，船上的木材是俄国人雇佣的中国劳工们刚刚从森林里砍下来的。

“奶奶的，多好的树，说砍就给砍了，这帮王八蛋!”王二用他一贯的小声调骂道。

达丽雅只顾着欣赏松花江的美景，没听见他说什么。却没头没脑地问了王二一句：

“船夫，你知道万千山吗?”

王二被达丽雅问得一愣，心想：

“这两天是怎么了，都是问万千山，还都是洋人，邪门了!”

但是王二没有像回答吉娣那样，他看了一眼达丽雅说：

“你打听他干啥，我不认识，我就是摇船的!”

达丽雅本来也没想从他这里知道关于万千山的什么事，就不再说话了。

江风很大，浪也很急，小船在江中起伏着前行，王二努力摇着船，尽量让船保持平衡。

达丽雅坐在船头，把手伸出船舱，正好此时一股大浪打了过来，王二没控制住小船，船忽悠一下竟然翻在了江里。

达丽雅不会游泳，呛了好几口水，就要沉下去的时候，王二努力地游到她身边，一把将她托住，奋力地向对岸游去，小船则顺水向下游漂了下去。岸上那些俄国大兵看到两个人落水，其中一个正奋力地托着另一个游向岸边，都纷纷把手指插在嘴里打呼哨，还叽里呱啦地喊着什么。王二在心里骂这帮王八蛋，不但不出手相救，还在那幸灾乐祸。

达丽雅的头露在水面上，她似乎也听见了岸上那些大兵们的口哨声，于是她死死抓住王二，生怕这个倔强的中国人一生气，就把她扔回水里，让她从此去见上帝。

等王二拼尽最后一点力气游到岸边的时候，几个俄国大兵跑过来，想要看看这个中国人怎么这么厉害，能托着一个人游那么远的距离。躺在岸上的达丽雅，此时已经被江水呛得够呛，再加上强烈的恐惧感，使她虚弱得没有一点力气。但是一看见几个俄国大兵说笑着走过来，她还是拼足了力气站起来，朝着这些大兵们骂道：

“你们是一群混蛋，还不如一个中国的船夫！王八蛋，离开这里，离我们远点！”

达丽雅有些歇斯底里，几个俄国大兵被吓了一跳，以为她疯了，转身就跑。

彼得到吉娣的家里来了。

彼得穿着一件褪色的皮上衣，披散着他的长头发。吉娣的父亲刚刚出去了，吉娣一个人在家里，正在收拾她的几件旧衣服，她要把这些衣服送给住在她旁边不远处的中国小女孩。彼得进来的时候，吉娣没有看见他，等彼得用他那富有磁性的嗓音轻轻地叫了一声吉娣的时候，吉娣才从衣柜旁回过头来。

彼得好像刚刚睡醒的样子，惺忪的睡眼，憔悴的面容和他那微微耷拉下来的肩膀，都让吉娣感到一种无奈和酸楚。彼得还是一个好人，可是她不喜欢他，至少是不爱他。但是彼得却愿意为吉娣做任何事，甚至牺牲生命。

彼得安静地站在吉娣的身后，等待吉娣和他说话。可吉娣依然在忙活着自己的事，她甚至都没让彼得坐下，就把头又扎到衣柜里。

“我就要离开这里了，我要回到我妈妈的祖国去了！”

彼得声音里有一种难以形容的伤感。吉娣听彼得这样说，才又把头转过来，她手里拿着一件布拉吉，疑惑地看着彼得说：

“为什么？彼得，你不是说，你很喜欢这里吗？怎么突然要走了呢？”

“哦，我的东西已经卖得差不多了，我不知道自己还有什么可以变卖！”

“天啊，你能不能找个事情去做，比如去做家庭教师？”

“我的音乐是上帝赐给我的，我不想把它变卖。现在，我唯一没有变卖的，就是我的音乐了！”

彼得很固执，甚至有些愚顽。但这又是谁也改变不了的，因为他身体里流淌的双重血液，注定了他这样的性格。吉娣感到无奈，但是她又不知道该怎么帮助他。

吉娣稍微沉思了一下，试探着问彼得：

“让达丽雅和列文说说，在太阳岛上给你开个小商铺，或是酒馆什么的，你看怎么样？”

“你是说那个列文吗，那个十足的侵略者、魔鬼？我才不会到他那去混饭吃呢，我宁可饿死，或者干脆去做个土匪！”

彼得听见列文的名字有点激动，他接着说：

“吉娣，我来和你说这件事——我要离开这里，并不是来找你帮助我，而是要和你道别，仅仅是道别，明白吗？吉娣，我不知道我们今生还能否见面了！”

彼得的喉咙有些哽咽，眼泪在眼圈里打转。他顿了顿继续说：

“吉娣，我只想最后为你做一件事，这样也许我会离开得更快乐一些！”

吉娣此时的心情百感交集。面对这个默默喜欢了自己很久很久的真诚善良的混血男孩，她不知道自己该说什么，她不知道自己该说什么才能安慰彼得的心。

两个人都陷入了瞬间的沉默。

42

就在这个时候，达丽雅一身湿漉漉地进来了。

达丽雅吓了吉娣和彼得一跳。

“你怎么了，达丽雅？”吉娣紧张地问。

“差点去见上帝，我刚才掉到江里了，是那个摆渡的船夫救了我！”

达丽雅还心有余悸，她坐在吉娣简易的木沙发上，看见彼得站在那，突然感到有些尴尬，赶紧往下拽了拽自己的裙子，不好意思地说：

“彼得，你还好吧？你好像又瘦了！”

“还好，你呢？达丽雅，我有好久没见到你了！”彼得说完转过身去，他怕达丽雅感到不自在，她湿漉漉的衣裙，裹紧了她丰满的腰身。

彼得准备告辞了。他向两姐妹鞠了一躬，又深情地看了一眼吉娣，小声地说：

“记住我的话，我一定要为你做一件事，才能安心地离开这个地方！”

彼得知道吉娣喜欢那个中国的万千山。但是他从不在她面前提到他的名字，他知道万千山是个英雄，他也从来不轻易用自己的嘴说出英雄的名字。

他始终认为——这是他的美德。

英雄的名字只能用来默默地吟诵。彼得更知道吉娣，她是不会轻易改变自己的爱的。也许，我们只能做个朋友，彼得常常这样劝告自己，但是每一次他又被对吉娣强烈的爱慕给打败了，他还是想和这个中国的草莽英雄竞争一次。可是现在，他再没有竞争的机会了，他要离开了，离开这个美丽的地方，他的妈妈在爱尔兰过着不错的生活，那里没有战火，也没有纷争，彼得相信那里能够让他的音乐插上一双翅膀。

达丽雅知道了彼得要离开的消息，这让她的心揪了一下。吉娣告诉她彼得要走了，去爱尔兰，要辗转好几个国家，坐火车再坐轮船，然后再经过漫长的一段跋涉，才能赶到他妈妈那里去。

达丽雅用双手抱住头，很痛苦的样子。

“该怎么办？我可以把他留下来吗？吉娣，我要他在这个城市里，我的心才能感觉不空荡。尽管他不爱我，甚至鄙视我。”

吉娣无奈地摇了摇头：

“我已经试探过他了，他不接受任何的帮助，看来他有点绝望了！”

达丽雅凝望着彼得离去的背影，流着眼泪说：

“他真的是我的火焰，每当想到他，想到他在我的附近，想到他的音乐，我就特别的温暖，能让他留下来吗？”

吉娣第一次发现，达丽雅的内心深处，还有如此火热的感情，她眼里流下了热泪。

达丽雅还不死心，她说：“吉娣，我们要想办法！”

“我真的不知道，达丽雅，你爱他为什么不和他说呢？”吉娣擦掉泪水，用那湖水一样碧蓝的眼睛看着达丽雅。

“他爱着你，他心里只有你，吉娣，他甚至都不想多看我一眼呢！”达丽雅很悲伤。

彼得消失在街角，不见了踪影。达丽雅还在努力地追寻着彼得的踪影，望着他离去的方向出神。忽然，她好像想起了什么，转身对吉娣说：

“吉娣，他们要收拾你的万千山了，要置他于死地！”

吉娣惊愕地抬起头问达丽雅：

“这是怎么回事？”

达丽雅就把列文和张蓝见、刘凤已经联合起来，要镇压义和团的事说了一遍。

吉娣急得在地上团团转：

“必须让彼得尽快地把这个消息告诉万千山，让他有所准备！”

吉娣这样想着，努力地转动自己的大脑，想怎样才能把这个消息告诉万千山。

就在吉娣想尽一切办法要把这个消息告诉万千山的时候，万千山在天恒山上收到了张蓝见差人送来的一封信，信的内容大致是洋人已经攻入呼兰县城，他的清兵已经撤到山里，让万千山火速去许虎那里接头，商议下一步如何与洋人战斗，并强调义和团必须联合清兵，在三日内夺回呼兰。万千山看完信，琢磨了半晌，还是决定亲自去一趟，因为事关重大，绝对不能有一点的懈怠。万千山没有办法把事情汇报给父亲，江北红和天慈走了，万江平连夜下了天恒山，无论怎么艰难，他都要找到江北红母女，把她们带在身边。万千山决定只身前往张蓝见那里，先帮他研究方案，从洋人手里夺回呼兰府再说。

万千山召集山上的头目，做了些必要的安排，骑着快马，一路飞奔来到接头地点。衙役赶紧通报张蓝见，说是万千山到了，张蓝见奸诈地笑了，看看坐在身边的刘凤说：

“这条大鱼上钩了！”

刘凤也稍微一欠身，奉承地说统领的计谋就是高。

张蓝见也不客气，命令刘凤立刻整队出发，刘凤从侧门走出统领衙门，带领五百清兵，直奔天恒山而去。

万千山进了大厅，向张蓝见一抱拳道：

“张统领，义和团愿意和您一起夺回呼兰府！”

张蓝见微微一笑，请万千山坐下。然后就径自在那里喝茶，一句话也不说，这让万千山很是纳闷。好一会儿，万千山坐不住了，又抱拳对张蓝见说：

“统领，您到底让我部怎么配合？为了抗击外侮，万千山在所不辞！”

张蓝见听万千山说完，啪地把茶杯摔在地上，怒喝道：

"万千山，你带领义和团破坏中东铁路，打死打伤多名俄国官员，破坏了两国交好，影响了正常的邦交，你可知罪？"

万千山一时愣在那里，不知所措。就在他要做出辩解时，却被二十余个荷枪实弹的清兵团团围住。张蓝见命人将万千山拿下，押入死牢，待与洋人商议后，再行发落。

万千山再次被关在了死牢里。

而此时，刘凤率清兵赶到了天恒山，他谎说最近洋人要攻打义和团，他是带人来保护天恒山的。义和团的勇士们知道朝廷是联合义和团打洋人的，就轻信了刘凤的话，将他和他的人马放上了山。可是上山之后，刘凤就命令手下兵马，立即诛杀这些义和团勇士，一个都不能留下。顷刻间，五百余清兵举枪射向这些勇士，还没等这些勇士们操起大刀，就纷纷地丧命于枪口之下，残余的人马纷纷溃逃。

刘凤再一次毁灭了万千山的立足之地，只是这一次不是香炉山和太阳寨，而是天恒山。他的心里并没有感觉到应有的畅快，万千山一日不除，他一家老小的性命就都处在极度的危险之中。

万千山还不知道他的弟兄们，此刻竟然惨死在清兵的枪下。

刘凤放火烧了天恒山，不但有二百多名义和团勇士惨死在这次杀戮之中，而且火势一路向东，烧毁了好大一片森林。

接下来的日子，刘凤亲率其手下兵马，迅速地开始了打击哈尔滨义和团的行动，继天恒山的万千山一部之后，阿城、三姓、宾县等地义和团，也相继被剿灭，一时间，这些扶清灭洋的勇士们血流成河，死在自己人的刀下。

43

江上俱乐部里，列文正在庆祝哈尔滨义和团被彻底瓦解，这回他也可以松口气了。

他要求张蓝见必须将万千山交给他来处理，因为万千山杀的是俄国人，自然要由俄国人来处决。

张蓝见不敢怠慢，把万千山押上了囚车，送往哈尔滨。

有两个人在这次劫难中幸免于难。一个是去追赶江北红和天慈的万江平，他带着两个手下，此刻正向吉林方向寻找江北红；另一个是朱久红，刘凤部队在疯狂地向义和团二百多名勇士开枪的时候，她刚好去江边了。

这是朱久红的一个习惯，每天都要一个人坐在江边，去等王二归来。等朱久红黄昏时回到天恒山的时候，她被眼前的情景吓呆了。她看到满山的尸体、烧毁的房屋……天恒山完了。朱久红吓得惨叫了一声，晕厥过去了。

吉娣痛恨沙俄对中国的侵略行为，她也时刻思念她的祖国和母亲。她常常一个人来到太阳岛上，满腹心事地坐在岸边看日出日落。每次太阳岛上迷人的风光，都能冲淡她对故国的思念之情。沙滩、碧水、鸟语花香，常常令她无比沉醉。

吉娣已经有了主意，她要尽快地通知万千山，洋人正在准备除掉他。此时，吉娣还不知道万千山已经被抓了起来，且已经押上了囚车，正被送往哈尔滨。吉娣一个人匆忙地来到江边，寻找那个摆渡人，她知道这个摆渡人一定认识万千山，而且他们很熟悉。可是吉娣在江边走了好几趟，也没找到摆渡人。

吉娣急得快要哭出来了。

王二早已经知道了天恒山义和团被清兵剿灭的消息，他的第一个反应就是素月。当王二赶到天恒山时，被眼前的情景吓呆了，一个活人也没有了，房子都成了灰烬，树木也被烧毁了一大片。

“这帮王八蛋！”王二愤恨地骂道。

他疯狂地寻找素月，一遍一遍地喊着她的名字。可是他转了大半个山头，也没找到素月的影子。王二绝望地坐在半山腰的一块石头上，默然地凝望着山下滔滔远去的江水。

“素月一定是被官兵杀了，她手无缚鸡之力，怎么能逃过这么大的劫数呢?”

王二这样想着，眼泪就不自觉地流下来。他一遍遍地呼唤着素月的名字。

忽地，正在绝望中呼唤着素月的王二，感觉有一只手轻轻地拍他的肩膀，他猛地回过身来，高兴得差点蹦起来，他激动地一把抱起这个人转了好几圈。

没错，是素月，也就是朱久红。

当刘凤血洗天恒山撤离之后，她被眼前的情景吓得晕了过去，又被带有焦煳气味的山风吹醒了。

只是当她晕倒时，头磕在了一块凸起的石头上，血迹凝固在她的额头上，还没有来得及洗下去。

王二紧紧地抱着她的素月，生怕她再丢了似的。素月也离不开他了，面对眼前这个朴实善良的男人，朱久红知道，自己该做出什么样的选择。

王二拉着素月的手，他要带素月下山去，去他在平民船坞里住着的简易的泥屋子，过安安稳稳的日子。

王二牵着素月的手，两人小心地走着山路。王二不时地回头看看素月，每次素月都会还他一个会心的微笑。王二轻声地问素月：

“还要跟我去过穷日子，你愿意吗?”

素月看着王二，眼睛里满是喜悦和安然，她说：

“啥日子都行，能和你在一起我就放心了!”

两人一路走，一路说着话。王二把自己偷偷地离开天恒山，去松花江边摆渡，又翻了船，如何把那个俄国女孩救上岸的事，详详细细地像讲故事一样讲给素月听。素月听得一会儿紧张地皱紧眉头，一会儿又呵呵地笑起来。王二觉得有了素月，自己就是吃什么苦都值得；而素月知道，自己这辈子跟定王二了，她不会再做出别的选择了。

吉娣没有找到王二，就另寻了一条船过了江，直接去找达丽雅了。

达丽雅一看到吉娣，就慌乱地告诉她说，万千山已经被抓起来了，此刻正被押往哈尔滨，估计半夜就到了。吉娣一听，惊得半天说不出话来。

吉娣趴在达丽雅的怀里大哭了一场，她央求着达丽雅，帮她想办法救出万千山。可是达丽雅不住地摇头，她伤心地告诉妹妹，她没有任何办法，这次万千山是逃不了了，他一定会被枪决的。吉娣不相信这个事实，她摇着达丽雅的脑袋说：

“你一定会有办法的，你一定会有办法的！”

达丽雅真的没有办法，在这偌大的哥萨克大兵营里，她没有任何地位，甚至连尊严都成了兵营里的牺牲品，她还有什么办法救出万千山呢？

晚上，达丽雅陪着妹妹吉娣回到了她的小木板房里。她怕妹妹伤心，就想多陪陪妹妹。她们刚走到大门口的时候，看见了彼得，彼得也看见了她们。彼得看吉娣很伤心的样子，眼睛也哭得红肿了起来，赶紧问怎么了，吉娣没有说话，达丽雅说：“你帮不上她就别问了，那样她会更伤心的。”

彼得不知道发生了什么事，他跟着达丽雅和吉娣进了屋，趁着达丽雅出去倒水的工夫彼得追了出去，问达丽雅：

“到底发生了什么事？让吉娣这么伤心，是谁欺负她了吗？”

达丽雅看看彼得说：

“彼得，吉娣喜欢的人被列文抓了起来，就快被处死了！”

彼得又追问了一句：

“就是那个万千山吗？”

达丽雅默然地点点头说：

“是的，是那个万千山，可是我们谁也救不了他！”

“那吉娣不得伤心死吗？我不能让她伤一点点的心！达丽雅，我们一起想办法可以吗？”彼得说。

“你不嫉妒那个万千山吗？他可是你的情敌！”达丽雅反问彼得。

“哦，不，我只在乎吉娣的感受。我要走了，我要最后为吉娣做一件事，我答应了她的！”彼得很坚定地说。

达丽雅无奈地耸耸肩：

“但愿能想出办法，但愿吧，真主保佑！”

彼得没有再去打扰吉娣，而是回了自己的木屋。他要想出一个好办法来，救出自己心上人的心上人。这就是爱情的力量吧，彼得知道吉娣不爱自己，但是他却控制不住自己，愿意为她做任何事。

“我爱她就足够了！”彼得对自己的选择毫无怨言。

而此时，押送万千山的刑车已经上路了。万千山戴着手铐和脚镣，被关在一个木制的笼车里。笼车缓慢地行走在大路上，木制车轮吱呀的响声，惊得树上的飞鸟扑簌簌地飞起来。一帮清兵无精打采地跟在后面，他们心里也清楚，这个万千山是个英雄，是个与洋人抗争的民族英雄。

一路上，不时地有老百姓给万千山送上一碗水，或是扔几个馒头在囚车上。老百姓都认得万千山，他为老百姓做了很多好事，他先是个好土匪，然后又是个抗击外侮的义和团英雄，虽然现在成了阶下囚，但是老百姓却忘不了他，老百姓是有良心的。

44

囚车一路走走停停，比原定的时间慢了很多。这为彼得争取了时间。

彼得终于想出了办法。他飞似的跑到吉娣的家里，抱起正在床上躺着的吉娣说：

“吉娣，我能为你做一件事了，然后我就可以安心地离开了！”

达丽雅惊愕地看着彼得：

“你想出什么办法了，彼得，快告诉我！”

彼得把自己的想法和达丽雅快速地说了一遍，然后满怀期望地看着达丽雅说：

“我的办法需要你的帮助，达丽雅你能快一点去吗？”

达丽雅说：“我试试吧，你为了你的爱，我也算是为你，好吗？”

彼得顾不上思考，赶紧说：“好吧好吧，就当一切是为了我！”

达丽雅去弄俄国的军装了，但这不是十分容易的事，也许只有达丽雅可以做到。因为她在列文的护路队里帮着做这些工作，分发服装、津贴等。而彼得则去招呼他的那些穷哥们——那些无事可做的俄国流亡者，彼得平时总是在保护他们，与他们分享他的酒和面包。现在彼得需要他们，让这些懒懒散散的酒鬼们必须穿上军装，去和他做一件轰轰烈烈的大事。

开始，这些人有点不太情愿，可是彼得此时成了一个天才的演讲家，他一番慷慨陈词之后，这些东倒西歪的人都立刻站直了身子，脸上的表情也凝重而严肃了起来，像是一下子又回到了激扬的青春时代，正准备去干一番轰轰烈烈的大事，他们外表沉静而内心激情澎湃。

达丽雅迅速地弄了一些军装，这让彼得简直大喜过望。彼得迅速地组织他的朋友们穿上军装，当这些平日里只知道喝酒的颓废者们穿上军装之后，他们自己也觉得神圣起来。达丽雅更是惊愕地用手捂住嘴巴，大声地说：

"彼得，你是我心中最神圣的将军！"

达丽雅深情地看着彼得，眼睛里充满了敬意和爱慕。

吉娣激动而又紧张。激动的是终于可以有办法救出万千山，紧张的是就凭这些人怎么能做到呢？彼得知道吉娣怀有疑虑，调皮地对她说：

"亲爱的，我们连一枪都不用开就可以救回你的心上人，你就瞧好吧！"

说完彼得一扬手，骄傲地喊了一声：

"我的英雄们，我们出发了！"

此时此刻，无论是达丽雅还是吉娣，都佩服彼得的智慧和勇气。达丽雅激动地流着眼泪，看着彼得带走了他的"军队"，她回头看看吉娣说：

"亲爱的吉娣，我永远爱着他。我真的爱他，就像他爱你一样！"

吉娣早已热泪盈眶，她此刻一句话也说不出来，只是死死地抓住达丽雅的胳膊，不停地点头。

达丽雅冲着远去的彼得喊：

"彼得，我爱你！"

远处的彼得回头挥了挥手，继续朝前走去。

姐妹俩紧张而又兴奋地期待着彼得的好消息。

在江北老船口附近，彼得把他的士兵们排成了一列，等着那些长头发的清兵们押送的囚车驶到这里时，彼得可以实施他的伟大计划了。

不一会儿，彼得就看见那些懒懒散散的清兵押着一辆囚车慢腾腾地驶过来。等囚车到了近前，彼得先是一个敬礼，然后拦住囚车，带着几分傲慢的口气问：

“你们这里谁是长官?”

押送囚车的清兵看着这一小队俄国大兵，都感到纳闷：

“不是在船坞那边交接吗？怎么改到这来了?”

这时，清兵中一个当官的走过来问彼得：

“怎么交接的地点提前了？我们没接到统领的命令啊?”

彼得故作生气地说：“少废话，现在船坞驻军，严禁清兵等进入，万一你们再闹事，还要赔偿我们巨额损失的!”

听彼得这么一说，当官的也不敢再细问了，微笑了一下说：

“那你们辛苦了!”

彼得一挥手，示意他的兵们接过囚车，向船坞那边返回。而那些交了差的清兵们，则如释重负地向呼兰方向返回。只是他们都觉得，这些俄国大兵怪怪的，看上去让人感觉不太舒服。但是他们懒得去想这些，他们只想快点回去交差，然后好去赌场或是窑子里快活一下。

等那些清兵的踪影消失在茫茫的大路上，彼得和他的士兵们把囚车赶到了一个僻静的地方，打开囚车，又解开万千山身上的手铐和脚镣，万千山很意外，不知道这是怎么回事。

彼得擦去额头上的汗水，脱下那身不太合体的军装，如释重负地说：

“万千山，你很幸运，现在你自由了!”

“咋回事，你们为啥要救我?”万千山不解地问。

“这你就得去问吉娣姑娘了，是她命令我这么干的!”

彼得说完好像想起了什么，赶紧又拉住万千山说：

“不行，我得把你带到吉娣身边，他们还会抓你的，用不了两天，关于你的通缉令就会贴满这里所有的大街小巷！”

万千山明白了，是吉娣救了他，是吉娣求的这些俄国人假扮成俄国军人，将他截了下来。万千山想起了吉娣，那个可爱可敬的白俄姑娘。万千山想起她，心微微地动了一下。万千山知道自己看见吉娣时候的感觉，和看见天慈时是不一样的。每次他看见天慈心里都很平静，就像哥哥看见妹妹那样，可是看见吉娣就不一样了，他的心会有一点慌乱，或者是激动。

彼得将万千山交给吉娣，然后故作潇洒地说：

“好了，我现在的任务完成了，我要带领我的士兵们去喝酒了！”

说完，他轻松地一摊双手，转身出去了。万千山想要道谢，可是彼得已经嘭的一声关上了门。

达丽雅在后边喊了一声：

“彼得，亲爱的，你等等我！”也跟着彼得跑出去了。

吉娣深情地望着万千山。万千山局促地站在吉娣的面前，想了半天，万千山才说：

“谢谢你，吉娣，没有你，这次我就没命了！”

吉娣没有说什么，她给万千山倒了一杯水，然后从柜子里掏出她父亲穿的西装，给万千山试了试，正合适。

“我不能让我喜欢的男人穿着囚服和我坐在一起，你穿上这件衣服，也好伪装一下，要不会被人发现的！”吉娣说。

“我一会儿就走，在这会连累你们的！”万千山说。

“你要到哪去，到不了明天，列文就会满城抓你的！”吉娣很担心地说。

“我也不知道去哪，大丈夫四海为家吧，现在我的人都被刘凤杀光了，剩下我自己，只有和洋人拼了！”

万千山说完看了看吉娣，又不好意思地补充说：

“你和别的洋人不一样，你是我见过的最好的洋人，还是最好看的！”

万千山说吉娣长得漂亮，让吉娣很高兴。她拉住万千山的手，依依不舍地说：

“千山，你别走，我爸爸去长春了，你留下来，我这里很安全！”

万千山思索了一下，点点头，然后指了指外面的屋子说：

“我先住那屋，明天一早我再找别的去处！”

吉娣一听万千山可以留下来，兴冲冲地去给他弄吃的去了。

45

江边饭店里，彼得正请他的“士兵”们喝酒。

他似乎还没从刚才的兴奋中回过神来，滔滔不绝地说着政治和侵略等，几乎他知道的所有的事情，都被他大谈特谈了一遍。他的那些士兵们，并不在意他说了些什么，他们只顾着大口大口地喝酒。达丽雅坐在彼得的身边，不时地仰头看着他。这是达丽雅最幸福的一刻，平时她是很少能和彼得坐在一起的。

彼得不太喜欢达丽雅，甚至有点瞧不起她。今天，彼得特意把达丽雅安排在自己的身边，让她陪着他一起喝酒，那是因为她是吉娣的姐姐，跟达丽雅坐在一起，就仿佛和吉娣近了许多。达丽雅也同样的兴奋，她和彼得挨得很近，她尽量告诫自己少喝点酒，不是想装淑女，而是喝得太多，她将闻不到彼得身上发出的气息，何况，她待会儿还有许多话要和彼得说呢。她不停地观察着彼得，她发现，任凭彼得再兴奋，还是能从他那湛蓝色的眼睛里，发出淡淡的忧伤，那是彼得骨子里的东西，是永远也挥之不去的。

彼得真的喝醉了，而且是酩酊大醉。还有他的那些士兵们，也都喝得摇摇晃晃的。

对于这些流亡者来说，没有什么比醉一场更让他们兴奋的了。况且就在不久前，他们竟然穿上了军装，去当了一回英雄。尽管现在喝醉了，但是他们还沉浸在刚才的英雄梦之中。当然，他们的心里是有梦的，只是这无止境的流亡，这异国他乡的生活以及这毫无希望的沉沦，让他们麻木了，继而是比麻木更可怕的东西——绝望。就在这漫长的绝望中，他们甚至忘记了自己的存在，或是在存在中忘记自己。再没有什么在存在中忘记更可怕的了。

可是他们却在继续着遗忘。哦，不，也许他们也是在另一种寻找吧。

是彼得唤起了他们内心深处的潜藏已久的活着的感觉。他们穿上那些不太合体的军装时，当他们立正、敬礼时，他们突然发现了自己的存在。所以他们都郑重其事地和彼得去了“战场”。可是等他们脱去了那身军装，又回到江边饭店来喝酒之后，醉意就渐渐地又让他们回到了过去的世界之中——麻木和绝望。

胖胖的老板娘安娜，把彼得当成他的宝贝，她也爱着彼得。

她每天用大半天的时间去接近他。换句话说，她比达丽雅更了解这个天才的音乐家和无所事事的流亡者。彼得欠她的酒钱，可能这辈子都还不清了。但是，这个安娜依然乐此不疲地给彼得上酒上菜，她只要听一听他的琴声就够了。尽管，这琴声是送给吉娣的，安娜当然知道这一点。但是安娜并不在乎，就像彼得不在乎吉娣爱着万千山一样，安娜也同样如此。她爱他，比达丽雅来得更实际一些，更真实一些。

彼得真的醉了。当达丽雅扶着他走出江边饭店的时候，他的那些“士兵”们也跟了出来，还不断地喊着：“立正”“稍息”。

他们从江边饭店出来的时候，恰巧遇见了几个刚刚从极乐餐馆喝醉而归的俄国大兵。开始，这几个人绕着他们走，可是彼得看见他们就破口大骂：

“你们这帮侵略者、混蛋，你们是一群来自西伯利亚的狼！”

几个俄国大兵冲上来就是一顿毒打——彼得躺在地上，嘴角流着鲜血，达丽雅悲伤地俯下身去。她贴紧彼得的脸，她流着泪呼唤彼得的名字。她拼劲一切力气将他扶起来。他还在用流血的嘴喊着：你们是侵略者……

在彼得狭小的屋子里，达丽雅为他洗去一身的尘土，又轻轻地擦去他嘴角的血迹。那些血迹是鲜红色的，达丽雅知道，也许只有彼得才有这样鲜亮的血液，她抱紧彼得高大的身躯，把他紧紧地搂在怀里。

彼得此刻声音低沉，他喃喃地呼唤着——爱尔兰，我的妈妈；俄国，我的爸爸。

达丽雅就这样紧紧地抱着彼得，也许仅仅只能拥有这一次了。

“我不会让你溜走，我的彼得，我要把你留下来！”

达丽雅这样想着，伏在彼得身上，度过了她生命中最美好的一个夜晚。

吉娣一夜未眠，她就那么安静地坐在万千山的面前，他睡着了。

他太累了，在牢狱之中的折磨和往返于生死之间的漫长道路，让他十分疲惫。加入义和团以来，他带领勇士们和洋人进行了十几次的战斗。洋人对他是恨之入骨，还有清廷的无能与背信弃义，把这个钢铁汉子折磨得精疲力竭了。他沉沉地进入了梦乡，吉娣拉着他的手。吉娣舍不得睡去，她要时时刻刻地看着他。

他做了一个梦。他先是梦见自己的母亲再次被刘凤踢下山崖，满脸是血地呼唤着他。然后他又梦见他的父亲，骑着快马追赶着江北红和天慈。可是那匹马跑着跑着竟然跑到列文的小黄楼里去了。他还梦见了黑狼又举着刀向他砍来，他梦见王二搀扶着自己的母亲，在大雪地里毫无目的地走着……

这是一个让人一生也不能忘怀的夜晚。无论是对于吉娣还是对于达丽雅，甚至是彼得，这都是他们一生中最美好的、最让人欢愉也最让人心碎的夜晚。

当彼得懒懒地睁开眼睛时，猛地发现躺在怀中的达丽雅，他使劲地挤挤眼睛，以为这是一个梦。可是不是梦，这是真的。达丽雅躺在他的怀中，他们都赤身裸体。达丽雅雪白的皮肤闪烁着迷人的光泽，她的眼角还残留着泪滴。彼得依稀记起，昨晚他始终呼唤着吉娣的名字。但是达丽雅不在乎，她爱他就够了。他开始的时候有些愠怒，想要一脚踢开这个让他厌恶的和一帮俄国大兵混在一起的女人，可是当他看见她眼角的泪滴时，他的心软了，他不再厌恶这个女人，他甚至觉得，达丽雅能在那些狼一样的大兵中间活下来，实在是一种勇气。

窗外的鸟在叫，彼得轻轻地把达丽雅的身体放平，独自起身，点燃了一支劣质的香烟，迷茫的烟雾让他看不清眼前的一切。

达丽雅也醒了过来，她拉住彼得手，满怀歉意地说：

“彼得，请你原谅，我……”

达丽雅没有把话说完，就被彼得制止了。他吐了一口烟雾，使劲地用手往后捋了一下自己的头发，说：

“我就快离开这里了，昨夜是个梦，梦醒了，就一切都不存在了。人在梦中是没有对和错的。我们都在梦中，难道不是吗？”

达丽雅明白彼得的话，她伤感地问：

“难道不能留下来吗？”

“这里已经没有什么值得我留恋的了，我要去我的妈妈身边，那里是最温暖的!”彼得长长地出了一口气。

他的嘴角青肿起来，是那帮可恶的俄国大兵打的。

太阳岛上迷人的清晨，似乎就像乳白色的梦想。它总能让你感觉到什么，但是又隔着淡淡的一层白雾。

吉娣陪着刚刚起来的万千山漫步在宁静的晨曦中，只有这个时候才是最宁静的时候。吉娣羞涩地抓着万千山的手，万千山并没有拒绝。他喜欢她，他甚至常常质问自己怎么会喜欢一个俄国女孩，他们是敌人，是侵略者，他们属于两块不同的土地，或者是两个世界。可是现在，他们的命运竟然交织在了一起。他们没太往西走，那边的人很多，怕被发现，在一块平坦的小沙丘上吉娣依偎着万千山坐下来，他们一起欣赏着江边的红日。

“我们会永远在一起吗?”吉娣怯怯地问。

“不知道。”

万千山指了指江中漂浮的一块木板，说：

“我的命和它一样还漂着呢，不知道啥时候就被浪打沉了!”

“我永远不会让你漂走的，我要和你一起漂!”吉娣说完抓紧了万千山的手。

万千山在平民船坞里，躲在吉娣的家里，但这里也不是久留之地。万千山知道，列文不会就这么善罢甘休的。吉娣从达丽雅那里知道，列文对于张蓝见弄丢万千山一事很生气，已经多次找张蓝见交涉，要他必须将万千山找回来，送到护路队，否则将追究到底。

而张蓝见则无可奈何地一次次向列文表示，他们确实是把万千山交给了俄国大兵。

46

列文的助理谢尔盖负责与张蓝见交涉此事，并深入调查万千山到底被谁截走了。

这个谢尔盖是个十分狡猾、多疑的家伙。在谢尔盖的内心里，他更倾向于张蓝见的说法，他也认为肯定是俄国人把万千山在半路上截走了，但是谢尔盖在列文面前却没有这样说。他只是偷偷地揣摩着这件事。谢尔盖是个老色鬼，每天没有女人他就会感觉非常难受。这个秃顶的大腹便便的家伙，对女人有着火一样的热情，尽管已经六十岁了。

达丽雅就是他的最长久的性伙伴，因为达丽雅从来没有在床上让他感到乏味过。达丽雅总是能让他开心，让他心醉神迷。

七月的最炎热的一天晚上，谢尔盖的达丽雅去松花江边散步，然后去俱乐部喝上两杯后，就在太阳岛上过夜。达丽雅没敢拒绝他的要求，尽管她很想晚上去看看彼得，他这两天就要走了。当黄昏时分，达丽雅挽着谢尔盖在江边漫步的时候，那个情景看起来就像一个阔太太领着她的宠物猪。

谢尔盖边走边不时地用他那长满了黄毛的大手，在达丽雅的屁股上狠狠地捏一把，弄得达丽雅很不舒服，但是她又没办法，对付这个老色鬼，必须要用全部的耐心。达丽雅这几天频繁地和谢尔盖在一起，一是为了从谢尔盖那里打听到列文对万千山下一步的行动，二是列文是否还要继续追究是谁截走了万千山，还是就这样不了了之。

他们在江边缓慢地踱着步，谢尔盖看起来心情不错。他指了指不远处那尖顶的教堂告诉达丽雅，一定要让整个哈尔滨，甚至整个东北都成为俄国的一个地区——这是伟大的梦想，现在正付诸实施，并已经渐渐地成为事实。谢尔盖谈起这个话题简直是滔滔不绝，那样子就像他是个伟大的统帅，正勾画着一个宏伟的蓝图。达丽雅不关心这些，她现在只关心从谢尔盖那里得到有用的消息。她刚要侧过身勾住谢尔盖的脖子，想给他一个激吻，然后再一点一点地往她的话题上引。可是达丽雅刚一转身，却看见了刘金贵，他正带着几个中国人向这边走过来。

“他一定是看见了谢尔盖，就像狗一样来讨好了！”达丽雅这样想：“这个让人厌恶的家伙，不知道还会干出什么坏事？”

刘金贵已经来到两个人的跟前，他朝谢尔盖深深地鞠了一躬，然后又朝达丽雅点了点头。谢尔盖平时是不太搭理这个家伙的，可是今天他突然来了兴致，他掸了掸身上的尘土——其实没有尘土，这是他的一贯动作，他对刘金贵说：

“刘，听说你干得不错，把太阳岛上的商业秩序维护得井井有条，列文先生很高兴！”

“这都是您和列文先生栽培的结果！”刘金贵赶紧又弯下腰说。

“不过，最近听说江上的运输秩序不太好，不少中国佬赚了钱，他们要干什么？我们俄国持有松花江的航运权，怎么能让他们为所欲为呢？”谢尔盖说。

“哦，是有很多人在这里摆渡，还搞一些货运！”刘金贵答道。

“你去调查调查，有多少中国人的船在这里，然后把情况向我汇报！”谢尔盖命令道。

“好的谢尔盖先生，我明天就办！”刘金贵又给谢尔盖鞠了一躬，转身走了。

“这个中国佬，真是条听话的狗！”谢尔盖不等刘金贵走远，就回头对达丽雅说。然后两个又继续朝前走。

这时候，两个小男孩迎面过来。这两个孩子中，一个是俄国小孩，一个是中国小孩。达丽雅认识他们，他们就住在离吉娣家不远的地方。平民船坞里，最和谐的最没有侵略色彩的就是这些孩子了。他们虽然文化背景不同、语言不通，但是他们却能够和平相处，甚至是有福同享、有难同当。至于文化冲突，在他们身上显现得则并不明显。

这个俄国男孩叫阿廖沙，今年十二岁；那个中国男孩叫小金子。阿廖沙的父亲是一个铁路职员，母亲是一所俄国小学的教员。他们过着比较殷实的日子。小金子的家里很穷，他爹在江边摆渡，他娘在一家俄国人开的工厂里做缝纫工。阿廖沙常常把自己的衣服送给小金子，小金子也常常给阿廖沙一些小玩意，只是他没有什么值钱的东西，不过是些自制的小木枪什么的。可是这些就足以让阿廖沙很兴奋了。两个孩子向谢尔盖和达丽雅问了声好，就跑开了。达丽雅看着两个孩子跑远了，又把脸朝向谢尔盖，谢尔盖看着达丽雅那双风情万种的眼睛，简直有些欲罢不能了。他拍了拍达丽雅的屁股说：

“宝贝，我们先去喝两杯怎么样?”

达丽雅显得很有兴致的样子说：“好吧，可爱的谢尔盖，今天一切都听你的!”

在俱乐部里，他们选了一个安静点的角落，点了两杯啤酒，达丽雅几乎就要坐在谢尔盖的腿上，谢尔盖的一只手悄悄地伸进达丽雅的裙子里。

“这个老色鬼!”达丽雅心里暗暗地骂道，然后她假装若无其事地说：

“听说最近列文先生有点不高兴，是你惹着他了吗?”达丽雅的话听起来像个玩笑，却很有水平。

“我怎么会，都是因为那个万千山，这个混蛋现在不知道躲到了哪里！”谢尔盖愤愤地说。

“不是已经被抓起来了吗，听说已经交给了护路队。”达丽雅问。

“这个家伙半路被截走了，还是咱们的兵干的！”谢尔盖把杯子重重地放在木桌上，看了一眼达丽雅接着说：

“宝贝，你可要保密，现在这件事，列文先生还没有向局长先生汇报！”

“我一定不会说的，不过你们要抓紧把那个姓万的抓起来，他可是咱们的敌人！”达丽雅假装很恨万千山的样子。

“那当然，我最近正在抓紧调查这件事，过两天就会有眉目的！”谢尔盖很自信的样子。

谢尔盖和达丽雅正说着话，突然听见外面人声鼎沸，好像发生了什么事。

“我们去看看！”谢尔盖说完，赶紧拉起达丽雅走出了俱乐部。

江边码头上，刘金贵刚刚带着他的手下把一个中国摆渡的人给打倒了。那人用手使劲地捂着自己的脑袋——流血了，好像还很重的样子。

“这个王八蛋，总是欺负自己的同胞！”达丽雅心里骂了一句。

这时，阿廖沙和小金子跑了过来，他们钻进人群，凑近那个被打倒的摆渡人。阿廖沙冲着刘金贵骂了一句：“混蛋！”

刘金贵一看是个俄国小孩，也不敢顶撞，带着几个人扬长而去了。

谢尔盖拉着达丽雅向小树林那边走去。

“只有中国人打中国人才有意思，你看这条狗，马上就开始为我们咬人了！”谢尔盖边走边叨咕着，达丽雅跟在他身后，高跟鞋不时地陷在柔软的沙地里。

阿廖沙和小金子扶起那个人，正好达丽雅回头看了一眼，达丽雅的心沉了一下。这不是那天救自己的摆渡人吗？怎么惹到了刘金贵？达丽雅想回去看看，可是被谢尔盖急不可耐地拉走了。

被刘金贵打伤的人正是王二。刘金贵几个人让王二送他们过江，王二一看这个人正是当年带着洋鬼子去他家抢粮食的恶棍，就说什么也不过江。还坚持说，绝不给洋鬼子的走狗撑船，然后，就自顾在那里抽烟。刘金贵就指挥手下把王二一顿打，直到王二躺在江边起不来。不少看热闹的百姓在心里都偷偷指责刘金贵，可是又不敢站出来制止。刘金贵临走的时候，留下一句话：明天见到王二还要打，直到将他赶走为止。

阿廖沙和小金子摇船，把王二送回了家。阿廖沙和小金子都是王二和素月的好朋友。阿廖沙和小金子满船坞溜达，他俩特别喜欢王二家前面的那个“王八坑”，两个人常常挽起裤腿在坑里抓王八。素月也经常坐在那里，静静地想心事。一来二去的，两个孩子和素月就熟悉起来，素月常常带他俩去自己家玩。素月喜欢孩子，特别是这两个聪明的小男孩，每当素月看见他们，就像看见了自己的小千山。两个孩子也经常坐王二的船过江，还经常帮王二去喊客人。后来这两个男孩成了王二和素月在太阳岛上最亲密的朋友。

47

阿廖沙和小金子扶着王二进了他们那个用树枝围起来的小院子，素月正在那里洗衣服。

素月见王二满脸鲜血地被扶回来，吓得扔掉手中的衣服赶紧跑过来。见王二被打成这样，素月心疼地哭起来。阿廖沙看素月哭得伤心，赶紧安慰她说：

“您别哭了，我家有药，我现在就去给你取！”说完阿廖沙和小金子跑回家取药去了。

两个孩子路过吉娣家的时候，阿廖沙告诉小金子等他一会儿，他要顺便去看看吉娣姐姐。他已经好多天没看见她了。吉娣家离阿廖沙家很近，而王二则住在离他们大约二里远的王八坑附近。只是这么近的距离，万千山并不知道，吉娣也不知道。万千山每天待在吉娣的屋子里，和吉娣学一点俄文，这几天万千山已经学会了不少单词了，还能简单地说几句对话。万千山聪明好学，吉娣教得也用心。

阿廖沙在敲吉娣的门，吉娣正在给万千山讲俄国的文化。听见有人敲门，吉娣赶紧把万千山藏起来。

吉娣打开门一看是阿廖沙，赶紧说：

“亲爱的阿廖沙，你好吗，这么急匆匆的有事吗？”

“我的一个朋友被打伤了，我去给他弄些药和纱布，他很可怜，是个摆渡的！”

“那你快去吧，哪天姐姐找你玩！”

“我就是来看看你，看见你很高兴！”

阿廖沙说完，又拉着小金子向他的家跑去。

“多好的孩子，他真可爱！”吉娣想着，又锁上了门，转身回去了。吉娣最近的举动让她的那些邻居们感觉很古怪，大热天的总是关着门，还把窗子也关得紧紧的。那个好事的娜达莎大婶还不时地使劲往这边看看，想知道吉娣到底在屋子里干些什么。后来，达丽雅就谎说自己的妹妹不小心得了肺病，怕传染给大家，所以就不出来了，等她的病好了，就可以出门给大家问好了。达丽雅的谎言，虽然有些让人不完全相信，但是大家更关心自己明天怎么活下去，也就不太较真了。

万千山一直在想办法怎么能走出去，拉起人马再和洋人打几仗，因为洋人最近更猖狂了，已经完全统治了哈尔滨。可是吉娣说现在还不行，现在列文正派人四处找他呢，万一再被洋人抓去了，那可就再也救不了他了。万千山不是一个能闲得住的人，他每天都在想办法怎么能够过了这一关，把那些被打散的弟兄们找回来，可是现在他只能藏在这里。万千山更担心他的母亲和他那出去寻找江北红的父亲。吉娣曾悄悄地打听过，说是在天恒山上被打死的人里，没有素月，都是义和团的人。这让万千山放了一点心。

阿廖沙迅速地为王二拿来了药，是一点消炎粉末。这是他的妈妈从学校带回来的，还有一点纱布，是他的爸爸从铁路上拿回来的。这两样东西正好派上了用场，而且是大用场，这让阿廖沙很高兴。他终于能为他的朋友做点事了。素月为王二洗去了血迹，伤口很深，是棒子打的。素月还不停地流眼泪，王二连说自己没事，明天照样可以去撑船。素月连说不行，要是再碰上那个刘金贵就糟糕了。阿廖沙说阿姨你别着急，明天他去找那个恶棍，让他不再欺负王大叔。阿廖沙总是习惯叫他们两口子大叔、大婶。

阿廖沙真的在第二天去找刘金贵了，他带着小金子，在太阳岛上转了好久，才找到正在那里吐着烟圈的刘金贵。现在，刘金贵已经学着洋人的样子，抽起了洋烟，还喝起了啤酒。阿廖沙像个英雄似的站在刘金贵面前，小金子站在阿廖沙的后面，像是英雄的助手。刘金贵看见这阵势，哈哈地笑了起来。

阿廖沙却很严肃：

“我能和你谈谈吗?”

“谈啥，你一个小黄毛，能和我谈啥?”

“你不要再欺负王大叔了，否则我就不客气了!”

“哈哈。”王二又是狂笑，然后接着问：

“你咋对我不客气?”

“我会中国的连环脚。”

说着，阿廖沙真的连着踢了几脚，可是他的连环脚实在是太不像样了，还没等踢到第三脚，自己就摔在沙地上。小金子赶紧把他扶起来，阿廖沙很窘，但他还是警告刘金贵，不要再欺负王二了，否则就找一帮俄国大力士来收拾他。刘金贵和他的手下们看着阿廖沙，都乐得前仰后合。

刘金贵没有给阿廖沙面子。阿廖沙郁闷地蹲在江边，向江里扔石子。

小金子在一旁安慰他。两个人在烈日下蹲了半晌，阿廖沙突然一拍大腿高兴地说：

“我有办法了！”

说完就向埠头区那边跑去，小金子上气不接下气地跟在后面，连声喊：“等等我，等等我。”

阿廖沙真的想出了办法，而且他相信这个人一定能帮助王大叔。

阿廖沙是个聪明的孩子，他在任何困难面前都不会选择放弃。他带着小金子来到了列文的小黄楼，说：

“要是能在这里等到达丽雅姐姐就好了，她是很有办法的！”

阿廖沙和小金子躲在一棵大树后面，小金子有点累了，靠在那竟然睡着了。阿廖沙看了他一眼笑了，心说这个贪睡的家伙，像个小猪。阿廖沙的眼睛紧紧地盯着那个小黄楼的厚重的木门。他相信，用不了多久，达丽雅就会从那个木门里出来，然后一起帮他们想办法。可是等了整整一个下午阿廖沙也没见到达丽雅出来。他开始有些着急了。

阿廖沙也迷迷糊糊地要睡着了，他刚要闭上眼睛，就听见一阵女人的笑声。那笑声很甜蜜，也很悠扬，还带着几分迷人的放浪。阿廖沙一听见这笑声，一下子精神了起来。他知道这笑声一定是达丽雅的，也只有达丽雅这样的女人，才有这样的笑声。阿廖沙听妈妈说过，达丽雅是个妖精，但是个善良的妖精。阿廖沙不太明白妈妈的意思，但他知道妈妈的话并不都是赞美，还有一点点的嘲讽。

阿廖沙真的看见了达丽雅，达丽雅不是从小黄楼里出来，而是从外面回来，正要往里面走。阿廖沙轻轻地喊了一声：

"达丽雅姐姐!"

达丽雅听见有人喊她，赶紧四下寻找。她看见了躲在树后面的阿廖沙，赶紧走了过来。

"亲爱的小阿廖沙，你是来找我吗?"

"是的，达丽雅姐姐，我是来找你的!"

"有什么事吗?"

"达丽雅姐姐，我想求你帮个忙!"

"说吧，什么事，可爱的阿廖沙，姐姐知道你是好孩子!"

"我想求你和那个刘金贵说说，不要再欺负王大叔了!"

"王大叔是谁?"

"就是那个摆渡的，昨天你看见了，他被刘金贵打得头破血流!"

达丽雅拍了拍阿廖沙的头，她很喜欢这个孩子。她一听阿廖沙说的是这个事，心里竟然微微一热："多么善良的孩子啊!"

她对阿廖沙说：

"亲爱的，你回去吧，告诉那个王大叔，刘金贵一定不会再欺负他了!"

阿廖沙高兴地嗯了一声，又连声对达丽雅说谢谢，叫醒小金子，向江边蹦蹦跳跳地跑去。

达丽雅当然愿意帮助阿廖沙做这件事，因为王二曾经救过她的命。他把她从江里托到了岸上，如果不是王二，她现在一定已经顺着松花江漂到祖国去了。

达丽雅找到刘金贵的时候，刘金贵正准备去妓院快活，他已经很久没去那家香春阁了。从三姓回到哈尔滨之后，刘金贵就只顾着忙活站稳脚跟的事了。现在，他已经又在洋人那成了“举足轻重”的人物了，他又找回了当年的自信。只是他爹给他说的那个讨厌的媳妇，让他烦得不得了。这个媳妇是他们爷俩在三姓落魄的时候，他爹给他做主的。

他的媳妇叫那珠，是个满族人，她爹是三姓的一个小吏。当时刘家也在落魄中，尽管刘凤也在琢磨着自己东山再起，但是没想到会这么快，就给儿子说了这么个媳妇。

这个那珠很厉害，她知道这个刘金贵不是个好东西，但是自己嫁了又没办法，开始她没少挨刘金贵的打，可是后来那珠怀了孩子，生下之后一看是个男孩，让刘凤父子高兴得不得了，那珠的地位也就上来了。这次从三姓调回哈尔滨，刘金贵想把那珠扔下，只带着自己的宝贝儿子，却被刘凤制止了，刘凤说孩子不能没娘，你愿意在外面扯犊子那是外面的事，孩子没娘可不行。刘金贵没办法，就把那珠带了回来。那珠是个有正义感的女人，她不喜欢刘金贵做洋人的走狗，但是她又拗不过刘家父子，也就只好任他去了。她曾多次告诉刘金贵，不能自己人欺负自己人，早晚会遭报应的。可刘金贵对那珠的话，却左耳听右耳冒了。

48

达丽雅把刘金贵堵在去妓院的路上。

刘金贵正一路哼着小调，琢磨着一会儿找个啥样的姑娘好好慰劳自己。达丽雅不动声色地站在路中间，刘金贵差点撞上她。

看见达丽雅，刘金贵嬉笑着说：

“这不是达丽雅小姐吗？怎么着，找我有事，不会是……”

刘金贵话没说完，但是达丽雅却明白是什么意思。达丽雅也不生气，她绕着刘金贵走了一圈，又用她那风情万种的眼睛瞄了他一眼才说：

“刘爷，现在您可是个了不起的人物了，我想巴结还巴结不上呢！”

刘金贵听达丽雅这么说，立刻来了精神，他说：

“您过奖，您过奖，达丽雅小姐，有啥吩咐尽管说，小的还想求您在谢尔盖先生那说几句好话呢！”

“说好话没问题，我可一直在为你说好话，可你怎么谢我啊？”达丽雅说。

“您吩咐就是了，您的话，小的咋能不给面子呢？”

“那我就说了。”达丽雅拍了拍刘金贵的肩膀接着说：

“那个摆渡的王二，是我的救命恩人，刘爷你得关照关照，别再为难他了，如果他有个三长两短，我就找谢尔盖先生要人去！”

刘金贵明白了，这是达丽雅要求他放王二一马，以后不准欺负他了。他心里暗暗骂道：

“这个洋婊子，竟然挡我的财路！”但是他又不敢不给达丽雅面子，只好乖乖地答应，以后绝不会为难王二了，让他放心地摆渡就是了。

刘金贵最近不仅帮着洋人维护所谓的太阳岛“商业秩序”，还偷偷地组织了一帮兄弟，专门勒卡江边的那些摆渡人。老实怕事的都给他交了保护费，只有王二拒不交钱，这让刘金贵怀恨在心，一直想找机会收拾他。谁知凭空又冒出个达丽雅，不软不硬地挡在了他刘金贵的面前。王二救过达丽雅，这事刘金贵当然知道，如果不答应达丽雅的要求，得罪她就等于得罪了谢尔盖，得罪洋人的事，是说啥也不能再干了，可是真要答应了达丽雅的要求，王二不交保护费了，别人要是也起来对抗他刘金贵，可怎么办呢？

达丽雅丢下刘金贵，直接去了谢尔盖那里。但是谢尔盖没有像往常那样，看见达丽雅进来就像狼一样扑上去。达丽雅看见他一个人坐在布面沙发上，闷闷不乐地抽着烟，心里不禁紧张起来。“今天这个老家伙怎么这么反常呢？一定是有什么事了！”

达丽雅心里这样想着，一把搂住了谢尔盖。

“怎么回事，今天我的谢尔盖大叔有心事了吗？”达丽雅试探着问。

谢尔盖没有马上回答她，而是把头靠在沙发的靠背上，沉默了一会儿。达丽雅的心有点揪了起来。她知道，万千山的事早晚会查出来的，只是时间的问题罢了。

达丽雅把头贴在谢尔盖的胸前，想要刺激他，让他开心一点，这样他就可以开口说话了。达丽雅知道谢尔盖的脾气，他不开心的时候，就不愿意说话，而且常常是旁若无人。现在就是如此，谢尔盖并没有把注意力转向达丽雅，而是专心地想着心事。

达丽雅有点沉不住气了。她站起来假装愠怒地对谢尔盖说：

“你厌倦了我就快点说，我知道你们男人都是这样的，我不生气，我也不敢！”

谢尔盖看达丽雅有些生气了，欠了欠身子，拉住了达丽雅的手说：

“宝贝，我不是对你。”

“那你为什么这么冷淡呢？”达丽雅反问了一句。对男人，她总是能抓住火候。

“今天护路队的后勤发现少了一些军服，还有帽子！”

谢尔盖的话让达丽雅一惊，但她不动声色地说：

“这和你有什么关系，我的谢尔盖大叔，您只要管好您的事就行了！”

“不，我是怀疑，怀疑……”谢尔盖没有把话说完，他看了看达丽雅接着说：

“你知道，那个万千山是我们的死对头，现在他又被我们的人截去了！”

达丽雅明白谢尔盖的意思，但她依然装糊涂，而且一点也不露痕迹：

“那个万千山太可恶了，你们要早一点抓住他，要不这家伙会继续和我们作对的。所有的俄国人都恨他！”

达丽雅说完，甚至有点崇拜自己演戏的水平。谢尔盖没再说什么，而是用他那深邃而又复杂的目光意味深长地看了达丽雅一眼，然后就洗澡去了。

屋子里剩下达丽雅一个人，她忐忑不安地望着窗外。

“我一定要让他听命于我！”达丽雅心里这样想着。她相信自己，她有这样的能力。

王二没有去江边摆渡，他的伤口感染了，烧得很厉害。

阿廖沙和小金子守在王二身边，素月在一边流着眼泪。阿廖沙急得在地上来回踱步，像一个小大人似的，手托着下巴，不停地开动脑筋想办法。可是他能有什么办法呢？他不过是一个孩子。

素月不知道从哪弄了一点酒，使劲在王二的身上搓着，可是并没有效果。

“咱们去医院吧！”阿廖沙看着素月。

“去医院？我们哪有钱去医院呢？”素月无奈地摇摇头。

“我妈妈给过我两块钱，我去取来！”

阿廖沙说完就往外走，素月拉住阿廖沙说：

“好孩子，我们不能要你的钱!”

小金子很无奈地说：

“我一分钱都没有。”说完他低下了头。

阿廖沙还是出去了，他再一次去找吉娣。他想吉娣姐姐一定能有点钱，可以先借来，等爸爸妈妈发工资了，他就可以还给她。他知道吉娣是个好人，谁遇到困难她都会帮助的。他一路小跑到了吉娣的家门口，刚拐过街角却碰见了彼得。彼得也很喜欢这个阿廖沙，他一把拉住阿廖沙，问他这么着急要干什么去?

阿廖沙说他的一个朋友病了，他要找吉娣姐姐借点钱去医院。彼得笑笑问他是什么样的朋友让他这么着急，阿廖沙告诉他，说他的这个朋友是个很好的中国人，是在江边摆渡的，总是用船带着他过江去玩。

“哦，是这么回事，那我借给你钱可以吗?”

彼得问阿廖沙。阿廖沙一听眼睛一下子亮了起来，高兴地说：

“好啊!”可是他又用疑惑的目光看着彼得，他知道彼得没有钱，还欠了不少的债。彼得看出了阿廖沙的心思，赶紧从兜里掏出钱，在阿廖沙的面前晃了晃说：

“小阿廖沙，你看够不够?”

“够了够了，等我爸爸妈妈发工资，我一定还你!”

阿廖沙说完，一把抢过钱就向王二家跑去了。

吉娣其实没在家，在阿廖沙想去找她借钱的时候，吉娣去找她的姐姐达丽雅去了。万千山一个人在屋子里来回地踱着步，他在酝酿一个更大的计划。自从彼得他们救了他之后，他就一直在想这件事。万千山正在琢磨，突然听见有人敲门，他从窗帘缝里望出去，看见彼得站在门口。他赶紧打开门，把彼得迎进来，又把门拴好。他看着彼得，似乎比救他的时候更憔悴了。彼得看只有万千山一个人在家，就问吉娣去了哪里，万千山告诉他吉娣去找她姐姐了。

彼得看着万千山，沉默了一会儿说：

“我是来和你们道别的，我明天就要走了。”

“这么急？你留在这里吧，我们做个朋友！”万千山真诚地说。

“好像不大可能了，我早已经决定了，今天我来就是想和吉娣告个别！”彼得忧郁地说。

“我要干点大事，你要不要把这场好戏看完再走？”万千山问。

“还有什么事能让我激动呢？”彼得很无奈。

“我要刺杀列文！”

万千山的话让彼得吓了一跳。

万千山接着说：

“可是我现在没有枪，也没有别的武器，我正琢磨着这事呢！”

彼得很意外，他没想到万千山会把这么大的事告诉自己。他毕竟是俄国人，但是万千山对他的信任，超过了他的想象。

“我能为你做什么吗？”彼得用眼睛看着万千山。

“如果我死了，我希望你照顾吉娣，我信得过你！”万千山满怀期待地看着彼得。

“让我想想，你给我点时间！”彼得说完转身出了屋子。

彼得走了，留下万千山一个人在屋子里。他已经下了决心——杀死列文。

49

吉娣去找达丽雅了。她好几天没见到达丽雅了，她也为她担心。

她还想问问姐姐，最近列文那里有没有什么新消息。

吉娣没有找到达丽雅，他们说，达丽雅和谢尔盖去一面坡了，要两三天才能回来。吉娣心想这个姐姐呀，怎么总是让人担心呢。达丽雅和吉娣不是一母所生，她们的父亲在彼得堡抛弃了第一个妻子，也就是达丽雅的妈妈。两年后，她们的父亲又有了第二个妻子，并生下了吉娣。为了这，达丽雅对父亲的意见很大，好像从她懂事的那天起，她就开始怨恨她的父亲，直到现在也没有原谅他。开始达丽雅还曾把气撒在吉娣身上，但是她被吉娣感动了。吉娣实在是太善良了，在彼得堡时，她不仅对自己的妈妈好，还常去看望达丽雅的妈妈。吉娣总说这两个女人都是妈妈，而且都是好妈妈。因为两个妈妈生下了她们，才有了达丽雅和吉娣两姐妹。但是，可能是因为身体里流淌的血液并不完全一样，达丽雅身体里总有不安分的东西，而且多情，甚至是贪得无厌的那种多情；而吉娣却更安静，感情专一，总是能够为别人着想。除了这些不同，两姐妹也有一些共同的特点，比如她们都很善良，都很勇敢。

吉娣更多的是为姐姐担心，她的交往总是过于复杂。吉娣怕她早晚出事。

吉娣没有找到姐姐，她只能独自返回太阳岛去。她在江边寻找摆渡的船，可是找了半天也没找到自己想找的那条船——王二的那条船。她只能另寻一条小船过江了。她本来想今天还要坐王二的船，这样可以多给他一些船钱，因为上一次王二没有收她的钱，她总感觉过意不去。

过江的时候，吉娣问这个陌生的船夫，说那个矮矮的、长得挺黑的船夫怎么没来摆渡。船夫想了想，问吉娣说的是不是前两天在江里救了一个俄国女孩的那个王二？吉娣点点头说是。船夫又问吉娣为什么要打听他，吉娣说她总坐王二的船，上次没有给钱，想把钱还给他。船夫告诉吉娣，说你要好久见不到王二了，他前两天被人打坏了，听说在家发烧呢，病得很厉害的。

吉娣又问船夫是谁打的，船夫说是刘金贵，是洋人的走狗。

吉娣打听到了王二家的住处，她必须去看看这个摆渡人，她一边打听一边找，终于到了王二的家。那是一个用树枝围起来的小院子，院子里是一间泥土筑起来的房子，虽然看起来穷酸了些，但是感觉很温暖。

吉娣站在门口向屋子里喊：

“有人吗?”

吉娣话音刚落，就看见阿廖沙从屋子里跑了出来。阿廖沙一看是吉娣，高兴得快要蹦起来了。

“吉娣姐姐，你怎么来了？你也认识王大叔?”

“阿廖沙，你昨天说的有病的朋友，就是这家的船夫吗?”吉娣问。

“是啊，是啊，王大叔是我的朋友，他受伤了!”阿廖沙打开门，让吉娣跟着他进来。

屋子里很简陋，有一铺火炕，炕上铺的是草席，一盏煤油灯在炕边的墙窝里，但是这盏灯擦得很亮，可以看出女主人很爱干净，也很勤劳。靠门口的左边是一个小木凳，还有一支船桨立在门的右边，船桨靠近把手的地方，被船夫勤奋的手磨出了一层厚厚的包浆，除了这些，屋子里再没有什么了。吉娣不禁有些心酸。素月看来了一个陌生的俄国女孩，赶紧招呼她坐下，然后就用眼睛盯着她，吉娣被看得有些不好意思。她让阿廖沙靠在自己的腿上，从兜里掏出两块钱，说是上次坐了王师傅的船，没有给钱，她是来还钱的。

王二这时也醒了，他看着吉娣说：

“姑娘，我根本没想要你的钱，你现在给我，我也不能要，赶紧把钱揣起来吧!”

吉娣说:

“那哪行呢,你劳动了就要得到报酬的!”

吉娣把钱放在炕上,转身就要走,却被素月一把拉住,她还是死死地盯着她看。

“我见过你,姑娘!”素月说。

“是吗?在哪?”吉娣问。

“你去过天恒山,还送去了一个疯孩子!”素月这回想起来了。

“哦,是的,怪不得。”吉娣睁大了眼睛继续说:“怪不得我看王师傅也面熟呢,原来你们是……”

吉娣一时有些不知所措,她不知道自己是该高兴还是怎么样。素月看见吉娣也认出他们了,非常高兴,她想继续问吉娣点什么,但是看了看炕上躺着的王二,又把话咽回去了。吉娣和他们聊了一会儿,又担心家里的万千山,就和阿廖沙一起回去了。

王二的伤一直不见好转,他们拗不过阿廖沙,最终还是拿着阿廖沙借来的钱去医院了。

素月虽然不愿意借人家的钱,但还是决定送王二去医院。因为她不想看着王二病得越来越重,直到死去。她离不开他。

从王二家出来,阿廖沙有点兴奋,他边走边用他那大眼睛看着吉娣。

“吉娣姐姐,原来你们认识?”阿廖沙说。

“是啊,不过你要保密,知道吗亲爱的?”吉娣嘱咐阿廖沙不要把这个秘密说出去。

“我是最能保守秘密的人了!”阿廖沙很自信地说:

“我还知道你更大的秘密呢,吉娣姐姐!”

吉娣吓了一跳,赶紧问:

“什么秘密，阿廖沙快告诉姐姐！”

阿廖沙卖了个关子，故意微笑着不说话，拐过王八坑时，阿廖沙看看附近没人才把脸凑近吉娣的耳朵悄声地说：

“你家里藏个男人，我早就知道了！”

这句话把吉娣惊得差点叫出声来。

“阿廖沙，你能帮姐姐保守这个秘密吗？”吉娣用哀求的语气说。

“当然能！”说完，阿廖沙打了个手势，像个士兵给军官敬礼那样，惹得吉娣一下子笑了起来。吉娣是相信阿廖沙的。

阿廖沙确实知道吉娣家里藏着个男人，因为当万千山被彼得救下来的那个晚上，阿廖沙刚好从小金子家里出来，他目睹了这一切。他还知道彼得也参与其中了，只是他不知道那个藏在吉娣家的男人是谁，但是他知道那个人一定是个英雄。阿廖沙从小就崇拜英雄，自打他知道彼得也干了一件肯定是了不起的事之后，他改变了对彼得的看法。原来他多少有点瞧不起彼得，可是现在他发现自己有点喜欢他了。

吉娣回到家里，万千山正站在窗口出神。他还在计划着，并想马上把这个计划付诸实施。吉娣从后面轻轻地抱住他，他也回过身来深情地拥吻着吉娣。他深深地爱上了吉娣，但是他的脑海中，又常常浮现出天慈的身影，他的内心也是矛盾的。他知道他爹万江平一定会把天慈和江北红找回来。知恩图报，是他们万家人的特点，这一点万千山也同样如此。两个人亲密了一会儿，吉娣对万千山说：

“亲爱的，有件事我不知道该不该告诉你。”

“什么事？”

“我看见了你们天恒山的人。”

“谁？”万千山有点惊诧。

"他叫王二，他现在摆渡呢！"

"还有谁，就他一个人吗？"万千山呼吸有点急促。

"还有个女的，看起来傻傻的，好像脑子不太好。"

"那是我娘！"万千山很激动，他恨不得立刻就去看他们：

"我娘没死，我娘没死！"万千山激动得有些说不出话来。

吉娣被万千山吓住了。"娘？我怎么从来都不知道呢？"她心想。

吉娣把王二被刘金贵打伤，阿廖沙又帮着借钱把王二送到医院的事，跟万千山讲了一遍。万千山多想去看他娘啊，可是他现在还不能走出这个房子。自打万千山"失踪"之后，列文对船坞加派了巡逻的部队，总是有俄国大兵在船坞里晃来晃去。实际上，列文已经派人开始搜寻万千山了，只是他没想到万千山会离他这么近。

50

半夜的时候，彼得来敲吉娣的家门。

他很小心地敲了两下，然后静静地站在那里等。吉娣开门，彼得说：

"我找万千山说两句话，就两句！"

这时万千山走过来，他招呼彼得进屋，彼得说不用了，就在这说吧。彼得抓起万千山的手说：

"万千山，从明天日出的时候开始，我要和你并肩战斗，你明白吗？我要和你站在一起！"说完彼得走了。万千山注视着他离去的背影，一句话也没说。

万千山和彼得开始研究，怎么能够接近列文并将他一枪毙命。

他们现在是并肩作战的战友了。彼得很相信万千山，他知道万千山干了不少大事，他更相信吉娣的眼光。

“可是我们现在没有枪，怎么办?”

彼得坐在万千山的身边，他是个音乐家，对刺杀这样的事实在是不在行。

“枪会有的，关键是怎么接近列文!”万千山说。

“那我到底能做什么呢?”彼得有点着急。

“你目前就照顾好吉娣，如果我死了的话!”万千山把烟掐灭，死死地攥在手心里。

“这不是个好差事，吉娣不会答应的!”彼得无奈地耸耸肩。

“管不了那么多了，列文这几天会来船坞这边的，我准备到时候就下手!”万千山很果断地说。

“我看还是我来吧，我更容易接近他!”彼得认为自己说得很有道理。

“不行，杀死列文，该是我们中国人的事。他是侵略者，我们是受害者!”万千山没有向彼得做出让步，尽管他知道，彼得十分想干这件事。

两个人谈了好久。树林里很黑，他们谁也看不清谁的脸，但是他们知道，他们是相互信任的，是可以并肩站在一起的。尽管他们是两个国家的人，尽管一方来自侵略者的土地，一方是土生土长的被侵略者，但是现在他们成了朋友和战友，他们要一起对抗强大的邪恶势力。

想要搞到一把枪，对万千山来说并不是一件很困难的事。困难的是如何接近列文，万千山想来想去，他想到了达丽雅。

达丽雅终于回来了，但是她也带回来一个不好的消息：列文要求谢尔盖必须彻查万千山下落，而且那个老谢尔盖已经查出了一些蛛丝马迹。

“那是个狡猾的家伙，有比狼狗还要敏锐的鼻子，他还是个杀人不眨眼的魔鬼！”达丽雅担心地对吉娣和万千山说。

不一会儿，彼得也悄悄地赶来了。他们总是在半夜商量事情，以免被人发现。

谢尔盖确实已经有所察觉，但是他还没有找到最直接的证据，或者说他不希望是达丽雅给劫持万千山的人偷的军装。而且，他还想不出达丽雅这样做的动机。

但是，事实很明显，只有达丽雅是最大的嫌疑人。这一点让谢尔盖很为难，所以他没有把这个线索马上向列文汇报。也正是谢尔盖的犹豫，改变了这事件的走向。

在吉娣的家，气氛有点紧张。达丽雅很吃惊，甚至有些毛骨悚然，她一会儿看看万千山，一会儿又看看彼得。

“必须先下手干掉列文，否则我们就没机会了！”万千山看着达丽雅说。

“你必须让我接近列文，这件事只有我最合适！”彼得扬起头说，看起来他很自信。

“我打听到，三天后列文要到船坞来，但是我感觉这并不是个好机会。我要先到他的办公室去，单独和他谈谈！”彼得把“谈谈”这两个字说得很重，他想让大家明白，这里面还有其他的意思。

“如果列文到了船坞，那我们就都完了！”达丽雅惊恐地说。

彼得说：

“不仅仅是我们，还有我的那些‘士兵们’，列文一定会查出来的，而且我感觉这用不了多久！”

他们都相信彼得说的，包括吉娣在内，他们都知道纸是包不住火的，这件事早晚都得露馅，也就是说，他们都得进监狱，甚至掉脑袋。

“我不能让你们为我去送命，我要自己了断这件事！”万千山把每个人扫视了一遍。他不希望牵连大家，现在他们已经为他付出代价了。

这时候有人敲门，敲门声听起来很谨慎，很小心。

“这个时候会是谁呢？”吉娣有点担心。

她悄悄地凑到门边，一看是阿廖沙站在门口，焦急地等待着开门。

“这个小鬼来干什么呢，这么晚了？”吉娣还是打开了门，阿廖沙来不及说什么，他跨进屋子，站在彼得和万千山面前，眼睛睁得大大的，很严肃很庄重的样子。

一小会儿之后，他把手伸进自己宽大的衣兜里，小心地掏出一样东西——竟然是一把枪。

“你哪弄来的这个家伙？我的小祖宗！”彼得蹲下来，把阿廖沙搂在怀里问他。

“这是我爸爸的，他藏在了衣柜后面的一个小墙洞里，被我发现了。你们不是要用吗？我想你们一定很需要！”阿廖沙很自豪地很正式地把手枪交给彼得。然后他像几个人敬了个不太标准的军礼说：

“我得赶紧回去了，我是趁着他们睡着的时候偷偷跑出来的！”

阿廖沙拿来了枪，让彼得好一阵兴奋。他说：

“现在有了这么个东西，我就可以实施计划了。万千山，一定要由我去，知道吗，我能接近那个杀人的魔鬼！”

彼得说完把枪口对准暗夜深处，瞄起了准，还不住地用嘴模仿枪声“啪、啪、啪”。达丽雅看着彼得，表情异常的沉重，她不希望彼得出事，但事情已经不得不如此了。

达丽雅此时的确非常惊慌和惶恐，怎么能把彼得带进列文的办公室，杀死列文后又怎么平安地出来？达丽雅一定要和彼得在一起，就是死，她也义无反顾地跟着他。

万千山并不同意由彼得去刺杀列文，他要自己去，他也知道他自己去的结果，那就是和列文同归于尽，但是无论是彼得去还是万千山去，达丽雅和吉娣都是不愿意的。

彼得要求达丽雅为他想办法接近列文，但是达丽雅实在想不出什么好的办法来。而万千山已经决定了，要在列文来到船坞时动手杀死他。尽管彼得拿着枪，但是他可以另想办法。万千山对吉娣说：

“后天下午我就要行动了，我要是不能活着回来，你就跟着彼得回你的家乡去吧！”

吉娣听万千山这么说，悲伤地流下眼泪：

“我不能让你去送死，我要你好好活着！”吉娣哭着说。

万千山把吉娣拥在怀里，窗外已经有月光洒下一片清辉。

万千山要吉娣陪着他在半夜的时候去王八坑那边的王二家，去看看他娘，吉娣点点头答应了。万千山又从自己的脖子上解下那块他从小就带在身上的玉佩，交给吉娣。他告诉吉娣，这是他娘送给他的，他已经带了二十多年。现在，他把这块玉佩送给她，希望她能记住他。

吉娣忧伤地接过玉佩，泪水滴落在玉佩上。

万千山和吉娣的到来，让素月高兴得不得了，但是她还是表现得很平静。王二已经好多了，他正站在屋地上收拾他的船桨。明天就要出去摆渡了，王二心情很不错。万千山先是握住素月的手，亲切地喊了一声娘，素月还和以前一样，没有太强烈的反应，她只是抓住万千山的手，眼睛里闪烁着晶莹的泪花。万千山知道他娘还不能记起他，但是她看见他就很亲，这就是母子情深吧。万千山把他娘扶到炕上，转身对王二说：

“大叔，谢谢你照顾我娘！”

王二没有接万千山的话，他把船桨握在手上，自言自语地说：

“明天一定是个好天儿，可得多摆几趟，现在来太阳岛的人越来越多了！”

万千山和他娘又说了一会儿话，就依依不舍地走了。等他们绕过王八坑要拐上另一条街时，王二才急匆匆地赶上来，他拉住万千山的手气喘吁吁地问：

“孩子，你是不是要去杀那个列文？”

“你怎么知道？”万千山很诧异地反问。

“孩子，这事只有英雄才敢干，遍数这哈尔滨，我也找不出第二个，今儿你来看你娘我就知道你的想法了，要不然你不会来的，现在这俄国大兵巡逻得多勤啊！”

“那你就帮我照顾好我娘吧，我爹这一去不知道哪年能回来。我要是回不来了，就把我娘托付给你了！”万千山给王二深深地鞠了一躬。

王二把手伸进自己的怀里，拿出一个用布包的东西递给万千山：

“这是你急需的，送给你，你要活着回来，你还要养你娘的老呢！”

是一把枪，万千山感觉出来了。他赶紧谢了王二，还嘱咐一定不要告诉他娘，但是这一切都被悄悄跟出来的素月听见了。不，此时的素月已经是朱久红了。

51

日子过得很快，转眼就到了列文要来船坞的日子。

这一天也是农历的七月七，是中国的情人节。万千山没有通知彼得，他要在今天行动。他要自己干完这件事，不想再牵连别人。更重要的是，他希望彼得能够照顾吉娣。万千山知道，彼得也爱着吉娣——他愿意照顾她一辈子。

下午的时候，船坞的俄军军营附近多了一个衣衫褴褛、浑身脏兮兮的傻子。他一边往自己的身上抹着污泥，一边冲着路人嘿嘿地傻笑着。

他的举动惹得那些俄国大兵们哈哈大笑，还不时地朝他招手，或扔些杂物，他们看到这个中国傻子的样子很逗乐，所以就放松了警惕。

他们没想到傻子也能装出来，这个傻子就是万千山。

一帮俄国大兵正在逗这个“傻子”，突然，达丽雅带着四个俄国兵从远处走了过来。

“傻子”看见达丽雅和那两个俄国大兵，不禁吓了一跳。达丽雅不屑地看了一眼那些俄国兵，故意傲慢地说：

“你们认识我吗?”

那些大兵赶紧嬉笑着说：“认识认识，您是列文队长的助手，谢尔盖先生的……”

他们不知道该把达丽雅当作什么，只能省略后面的话。达丽雅不在乎他们怎么看自己，用命令的口吻说：

“列文先生和谢尔盖先生一会儿就到，我先过来巡视一下，他们今天要在太阳岛过夜，我来看看你们准备得怎么样了。你们知道，两位先生只信得过我!”

说完，达丽雅就往军营里走，那些大兵赶紧带路。走到军营门口，达丽雅回头看看她带来的四个大兵说：“你们就在门口守着，等列文先生和谢尔盖先生到了，你们要贴身保护，不许其他人靠近半步!”

几个大兵咔地打了个立正，达丽雅微笑着进了军营。

达丽雅带来的四个大兵站在军营的门口，样子很是威武。这几个大兵也看了看不远处那个满身泥巴的“傻子”，做了个鬼脸。那个“傻子”只能很无奈地摇摇头，然后继续向身上抹泥巴。与此同时，一艘小船也停在了岸边，阿廖沙陪着王二静静地坐在岸上，他们的心跳得比平时快得多，阿廖沙不时地竖起耳朵，听听军营那边的动静。

在军营门口，一个大兵对另一个高大的士官模样的人低声地说：

“彼得，今晚我们去喝伏特加！”

原来，达丽雅带来的是彼得和他的三个朋友，他听达丽雅说万千山已经开始行动了，便换上军服，在达丽雅的带领下进了军营，要在这关键的时候，出手帮一下万千山。

彼得看着他的朋友，脸上是一副凝固的庄重，他说：

“是的，喝伏特加，还有牛肉、三明治！”

四个大兵分别站在门两旁，他们身材笔挺，脸上是同样的凝重。

列文和谢尔盖终于来了，他们身边有八个粗壮的俄国大汉，每一个人的脸上都是一副不可一世的样子。

战斗结束得很快，比预想的要简单得多。列文和谢尔盖无一幸免地死在枪口之下，他们死得过于突然，还没反应过来就吃了枪子。彼得枪法差一些，他只打中了谢尔盖的大肚子，那个“傻子”却一枪掀掉了列文的脑壳，又补了一枪给谢尔盖。这一切完成得很干脆，也就是五分钟左右，一场轰动哈尔滨的刺杀事件就结束了。

彼得和他的“士兵们”都壮烈地牺牲了，只有那个“傻子”

成功逃脱了那些俄国大兵的追杀。是彼得他们在尽力地掩护他，万千山心里非常清楚，彼得不想让他死。而彼得自己早已经做好了牺牲的准备。

他们抓住了达丽雅，为了给中东铁路管理层一个交代，负责督办此案的另一位俄军团长，草草地签了一个“背叛帝国”的罪名给达丽雅和死去的四个俄国人。

三天后，达丽雅在“毛子坟”被公开枪决了。她没有回到她的祖国去，也没有见到她的妈妈。据那些看热闹的中国人说，达丽雅死的时候看起来很平静，一点恐惧也没有。甚至人们还从她的眼睛里发现了一丝幸福的光芒。她终于可以和真正爱的人一起去天堂了。当执行枪决任务的大兵举起枪的那一刻，达丽雅把目光投向了祖国的方向。

她说：“彼得，现在我们可以一起回家了！”

吉娣非常伤心，她伏在万千山的肩头哭了整整一个下午。

俄国人并没有继续深究此事，他们又派了一个新的护路队长，一个叫伏伦斯基的人接替列文的工作。这个伏伦斯基继续调查了一段万千山的事，也没弄出什么结果就不了了之了。张蓝见也已病入膏肓，俄国人再不能将他怎么样，索性就放下了这件事。俄国人之所以没有深究此案，是因为他们有更重要的事情去做，此时各国列强都向哈尔滨伸出了瓜分之手，中东铁路南部的铁路线，已经划归了日本，并改称南满铁路了。

这是一个阳光很好的上午，白云一朵朵地飘浮在湛蓝的天空，鹰飞得很高，盘旋在蓝天白云的下面，有时会向某个方向俯冲一阵，翅膀很有力量。万千山和吉娣来到了“毛子坟”，俄国人把达丽雅处决之后，丢下尸体就走了，是船坞的人们趁茫茫星夜，运来彼得和他三个战友的尸体，一起埋葬在了这里。坟头很新，黄土的味道在空气里蔓延。万千山和吉娣按照中国人的习俗，给达丽雅、彼得、彼得的战友烧了些纸钱，万千山将一桶烈性白酒倒在了他们的坟头，然后跪了下来。

万千山又磕了三个响头，依次在坟头上点燃香火，在香烟缭绕之中，万千山又说：“你们都是想家的人，现在兵荒马乱，先在此安顿下来吧，有朝一日，我和我的子孙披麻戴孝，和吉娣一起送你们回国！彼得、达丽雅姐姐，吉娣将来就是我的妻子，请你们放心，我万千山会伴随她一生一世！”

吉娣哭了许久，然后望着五座坟墓默不作声。她在默默地祈祷，愿她的姐姐和彼得在天堂里能结成伉俪，过上幸福的生活。

万千山想暂时找个相对可靠的地方落脚，吉娣请求他还是到自己那里去。吉娣说：“达丽雅和彼得的朋友们已经在这场事件中丧了命，俄国军方也没有贴出通缉万千山的告示，船坞应该是安全的。”万千山思索了一下，觉得吉娣也需要有人照顾，自己出入注意一点，不会有太大的麻烦，就同意了吉娣的请求。

两个人离开“毛子坟”，混入了去往太阳岛的人流，无巧不巧的，竟在人群中发现了刘金贵。

刘金贵失去了列文这个保护伞，显得有些郁郁寡欢，他嘴里嚼着一根草棍，把头埋得很低。万千山有一种把刘金贵干掉的冲动，但他看看身边的吉娣，把心头的怒火压了下去，吉娣还沉浸在丧失亲人的悲痛里，不能再让她受到半点惊吓了。何况要杀一个刘金贵，并不是有今天没明日的事情，就让他再多活几天吧。万千山拉了吉娣一把，又从后门走出来，避开了迎面而来的刘金贵。

刘金贵他爹刘凤再次被调往三姓，并荣升了一级。刘金贵不愿意再跟着父亲去偏远的山区，就和那珠留在了哈尔滨。那珠和刘金贵商量，能不能自己干点小买卖，别再去依靠洋人了，说那总归不是啥光彩的事。

刘金贵却不死心，他感觉还是洋人的势力大，依靠着洋人，可以更多、更快地捞到钱，至于光彩不光彩的，他倒不在乎。现在的问题是，列文和谢尔盖都死在了万千山的手里，新来的护路队长他不认识，谁能给他刘金贵引引路呢?

太阳岛暂时没有了刘金贵这个恶棍，倒是平静了很多，只是哈尔滨还控制在俄国人的手中，而且这些强盗变本加厉地掠夺属于中国人的资源。那些俄国大兵捞不到大的好处，就四处搜刮民财，大白天就往民居里闯，闹得人心惶惶。为了安全，万千山和吉娣决定到二龙山去躲一阵子，等时局平息了再返回哈尔滨。

52

拉林是通往吉林省的必经之路，这条路上走商贾流民，也走胡子响马。

拉林镇不算太大，却繁荣得很，大街小巷，商铺药行、酒馆客栈，应有尽有。在拉林镇边上，有一家香云客店，老板娘二十四五岁的样子，前年死了丈夫，她带着个七八岁的孩子支撑着客栈，算是把兵荒马乱的日子苦熬了下来。

这天，客栈里来了两个贼眉鼠眼的汉子，他们进了客栈，四下里张望一气，见店里没什么客人，先将一把短刀扔在桌子上，然后冲站在柜台里面看着他们发愣的老板娘喊：

“赶紧上一桌好酒好菜，让哥俩痛痛快快地喝一场。要让俺哥俩不痛快，就烧了你这家店!”

老板娘颤抖了一下，也不敢怠慢，赶紧答应一声就去忙活。

老板娘一边撕牛肉一边想：“这下完了，大白天就进来鬼了，这要是侍候不好，还说不定干出啥坏事来呢!”

原来，这两个汉子就是被张炮台打发出来送他儿子张达去吉林的土匪，他们夺了钱财、绑了主人的儿子，本想折磨死张达，再向张炮台撒个谎，说张达惦记天慈，不想跟他们去吉林，就在半道上跑了。两个土匪想，张炮台顶多怒打他们一顿，要不了他们的脑袋，这样一来，张达身上的一百多大洋，就算归了他们了。谁想到张达命不该绝，竟然在他们出来喝酒的时候跑掉了，两个土匪知道再也回不了山寨了，就在拉林边上的山中待了下来。这些日子，胡吃海喝的，身上那点钱眼看就要花去一半了，算计算计，不弄钱是活不了多久了，就一直在想弄钱的办法。昨天在一个小馆子里喝酒，听邻桌的人说，城边有家香云客店，那老板娘是个年轻的寡妇，正想找个好人登堂入室，帮她顶门过日子呢。

两个人算计一番，心想，这可能就是将来的饭票呀，何不下手试试呢。主意打好，两个人也不耽搁，挑了个不在饭口的时候，直接闯入了香云客栈。

老板娘正心烦意乱地忙活着，她的胖儿子蹦蹦跳跳地从外面跑了回来。进门就嚷嚷道："妈，前街的老李头卖风车呢，我也要买一个！"

老板娘抬眼看了下儿子，又看看桌旁的两个汉子，瞪着胖儿子说：

"都两天没来客人了，家里哪有钱啊？"

老板娘的胖儿子也不知屋子里是啥情况，还站在那里嚷嚷：

"骗人，昨天还收了一大堆钱来着，今儿咋就没了？"

老板娘也不抬头，骂儿子呆头呆脑的，整个是个丧门星。胖儿子来了犟劲儿，也不和妈顶嘴，站在那里无声地哭泣。

两个土匪看着这个小男孩，突然来了主意，交头接耳了一阵子，等老板娘端上那盆炖牛肉，又要了二斤白酒，就开始大吃大喝了起来。

两个人吃饱喝足了，老板娘的胖儿子还站在那里赌气，老板娘过来推了儿子一把，对两个土匪说：

“两位爷不用算账了，就当是小店请客了！”

两个劫匪互相对视了一眼，嘿嘿笑了起来。老板娘被他们笑懵了，也不知道是怎么回事，就在她发愣的工夫。瘦高个给那个矮胖子使了个眼色，矮胖子也不说话，伸手拎过老板娘的胖儿子搂在怀里，还在他脸上咬了一口。

瘦高个看着老板娘说：

“我们哥俩把你儿子带到后山去养着，他这么不听话，也省得你操心了！”

话音刚落，那矮胖子提起小孩就往外走，老板娘想把孩子追回来，可是被瘦高个一把给拉了回来。

瘦高个打量着老板娘说：“小娘们儿，你长得还不赖，以后这客栈大爷我也入股了，你就给我做老婆吧！你要敢动啥歪心思，你儿子就得死在后山上！”

老板娘没办法，只好依了瘦高个，不但要帮着他们开黑店，洗劫过往的客人，还要天天晚上陪着瘦高个睡觉。其实，老板娘也不想过这样的日子，但是没办法，她的儿子被抓到后山上去了，她要敢不听话，儿子就得被弄死。

瘦高个把香云客栈更名为钱盛客栈，又给老板娘弄来个店小二，新买卖就算开张了。就这样，老板娘当起了黑店的掌柜的，专门负责接待来往的客人，然后在酒菜里下迷魂药，等客人睡着后，再由瘦高个下手洗劫。碰到有钱的主儿，他们就把人弄到后山去，再差人给人家家里送信，狠狠地宰上一票。

这一年下来，瘦高个和矮胖子没少弄钱，当然也害死了不少好人。

这一天，客店的老板娘正在打扫门口，突然看见一辆马车朝这边走来。

马车在钱盛客栈门口停下来，车老板说要住店，让老板娘准备两间上房。老板娘答应着，就见车老板从车上扶下来一对母女，也不说话，直接就进了店门。老板娘看着这对母女的背影，叹了口气，等车老板二次出来，老板娘让车老板把车赶到后院，又吩咐店小二喂了马，这才回屋安排客人各进各的房间休息一下，梳洗梳洗，准备开饭。这对母女就是江北红和天慈。原来，出了天恒山，江北红怕一路上跟着三个保镖会引起人们怀疑，还不如轻手利脚的方便，也没说明自己要带着天慈去哪里，就打发手下们回去了。她们在哈尔滨雇了辆马车，一路风尘地来到了拉林镇。

江北红母女和那个车夫在钱盛客栈住了一夜，竟然无影无踪了。

再说，万江平出了天恒山，一路向南飞奔，半路上听人说天恒山被洋人和清兵剿灭了。这一惊非同小可，他本想打马回山，再一琢磨，如果传闻是真的，自己回去也于事无补了。救不了山上的急，江北红母女再出了事，就更让人恼火了。他咬了咬牙，决定把跟在身边的人打发回山，让他们看看山上究竟是什么情况，如果传闻属实，让他们不要再管寻找江北红的事，设法找到万千山，另做打算。

把身边的人打发走了，万江平马不停蹄直奔吉林方向而来。只是他的腰伤还没有彻底康复，一路颠簸痛得厉害，让他不得不时时地停下来歇息一阵再走。

一路上，山东逃荒过来的难民络绎不绝。他们三个一伙五个一群，一个个无精打采，相互搀扶着，好像随时都有可能倒下去，再也起不来了。

在双城堡南一个破败的村庄里，万江平寻了一户人家，讨了碗水喝，就继续赶路。他这一路都在打听，有没有人见过一个瘫痪女人和一个疯丫头，可是人们都摇头说没看见。万江平无奈，只能继续向前走。后来，一个打尖的客栈老板告诉他说，真的有一辆马车，拉着这么两个女人，在那里歇了一会儿，就奔拉林那边去了。

万江平一听，这个客栈老板说的，就是自己要找的江北红和天慈，赶紧付了饭钱，打马向拉林方向追来。

拉林是个古镇，早些时候，万江平曾带着他绺子上的兄弟抢过这里的一个大地主。后来听说这个大地主去京城做买卖去了。万江平一边走一边回想，自己这大半生，除了打打杀杀，就是逢遭大难了。现在闹到这个局面，媳妇伤了脑袋，根本不认自己这个丈夫，另一个深爱着自己的女人又悄悄地离开了。

万江平现在惭愧得很，连女人都照顾不好，还算什么男人？

53

万江平一路疾奔，不到黄昏的时候就赶到了拉林。

江湖人住店，为了安全，习惯于找个遇事好进好退的地方，因此，万江平也看好了钱盛客栈，他在客栈门口下了马。

店小二把他的马拴好，迎他进了屋子。

老板娘热情地迎上来，问万江平：

“客爷，您是打尖还是住店啊？”

万江平说：“先打个尖，完了再说！”

老板娘先给万江平倒了碗热水，又端上来一屉热乎乎的牛肉包子。万江平就着开水把包子吃完，客气地问老板娘：

“大嫂，你见过一辆马车，拉着个瘫痪女人和一个疯丫头没有?”

“没见过，真没见过你说的这两个人!”老板娘听万江平这么问，有点慌乱，但是她马上又镇定下来。

“大嫂，如果你看见了，告诉我她们往哪边走了，我有钱!”万江平已经感觉有点不对劲儿，故意把“钱”字说得高了个调门。

老板娘慌忙说：

“真没看见，看见了，我能不告诉你吗?”

这个时候，窗下人影一闪，又消失在了黄昏之中。

万江平不动声色，微微一笑说：

“大嫂，给我找间好一点的房间，我要住下。我那马，你也帮我精心喂喂!”

老板娘平复了一下心情说：

“您就放心睡大觉去吧，咱这地方太平着呢!”

“我看出来了，您这客栈是个好地方!”万江平说完拍了拍自己的衣襟，拿起马鞭和褡裢，就跟着老板娘向客房那边走去。万江平回头扫视了一眼，发现客栈内空无一人，一股肃杀之气，席卷着这空荡荡的房子。

黄昏将逝，黑夜即将来临。万江平躺在客店的火炕上，静静地想着刚才老板娘的话和那个忽悠一闪的黑影。

“这里边有什么鬼子六?难道江北红和天慈已经落到了他们的手上?”万江平这样想着，倒吸了一口凉气。

半夜的时候，过道里有脚步声，尽管走得很小心，但是还能听得见，而且还是两个人的脚步声。万江平知道，这是来人了，而且还不是善类。他早有防备，腾空一跃把自己倒挂在屋梁之上，俯视着马上就要到来的危险。

门上的木格窗纸被轻轻戳透，一截手指头伸进来，又缩了回去，随即一支细细的麦秆伸进来，一股呛人的香气立刻扑了过来。万江平知道这是迷魂散，人要是闻了之后就会长睡不醒，认人宰割。

“江北红和天慈一定是被这帮家伙给抓了去，看我怎么收拾你们!”

万江平解下腰间汗褡，蒙在自己的鼻子上，继续观察着动静。

不一会儿，他就听见门口的两个人说：

“差不多了，这家伙肯定睡过去了!”

另一个嘿嘿冷笑了一声说：

“万江平啊万江平，没想到你落到我们哥俩手里了，真是天意啊!”两个人说着，一脚踹开房门，直扑过去。

两个人撩起被子一看，被窝竟是空的，惊得两个人你看看我，我看看你。瘦高个看看那个矮胖子问：

“明明在屋，怎么没有了?”矮胖子又看看瘦高个说：

“我也没见他出去过啊?”

正在此时，万江平在后面按住了两个人的肩膀：

“兄弟，真对不住啊，让你们白忙活了!”

两个土匪回头一看，吓得一哆嗦，都傻在了那里。他们知道，就凭自己那两下子，是对付不了万江平的，索性就干脆跪下来向他求饶。

万江平说：

“你们别怕，我不杀你们，好赖你们在太阳寨待了一场，只是在这遇见你们，让我很吃惊!”

“万大掌柜的，我们也是没办法，张炮台死了，我们又抢了他的儿子，也不敢回去了!”瘦高个劫匪颤颤巍巍地说。

“你们干的事太不地道，你们要钱也就罢了，还想要张达的命，这可太不仁义了!”万江平想起了张达，心里很不好受。他在两个劫匪对面坐了下来，又平静地说：

“你们说吧，你们把江北红大掌柜的和她的女儿藏在哪了？如果你们能乖乖地把她们交出来，我饶你们不死！”

两个土匪互相看了看，说：

“万大掌柜的，我们是劫了江北红大掌柜的，但是，我们把她们娘俩交给托盘岭的吴猛了。他说和你儿子万千山有仇，要用她们娘俩引你儿子上山送命呢！”

“吴猛？”万江平想起来了，这个吴猛就是因为抢男霸女，曾被万千山教训过的混蛋。万江平知道，这吴猛是个心狠手辣的家伙，因此不敢怠慢，赶紧让这两个土匪带上他去见吴猛，设法救出江北红母女。

这矮胖子和瘦高个就是靠送上江北红母女，才真正靠上吴猛的。

因为托盘岭和拉林离得并不远，这些年，吴猛始终盘踞在这里，也有了一定的势力。自从和吴猛搭上线，两个人遇到大生意就交给吴猛，小来小去的，就自己得了。吴猛不太在意这两个家伙，他知道这两个人根本就靠不住，能背叛一个主子，就能背叛第二个，留在身边早晚是祸害。可是这两个家伙一年也不少给托盘岭弄生意，吴猛也就交往着。

吴猛这些年为非作歹，扰得方圆百十里的百姓都不得安生。闹义和团之后，万千山曾有意邀他加入，可是被这吴猛拒绝了，吴猛还托人给万千山捎话，说早晚要和万家父子算算当年的旧账。这不，现在江北红和天慈真落到了吴猛的手里，还真是个麻烦事。

“这个难缠的混蛋，不和他闹个鱼死网破，怕是解决不了问题了！”万江平心中暗想。

正要出门，老板娘突然破门而入，她哭叫着抓过瘦高个，摇晃着说：

“天杀的，你要走了，先把我儿子还给我！”

万江平问是怎么回事，老板娘把事情的来龙去脉说了一遍，万江平就问瘦高个孩子现在在哪里，瘦高个说孩子还在山上，有人看着，吃穿不愁。他还说，等把吴猛那边的事办完了，一定把孩子送回来，他和矮胖子也不干坑人的勾当了，回家务农去。

万江平押着两个土匪走出客栈的时候，那个老板娘愣愣地看着他们。

万江平看了她一眼说：

“你也跟着他们干了不少伤天害理的事，我也不会要你的命。只要你以后正正经经地做生意。你的儿子，我一定会给你送回来！”

老板娘听万江平一说，知道是遇到了好人，赶紧跪下道谢。

万江平押着瘦高个和矮胖子这两个土匪，一路向托盘岭急匆匆地赶去。拉林距托盘岭并不远，也就是几十里地的路程。但是，对于万江平来讲，却有如万水千山。江北红和天慈离开天恒山已经有些日子了，现在又被掳到了吴猛的手里。吴猛这个人和万家有过节，一门心思地想着报仇，江北红和天慈落到了他的手上，不知道这家伙会做出什么样的事来呢。

万江平内心焦虑，脚步也越来越快，矮胖子和瘦高个渐渐地有些跟不上他，万江平就使劲地踢上两脚，催他们走得快些。又走了约莫个把钟头的工夫，托盘岭已经隐隐地出现在视线之中。这托盘岭远远地看上去，像是一个倒扣过来的秤盘子，稳稳地扣在大地上，其北侧极其陡峭，任你有多大的本事也难以攀爬。另外，两个边沿也陡直无比，且荆棘丛生，成了天然的保护墙，很难攻克。只有正面的斜坡，可以通向托盘岭的高处，也就是吴猛盘踞的老巢。但是，这正面也布满了浓密的灌木丛和丝丝缠绕的藤条，只有一条若隐若现的小路，蜿蜒伸向高处，这也是唯一的通道。

万江平来到山脚下向上看了看，示意两个土匪带路，直接上山。两个土匪却告诉万江平，不能贸然登顶，如果不通报就贸然登顶的话，容易被吴猛设下的机关要了小命。万江平看两个土匪唯唯诺诺的，十分气恼地说：

“如果不赶紧上山，耽误了大事，我先要了你俩的命!”

“就是带你上山，我们哥俩也是死路一条，那吴猛也不会放过我们的!”两个土匪看了看万江平无奈地说。

“那我就让你们现在上路吧!”万江平说完抽出腰间的匕首就向他俩刺去，两个土匪见万江平动了真格的，赶紧说：

“大掌柜的饶命，我们带你上山就是了!”

两个土匪说完，把手伸进嘴里，打了三声呼哨，不一会儿，就有六七个土匪从隐秘处现身出来，看见瘦高个和矮胖子被一个人押着，赶紧问是怎么回事，矮胖子告诉这几个土匪说，是有贵客要与吴大掌柜的谈一笔买卖，让他们赶紧带路上山去见吴大掌柜的。这几个土匪看万江平面色铁青，目光中有凛凛的杀气，不觉心里一惊，遂问万江平：

“你是哪个绺子的?见我家大掌柜的干啥?”

“别废话，我叫万江平，是来找吴猛要人的，赶紧带路上山，要不你们的小命都得交待在这里!”万江平说。

几个土匪互相看了看，其中一个领头模样的人示意其中一个赶紧上山通报，等待吴猛的命令，剩下的几个土匪将万江平团团围住。

54

矮胖子和瘦高个不敢贸然带万江平上山，确实是因为上山的路上布满了机关要害。

只有托盘岭的人才详知其中的道道，其他人都不敢轻易走这条路。这也正是托盘岭的一个绝妙之处。矮胖子和瘦高个尽管靠上了吴猛，但是吴猛对他俩并不信任，所以从没交代手下人教他俩如何上山。这托盘岭的机关布置得十分精密，小路两侧的树林和灌木丛里，都有布置好的扎枪和飞镖，如果一脚落得不对，就极有可能触动了机关，被飞来的乱枪刺成蜂窝。

过了大约半个时辰，上山报信的小崽子回来了。他告诉万江平，吴猛大掌柜的不想见他，他要的货已经在昨天秘密地运哈尔滨去了。万江平心中一震，暗叫了一声不好。但是他转念一想，也不能轻易就上了吴猛这个小人的当，得到山上亲自看一看江北红到底在不在山上。万江平正暗自揣测，托盘岭的几个土匪突然都迅疾地闪身，钻进了树林里不见了踪影。把万江平和瘦高个、矮胖子扔在了山脚下。

“那也得上山看个究竟，刀山火海，今天也得去走一趟！”

万江平打定主意就要上山，这时突然听到一个破锣嗓子的声音从不远处传来：

“万大掌柜的，怎么你今儿还真想上我这来送死？”

万江平已经知道，这个破锣嗓子就是吴猛，心中怒气顿生。他扫视了一下四周的密林，回应道：

“吴猛，你用这种下三烂的手段太不光彩，想报仇就当面罗对面鼓地干一场，别当缩头乌龟！”

“万江平，江北红可是你们万家父子的救命恩人，是值大价钱的，怎么样？我们谈笔大买卖如何？”

“怎么谈？”

“拿你儿子的命换，否则我就将江北红母女交给刘凤，他可是你们万家的克星啊！”

吴猛说完哈哈大笑了几声。此时一股山风吹来，林涛阵阵，天边有乌云汹涌而来，一阵雷雨就在眼前，万江平打了个寒战，但是他马上又镇定起来，对吴猛说道：

“吴猛，江北红母女现在到底在哪里？”

“已经到了哈尔滨，被我的手下关在了一个秘密的地方，就等万千山来送命换人！”

“我怎能信你呢？”

“那你就上山来看个究竟吧！”

吴猛说完半天没了音信，万江平知道吴猛是返回山上去了。现在，万江平已经心中有数了，江北红和天慈一定是被吴猛秘密地押往了哈尔滨。因为，他只有将她们母女交给刘凤，才有可能让千山上钩。

江湖传闻天恒山出事之后，万千山带着几个洋人干掉了列文。万江平想，如果这事也是真的，那么千山一定隐身在什么地方，一直没有现身，如果这个时候刘凤真放出话来，说江北红母女在他手上，千山一定会挺身而出的，这样一来，千山可就性命难保了。

万江平定了定神，看看眼前这两个做尽了坏事的矮胖子和瘦高个，想起了客栈老板娘的儿子，他盯着这两个家伙说：

“山是不能上了，你们这两个混蛋挟持客栈老板娘干了不少的坏事，我就在这里结果你们吧，也算给张炮台的儿子报仇了！”

矮胖子和瘦高个看万江平要动真格的了，赶紧又跪地求饶。

万江平抓住机会说：

“你们两个要是不想死，就把那老板娘的儿子交给我，否则我饶不了你们！”

瘦高个说：

“只要万大掌柜的饶我们兄弟一命，我们哥俩就把那孩子交出来！”

“废话少说，赶紧带我去找孩子！”说完，万江平拉起两个家伙就走。

救下了客栈老板娘的儿子，万江平将矮胖子和瘦高个教训一顿，让他们不要再害人，就放他们走了。万江平将孩子交给客栈老板娘，嘱咐她将客栈赶紧卖掉，领着孩子去别的地方讨生活，然后骑上快马，向哈尔滨疾奔。

万江平并不知道吴猛口中的秘密地方究竟在哈尔滨的哪里，但江湖绝不是铁板一块，甚至一有风吹草动，就会落入那些包打听的耳朵里。包打听们大多认钱不认人，只要钱给足了，他们就一定会把你所需要的消息卖给你，绝不问买者是谁，也不问他们买这些消息干什么。万江平有许多道上的朋友，无论吴猛把江北红母女藏在了哪里，他相信，他有办法找到她们的踪影。

万江平跑了两天两夜，依然没有消息，却意外地找到万千山。找不到江北红母女，万江平父子陷入了苦恼之中。这天夜里，他们从大青山退隐的老瓢把子伍旋家里出来，正在一个小酒馆里喝酒，心里不快，万千山两杯下肚，竟然长叹一声，放下了筷子。

邻桌一个中年汉子也长叹一声，压低了声音说：

“唉，没想到堂堂的万家父子，眼眶子已经高出江湖一大截了，看不见脚下的道道了。真是落魄的凤凰不如鸡啊！”

万千山要急，万江平听出这人话里有话，赶紧伸出手，压在了儿子的手上，示意他少安毋躁。

万江平看也不看那中年汉子一眼，也压低了声音说：

“江湖不古，转眼就是百年。兄台有何指教，酒后请移步店外如何?”

那中年汉子居然扔了筷子，大声地叫道：

“再拖一会儿就酒凉菜冷了，还喝个什么劲儿？店家，我要结账!”

说完，起身结了酒饭钱，大踏步地走了出去。从搭上话茬到那人结账出去，万家父子一直没能看清他的脸。

万江平也赶紧起身，结了酒钱，拉起儿子追了出去。夜色下的哈尔滨灯火闪动，但荒乱年月，大街上的行人却不是很多。万江平和万千山四处看了半天，也没看到那个中年汉子的身影，正在焦急之时，从西边的胡同口里飞出一块石头，正好落在万千山的脚下。父子俩二话没说，一前一后地向胡同里走去。

进了胡同，那人也不说话，径直向胡同的深处走去。拐了四五个弯，来到一个工厂的大墙下，那人停下了脚步。天色漆黑的，万家父子看不清那人的脸。万千山正想开口发问，那人却先说话了：

“咱们不认识，你们也别问我的来处，但你们需要的人，的确在我手里。有人出钱让我看管她们，可订钱一直没有交到我手上。我觉得雇主没有万家父子的雅量，办事也欠点磊落，我生怕办完了事，会遭了雇主的道儿，所以决定和万家父子做笔交易!”

万江平从口音上听出这个中年汉子是辽宁人，怪不得吴猛这么爽快地告诉他，说江北红和天慈已经到了哈尔滨，原来他雇了外地人来看管江北红母女，别说是本地的江湖人物，就是吴猛的手下，也不一定知道这些人的来历。

万千山问那中年汉子：

“怎么才能让我们相信，我们要的人就在你们手里?”

那中年汉子说：“强龙压不住地头蛇，我骗了你们，也跑不出你们的手心。可以先看人，你们认准了人之后，一手交钱，一手交人，我当夜就离开哈尔滨!”

万江平同意中年汉子的说法，三个人又往前走一段，拐个弯就看见前面有一座孤零零的房子，黑乎乎的，像很久以前就被废弃了一样。

中年汉子在房门口前三后二地击了五下手掌，屋里有人问是谁，中年汉子说家里来人了，屋子里先有了灯光，然后有人打开门，放他们进了屋子。

屋子里灯光异常昏暗，但万家父子一眼就看到了江北红母女，她们蜷缩在一堆干草上，样子十分憔悴。亲人相见，不免抱头痛哭一阵。

万江平说：“这里不是说话的地方，得赶紧离开此地。”

双方商定，由万家父子出五百大洋连夜带人回家，辽宁方面的人也好神不知鬼不觉地逃离是非之地。

中年汉子要求万江平留在了破房子里，由万千山马上回去筹钱。

万千山一刻也不耽误，放开怀里的天慈，风风火火地跑了出去。

天不亮的时候，江北红母女被接回了万家。

55

秋天的太阳岛，秋风吹拂着高远的蓝天，松花江的碧水涤荡着东去的涛声，溅湿了火红的枫叶；黄鹂清脆的歌吟和着教堂沉郁的钟声，松鼠在林间尽情地嬉戏着秋色，喜鹊也抖动俏丽的羽毛，在枝头竞相歌唱，野兔不时地奔跑跳跃，像一首欢快的小诗，点缀着这绚烂的秋色。

时光流转，不知不觉间，已经是民国十一年。

万千山的激流船房子——船业联合体，已经正式开业了。这是万千山的又一个人生起点。

当时松花江上的摆渡人数以百计，但是这些人都是散兵游勇，各做各的生意，虽然散漫自由，但是却因为势单力孤而常常受强人的欺侮，尤其是那些外国浪人们，殴打中国船工的事件屡见不鲜。

万千山对这一情况十分清楚。他看着这些穷苦的同胞被欺侮，心中十分着急，于是他就开始团结这些船工，组成一个集体制的船房子，形成统一的力量，既让兄弟们都有稳定的收入，还能够不受人欺侮。于是，在王二的协助下，万千山用了近一个月的时间，召集了几十个船工组成了激流船房子。

激流船房子有船工三十三人，他们吃住在一起，挣钱统一管理、按月发放，收入都比从前高了很多。这些穷苦兄弟们凑在一起，也十分和气，很少有你争我夺的事情发生。特别是万千山的仗义和精明，更是让这帮兄弟们佩服得五体投地。从前一些专门压榨这些船工的混混们，也都不敢再来滋事了。

万千山的激流船房子没多久就在松花江两岸闯出了名堂。他们的客人很多，三十多条船还有点忙不过来。一些固定包月的客人都先把每月的运费交到账房，以防下个月订不到船。松花江上，挂着激流字号的小船来往穿梭，成了一道靓丽的风景。

激流这个名字是吉娣取的。她说这个名字很有力量，能催人奋进。自打万千山的义和团被剿灭之后，吉娣一直鼓励他寻找机会东山再起。吉娣把自己所有的激情和真情，都给了万千山，这对不同国度的恋人，用真情在支撑着彼此的生命。

但是，吉娣离开了哈尔滨，同时也带走了万千山的心。因为吉娣的父亲罗斯托夫痛恨万千山，他知道自己的女儿达丽雅的死和万千山有密不可分的关系。而且他老了，吉娣的母亲又病得很重，他们决定回国，临走时吉娣给了万千山她的一缕头发。

56

万千山打开木门，看见母亲朱久红正在为江北红捏腿。

自打江北红被找回来之后，朱久红就承担起了照顾瘫痪的江北红的重任，她对这个瘫痪的女人照顾得体贴入微。看见母亲和江北红在一起，万千山的心微微一热。

这时，天慈从房里跑出来，她看见万千山，高兴地跳了起来，一把拉住万千山的手说：

“千山哥，带我去划船！”

自打回到太阳岛后，天慈的病情已经开始好转了，她不再像以前那样疯疯癫癫的，而是安静了许多，有时候也会静静地坐下来想些心事。她的病情好转之后，特别依赖万千山，一天看不见就会流眼泪，谁也哄不好。万千山也尽量多腾出时间陪着天慈，和她说说话，或者是给她讲讲那些他们一起经历的事。

那天晚上，万千山没有回船房子去睡，他陪着万江平和王二喝了点酒，等到夜深了，就躺在父亲的身边，等到王二鼾声四起时，万江平拍了拍儿子的肩膀，点了一袋烟，坐在月色里抽了起来。

万千山也坐了起来，父子俩的身影被映在斑驳的墙壁上。

“你娘照顾天慈和她娘照顾得很好，我这心就算放下了！”万千山小声地对万江平说。

“我娘她真的没醒过来？”

“兴许还没有吧，赶紧睡吧！”

万江平捏灭了烟袋锅里的火，躺在了炕上。那一夜，父子俩谁也没睡着。

万江平将江北红和天慈找回来之后，江北红曾要求自己带着女儿单独生活，但是被万江平拒绝了。江北红说万江平应该照顾久红，万江平说久红有王二照顾呢，不用为她担心。但是，万江平和王二都在船房子里忙活，根本就没时间照顾这三个女人了。后来，朱久红就对万江平说，不如大家住在一个院子里吧，她和江北红和天慈住一起，这样也方便照顾她们。万江平一听也有道理，就答应了下来。

朱久红的建议让万江平的心里犯琢磨，但是他又确信朱久红没有醒过来，还处在失忆之中，因为她连自己的儿子还没认出来，还认为王二就是自己的男人。但是万江平又感觉怪怪的，因为朱久红看儿子的眼神，分明有了许多她没失意前的东西。

实际上，朱久红是承担起了照顾江北红和天慈两个人的重担。这一瘫一疯两个女人，现在都依靠着朱久红的悉心呵护。江北红的病已经基本好了，只是她再也站不起来了，只能每天坐在万江平为她做的木轮车上，由朱久红推着出来看看风景。

这个曾经在江湖上掀起风云的女响马，如今变得很是平静，特别是近来天慈的好转让她的心好受了很多。没有什么比天慈更让她揪心的了，说实话，她不想拖累万家父子，她的心里不是滋味。

朱久红始终不承认自己是朱久红，她始终说自己是素月。

江北红也觉察出朱久红的变化，她在默默地观察她。有一天早上，朱久红给江北红温了药，把药递到江北红的手上，转身去拿东西，趁着这个工夫，江北红突然喊了一声朱久红。听到江北红的喊声，朱久红立刻停住了脚步，显得有些慌乱地转回头。但是她马上又镇定下来说：“我是素月，我不是朱久红。”

两个女人相视一笑。

万千山的船房子实力越来越强，到即将封江时，已经发展到了近百条船。封江之后，就不能用船摆渡了。但是生意却不能停下来。利用这段时间，万江平让万千山带两个伙计去一趟内蒙古，买些好马回来。万千山知道父亲为什么让他去买马，因为冬天到了，江上不能行船了，用马拉爬犁接续船房子的生意，这是他想出来的主意。王二开始有点反对，但是听万千山一说，觉得这个生意有意思，也就没再说什么。

万千山去了一趟内蒙古草原，他是去买马的，顺便也散散心。

一路上，万千山的脑海里闪现的都是吉娣的身影，偶尔，也会出现天慈的身影。他想着吉娣现在可能已经在自己的国家里，开始了新的生活，没准已经结婚了，嫁给了一个非常好的人家。这样想时，万千山的心里就好受了一些。

万千山是带着王二和小丁子去的内蒙古。辽阔的草原和清新的空气让万千山觉得心胸开阔了很多，不再像从家出来时那样憋闷了。王二看着万千山的心情渐渐好转，也跟着高兴起来。他嘱咐小丁子，到哈拉苏的时候多买些羊肉和烧酒，他要陪少东家喝点儿，万千山对王二的要求未置可否。他只是把目光对准了大草原，那些云朵一样的羊群、那些微微泛黄的草。有时候他甚至会出现错觉，吉娣那婀娜的身影在草原深处若隐若现，有好几次万千山差点喊出吉娣的名字。但是他马上又回过神来，知道吉娣根本不可能出现在这里。

到了哈拉苏，天就要黑了。几个人找了家客店。说是客店，实际上就是两个蒙古包。三个人朝着北面的那个蒙古包走去。刚要进门，就看见从另一个蒙古包里走出来一个蒙古族女人。

她并没有因为有客人到来，而显得十分兴奋。看见万千山他们过来，她无精打采地招呼了一声，就把他们让进屋去了。倒是那只老迈的大黄狗兴奋地哼哼了两声，就被女主人赶到一边去了。

深秋的草原显得有些冷。

蒙古包里冷冷清清的，并没有想象中的肉香弥漫和客人们大碗喝酒大块吃肉的热闹场面。万千山和王二互相看了一眼，捡了一张油腻腻的桌子坐了下来。女主人端上来三碗羊汤，转身又出去了。小丁子看着万千山疑惑地说：

“这老板娘真怪，也不问问咱们吃啥。”

万千山说：“看她这样子好像刚发生了啥事，一定是她家出啥大事了！”

王二同意万千山的分析，点了点头。三个人把羊汤呼噜呼噜几口就喝没了。小丁子又朝着外面喊：

“老板娘，来羊肉、来好酒！”

喊了半天老板娘才进来，她无奈地看着眼前的三个客人说：

“除了这三碗羊汤，什么都没有了。”

“为啥，我们有钱。”小丁子急了。

“有钱也没用了，东西都被草原上的豺狼给抢走了！”

“豺狼？啥狼这么厉害？”王二不解地问。

“就是强盗，我家里现在什么都没有了！”女主人说完，把头埋在胸前再也不说话了。

万千山站起身来，走到老板娘的身边，他说：

“你别怕，你跟我们说说是咋回事，兴许我们能帮帮你！”

老板娘半信半疑地看看万千山说：

“外乡人，你们可要小心点，这片草原上有个强盗叫阿尔泰，带着四五十人到处抢东西，还放火烧毡房。他们很厉害，没人敢招惹他们!”她顿了顿，继续说：“我家的男人腾格尔就是被他们打死的!”

女主人说完，终于忍不住放声哭了起来。

平静了一会儿，女主人对万千山说：

“看样子你们像是做生意的，阿尔泰专门找你们这样的人下手，你们可要小心!”

万千山问她这个阿尔泰的老巢在哪儿，女主人没听懂万千山的话，她不知道老巢是什么意思，小丁子看出了她的心思，赶紧补充说：“老巢的意思就是老窝，就是阿尔泰住的地方。”说完他还指了指蒙古包。

女主人这回明白了他的意思，勉强地笑了一下说：

“这个阿尔泰整天带着他的手下四处游荡，说不定在哪落脚，但是听人说，他们常在雅鲁那边住!”

万千山听完老板娘的话，从兜里掏出钱袋向桌子上倒了一堆钱。女主人被万千山的举动吓了一跳，赶紧将钱收起来还给万千山，却被万千山挡了回去。

“你收下吧，就算是我们的住店钱，回头买些做生意用的东西，把家撑下去!”万千山说。

女主人见推辞不掉，就赶紧抹了眼泪，收拾起蒙古包来，她把地仔细地打扫了一下，铺上了厚厚的草，又到外面拿了一摞厚厚的牛屎饼放在火塘里烧了起来。随着牛屎饼的燃烧，蒙古包里有了一点温热的气息，火塘里的火焰照耀着每一个人的脸。

万千山坐在火塘边一声不吭，一个接一个地把牛屎饼扔进火塘里。

女主人出去了，她放好蒙古包的卷帘子，大黄狗的叫声也被她挡在了门外。

57

草原的夜色与太阳岛上的夜色并不一样。

草原的夜色浑厚而苍凉，尽管深不见底，但是却像一块完整无缺的黑色大钻石，让人时时刻刻感觉它是干净的、是纯洁的。人裹在草原的夜色里，就像一块布满尘埃的金子，等待草原的洗涤，而渐渐地干净起来。

万千山坐在蒙古包外面，他的身影被夜色彻底地淹没了。天空中繁星闪烁，万千山盯着天空中最北端的一颗星星出神。

“这要是吉娣的眼睛多好啊，也许真是吉娣的眼睛，因为那是她家乡的方向！”

万千山心里这样想着，眼窝又湿润了起来。

深秋的草原已经有些寒意，万千山感觉有些冷，把大衣向身子上裹了裹。此时，草原已经完全沉寂在黑夜之中。这是一种纯粹的黑，黑得让你相信这个世界什么都不存在。万千山想，要是人能完全融入这黑夜之中该有多好啊，那样就什么烦恼都没有了。

突然，一阵急促的马蹄声把他从沉思中惊醒。这是草原最快的马蹄声，马蹄声由远而近，听起来还不是一匹马，最少也得有十多匹。

马蹄声越来越近，万千山赶紧钻进毡房叫醒王二和小丁子。

小丁子正做着美梦呢，突然被万千山叫醒，十分不情愿，万千山急促地说：

“别睡了，胡子来了！”

王二不解地问：“这家不是被胡子抢光了吗，他们还来干啥?”

王二说完这句话，马蹄声已经快到毡房了。三个人赶紧钻出毡房，躲到后面，看看这些人到底是干什么的。

马群在毡房前停了下来，为首的那匹马上一个身穿蒙古袍的人手持火把，借着火光可以看见他是一个刀疤脸。他吩咐后面的人赶紧下马，进毡房里搜东西。女主人听见又来了马队，吓得哆哆嗦嗦地躲在毡房里不敢出来，可是不一会儿，就被一个矮个的强盗给揪了出来。

矮个强盗冲着刀疤脸说：

“老大，里面只有这个女人，东西都被阿尔泰抢光了！”

刀疤脸骂道：

“阿尔泰，你这只吃人不吐骨头的狼，总有一天，我要扒了你的狼皮！”

说完，刀疤脸走到女主人面前，用火把朝女主人的脸上晃了晃，说：

“我就是冲你来的，让我把你带回去，给我们煮饭生孩子吧！”

女主人看了一眼刀疤脸，啐了一口，然后把脸转向一边。

刀疤脸抹去脸上的唾沫，哈哈一笑说：

“我看你还能厉害多久，兄弟们，把毡房烧了，带她走！”

说完，几个人七手八脚地就要绑女主人，这时，毡房后的万千山一声断喝：

“住手！”

这伙强盗被万千山的吼声吓了一跳，赶紧寻找这声音是从哪发出来的。这时，万千山已经来到了他们面前，王二和小丁子跟在他的后面。

“哟，够胆量，敢挡你大爷我的道！你们是哪来的，这么不知道深浅？”刀疤脸说。

“打该来的地方来，管该管的事，放了这个女人，你们可以走了！”万千山毫不客气地说。

“我看你们是不要命了，弟兄们，把他们也收拾了！”刀疤脸没再给万千山说话的机会，直接扑了上去。

万千山不慌不忙解下腰间的鞭子，使出了浑身的解数，与他们打了起来。没到片刻的工夫，万千山的鞭子就把这些人的身上打开了花，打得他们抱头鼠窜。

刀疤脸见近不了万千山的身，就要掏出自制的土枪先发制人。万千山瞄准他的手，一记勾魂鞭就把他的手给抽开了花，土枪也脱了手，直接被万千山用鞭子拽到自己的脚下。王二捡起土枪，也对准了刀疤脸。这些人一看大势不好，赶紧跪地求饶。万千山把鞭子放回腰间，走到刀疤脸跟前说：

“兄弟，咱有能耐不能冲老百姓使，有本事和那些土豪劣绅干去！”

刀疤脸仔细地看了一眼万千山说：

“我们也不想干这个，都是阿尔泰把我们逼上了绝路！”

原来，刀疤脸也是草原上普通的牧民，家有几十头牲畜，长年靠游牧为生。去年春天，他和几个牧民合伙选中这片草场，把蒙古包安在了一条小河的旁边，本想到了秋天，当年产下的幼畜骨骼结实了，就可以赶着扩大了的畜群回家了。可是谁知道，就在去年的八月，阿尔泰带着他的匪徒包围了他们的蒙古包。

刀疤脸带着几个牧民和阿尔泰展开了一场力量对比悬殊的恶战，恶战中，有两个牧民惨死在阿尔泰的刀下，刀疤脸脸上的疤痕就是在那场恶战中留下的。由于寡不敌众，刀疤脸和另外三个活下来的牧民被绑在了牲口围栏上。在阿尔泰的带领下，强盗放火烧掉所有的蒙古包，赶着牧民们的牲畜，离开了他们的暂居地。

一夜之间妻离子散、家破人亡，牧民们望着眼前的惨状，死的心都有了。刀疤脸抓了把泥土抹在鲜血淋漓的脸上，鼓励大家坚强地活下去，说血债血偿，用不了几年，他一定要带着大家向阿尔泰讨还血债。

牧民们埋葬了死难的亲人，活着的还要设法活下去，但牲畜没有了，蒙古包和生活用品、农牧工具都葬送在这场可恶的浩劫里，短时间内根本找不到活下去的办法。人们把期待的目光投向了刀疤脸，望着饥饿中的女人和孩子们，刀疤脸咬了咬牙说：

“别人能抢我们，为了女人和孩子，我们为什么不能去抢别人?”

听了这话，几个男人都噌地一下站了起来，他们都说，干吧，不然大人孩子都得饿死！

于是，刀疤脸带着这几个汉子，干起了打家劫舍的营生。开始，他们还想只抢那些人性不好的大户人家，可一连试了几次，就凭这几个靠放牧生活的汉子，怎么对付得了那些如狼似虎的看家护院？再说，但凡大户人家都养着枪呢，有时不等刀疤脸带人摸到人家的墙根底下，就被一阵乱枪打了回来。一连半个月，刀疤脸他们连口冷饭都没抢回来。妇女们饿得面黄肌瘦，孩子们吱哇乱叫，都皮包骨头了。

刀疤脸二次咬紧了牙关，从此这伙人见人就抢，开始还有点原则，不杀人、不放火、不抢光拿光，可是抢着抢着，人就红眼了，贪念越来越大，有时觉得见东西不拿，心都痒痒了。

昨天，刀疤脸听说腾格尔家被阿尔泰洗劫一空，还杀掉了男主人，心里不由得一动。他早就见过这家的女主人，对她漂亮的脸蛋念念不忘，如今老天爷终于给了他机会，他要把这家女主人抢回来，给自己当老婆。没想到出师不利，他居然撞上了万千山，还败在了这个汉族小伙子的手下。

刀疤脸把自己的经历讲给了万千山，然后说：

“好汉，你够仗义，今儿我刀疤脸栽在你手上，要杀要剐随你的便吧！”

万千山哈哈一笑说：

“你也是条汉子，不过是真爷们儿，就去杀恶人，不要在穷人面前亮刀子！”

刀疤脸的脸红了，他低下头来说：

“我也算条汉子，说话算话，今后不再干这万人恨的营生了！”

万千山拍拍刀疤脸说：

“这就对了！实话告诉你，兄弟我原来也是干这个的，不过我那时从来不欺负弱小！”

刀疤脸问万千山现在做什么买卖，万千山告诉他，自己在江上办了个船行，这次来内蒙古，就是想看看万马奔腾的大场面。说完，也不管刀疤脸信与不信，万千山示意小丁子将女主人送进毡房，然后从王二手中拿过枪，又交给了刀疤脸。刀疤脸被万千山弄糊涂了，不解地看着万千山。

万千山横了一下眼睛说：

“咋的，还真想让我崩了你？赶紧带上你的人走吧！”

刀疤脸这才明白万千山的意思，赶紧招呼手下人上马，一伙人挥起马鞭扬长而去。可是还没等万千山返回毡房，刀疤脸就又带着三匹马折了回来。他翻身下马，来到万千山跟前，躬身施礼，客气地说：

“英雄能否告之大名和来处，日后容我拜望？”

万千山呵呵一笑说：

“在下姓万，在哈尔滨的太阳岛上有我的船坞，欢迎你去大碗地喝酒！”

刀疤脸接着说：

“谢谢英雄信任，留下三匹好马任你们在草原驰骋！”

说完连头也不回地打马离去，万千山回了毡房。

毡房里，惊魂未定的女主人不断地感谢万千山的救命之恩。

女主人此时已经看出万千山和王二以及小丁子是主仆三人的关系，更知道万千山不是一般的人物，就问他：

“英雄，你们从那么远的地方来大草原，究竟要干什么？”

“买马，买一大群马回去拉爬犁！”小丁子的嘴快，抢在万千山的前面说。

女主人听说他们要买马，显得高兴起来，她说：

“我可以帮你们，我知道哪里卖马，而且都是好马！”

万千山一听女主人能帮他们买到马，高兴起来，就请女主人明天带路，还说少不了她的好处，女主人只是淡淡一笑，对万千山说的好处，没有丝毫的心动。

58

一夜过去。黎明很快就到来了。

万里无云，阳光出奇的好，万千山把王二和小丁子叫起来，大家洗了把脸，女主人已经把饭热好了。大概是由于买马的事有了着落，万千山这顿饭吃得特别香。

吃罢早饭，女主人麻利地收拾了一下行装，带着万千山他们上路了。他们的目的地是辉河。

女主人给万千山他们讲辉河。她告诉他们说，那里是她的家乡，那里的牧场是整个大草原上最肥沃的，马长得一匹比一匹壮实，她还说她家乡的人都是最善良的牧民，放牧的姑娘和小伙子们每天都奔驰在辽阔的草原，走到哪里就把歌声带到哪里。

一听有放牧的姑娘，小丁子来劲了，他赶紧问：

“你们这里的姑娘，愿意嫁给我们汉族的小伙子吗？瞧，就我这样的？”

小丁子说完还使劲拍了拍自己的胸脯，惹得大家哈哈地笑了起来。女主人没有正面回答小丁子的问题，她笑着说，像小丁子这样的小伙子，不愁没有女人爱，会有一大群姑娘追着他，躲都躲不掉。

有一只鹰从山崖上飞起来，直冲蓝天，女主人骑马走在前头，唱起了蒙古长调。她那苍凉浑厚的歌声，在草原上响了起来，透着岁月的沧桑和无限的伤感，似乎那悠长的乐音，就要穿透这大地和天空，传到心爱的人的身边。

约莫走了大半天的工夫，他们走得有些累了，小丁子提议停下马来，找个地方歇歇脚，但是女主人说就快要到辉河了。

草原上的牲畜越来越多，女主人又唱起了蒙古长调，可能是到了家乡的缘故，她唱得比刚才更动情，眼睛里还涌动着泪水。

歌声在大草原上飘荡，开始有人向女主人招手。

女主人的歌声并没有停止，她也不断地向别人招手，对应她手势的，是响亮的马嘶和牧人们大声的欢叫。

不一会儿，就有一个人骑着一匹快马迎了上来。他在女主人面前勒住马兴奋地说：

“我的朵云，草原的女儿，你终于回来了！”

女主人也勒住马，高兴地说：

“阿爸，你怎么知道是我回来了？”

“这还用问，一听这长调，就是我们朵云唱的，我在几里之外就听见了！”

被朵云称作阿爸的人看了看万千山他们，说：

“这些朋友是哪来的？”

朵云赶紧向他阿爸介绍说：

“这是我的救命恩人，如果没有他们，我可能让强盗抢去做奴隶了呢!”

朵云的阿爸赶紧跳下马来，向万千山施礼。万千山也跳下马来扶起老人。朵云告诉万千山，说这就是她的阿爸，早年草原上的英雄，是被称作雄鹰的男人。朵云介绍阿爸的时候，眼睛里充满了敬意和骄傲。

朵云的阿爸拉着万千山的手说：

“英雄，你是草原上最欢迎的人，让我们一起回家吧!”

几个人向朵云的家走去。在路上，朵云的阿爸问朵云的丈夫腾格尔怎么没来，朵云就簌簌地流下了眼泪。她向阿爸讲述了如何被阿尔泰抢走了羊群和马匹，腾格尔为了保护羊群与阿尔泰展开搏斗，最终被阿尔泰砍死的经过。老人听朵云说完，流下了伤心的泪水。

“腾格尔可是个好小伙子，是这草原上少见的好骑手啊！他一定会变成草原上的雄鹰，日夜陪伴着我们兴旺的马群!”

老人很伤感，面庞上现出蒙古人特有的坚韧与冷峻。万千山他们也不知道该如何安慰他，大家都默不作声地跟在他们身后。

就在万千山在哈拉苏制服刀疤脸的时候，他的激流船房子却正面临着一场浩劫。

松花江上一艘小船正悄悄地向太阳岛靠近。小船上有一个中国人和三个日本浪人，他们坐在船上小声地嘀咕着。这个中国人长着一对闪着贼光的小眼睛，下巴很大，突兀地向前伸着，瘦削的小脸，就像被刀削一样扁平，其他三个日本浪人，个子都不是很高，穿着长袍，腰间系着丝带，额头上扎着白色或黑色的布条。四个人很快上了岸，悄悄地向激流船房子的船坞靠近。

而此时，万江平刚刚收拾好船房子的账目，锁了柜子，躺在木板床上准备好好歇歇。万千山和王二不在家的时候，船房子的事就交给他管了，大事小事的还真不少，把万江平累得晕头转向。万江平躺在床上，稀里糊涂地刚要睡着，就听船工大喊，着火了着火了，快救火啊！万江平赶紧披着衣服来到外面一看，大火已经烧了起来，拴在一起的百十条船被淹没在火海之中，不一会儿的工夫，满天的火光就把附近的江面照得通红。

火舌舔着每一个人的脸，像要把他们都吞噬掉一样。

万江平赶紧组织人救火，等几十个船工呼喊着把大火扑灭的时候，他们的小船已经基本烧没了，唯一的一条运货大船，也烧得面目全非，看起来也用不了了。最让人心疼的是，为冬天做生意准备的爬犁车也烧了。万江平呆坐在江边，眼看着刚刚有了些进展的事业现在又毁于一旦，万千山回来他可怎么交代啊？这个船房子凝结着万千山全部的心血，还有吉娣，也默默地为船房子出了不少的力。现在，这一切就全没了，万江平这样想着，眼前一黑，一口鲜血喷薄而出。

万江平这已经不是第一次吐血了。第一次是在张蓝见血洗太阳寨的时候，他就因伤吐过一次血，现在又急火攻心，吐了第二次血，看来他这身体，已经被这些年的打打杀杀给累垮了。船工们赶紧扶起老东家，把他抬到床上，两个船工日夜不离地守在他的身边照顾着。

万江平嘱咐船工们，不要将船房子着火的事告诉江北红和朱久红，但是不知怎么搞的，还是让她们知道了。第二天下午，朱久红就推着江北红，领着天慈来到了船房子。

万江平一看她们来了，愣在那里，不知道说什么好。江北红看着眼前这凄凉的惨景，流下了眼泪，她拉着朱久红的手说：

“千山这孩子命苦啊，好不容易支撑起这份家业，如今又遭了火灾，这可咋办呢?”

万江平赶紧安慰她说：

“没事的，咱还能站起来，一把火烧不死咱!”

看到江北红和朱久红还有天慈，这几个从不到船房子来的内眷都来了，船工们也放下手里的伙计，围了上来。船工钟宝发告诉江北红说，没事儿，只要激流船房子还干下去，他就和这些兄弟们留下来，帮着激流东山再起。

这个船工钟宝发，为人厚道仗义，失火的当夜他就带着一些船工捐出了自己的血汗钱，交给万江平，并告诉他别着急，大家一凑份子就又能买很多船了，船房子一定垮不了。万江平谢了钟宝发和兄弟们的好意，但是钱他没收，他要等万千山回来再做决定。看万江平不收钱，钟宝发就领着船工们开始收拾船房子，修理被烧得不太严重的小船，好赶紧开始做生意。这让万江平很感动。

一波未平，一波又起。

激流船房子失火之后，也有一些船工来找万江平，让他赔船，因为很多船工都是拿船来入伙的，现在船没了，船房子也不知道什么时候能再开起来，他们感觉留在这里已经没什么出路了，就联合起来，找万江平赔钱退股。可是万江平拿不出来那么多钱，只好跟船工们耐心地商量，说等有了钱马上就退。

这些船工并不答应，一个叫霍四的员工见万江平拿不出钱来，就去船房子抢水运的执照，说是不给钱就把这个照给撕了。船工钟宝发看这个霍四如此落井下石，就带着一帮兄弟把他给哄了出去。

霍四看这些人不好对付，就带着六七个船工走了，扬言三天后就来取钱，如果到时候拿不出钱就拿执照，自己去开船房子，但是留下来的船工毕竟是大多数，他们安慰了万江平几句，就开始干活去了。

59

激流船房子着了大火的消息，很快就在松花江上传开了。

一些包月的客户，也纷纷改用了别的船房子的船，激流的客户眨眼之间就流失了一大半。

在这些固定的客户里，有一个人依然在坐激流的船。他就是在哈尔滨侨民医院里工作的伊万先生。伊万先生在得知激流着了大火之后，第一时间来到万江平的家里。这个善良的俄国医生告诉万江平，只要激流船房子还继续干，哪怕只剩一条船他也要坐。万江平认识这个可爱的俄国老头，自打激流开业后，他就坐激流的船，有几次江上风大，小船不安全，万千山还亲自带着船工，驾大船将伊万送过了江。伊万说激流船房子讲信誉，安全度高，坐激流的船心里面踏实。

伊万临走时还掏出了一些钱，放在万江平的身边，让他赶紧把船房子再弄起来，说是大家都等着坐他们的船呢。万江平推辞不收，伊万说就当是预付的船票钱。万江平推脱不过他，就把钱放了起来。

几天之中，又有一些老客户相继给万江平送来了预订的船票钱，万江平知道，伊万一直在船客中为船房子做着工作，他感受到了这个老人人品的高尚。

朱久红不知道该怎么安慰万江平，她让江北红和万江平说话，自己去为那些干活的船工们倒水去了。看朱久红忙活起来，天慈也跟着她去了。屋子里只剩下万江平和江北红，两个人先是沉默了一会儿。江北红才开口说：

“大哥。”自打朱久红回来后，她就改口叫万江平大哥了，她说：

“久红是个好女人，你们一家人是该团聚了，找个日子你们办一下吧，热闹热闹，也能图个吉利！”

万江平听了江北红的话，显得有些不太高兴：

“这个时候说这事儿干啥，现在不是挺好的吗？”

“这有什么好啊？你们现在弄得一家不是一家，两家不是两家的，我过意不去，久红心里也肯定不是个滋味啊！”

江北红哽咽了一下，继续说：“就是因为我，你们才……”

万江平打断了她的话，他把江北红腿上盖的毯子往上拉了拉说：

“别的事以后再说，日子不好过，我现在还得照顾你们娘俩！再说，久红那边还掺和着一个王二，人和人都连着命呢，谁能扔得下谁啊？还有千山和天慈，他们的事又该怎么办？有这些关节打不开，不是一家也凑成一家了。一家人，再不能说这两家话！”

江北红没再说什么，她把手伸到怀里，掏出了一个小布包递给万江平，万江平问她是什么，江北红说是她这些年攒下的几件好首饰，让万江平当了去，赶紧买些船回来。

万江平说什么也不要，江北红急了，说：

“你还当我是一家人吗？家里有难了，我伸把手还不行吗？”

万江平没再拒绝她，把布包接过来放到了枕头底下。这时天慈急匆匆地跑进来，没头没脑地说：

“外面来人了，外面来人了，大叔快去看看吧！”

万江平听天慈这么说，赶紧跑出去。他看见几个生面孔正在蛊惑干活的船工，赶紧让万江平退钱，好另投别家，省得耽误了赚钱。

看万江平出来，一个独眼龙走过来，皮笑肉不笑地说：

“万大掌柜的，不做土匪了，改做船房子了，可惜你现在什么都没有了啊!”

万江平用眼睛扫了一眼独眼龙说:

“兄弟，在道上混，不能干这落井下石的事，你让我这些船工离开我这船房子，安的是啥心?”

独眼龙用手扶了扶自己的眼罩，不屑地说:

“我就是要把他们都弄走，你又能怎么样?实话告诉你，我家的船房子马上也开张了，正缺船工呢!”

万江平抬手抱拳，走近了独眼龙一步说:

“那好啊，等你家船房子开张，我万家父子一定到场祝贺。只是我这帮兄弟你能不能拉去，那就要看你的能耐了!”

就在独眼龙和万江平说话的工夫，另几个人还在煽动船工们快点离开激流，投奔他们的船房子。有几个船工听他们开出的条件很好，比激流挣得多，开始动摇起来。

钟宝发看有人动摇了，就赶紧站出来说:

“兄弟们，东家对咱们不薄，自打来这激流入伙之后，哪个兄弟没被东家照顾得像亲兄弟?你们拍拍良心说，东家对咱们到底怎么样?”

钟宝发的话很有作用，听他这么一说，另外一些船工也跟着吵吵起来。看这阵势，那几个想走的船工也不再说话了，拿起斧头又干起活来。

独眼龙看了一眼钟宝发说:

“你算老几，在这瞎嚷嚷，小心大爷我废了你!”

说着就奔钟宝发去了，万江平伸手挡住了独眼龙，怒瞪双目说:

“既然知道我万家的名头，就得给我点面子。想动我的人，先过我这关!”

独眼龙知道万家父子都不是一般的人物，也不敢太放肆，乖乖地收住了脚，一摆手，领着手下人走了。

万江平看着这伙人离去的背影，陷入了沉思：

“看来这场大火不是偶然的，一定是有人故意放火。今儿，这伙人又如此猖狂地来搅场子，那一定是有一个强大的后台，要不然他们也不敢这么干。到底是谁呢?”

万江平左思右想，也没想出一个答案。

此时，在哈尔滨日本街上的日本久保商会里，几个人正在谈论着什么。

久保商会是日本人久保田来哈创办的一家商业机构，专门买卖中国的木材和矿产。不知道这个久保田是什么背景，其巨大的资金支持，让不少其他外商都瞠目结舌。

久保商会的装潢很是考究，清一色的中国红木家具，就连茶具也是上好的中国宜兴紫砂。久保田坐在中间的镂空雕花木椅上，不时地端起杯子品着龙井茶，他的表情虽然散淡却透着狡诈和凶险。在他两边是几个穿着西装、戴着礼帽的日本人，表情看起来都很严肃，像是石像一样严肃而又冷峻。

在久保田的正对面，是一个中国年轻人。他个子不高，双目有神，但却透着一股冷漠和奸诈，藏青色的西装配着中国的宽腿裤子，显得有些不伦不类。久保田又喝了一口茶，把茶杯轻轻地放在桌子上，半抬眼地看看他对面的这个中国年轻人说：

“事情办得怎么样啊?”

“很顺利，激流的船房子基本烧没了!”中国年轻人赶紧回答。

“哦，干得不错。当初对你的建议我没太理会，看来你做对了!”久保田说。

“是的，久保会长，以后咱们就可以在松花江上大显身手了!”年轻人激动地说。

“不、不、不，搞运输赚的只是些小钱，我们要把松花江变成我们的黄金水道，变成我们大日本帝国的黄金大道！”

“是、是、是，会长就是看得远！”年轻人赶紧奉承说。

久保田挥挥手，示意他们出去。然后自己坐在椅子上眯起了眼睛，他的手指轻轻地敲着红木方桌，发出咚咚的响声。

年轻人走出久保田的办公室，一瘸一拐地回到自己的房间关上门。他攥紧拳头砸在坚硬的墙壁上，恶狠狠地说：

“万千山，这回你倒霉了，我要慢慢地折磨死你，为我爹报仇！”

60

万千山在朵云父女的帮助下，从辉河买了十五匹草原上的骏马。

这些马都是由朵云的父亲精心挑选的，个个脚力不凡、膘肥体壮，看着就让人喜欢。万千山想连夜就赶着马匹返回哈尔滨，被朵云的父亲制止了。

老人家说，这些年草原上不太平，外地的马贩子进来，买得到马，运不出去，有许多暗地里的关口需要打点不说，还有几伙强盗，专门打劫贩运牲畜的商人，他们连牲畜带钱都要，不把你搜刮干净了，绝不放行。这些人难缠得很，一伙人没得手，会联络其他的人再缠上你，不达目的誓不罢休，如果遇到反抗，他们的规矩一向是不留活口。

万千山不怕遇上强盗，但老人说那些人的难缠劲儿，让他犯了嘀咕，已经出来十几天了，家里人肯定在为他们担心，把时间都耽误到路上，他还真就拖不起。

万千山皱着眉头问老人：

“这马我是赶不回去了?”

老人哈哈大笑一阵，看着万千山说：

“有我这个老家伙在，你有多少马出不了草原?”

老人说，他的侄子在牙克石火车站工作，万千山的马可以转道去牙克石，再由牙克石上火车，直接运到哈尔滨。万千山觉得用火车运输是一个稳妥的计划，但要实际操作起来，也不一定那么容易。老人爽朗地说：

“你要信得过我，就在这里住上两天，运送马匹的事，我的人可以办到，十几天后，你在哈尔滨接马就行了!”

万千山想了想，自己返回哈尔滨，也需要十几天，不如就把事情交给老人家，自己轻手利脚地上路，也免得麻烦。

万千山在老人的陪同下，看了辉河湿地，这是鸟类的乐园，大雁、丹顶鹤、白头鹤、白鹤、灰鹤、白枕鹤、蓑羽鹤，这些在哈尔滨难得一见的鸟类，让万千山和王二他们大开眼界。这趟呼伦贝尔之行，还让他们看到了大批红棕色的黄羊，在半沙漠地带，一群黄羊多到数以千计，奔跑起来，烟尘滚滚，景象十分壮观，令人激动不已。

老人先下了马，站在草原，用欣喜的眼光望着黄羊群。

万千山下马了，王二和小丁子也跳下了马背，他们惊异地看着眼前的景象。

老人说：“黄羊喜欢群栖，崇尚光明，总是追逐最肥沃的草场，它们是草原人团结和向往美好生活的象征。”

万千山心想，我们人类为什么不能像一群黄羊一样，团结在一起，共同创造美好的生活呢?是过于追求未来的光明，才显得那么自私自利，从而相互争夺?

小丁子看到这么一大群黄羊在一起奔跑，竟然有些恐惧，他拉住王二的胳膊说：

“这要是奔过来，再从我们身上踏过去，你说会怎么样？”

王二推了他一把说：

“怎么想到这儿来了，你活得不耐烦了？”

黄羊群在西边翻下一道慢坡消失了，老人示意大家上马，四个人返回了他的毡房。

听说老人的毡房里来了尊贵的客人，其他毡房里的人也带着乐器，在夜晚云集到老人的毡房外，大家在一起围着篝火，饮酒、唱歌、跳舞，那热烈的场面，丝毫不亚于在庆祝一场丰收、一个节日。万千山也来了兴致，和这些蒙古族兄弟一起喝酒、歌唱。

不知不觉，已是月上中天，一个小伙子弹着马头琴唱起了蒙古长调，他的声音低沉浑厚，眼睛满含深情的泪水。

万千山听不懂歌词，但他被小伙子的歌声和情绪感染了，眼眶里也有了泪水。朵云告诉他，小伙子唱的是一首赞美家乡的歌，世世代代的蒙古族人，都会唱这首歌。万千山想，不是一个善良和多情的民族，他们怎么会把一首歌颂家乡的歌，唱得如此撞击人心？

接下来，几个小伙子和姑娘把朵云也拉到了人圈里，令人激动的合唱，在深夜的草原上响了起来。老人告诉万千山，他们唱的都是蒙古族最古老的歌曲。万千山觉得有一条宣泄的河流，从夜晚的深处流来，带着波浪和漩涡，向更远的地方流去。

这就是一个民族啊，它有着多么强大的生命力！万千山在心里赞叹。

第二天早上，万千山谢绝了朵云父亲的再三挽留，决定立即上路。临别时，朵云和她的父亲将洁白的哈达戴在了他们的脖子上。朵云的阿爸说：

“来自天河的英雄，草原永远是你们的第二故乡，欢迎你们随时回来，草原人像等待亲人一样等着你们！”

说完，老阿爸让朵云再一次唱起蒙古长调，为英雄们送行。

朵云流着眼泪唱起了蒙古长调，一直走出很远，万千山还能听见那优美的长调，回荡在他的耳畔。

草原之行，使万千山的心情好了不少，草原人的真诚热情，也使他一度因为吉娣的离去而冰冷的心，温暖了不少。

一行三人多行少宿，一路快马疾驰回到了哈尔滨。这已经是十天后的事情了。

当万千山回到船房子，看见被大火烧得一片狼藉的场面时，呆呆地立在那里，说不出话了。王二和小丁子赶紧问兄弟们，到底是怎么回事。船工们就七嘴八舌地说起那天着火的事。实际上，船工们已经将船房子收拾得差不多了，但是和曾经繁盛时相比，其惨境还是让万千山惊呆了。经船工们仔细地修理，才弄好十来条小船，被大火烧塌的账房还没有盖起来，仍然可见大火吞噬过的痕迹。

船工们都围着万千山，好像终于见到了主心骨一样，情绪悲壮而热烈。万千山挨个地问他们伤着了没有，就像对自己的兄弟那样关心。这时，钟宝发跟着万江平走了过来。万千山看父亲短短数日就瘦了这么，心里很不好受，他拉住父亲的手关切地问：

“爹，你没事儿吧？”

“爹没事，就是没给你守好这摊子事儿，对不住你啊！”

“爹，这点事儿不算个啥，咱万家垮不了！”

万千山说完，转身面对着众船工说：

“兄弟们，咱们的船房子烧了，船也没了，可我万千山的心没垮，想跟着我干的留下来，日后我万千山东山再起了，家业每个人都有份。不愿意跟着我，想另寻生路的，我也不拦着，每人赔十块大洋，日后我们还是好兄弟！”

“少东家，咱哪还有钱，你用啥给啊？”小丁子不解地问。

“没事儿，咱刚买的马随后就到，咱把马卖了，也得给兄弟们发钱！”万千山很坚决地说。

钟宝发一听万千山要卖马，赶紧说：

“少东家，那可不行，咱冬天还指着用这些牲口挣点好钱呢，马可不能卖啊，我们谁也不走，都跟着你！”

这时，船工们也都跟着表态，他们告诉万江平和万千山说，只要东家还想干，就绝对不拆台，啥苦日子也得留下来。万千山看这些兄弟们如此重情义，给大伙深深地鞠了一躬。

夜晚很快来临。

松花江上少了激流的船显得冷清了不少，秋在一天天深下去。江水似乎比从前平静了许多，但是这平静中依然隐藏着更大的波涛。

万千山坐在母亲朱久红的身边，天慈靠在他的旁边，她因为千山的归来而显得平静了很多。万江平和王二互相点着了烟袋锅里的烟，吧嗒吧嗒地抽起来。

江北红坐在炕上，用布条使劲擦着她已经多年不用的盒子枪。

一家人谁也没说话，低沉紧张的气氛中，又有几分温馨。

61

咚咚咚！三下敲门声打破了屋中的沉寂。

敲门声沉稳而又急促，有一种力量似乎可以穿越结实的墙壁直达你的心灵，让人无法拒绝。

王二赶紧起身开门。来人不是别人，正是哈尔滨义昌源的大老板孙昌源，他带领两个助手来看望万千山。

万千山看孙大老板来了，赶紧起身让座，并向他爹介绍说，这就是赫赫有名的大老板孙昌源先生。孙昌源在哈尔滨是一个较有影响的商人，其经营的义昌源酒厂和面粉厂，都是哈尔滨响当当的大商号。孙昌源本人也十分仗义，常常扶弱济贫帮助那些穷人，特别是他的爱国热忱，让万千山钦佩不已。

要说万千山和义昌源结下这不解之缘，还是在万千山刚刚闹义和团的时候，当时列文看好了义昌源的实力，想要据为己有，就鼓捣刘金贵带领一帮人去闹事。万千山知道义昌源的来历，更知道义昌源的老板是个好商人，就派人暗中保护了义昌源，将刘金贵带来的人打得鸟兽散。后来，义和团闹得越来越大，列文再无心惦记义昌源，义昌源也就过了一段太平日子，这段太平日子，对义昌源的发展，可以说是至关重要的。从此，孙昌源就十分感激万千山，常常暗中资助他一些药品和粮食等。

也就是在那时，两人兄弟相称，结下了友情。

后来，哈尔滨因经济危机不断加深，很多商号因“赔累甚巨”而破产，工商业状况几乎不能维持，义昌源虽然经济实力雄厚，但也难免受到影响，于是孙昌源就暂停了商号，转投了山东，在山东继续开办实业。这次回来，孙昌源想重整旗鼓，再现义昌源的辉煌。还没到哈尔滨几天，就听说万千山的激流船房子着了大火，他就匆匆地赶来了。

寒暄之后，孙昌源单刀直入，向万江平和万千山说明了来意：

“老掌柜的、千山贤弟，听说激流着了大火，我立马就赶来了。此番一是探望二位及家人，二是来为激流解燃眉之急。我这里带来了二千块钱，你们赶紧重整旗鼓，早日让激流东山再起！”

“那可不行，怎么能用您的钱呢？眼下，日本人不断地冲击中国商业圈，暗中下手，搞垮了很多咱们的买卖、商号，人心惶惶、买卖难做，我们怎能占用您的钱呢?”万江平看到孙昌源有这样的举动，心里自然感激，但他不想占用义昌源的资金也是真的。

“是啊，是啊，孙老板您那里也不宽裕，用钱帮了我，会影响您的生意!”万千山也推辞道。

“哈哈，二位多虑了，一是我现在还有些实力，可以抽出力量帮你们一把；二是我和千山贤弟相交一场，不能看兄弟的笑话；这三嘛，咱们都是买卖人，这事情还得归到买卖上来，以后我的商号还要用船运输货物，这钱，就当是我预交的运费吧!”

说完，孙昌源掏出支票，放在万千山手里，将万千山的手紧紧地合上。这个动作万千山明白，一是再不许他推辞；二是一种不能轻视的情分。万千山心领神会，不再客气，将支票交给万江平。

几个人又聊了一会儿，孙昌源离座告辞，带着助手离去。万家一家人起身相送，都被孙昌源拦在屋内。只有万千山执意要把他们送到江边，孙昌源说也好，咱们哥俩好几年都没见了，顺便说说话。

万千山陪着孙昌源向江边走去。一路上，孙昌源关切地打听万千山这几年的情况。万千山把彼得帮助他刺死列文，达丽雅因此而被处死，自己逃难二龙山等事情讲了一遍，让孙昌源感叹不已。临别时，孙昌源拍拍万千山的肩膀说：

“好兄弟，以后有事儿就去找大哥，我是在所不辞!”万千山重重地点了点头。

小船划开一江夜色洗过的秋水，向江南岸匆匆而去。万千山没有马上返回家里，而是一个人在江边坐了下来。

他常常是这样的，一个人倾听着涛声，思念着远方的爱人。

天刚蒙蒙亮的时候，万千山就派钟宝发带着小丁子和几个弟兄，去珠河置办造船和做爬犁的木材及其他材料。万千山有两件事必须马上做好，一是无法修补的船，要抓紧时间重新打造出来，早点交到船工的手里；二是马上就要入冬了，必须在下雪之前把爬犁做好，按时投入使用，让员工在冬季里也有事做、有饭吃。

万千山踩着轻霜，在江边转了一圈，发现两岸都有人等船过江，一些老客户问他今天能不能派出船来。万千山一边答应着一边往回走，他想，现在还没有封江，这段时间江上如果没有船，会让客户们对激流失去信心。万千山赶回船房子，立即让王二赶紧组织船工，把弄好的十来条小船，全部发到江上，先保证一些固定包月客人的准时过江。

万千山的船房子就是讲信誉、重安全，风大的时候，无论船客多少，他从来不让船工用小船送客人过江，而是改用大船，这样虽然船工要多费些力气，船房子也要多投入些成本，但是客人有安全感。在万千山看来，只要客人满意了，就比什么都强。

时间一长，客人们也都格外信赖激流的船。万千山只有一条大船，偶尔往下游送点货。运货赚钱来得快，比运送客人要划算得多。可是现在唯一的一条大船也被火烧了，秋天风大，江流很不稳定，为了保证安全，万千山吩咐王二，告诫船工绝不能超载，每条船上再增派一名船工，带好救生圈，专门负责船客的安全。

王二在船工们中间口碑极好，大家都愿意听他的，没多大工夫就安排好了一切，十几条小船都派到了江上。万千山看到往返于江流中的十几条小船，心里有些酸楚，和往常百舸争流的气象相比，现在的江上冷清多了。幸好有孙老板的雪中送炭，否则真不知道这一关怎么过，想到孙昌源，万千山心里总是很温暖。

天慈洗漱完毕从房里出来，先提着木桶，从仓库里拎出苞米糠倒入大锅，又把老林头昨天采的野菜搅拌在锅里，之后就点火熬猪食。这些都是老林头的活计，老林头本不让天慈插手，可天慈不知为什么，对猪舍里的两头猪特别上心，都是由她和老林头一起喂的。五月节就该杀掉，把肉分给员工，可是天慈就是没让杀，万千山没办法，只好到市场买了高价肉，给员工分了下去。如今，两头猪身长都近两米了，胖得连动都懒得动一下了。万千山听老林头说，着大火那天，是他们两个用绳子拴住了猪头，下死力气才把两头猪拉出猪圈的，不然，非烧死不可。这几天，员工们经历了一场大火，忙着重整家园，又急于修理那些船，都弄得很疲惫，万千山想把猪杀了，给大家补充点营养，天慈听说要杀猪，又开始不是心思，和谁都不说话了。

天慈看到万千山过来了，赶紧回屋，把正在烧火的老林头拉开，自己坐到灶膛边，低下头，往灶膛里添了把火，看着那苞米秸秆烧起来。

老林头站在锅台边，见万千山进来，叫了声少东家，万千山示意他不必多礼，然后蹲下身来，对天慈说：

“锅都开了，怎么还添火呀?”

天慈仍旧不说话，起身拎过木桶，从锅里舀出一桶猪食，提到外面凉上。

万千山跟出来，拉了她一下，笑着问：

“到底是谁惹了我们的公主啊?”

天慈剜了万千山一眼，想说什么，又把话咽了回去。万千山假装生气，说：

“看来是万千山惹到我们的公主了，得了，我还是走吧!”

说完，万千山转身就要走，却被天慈拉住了衣袖，等他转回身来，天慈低着头说：

“吃完早饭，你去给我买小猪吧，大猪归你!”

万千山看着天慈，心里一阵畅快，天慈的病情又有好转了，对人、对事物的感情在不断地恢复。他抓紧天慈的手说：

“吃完了饭，我就领你去集市买猪崽！”

吃过早饭，万千山领着天慈从集市上买回四头小猪，圈里的大猪已经被人拖走，天慈高兴得一脸笑容，在猪圈外看了好一会儿，才拉着老林头一起出去割猪草。

62

万千山摆布好了一天的事，刚要返回船坞，却被一个人叫住了。

来人给万千山施了一礼说：

“万老板，我家掌柜的请你参加他的开业庆典！”

说着，来人从兜里掏出一张红色的请柬，递给了万千山。万千山打开了请柬一看，上面写道：恭请万千山先生参加日晖船务公司开业庆典酒会。

落款是日晖船务公司，却没有署名，后面说明了酒会的时间地点。

万千山告诉来人说：

“告诉你家老板，万千山一定准时到场祝贺！”

来人也不道谢，转身就走。万千山手拿请柬开始琢磨：

“天一天比一天冷了下来。船务公司选择这个时候开张，也太不明智了。做买卖这么没门道，会是哪路神仙呢？”

万千山思索了良久，还觉得这个公司出现的有些古怪，难道他们开办买卖不是为了赚钱，那他们图的究竟是什么呢？

万千山隐隐地有点担心，虽然目前已经有几家船房子跟他展开了竞争，但那都是些讲规矩的对手，船来船往，没出过大的纠纷，平时有点小摩擦，也都是员工与员工之间的争执，端到桌面上来，两家公司一沟通，事情也就迎刃而解了。大家都认为熟人熟面，虽然干的是一个买卖，在一个江面上混饭吃，面子上总得过得去，偶尔有事，也要相互照应着点。可是这个日晖船务公司，一开张就没有章法，不按套路行事的人都来头不小，也绝对不是等闲之辈，他们是不是有别的目的呢？

万千山一时想不通这个问题，干脆就不去想它了，兵来将挡，水来土掩，走一步看一步吧，发现了问题就见机行事。

秋天水冷，庄户人家都开始忙秋收了，上午九点左右，江上来往的客流不多了，王二把船只收回一部分，让上岸的船工修整被火烧过的木工棚，等小丁子他们从珠河买回木材来，好打造新船和木爬犁。这些事都是耽误不得的，一些船工等着新船呢，冬天也要来了，江面一封，马爬犁也该派上用场了，不抓紧干出来，船工们冬天的饭碗子就成问题了。

王二对激流船房子已经有了主人的意识，不仅样样事情都干在员工的前头，管理起来，也是有板有眼，这让万江平和万千山都感到十分高兴，可朱久红非常心疼王二，总是提醒他，说他年岁一年比一年大了，干什么都要加小心，别太累，也别出危险，这下半辈子，她朱久红就靠他过好日子呢。

对于这个，万江平和万千山心里一直有很深的隐痛，他们知道这样一个事实，朱久红现在清醒了也好，还在糊涂着也罢，她再也放不下王二了。她已经从朱久红变成了素月，或者说，她根本就是王二的媳妇素月了。

万江平和万千山都曾经不止一次地为此事流下过眼泪。当然，这些痛入心扉的眼泪都是在暗处流的，谁也不曾发现过。他们知道，自己必须顺从朱久红的意愿，一点一点地承认这样一个现实。

上岸的船工们开始清理残破的木工棚，他们挖掉旧的墙基和木桩，平整了地面，埋上柱脚，拉上横杆。王二把人分成几组，开始和泥，用泥和草拧成拉哈辫子，往横杆上挂，墙体已经打好了一圈，船工们个个埋头苦干，这让万千山十分感动。

万千山把王二从工地上拉下来，让他和自己去杀猪，说中午给这些船工改善伙食，晚上再把分的肉带回家去。

王二把万千山的意思告诉给大家，船工们不禁欢呼起来，都表示，有人能烧，咱就能建，两天内一定把近二百平方米的木工棚搭建好！

有这样好的船工，万千山对未来信心十足。

两天后，小丁子他们从珠河回来了，说木材已经从摆渡渡口上船，另外几个人在船上押运，正在赶往哈尔滨，明天一早就到。

王二赶紧打发人去把雇好的木匠都请到岛上来，木匠们当晚就上岛了，第二天木材一运上来，造船的造船，打木爬犁的打木爬犁。

一时间，岛上又热闹起来。

日晖船务公司开张的日子到了。

万千山准备去参加开张典礼，并准备一百块大洋的贺礼。万江平嘱咐万千山说，这伙人藏头露尾，来历不明，让他遇事小心着点。万千山说没事儿，带着小丁子就直奔江南中国大街上的马迭尔宾馆而去。万千山这一天穿得也格外精神：一身藏青色的大开领西装，配宽檐礼帽；脚穿方头皮鞋，因为保养得好，这双鞋光彩照人，羡慕得小丁子直流口水。

这身行头是吉娣给万千山买的，万千山一直没舍得穿过，正好今儿派上了用场。万千山不太爱穿洋服，但今天他穿上这身衣服，是想告诉新的对手，他万千山虽然刚刚损失差不多全部的家业，但是他垮不了，精神着呢。

其实，大火之后，万千山和他爹仔细地分析过这件事情，从着火到第二天独眼龙来拆场子，这一切都是有人策划好的，说白了，就是冲着他万家来的。激流这场大火，没准就和这日晖公司有关。万千山边走边琢磨着。

小丁子颠颠地跟在他身后，憧憬着一会儿就要见到的大场面，不免有点激动。

两个人过了江，又走了一会儿就到了马迭尔宾馆。马迭尔宾馆不愧是个大去处，这座属于法国新艺术运动的建筑，造型简洁明快，窗户、阳台、女儿墙、穹顶的姿态，都非常丰富，让人眼花缭乱。

万千山领着小丁子进了大堂，大堂里更是金碧辉煌，墨绿色的窗帘，拉得密不透风，八盏镀金的大吊灯全部点亮，光线夺人心魄；棚顶是洋灯、墙上是洋画、空气中弥漫着洋音乐，这些外来的事物，更是眩人耳目；二十几张巨大的酒桌分列两排，桌上是清一色的西点，花花绿绿。

万千山和小丁子一进门，就有人迎了上来。这个人，正是那天到激流煽动船工闹事的独眼龙。独眼龙见了万千山，抱拳说：

“欢迎万老板光临，我家老板正在贵宾室候着，请万老板移步到贵宾室，我家老板要与您叙叙旧！”

说完，他把小丁子拉到了一边，冷冷地说：

“你就在这等着吧！”

小丁子挤了挤眼睛没说什么，却一把甩开了独眼龙的手。

“叙叙旧？难道这个老板和我认识？”万千山心里犯着嘀咕，他一边想一边跟着独眼龙来到了贵宾室。

独眼龙推开贵宾室的门，让进了万千山，然后带好门，自己站在门外守着。万千山进了贵宾室，却没看见人，他正四下张望，突然看见大办公桌后面的转椅慢悠悠地转了过来，一张熟悉的面孔一下子闯进了万千山的眼帘，让万千山目瞪口呆。

这个人不是别人，正是当年背叛了太阳寨的张炮台的儿子——张达。

这个张达被他爹的手下黑了钱财，又打折了一条腿，被万千山和天慈救回太阳寨，这才捡了一条命，谁知他又重蹈他爹的覆辙，向张蓝见和刘凤告密，出卖了太阳寨，差点让万江平和江北红死无葬身之地。几年不见，今天竟然开起了船务公司。

万千山定了定神，不慌不忙地向张达抱拳表示祝贺：

“张达兄弟，不，我应该叫你张老板！祝贺你开了这么大个船务公司，以后在江面上可要照顾照顾我们这些小公司啊！”

张达以为万千山看见他现在风光的样子，会惊讶得不得了，但是万千山却表现得出奇的平静，这让张达有点意外。

张达又把转椅转了转，正好斜着脸面对站在屋地中间的万千山，他也不打招呼，更没让客人坐下，而是阴阳怪气地说：

“呵呵，万千山，咱们又转到一个地界上来了，你可要做好接招的准备呀！耍鞭子我不行，可是整治人，我可是有一套的！”

“张达，你来松花江上开船务，不会就是为了整治人吧？”万千山笑了笑说。

“这就要看我的心情了，我要想治你，不费吹灰之力。今儿让你来，就是想让你有个思想准备！”张达从椅子上站起来，一瘸一拐地来到万千山跟前，凶相毕露地说：

“万千山，我首先要为我爹报仇，然后是好好算算天慈这笔账！她本来是我的，就因为你，才落到今天这个下场！”

万千山知道和张达说什么都是无用的，因此用冷峻的目光面对着张达，他说：

“这并没出乎我的意料，你本来就是个青红不分的人！”

张达没接万千山的话茬，他自顾自地说：

“其实，我随时都能杀了你，只是我想跟你玩玩，看看咱俩到底谁是哈尔滨的霸主!”

张达说完，一把推开贵宾室的门，向宴会大厅走去，独眼龙赶紧跟在他的后面。

63

日晖船务开张庆典确实热闹，不但来了不少本埠的头面人物，还有不少洋人。

不少日本浪人也晃来晃去，俨然以主人的身份前前后后地招呼着，说些万千山听不懂的鸟语。但是俄语万千山是懂一些的，因为他和吉娣在一起的时候，吉娣就曾教过他不少。宴会上，先是张达致辞，向来宾表示欢迎。然后就是一个重要人物发表讲话，他说的无非就是一些共同利益、联手合作、共赢共荣等冠冕堂皇的话。这个人万千山认得，他就是久保商会的会长久保田。

“这个张达怎么和日本浪人勾搭上了呢，这小子本来操行就不好，说不定会干出什么坏事来!”万千山心里想。

久保田讲话后，主持人宣布宴会正式开始。蓝眼睛红头发的白种女人、穿着和服迈着三寸小步的日本女人，还有一些本地的男男女女，开始你一杯我一杯地敬起酒来。万千山本打算离席而去，可到了门口，守门人却说，中国人外国人都可以离开，只有万千山没经过主人的特别允许，不能中途退场，因为主人在酒桌上还有话对万千山说。万千山不想在此刻和张达公开闹翻，只得返回了宴会厅，捡个靠边的位子坐下来，抽出一支烟抽起来。

他用眼睛的余光看见几个日本浪人正朝他指指点点，他并不在乎，随手拿起果盘里的一颗葡萄，扔进了嘴里，津津有味地吃起来。这时，久保田从另一边走过来，他手里端着一杯红葡萄酒，稍歪着头，显得很绅士的样子来到万千山跟前，客气地说：

“想必这就是大名鼎鼎的万千山先生，怎么不喝一杯?”

万千山稍一欠身，表示尊重，然后又坐下来说：

“对不起，我喝不惯洋酒!”

“万先生，听说你的激流船房子干得不错，激流这个名字也好，只是不知道您这激流是激流勇进，还是急流勇退的意思呢?”久保田的话里明显带刺。

万千山面色平静而从容，他淡淡一笑站起身来，把脸贴近久保田的耳朵说：

“遇弱不弱，遇强更强，再大的浪，也别想打翻我万家的船!”

久保田听完万千山的话，哈哈一笑，竖起大拇指说：

“万老板不愧是草莽出身，有一股子豪气，佩服佩服!”

万千山也哈哈一笑，说：

“您过奖!”

接着，两个人又假意地寒暄几句，久保田别了万千山，又与别的客人喝酒去了。万千山听说过这个久保田，不仅是个大商人，还是个中国通，对中国的五千年文化耳熟能详，尤其擅长中国的象棋，还爱收藏中国的古玩字画，有不少中国国宝级的文物落在了他的手里。

万千山知道，这个久保田绝非等闲之辈，看似绅士儒雅，却内含杀机，目光中透着贪婪和凶险。

久保田走后，张达终于过来了，他既没和万千山客套，也没有向万千山敬酒的意思。他大咧咧地在万千山的对面坐下来，看了万千山半天，然后双手举过头顶，很响亮地拍了几拍，大厅上稍微静了一些，张达站起来大声地说：

“朋友们、贵宾们，今天到会的都是我的座上宾，只有一个人是我张达不共戴天的仇人！这个人是谁呢？他就是过去的胡子，今天激流船房子的主人万千山！那么万千山又是哪个呢？”

张达用手一指万千山，大声地喊道：

“大家上眼瞧来，就是我面前这个人模狗样的人！”

大厅上鸦雀无声了，人们的目光一起对准了万千山，张达还要说什么，万千山却站了起来，向在场的人抱抱拳，语气平和地说：

“张达先生说的对，在场的人里只有我是张达的死对头，张达也肯定有置我于死地的念头！今天是他的好日子，我不揭他的老底儿，对于他和他父亲的过去，在座的许多俄国人都知道。我只想说一句话，我万千山能当胡子，但有一点足以值得我骄傲，那就是万家人绝不出卖祖宗，绝不出卖朋友，绝不给任何人当狗！”

大厅里发出一片嗡嗡的声音，张达的目光情不自禁地在那些俄国人的脸上巡视了一圈，他发现有人已经投来了鄙视的目光，顿时涨红了脸。

他气急败坏，一把掀翻了桌子，汤汤水水，纷纷四溅，不仅万千山的衣服被弄脏了，许多外国人的衣服也不同程度地遭了殃。

几个俄国人站起来，指着张达的鼻子骂他缺少教养，还有人说张达不能容人，谁用这样的人谁会倒大霉的。

张达知道自己犯了个不可原谅的错误，站在那里一句话也不说，人都傻了。

久保田过来左右开弓，打了张达好几个嘴巴子，然后开始一一向万千山和那几个恼怒的俄国人道歉。

万千山向久保田说了声告辞，然后带上小丁子拂袖而去。

走出大门口的时候，他发现那些日本浪人还紧紧地盯着自己不放。小丁子拉拉万千山的衣角说：“掌柜的，这帮人对你好像不怀好意啊，咱得小心着点！”

万千山告诉小丁子，你越怕他们，他们越不把你当人看，这是咱中国人的土地，要挺着胸膛做人。万千山没有直接回太阳岛，而是去了药店，为江北红和天慈抓了药，又给天慈买了一点好玩的小东西，万千山让小丁子将这些东西先带回去，说自己办点事再回去。

小丁子接过东西也不问万千山去干什么，独自向江边走去。

万千山没有去别的地方，而是去了“老毛子坟”。他已经很久没来看达丽雅和彼得了。

在达丽雅和彼得死后，万千山和吉娣把他们葬在了一起。达丽雅和彼得的坟，在老毛子坟场的最东边，靠近水塘的位置。彼得生前曾经说过，他喜欢水，特别是有风的日子，风把水吹出一道道褶皱，就像一个漂亮的女人在弹奏。当时，彼得说得很有诗意，让万千山听不太懂，但是彼得死后他忽然明白了什么似的，就把彼得和达丽雅的坟安在了这个水塘的边上。现在已渐近初冬，坟场一片荒凉萧索。乌鸦不时地鸣叫着，且低低地绕着坟场盘旋。

万千山抬头看了看那些乌鸦说：“彼得，是不是你回来了，如果是，就飞得再低点，让我好好看看你。”那只乌鸦果然低低地朝万千山飞过来，嘶哑地鸣叫了几声，又飞走了。

万千山把一瓶好酒倒在坟头，然后坐了下来。他自言自语地说：

“彼得，你不但救了我万千山一命，又助我杀了那个该死的列文，这本来是我该干的事，你小子却因为这件事送命了，想起来就让人心疼！我对不起你，我没能留住吉娣，她回你的祖国去了，也不知道她现在怎么样了。哥们儿，你好好地照顾好达丽雅吧，女人需要强有力的男人，你应该能保护得了她。你活着的时候，咱哥俩就没好好地喝一瓶，这是令我抱憾终生的事，现在，让我陪你喝个够吧！”

说完，万千山举起瓶子，把剩下的半瓶酒咕嘟咕嘟地喝了下去。和彼得喝完酒，万千山又对达丽雅说：

“按我们中国人的规矩，我该叫你声大姐呢，吉娣做了我的女人，就是我永远的媳妇了！其实，我很敬佩你，你是个敢爱敢恨的女人。现在，你和彼得在一起了，我相信一定会很幸福的。彼得这个小子，是个重情重义的汉子，到了那边，他一定会喜欢上你的，你闷的时候，就让他给你拉琴。他拉的琴真是太好听了，就连我这个粗人都喜欢听。大姐，你喜欢看太阳岛的日出，没事就和彼得回去看看吧，我现在有船了，很多条船，你坐船再也不用花钱了！”

万千山说着说着，竟然流下了眼泪，他的眼泪不是那种汹涌的眼泪，而是默默的，像断线的珍珠，那一滴滴晶莹的泪花滴在坟前，很快就被风吹干了。

每当想念吉娣，想起彼得和达丽雅为了救他而死在这片陌生的土地上时，万千山都会来这里陪他们坐一坐。吉娣临走前也嘱咐过他，要常来看看姐姐和彼得，他们都是好人。

万千山站起身来，仰起头，声嘶力竭地喊着吉娣的名字：

“吉娣、吉娣……”

一声声呼唤，震落了苍老的榆树上那些枯黄的秋叶。

在回太阳岛的路上，万千山脑海里总是浮现张达的身影。每一次想起张达，万千山的心都会袭上一股寒意。他怎么也想不明白，这个张达怎么会和日本人勾搭在一起，日本人在东北的居心已经昭然若揭，其虎狼之心，比俄国人有过之而无不及。他们在远东调兵遣将，对中国东北虎视眈眈，下手也是早晚的事。

“莫非这个船务公司是日本人开的?”万千山想到这儿，心里紧了一下。

64

张达确实在为日本人做事。

当年他向张蓝见、刘凤告密后，又脱身离开了刘凤，自己寻找栖身之处。他在哈尔滨晃荡了一年多，找了很多事儿做，都因为他那条废腿被赶了出来。张达无奈，只能和那些讨饭的在一起，抢些残羹剩饭勉强度日。

人性这东西，看不见摸不着，却一直实实在在地被人带在身上，它不断地左右着一个人的思维方式和生活方式。张达的本性是自私、暴戾，受的磨难越多，他的仇恨心理就越重，为了达到有一天能毁掉万千山的目的，他不断有意识地培养自己的凶狠和残暴。许多在街头讨饭的孩子都被张达迫害过，有人被张达打得吐血，有人曾被张达推到奔驰的马车下，活活压成了残废，小乞丐们一提起张达，就像看见了恶鬼一样，吓得浑身发抖。

去年秋天，张达在街上遇到了一个和亲人走失的四川女孩，女孩哭哭啼啼的，还没有学会要饭，饿两三天肚子了。张达发现她时，女孩已经昏倒在一个中药铺子的门口，几个小要饭的正在设法把她弄醒，好喂她点吃的。张达站在一旁看了半天，突然冲上去，对那些小要饭的又踢又打，小要饭的见是张达，呼啦一下就散了。

张达走到那小姑娘的身边，一把提起来，掀到背上就走。他把小姑娘背到自己平时住的破房子里，扔在草堆上，拿过一个梨切成碎块，没死没活地往小姑娘的嘴里塞。小姑娘睁了下眼睛，也许是尝到了梨的甜汁，生龙活虎地嚼起来。等把嘴里的东西咽下去，张达却不再给她吃了。

小姑娘眼泪汪汪地瞅着张达，张达说：

“瞅什么，别当我的东西是那么好吃的，你得花上点本钱才行！”

小姑娘还不懂啥叫本钱，瞅着张达说：

“你救了我的命，要是能帮我找到我妈，我就给你磕头！”

张达说：“你妈是什么东西，我还找不到我妈呢，你就和我一起过得了！”

小姑娘看到张达的眼神，突然害怕了，捂着脸哇哇地哭起来，张达把小姑娘的嘴堵上了，还用绳子绑上了她的双手，当时就把饥饿中的小姑娘强奸了。从那以后，张达把小姑娘锁在了他的破房子里，有时给口吃的，有时就让她饿着，想起来的时候就拿小姑娘发泄发泄，等他玩够了，一脚把小姑娘踢出破房子，小姑娘已经没了人形。还多亏那些小要饭的，找来两个女花子，把小姑娘领到她们住的地方，整天领着她在街上讨饭吃。

要饭花子们不敢惹张达，张达也不理这些要饭的，他要饭的手法就是生抢，见什么抢什么，抢不到手就砸人家摊子，一来二去，张达就成了万人恨了，三更半夜的，也没少吃暗亏。有在夜里偷袭他的，有在他背后扔石头的。抓不到是谁干的，张达就把所有的账都记到万家父子的头上。他认为，如果不是万家父子出现在他的生活里，他张达不会成为孤儿，更不可能离开太阳寨和天慈，而如果和天慈结成了夫妻，太阳寨就是他张达的了，做了寨主，那他的日子肯定是要风得风、要雨得雨，怎么会流落到街头，过这种人不人鬼不鬼的日子呢？

仇恨在张达的血液里不断地滋长，有时会闹得他寝食难安、满地打滚。不断地寻找报复万千山的机会，成了张达生活中的主旋律。

日子越是难过，张达越是恨万千山，越想把他碎尸万段。

可是张达没有机会报仇，凭什么？就凭他这残废的身板？不太可能。这一点张达自己也知道。但是他并不甘心，他在苦苦地告诫和安慰自己：会有机会的，机会来得越晚，仇恨积累的就越多，一旦报复起来，势态就越凶猛，越让人感觉快乐。

那天，张达蓬头垢面地拖着一条残废的腿，逛到位于日本街的一家名为兰菊的照相馆时，被贴在门前的一张启示吸引了，启示上的遣词用句非常笨拙，张达在字里行间颠颠倒倒地捋了半天才弄明白，启示的意思是招收中国学徒，年龄不限，只要粗通中国文字就可。

张达心里想："把中国话弄成这样，你不招个像老子这样有点文字功夫的，能玩得转吗？老子正想和外国人打交道呢，偏偏就撞上你了，说不定从你身上就能打开缺口，摸到一条大鱼！"想到这里，张达认为自己的机会来了，于是整理一下衣服，弄出一张笑脸，就去应聘。兰菊照相馆的老板，也就是照相的师傅，他是一个日本人，名叫菊池。这个人长着一张刀条脸，呈蜡白色，嘴上有一撮生硬的小胡子，就像刻意粘上的道具。

菊池看了看张达，尤其是看了张达那条残废的腿，无奈地摇了摇头，显得很遗憾的样子。张达看明白了菊池的心思——他讨厌他的这条废腿。张达赶紧说自己很能干，不但识字，还粗通武术，说着他就给菊池舞了一套拳。拖着废腿舞着拳的张达，把菊池逗得哈哈大笑，店里的另两个伙计也跟着大笑起来。一套拳舞完，张达已经是满脸淌汗。

菊池留下了张达。这个老辣的日本人看好了张达的韧劲，更看好他眼睛里那种不达目的不罢休的野心。这正是菊池想要的。实际上，这家兰菊照相馆就是日本特务机关的一个联络点。菊池根本不是什么照相的师傅，而是一个日本间谍，专门搜集各种情报，汇总之后，再交给日本驻哈的特务机关。当时日本在哈尔滨设置了很多特务和间谍，菊池就是其中的一个，而且还是一个小头目。

张达在兰菊照相馆站住了脚，还完全赢得了菊池的信赖和赏识。张达知道，在哈尔滨除了俄国人，就是日本人的势力强大，他也知道日本人的野心比俄国人的还要大。这个善于钻营的张达，决定抱住日本人这棵大树，有朝一日，一定能达到他报仇的目的。张达没错，他一步步地接近自己的目标，在菊池决定回国时，把张达介绍给了更有背景的久保田，张达知道自己越来越有可能实现自己的计划了。

张达苦心经营着自己在日本人那里得到的一点点地位，他要干出个样子来，让日本人知道，他张达虽然腿脚不利索，却是个百分百的可用之才。他四处收集各种情报，当然有的还称不上正经的情报，只是些坐在屋子里的日本人难以听到的小道消息，但这已经足以让日本人知道，张达是个既忠心又肯于吃苦的好帮手。当然，张达能发挥的作用还不仅仅是这些，他还煞费苦心地想尽一切办法让日本人多赚钱，多得到一些他们想得到的东西，好在久保商会的利益簿上，献上自己的一分力量。张达干得最漂亮的一笔生意，是他凭着自己的精明，在荟芳里以极其便宜的价格买下了一处妓院。久保田给这家妓院取名为花田会馆。在这里，张达通过各种手段，从俄国人那里、从那些中国军阀那里，得来各种各样的情报，一并呈给久保田。后来，久保田干脆让张达做了这家妓院的老板。

张达的羽翼渐丰，复仇的心火燃烧得更旺了。

后来，张达知道万千山回到了哈尔滨，还在松花江上开起了激流船房子，就向久保田提议，也在松花江上开个船务公司。很久以来，松花江的航运都被俄人独霸着，日本人早就筹划着要占据这条黄金水道了。正好张达提出了这个建议，久保田欣然应允，让张达出面经营这家船务公司，而他则作为幕后老板，暗中指挥。

张达想让万千山彻底完蛋，放火烧毁他的船房子，只是一个小小的警告。他要一点点吃掉万千山，再借日本人的刀杀死他。在长久的磨砺之后，张达已经有足够的耐心，要跟万千山好好玩玩。

65

万千山回到太阳岛时，正好内蒙古那边送的马匹也到了。

让他感到意外的是，朵云的阿爸并没有按照原来定好的马匹数送来马匹，而是额外多送了三匹。这些漂亮的蒙古马，成了松花江边一道靓丽的风景。万江平将马分了一下，六匹马一挂的大车，拴了两挂，用去十二匹马，用来在陆路运输货物，剩下的马匹，用来在冰封的江面上拉爬犁。在人员上，万千山也做了明确的分工，王二负责江面上的马拉爬犁，钟宝发负责两挂大马车的陆路运输，小丁子则依然跟在万千山的身边，帮他跑跑那些力所能及的小事情。万江平在账房坐镇，处理应急的大小事物。

万千山的船房子又顺利地投入了运营，尽管是冬天，但是依然经营得红红火火，两挂大马车一刻不停地跋涉在大道上，为激流赚了不少钱。而那些夏天习惯了坐船的客人们，也坐在马拉爬犁上，乐呵呵地往返于松花江两岸。

时光悄无声息地流淌，一切似乎又平静下来。但是万千山隐隐的感觉，等待他的并不是一帆风顺、顺风顺水的生活，他必须准备迎接更大的风暴……

漫长的冬天，将严寒无休止地笼罩在北方人的心中。哈尔滨的街面上，越来越多的外国人趾高气扬地穿梭于大街小巷，这里的人员成分越来越复杂了。

冬天越深入，人们的紧迫感就越强，严寒从某种程度上能使人紧张起来，心也揪得紧紧的……

这天清晨，万千山的心情比往日要好一些，每当下雪的时候，他都要在雪中漫步，这么多年过去了，他不再是当初那个少年英雄，不再是那个劫富济贫的土匪了。现在，他是松花江两岸赫赫有名的船老大，经营着一家颇有实力的船房子。

万千山独自漫步来到江边，看着自己的马拉爬犁正欢快地在松花江上奔驰，心里就升腾起一股暖意。马拉爬犁这个主意，还是受了吉娣的启发才想出来的。有一次吉娣给万千山讲居住在北极的爱斯基摩人用狗拉雪橇作为交通工具时，他想是不是也能在松花江上搞这个东西，专门挣那些洋人的钱，只是当时万千山正在闹义和团，没心思弄这个。后来，他果真在松花江上开了个船房子，就把这个想法变成了现实。

看万千山站在江边，不少客人都向他挥手，万千山也挥手回应着他们友好的致意。这些都是居住在太阳岛上的俄国人。松北通了火车以后，江北居住的洋人就更多了。他的生意自然也就更好了。万千山溜达了一会儿，感觉有些冷，肚子也饿得咕咕直叫，就转身要回船坞去。他刚一转身，看见伊万大夫笑容可掬地走了过来。

伊万远远地就招呼道：

“看见你真高兴！聪明智慧的小伙子，你的马拉爬犁可真是绝了，比坐船还要舒服！”

万千山快走几步迎上去，他看见伊万的白头发又多了一些，就说：

“伊万大夫，总麻烦您给我姑和天慈瞧病，真是让您操碎心了！”

万千山说的姑姑，指的就是江北红。

“哪里的话呢？她是个很善良的女人，也很坚强。不过……”说到这里，伊万停了一下，看了看万千山，接着说：

“不过她的情况不太妙，她的胃和肝脏都出了问题！”

“严重吗？”万千山紧张地追问了一句。

“嗯，很严重，她的胃正在溃烂，肝也开始肿大，情况很不乐观！”

万千山的面色凝重起来：

“那怎么办，伊万大夫？”

“我会想办法的，可是你知道，现在药品很缺乏，我的医术也有限！”伊万无奈地摇摇头。

万千山的心里好像压上了一块巨石，他沉默了。

万千山和伊万并肩走在江边。

东边红日升腾，已经彻底地将大雾驱散，一切都变得清晰起来，但万千山却觉得越发的寒冷。伊万知道万千山的心情，江北红是万家父子的救命恩人，她的身体每况愈下，怎么能不让万千山心如火焚呢？伊万的目光凝视着远处教堂的尖顶，他不知道该用什么语言来安慰眼前的朋友。

“现在只能求真主保佑了！”过了许久，伊万嘟囔了一句。突然，他好像又想起了什么高兴的事，微笑着对万千山说：

“你的天慈妹妹现在可是越来越好了，这简直是个奇迹！她的心神安宁，情绪很稳定，尽管还不完全明白事理，但是她已经能控制自己了！”

这一点万千山也看出来了。

最近天慈的变化很大，不再像从前那样情绪无常了。她似乎一下子安静下来，不再哭哭闹闹的了。从前，万千山带她去散步的时候，都得紧紧拉住她的手，怕她跑丢了。可是现在，她不再四处乱跑了，更多的时间，她都是和老林头一起饲养那些猪，还告诉万千山，等猪长大了，她要留下一头办船工晚宴，她喜欢那种大家聚在一起吃饭的热闹场面。万千山知道，她的心里可能一直都在怀念着太阳寨，怀念那种上百人一起开饭的大场面。而她间歇性地表现出的那种孤独感和恐惧感，可能是在刘凤的地牢里留下的。每次万千山带她出去玩，她都紧紧地拉住万千山的衣角，或是挽住他的胳膊，她太害怕离群索居了。万千山还发现，只要是他们两个单独在一起，天慈眼睛里都会流露出宁静和安详。有时，细心的万千山也会看到，天慈的眼角会有亮晶晶的泪滴，每到这时，万千山都会把天慈揽在怀里，和她说一些温存的话。

天慈的好转，让万千山心情轻松了很多。天慈是他的一块心病，也是一块伤疤。

他曾经发誓要好好照顾天慈一辈子，不管走到哪，都要把天慈带在身边，像妹妹一样呵护她一辈子。

伊万告别了万千山，过江去医院上班了。

万千山回到船坞，简单地吃了点东西，就去看江北红。

江北红坐在她的轮椅里，最近，她好像越来越离不开万江平给她做的这个代步工具了，不仅吃饭时在上面，就连睡觉也不愿意下来。

江北红的脸色很苍白，但看到万千山来了，马上精神起来，说万千山忙得连早饭也顾不上和大家一起吃，让正在给她缝皮坐垫的天慈赶紧给万千山准备牛奶和面包，万千山说自己刚刚吃过，让天慈快点把皮坐垫缝好，下午他亲自推着江北红到江边去坐坐马爬犁，晚上回来和大家一起吃烤肉。天慈听说要出去玩，脸色兴奋得红润起来，她答应一声，又坐到母亲身边，一边一眼一眼地看万千山，一边缝起坐垫来。

万千山和江北红聊着聊着，天慈突然叫了一声，丢下手里的坐垫，右手捏着左手的食指，笑嘻嘻地看着万千山说：“针扎手了！”

万千山拉过天慈的手指一看，指尖上冒出了绿豆大小的一个血珠，他开玩笑地说：

“还没学好做针线吧，看你将来怎么嫁人？”

天慈一把抽回了手指，脸色突然变了，说：“你都不说娶，我还嫁个什么？”

万千山觉得心头一热，他看看江北红，江北红低下了头，却对天慈说：

“你这孩子，什么话都说得出口，千山是你哥！”

天慈辩解说：

“他不是，张达才是我哥呢！”

天慈一口说出了张达，江北红的脸色更加苍白了，好一会儿，她才忧郁地说：

“张达跟上了日本人，能干出什么好事来呢？”

于是，他们又谈到了日本人。万千山说，日俄战争以后，日本人加剧了在中国东北的势力扩张，日本人已经出兵占据了中国的山东，而且兵力在逐渐扩大，已经有北上之势。

江北红望着窗外说：

“哈尔滨是外国人眼中的一块肥肉啊！”

万千山说：“日本人比俄国人更坏，从时局上看，没准要打上一仗呢！”

66

冬去春来，又是一年春草绿。

这一年是武开江，崩溃的冰排相互撞击，发出巨大的响声，水流湍急的地方，几块冰排支起来，形成一座座涌动的冰山，一边流动，一边轰然垮掉，松花江就像一条突然发怒的巨龙，哮咆着向下游冲去。

随着松花江的再一次通航，又有几家船房子也相继开业了。特别是一家俄国人的叫远东的船务公司，又扩大了规模，一下子上了十条大船，大有垄断松花江航运之势。

开江以后，万千山将所有的马匹都用于陆路运输。他用冬天挣到的钱，又买了两条大船。但是无论和日晖船务比，还是和远东船务比，他们激流的船，都要逊色不少。但万千山靠的不是漂亮的大船，而是靠信誉，靠着踏踏实实干事的执着劲儿。尽管日晖和远东都相继压低了价格，以竞争更多的客户，但是万千山的激流，仍然经营得稳稳当当，虽然流失了一些客户，但是大部分老主顾，还是认准了激流的船。

一时间，松花江上大小船舶竞相往来，你追我赶，热闹异常。

一场白热化的竞争，已经开始。

张达使尽了浑身解数，想挤垮万千山的船房子，他先是压低价格，然后再派人深入万千山的客户中做工作，让他们放弃使用激流的船，改用日晖的船。张达的诡计起到了一些效果，不少见钱眼开的人开始改用日晖的船。

这天，万千山正在船坞里和万江平研究对策，忽见一伙人朝这边走过来。万千山看那个为首的人很面熟，一时没想起来是谁。

等那伙人走得近些，万千山才看清，原来是刘金贵。

“这个王八蛋，怎么又出现了?”万千山心里琢磨着，刘金贵已经来到了眼前。

“呵呵，大英雄，多日不见，你的能耐大了，竟然开起了这么大个船房子!”刘金贵还和当年一个样，歪着脖子，扯着公鸭嗓说。

“刘金贵，你好像许久没给洋人当走狗了，今天又跑松花江上干啥来了?”万千山毫不客气地说。

刘金贵听万千山骂他是走狗，也不生气，拎了把椅子坐下来，拿起万江平用的小茶壶摆弄几下，才阴阳怪气地说：

“老子是走狗? 哈哈，我只不过是和许多人一样，赚了洋人的一些钱罢了。拿人钱财、替人消灾这句老话，你不会不懂吧?”

“有事快说，有屁快放，老子这儿忙着呢!”万千山看到刘金贵就怒火中烧，想让他快点滚蛋。

刘金贵却哈哈一笑，说：

“万千山，说起来我们也算是老朋友了，山不转水转，我刘金贵现在也能来这江上混饭吃了。我现在是远东船务公司的保安经理，日后咱们打交道的机会可是多着呢!”

万千山轻蔑地看了刘金贵一眼，心想，这个坏蛋真的又给洋人做起了事，有他在这松花江上晃荡，那这天下可就不太平了。

万江平看刘金贵如此猖狂，用手推开门，指了指门外说：

“我这船房子不收留洋人的狗，赶紧给我出去!”

刘金贵正了正自己的宽檐礼帽，掏出怀表吹了一下，打开盖子看了看点儿，一挥手领着几个手下就出去了。走出屋门，刘金贵留下了一句话：

“万千山，看来咱们两家又干上了，这辈子我不制服你万千山，就不姓刘了!”

万千山回应道：

“那就走着瞧吧！”

刘金贵离去之后，万千山和万江平也来到江边。

万江平望着江上来往的船只说：

“看来这松花江要不太平了，咱得小心着点！”

万千山点点头，双目凝视着滚滚东去的松花江水，攥紧了拳头。

刘金贵离开万千山的激流船房子，直接去了荟芳里。

他刚刚上任，心情自然不错，想去那家花田会馆尝尝鲜。他听说那的妓女，都是一顶一的漂亮，还有几个日本的妓女，是花田会馆的头牌。

这个刘金贵，在家闲了一段时间之后，感觉心里烦闷，他的媳妇那珠又整天管着他，更让他烦得不得了。于是，他又琢磨着到洋人那里搞点事做，听说俄国人和日本人正在搞商业争夺战，需要各方面的人才帮助他们做些外部事务，就花钱托过去认识的几个洋人，到俄国远东船务公司拉关系，功夫不负有心人，在多方努力下，刘金贵终于在远东船务公司谋了个保安经理的职位。说是保安经理，实际上就是专门为俄国人的船场维持码头秩序，这个位置对刘金贵来说，算得上是轻车熟路、得心应手了。他顾不得那珠的反对，在接到录用通知的第二天，就西装革履地上班了。对于他的工作，刘金贵当然是乐此不疲，毕竟又抱上了洋人的大腿，他可以像从前那样张狂地活着了。

刘金贵来到花田会馆，没敢像以前到香春阁那样张扬，毕竟不是过去了，他知道自打他爹下了世后，他也没了依仗，行事收敛了一些。特别是这家花田会馆，听说背后有日本人做靠山，他自然也就不敢闹出事来。

刘金贵进门的时候，几个日本浪人正酒气熏天地哼着小曲出来，差点和他们撞了个满怀。这几个日本浪人叽里呱啦地朝刘金贵骂了几句，刘金贵也不敢还嘴，让开一步，等几个日本浪人横着膀子从身边过去，刘金贵才溜了进去。

这个花田会馆装饰得十分豪华，圆形的楼里有一个巨大的水池，红白花色的鲤鱼贴着水面游动，每一条都有四斤多重；石砌的假山在水池中央，山体上一条瀑布川流不息，使整个楼院显得凉爽而清静。

见有客人进来，一个老鸨赶紧过来，招呼刘金贵进了二楼的上房，她问刘金贵喜欢什么样的姑娘。刘金贵进门时被几个日本浪人给骂了一通，心里有些不痛快，见到这个半老的女人，也没放在眼里，气鼓鼓地冲着老鸨说：

“给我找个日本女人，今儿大爷我也换换口味!”

老鸨也不计较刘金贵的口气，神情里透出夸张的喜悦，说：

“好啊，大爷，一看您就是会享受的主儿，您就瞧好吧!”

老鸨出去，刘金贵扫了一眼房间，跟香春阁比起来，确实是好得多，弹簧软床能把人弹得老高。墙角还有一个洋玩意，一张黑色的塑料片子被放在一个箱子上，一边转着一边就唱出了小曲，这东西刘金贵见过，叫什么他忘了。

“在这么讲究的屋子里消遣消遣，还真不错!”

刘金贵这么想着，心情不觉好了很多。这时，一个穿着和服的日本妓女颠着小步走了进来，看见刘金贵正盘腿坐在软床上，赶紧鞠了一躬。

“你叫啥名字?”刘金贵问。

“我叫栀子。”她回答，然后又鞠了一躬。

刘金贵赶紧把她扶起来，用淫邪的目光盯着栀子的脸蛋。

栀子长着一张俊俏而白皙的脸，尖尖的下巴颏像被刀修过的一样，一双杏眼饱含着风情，又似乎有几分幽怨，柳叶眉稍稍向上扬起，鲜红的嘴唇娇艳欲滴。

打量了一番之后，刘金贵在心里啧啧地赞叹着，真是个美人啊！这个小巧玲珑的日本货，还真对自己的脾气。想到这里，刘金贵就觉得有一股热气，直往心头上涌。

他使足了力气，粗暴地把栀子按倒在床上。

67

打那以后，刘金贵就成了花田会馆的常客。

中秋节的后一天，刘金贵再次来到花田会馆。等他销了魂出来，在大门口和张达走了个碰头。张达看这个人如此面熟，就是想不起来在哪见过，刘金贵也觉得张达的脸不是很面生，两人对视了一会儿，就攀谈起来。两个人互通了姓名，这才想起来，原来他们在几年前打过照面。就是刘金贵被万千山在酒馆痛打那一次，张达就站在万千山的身边。后来刘金贵也听他爹刘凤说起过，这个张达就是张炮台的儿子，他因为张炮台的死，把一笔烂账算在了万千山的头上，还向刘凤告密，在剿灭太阳寨那件事上，起了不小的作用。只是后来张达没有跟随他爹刘凤，而是偷偷地溜走了。

这一次，两人在花田会馆相见，都感觉格外亲切。提起当年的旧事，两人都哈哈一笑，算是过去了。张达告诉刘金贵，自己在上坞那边有个日晖船务公司。刘金贵听到这里，张大嘴巴说：

“原来那个日晖是你开的啊?”

张达说：“是啊，我是那里的主管。怎么，你跟日晖很熟吗?”

刘金贵诡秘地一笑，说：

“我怎么能不熟呢，我也在江面上混，我正在给远东船务做保安经理，经常和你的人打照面!”

“那你也知道万千山的激流了?”张达问。

“知道、知道，那可是我的死对头，我正琢磨着怎么祸害他呢!”

刘金贵把一支烟蒂重重地摔在地上，用脚使劲踩了踩说。

张达转了一下眼珠，说：

“这可是山不转水转啊，转到如今，把咱们转到一起了，死对头还是一个!”

刘金贵接过话茬说：

“鱼找鱼、虾找虾，既然咱们的目标是一个，就捆在一起得了!”

张达哼哈答应着，两个人又东拉西扯地唠了一会儿，就各自告别，各忙各的去了。

打那以后，张达和刘金贵相互勾结，对万千山的激流船房子用尽了坏点子。刘金贵手下的打手们竟公然在码头上殴打万千山的客人，扬言只要他们上了激流的船，就得先挨他们一顿棍棒。还有几次，远东的大船甚至公然在江上撞向万千山的船。但是，这几次险情都被激灵的船员左右突围地化解了。

万千山的激流船房子，在夹缝中艰难地生存着。

流火的七月，总是热得让人心生烦闷，但是，太阳岛却分外地凉爽。

太阳岛就像是这个城市的肺叶一样，源源不断地给这个处在纷乱中的城市提供着惬意和清新的空气，无论春夏秋冬、无论风霜雨雪，更无论世态如何变迁，太阳岛向人们输送清洁和浪漫的气息。也许就像传说的那样，太阳岛真的是一块通灵的宝玉，一块未经雕琢的、自然的、原始的处女地。

万千山从船房子出来，想回家去看看天慈。刚走到上坞的街口，就看见阿廖沙风风火火地跑了过来。他已经很久没看见阿廖沙了。阿廖沙的个子又长高了很多，走起路来扑通扑通的，只是他那蓝眼睛还是那么纯净晶莹。

每当看见阿廖沙，万千山都会想起吉娣，想起达丽雅和彼得，以及那些被彼得训练的突然很有生命力的“士兵们”。

阿廖沙远远地就喊万千山，好像很着急的样子。

“咋了，阿廖沙，看你这副着急的样儿，出啥事了?”

“千山哥，快救救小金子吧，他快死了!”

“咋回事? 你别急，慢慢跟我说!”

“小金子早上就喊肚子疼，在炕上直打滚，到现在还不好，他都昏迷了!”

万千山听阿廖沙这么说，赶紧拉着他向小金子家跑去。小金子家离阿廖沙家不远，住着一座泥土垒成的房子，房盖是用苇草一层层絮起来的，好像也有两年没有苫上新草了，看上去破败而又寒酸。这样的房子在太阳岛上很多，住的基本上都是中国的老百姓。

小金子的爹不知道患上了什么病，突然双目失明，什么也看不见了。一家人就靠着小金子的娘，给那些俄国人干点零活，勉强活下来。

小金子躺在炕上，双目紧闭。看起来，他已经折腾得没有一点力气了，甚至连呻吟的力气都没有了。金子娘流着泪守在儿子身旁，极度伤心，他爹则默默地用手摸索着，给小金子按摩。看到万千山和阿廖沙进来，金子娘赶紧起来，让万千山坐。

万千山摆摆手，示意她不要客气。他把手放在小金子的头上，不是很烫。他又摸了摸小金子的小腹，微微鼓起了一个包。一定是这儿的病，万千山看看阿廖沙，阿廖沙也看看他，抓紧了小金子的手。

“马上去找伊万大夫，他能治好小金子的病!”万千山说完背起小金子就走，阿廖沙跟在后面，金子娘也急忙跟了出去。

他们跑到伊万大夫家，可是伊万还没回来。看见昏迷不醒的小金子，伊万的老伴娜达莎大妈。赶紧拿出家中仅有的一点药说：

“先给他吃进去，应该会有点用的!”

给小金子吃了药，伊万还是没有回来。万千山看这样等下去也不是办法，赶紧让阿廖沙先跑到江边，让船工准备好船，他随后就到。

等万千山背着小金子赶到伊万所在的医院时，小金子已经被病痛折磨得奄奄一息了。伊万为小金子紧急检查了一下，然后面色沉重地看着万千山说：

“看来得手术，做一下准备吧，不过从检查的情况看，他的盲肠已经化脓穿孔，能不能救过来，就看他的命了，我会尽力的!”

金子娘听伊万这么说，扑通一声跪在地上，求伊万一定要救救小金子的命，伊万和万千山扶起金子娘，安慰她不要着急。

阿廖沙靠在万千山的肩膀上，迷迷糊糊地睡着了。金子娘的眼睛死死地盯着手术室的门口，希望儿子能活着出来。手术一直持续到将近半夜十分，伊万才疲惫地推开手术室的门，长长地出了一口气，对金子娘和万千山说：

“这个中国男孩命大，上帝现在还不想收留他!”

万千山也松了一口气，金子娘又要给伊万跪下道谢，被伊万挡住了，说：

“还是快去照顾你的儿子吧，他马上就出来了!”

68

小金子活过来了，高兴得阿廖沙手舞足蹈。

万千山为小金子交了所有的费用，告诉金子娘不要担心，好好在医院住着，等小金子彻底好了，再回太阳岛，钱的事不用犯愁，他会让阿廖沙再给带一些过来的。

离开医院的时候，已经是后半夜了。伊万很疲倦，不想回太阳岛了，就在办公室里住下了。万千山领着阿廖沙步行来到江边，船工已经在船上睡着了。这个船工一直等在这里，怕万千山他们半夜回来时过不了江。万千山轻轻地拍醒船工，上了船，船工打起精神，向太阳岛的方向慢慢划去。

在船上，阿廖沙已经睡意全无了。他坐在船头，一边用他那修长的手划着江水，一边问万千山：

“千山哥，你想吉娣姐姐吗？”

“想。”万千山说。

“你们还会见面吗？你好像吻了她，我都看见了！”

万千山苦涩地笑了一下，仰头看着天上浩瀚的星群。

“她一定也在想我们呢，吉娣姐姐说了，她每时每刻都会想念你，也想念我！”阿廖沙说。

“是啊，她也在想我们呢，我都听见她唱歌的声音了！”万千山想起了吉娣为她唱过的俄国歌曲，也哼哼了起来，阿廖沙用手打着节拍为万千山伴奏。

自打小金子有病以后，万千山一直在心里盘算着一件事。这件事在他心里装了很长时间，直到他想得差不多了，才把想法和他爹说了。

原来，万千山看太阳岛上像小金子这样的孩子很多，但绝大多数都因为家里穷没钱上学，成了睁眼瞎。万千山想在太阳岛上办一个私塾学堂，让那些穷孩子免费来上学。万江平听完万千山的想法，没说行也没说不行，只是说眼下船房子的生意不好，不知道能不能挤出这笔钱来办这个学堂。

万千山说："咱手头咋紧也不差这点钱，让这些穷孩子吃点墨水，比啥都值钱呢!"

说干就干，万千山组织几个船工在岛上盖了一个木头房子，里面放了些木板凳和桌子，又弄了一块黑板挂在墙上，还着实地像那么回事。他又托人请了一个私塾先生，每天吃住在学校里，每个月给十块钱的工钱。教书先生姓徐，叫徐学仁，今年也就三十岁的样子，是早年跟着他爹闯关东过来的。

徐先生看万千山和这些孩子无亲无故的，能拿出钱来给他们弄学堂，心里十分敬佩，也就不多计较，说只要能教好这些孩子就行。

徐先生给这个学堂起了个名字，叫强华学堂，意思是要孩子们努力学习，多掌握点知识，长大后能干点大事，强大我中华。强华学堂的开办，很快传遍了太阳岛，不少穷孩子都纷纷报名入学。不到两个月的时间，就有四五十个孩子成了强华学堂的学生。万千山嘱咐徐先生，不仅要教会孩子们识字，还要让他们树立强国的理想，要想不被列强欺侮，就得让自己的国家强大起来。

徐先生对万千山的想法很赞同，课里课外地给学生们灌输立志报国的信念。

强华学堂也成了天慈的一块乐土，每天她都会在阿廖沙和小金子的带领下到学堂去，天慈知道这里是干什么的，所以从不大声说话，就是坐在那儿，乖乖地听徐先生教学生们识字，有时候她也会跟着比画起来，然后自己偷偷地笑一下。那些孩子们也喜欢天慈，下课了就带着天慈玩各种游戏。

天慈快乐一点，万千山的心里就好受一点。只是现在江北红的病越来越重，让他们父子十分揪心。万江平除了打理船房子的账目外，经常回家看看江北红，和她说说话、聊聊天。每当看见万江平回来，朱久红都会借故出去，让他和江北红单独待在一起，也好说点知心的话。每次朱久红要出去，都被江北红叫回来，她告诉朱久红，她和万大哥是亲兄妹，没有背人的话说。朱久红每次也都笑一笑，还是借故出去。

那天收了账，王二和万江平都早早地回来了，正好万千山也在家，他刚刚把天慈从学校领回来，这时正陪天慈说话呢。万千山一直认为陪天慈说话对她最有好处了，所以他一有时间就回来陪天慈，或是到学堂去看看。见万千山在家，王二煞有介事地把万千山叫到一边，神秘地说：

"千山，你猜我今儿看到谁了？"

"谁呀，大叔，你就别卖关子了，还不知道我这急脾气吗？"

"你还记得李家烧锅吗？就是被你洗过的那个？"

"记得啊，咋了，不会是那李掌柜又活了吧？"

"他倒没活，可我看见他家二小姐了，还坐咱们的船了呢！"

万千山一听李念，忽地想起了这个姑娘。万千山知道，当年就是在她的坚持下，李掌柜才答应让王二和他娘留下来，而且这个李念还把他娘留在自己的身边，像亲娘一样对待。

万千山想到这儿，赶紧问王二：

"大叔，你俩说话了没有？她回来干啥来了？"

"没说话，这个孩子和好几个人在一起，急匆匆地过了江，等我看见时，船已经开出去很远了！"

万千山说了一声知道了，就自顾自地犯起了嘀咕：

"这个李家二小姐怎么突然就出现了呢？她是回来报仇还是干什么呢？她会不会来找麻烦，可她也不是那样的人啊！"

王二又把他看见李家二小姐的事告诉了朱久红，朱久红一听王二看见了李念，眼睛一下子亮了起来，然后又湿润了。她含着眼泪对王二说：

"这孩子好啊，是个好姑娘，也不知道这些年去哪了，再看见她，一定把她带家来，让我好好亲近亲近这孩子！"

王二答应说："好，再看见这孩子，一定把她给你带回来。"然后就出去和万江平、万千山研究激流的事去了。

尽管激流这边的业务已经不是很好，但是万千山还是在坚强地支撑着。自打张达和刘金贵勾搭在一起后，万千山更加小心了。只要大船出港，他都要亲自跟在船上。

69

王二在江边看到的人，确实是李念。

李念此时已经是中共党员，正在哈尔滨开展活动。

实际上，她来哈尔滨工作已经有很长时间了，只是因为身份特殊，需要绝对保密，才没有去找王二和她照顾了很久的"素月"。

十月的一天，激流船房子来了几个陌生的面孔，他们自称外地商人，要从哈尔滨往三姓运一批货物，听说激流的船安全、信誉好，就来请激流的船帮着运一趟，运费自然好说，激流尽管定，他们绝不还价。

万千山打量了一下这伙商人，感觉不像做买卖的，人看起来也厚道，就问他们：

“几位老板，日晖和远东的船比我们的要稳、要快，怎么没去找他们呢?”

几个人互相看了看，其中一个高个子、长得浓眉大眼的年轻人说：

“万老板，日晖我们不熟悉，怕这些人不地道，再出点啥差头，就不好办了。远东那家又是洋人开的，咱的钱怎能让洋人赚去呢？所以我们就来找您了。这松花江上下几百里，谁不知道您万老板为人仗义，做生意也实在啊!”

年轻人说完，从包里掏出一张银票，放在桌子上，接着说：“万老板，我们这批货急着运回吉林，您看您能不能接下这趟活?”

万千山斜眼看了一下这张银票，又给年轻人推了回去，说：

“只要你们的货地道，我就接下这趟活，运费不用急着给，装了船你付一半，到了地方你再付另一半!”

“万老板办事就是讲究，货您就放心吧，我们兄弟几个是正经生意人，肯定没差错!”

几个人又和万千山商议了运费，定好了卸货的地点等一应事由，就签了合同。

万千山回到船房子，正好万江平也来了。他向万江平简单说了一下刚刚接下的这单买卖，就让王二带人将大船好好检修一下，毕竟路途远，别坏在江上，那麻烦就大了。听说接了单大活儿，王二自然是高兴，赶紧带人去弄船了。

万江平却没有兴奋起来，他对万千山说：

“千山，眼下这世道，还不知道要乱成啥样呢，这小日本眼看着就打过来了，可别出点啥岔头啊!”

“没事儿，爹，这伙人一看就不像啥坏人，是正正经经的生意人!”

晚上，万千山开始准备路上用的东西，天慈静静地看着他，一副依依不舍的样子。万千山拍拍天慈的脑袋说：

“好天慈，哥几天就能返回来，到时候给你带好吃的、好玩的，你在家好好听话！”

天慈乖乖地眨了眨大眼睛，从口袋里掏出前几天万千山从哈尔滨给她买的一包糖块，递给万千山：

“哥，你带着路上吃！”

万千山看看天慈手里的糖块，化得有些黏稠了，说：

“以后别把糖块放得太久，买来就吃。这次回来，哥给你带别的好吃的！”

天慈使劲地摇头，把一块糖塞在万千山嘴里，万千山一边收拾东西，一边哄着天慈。江北红看着他俩那甜蜜劲儿，欣慰地笑了。

万千山已经决定，这一趟亲自押船去三姓，这次毕竟不是短途的小活儿，走好了这趟，够平时挣一两个月的了。所以，万千山准备得十分充分，软鞭、盒子枪都带在了身上，以防不测。凌晨刚过，万千山将船带到码头，将满满的一船货装好后就出发了。货主并没有随船，他们说要从陆路走，还要到宾县办事，到了三姓自然会有人接船的。

万千山亲自驾驶奋进一号从太阳岛码头出发，一路顺流而下。

这天风和日丽，天高云淡。深秋清爽的空气和高远的蓝天，让万千山的心情十分惬意。船工们也都为这趟很划算的行程感到高兴。因为激流已经很久没有好好地赚点钱了，这一切都是让张达和刘金贵闹的。

现在有了这趟好活儿，激流可以好好松口气了。

奋进一号船行到万家江段时，万千山突然发现一艘军舰从后面追赶上来，舰上的人用话筒向他喊话，示意他停船靠岸，接受检查。

万千山认识这艘军舰，这是江防司令部的江亨号，专门负责江上防务。看军舰追上来，船工们也都面面相觑，不知道发生了什么事。

万千山不敢怠慢，赶紧将船靠岸。江亨号也随之靠岸，一伙江防部队的水兵，在团长李飞庭的带领下，气势汹汹地上了万千山的船。万千山知道这个李飞庭是个欺软怕硬，专门搜刮在江上跑船这些人的钱财。

“看来，他这次是把我万千山盯上了。这个王八蛋，但愿能打发得了他！”

万千山心里想着，赶紧客气地向李飞庭问好，同时告诉他，这船上装的都是三姓那边商人收购的粮食，没有违禁品。

李飞庭扫视了一眼船上装的粮食，吹胡子瞪眼地对万千山说：

“万千山，你胆子好大呀，你知道你的船上装的是啥？”

“粮食，是商人贩运的粮食！”万千山说着，把一袋子粮食打开让李飞庭看。

李飞庭也不看，继续说：

“万千山，你这次玩得也太不自量力了，你知道这批粮食是怎么回事吗？”

“李团长，我真不知道啊！”

“我告诉你，这可是军用物资，是东省特别治安维持会的军粮，前天夜里刚刚被盗！”

万千山听李飞庭这么一说，十分惊讶，赶紧解释，来雇船的看上去都是些正经买卖人，自己并不知道实情。可是任凭万千山怎么解释，李飞庭就是不听，吩咐手下将奋进一号和船上货物都扣押到江防司令部，万千山被捕，接受审讯。

奋进一号货船被扣、万千山被捕的消息传回激流时已经是当天晚上了。万江平正准备给摇橹的船工们发工钱，小丁子慌慌张张地跑进来。

万江平看见小丁子毛手毛脚的，就说他：

“你总也改不了那毛糙劲儿，啥事把你急成这样?”

小丁子越着急越磕巴，说了半天，才把货船被扣、万千山被捕的事情说清楚。

万江平一听吓了一跳，心说这下完了，这江防司令部可不是好惹的，得赶紧想招啊。万江平急得在地上直踱步，小丁子也急得直跺脚，说：

“老掌柜的，您倒是赶紧拿主意啊，晚了就来不及了！”

正在万江平一筹莫展之时，张达来了。

张达假惺惺地安慰了万江平几句，万江平并没买张达的账，告诉他自己马上要出去，没时间在这听他虚情假意的话。说罢，万江平就示意张达出去。

张达对万江平的冷淡并不在意，笑了笑说：

“老掌柜的，我是念着当年的情分来帮你们万家的，你这个态度可不好啊！”

“你能帮啥，你那坏主意我们万家可算是领教了。这两年你可没少祸害我们，赶紧滚蛋！”万江平把滚蛋两个字，说得很重。

但张达并不着急，他还是笑呵呵地说：

“老掌柜的，你儿子万千山犯的可是死罪，你不想救他吗？这个忙，看来也只有我张达能帮上了！”

“你到底安的是啥心，就直说吧！”万江平冷冷地说。

“安的啥心？一定是好心了！”张达坐在椅子上，跷起二郎腿继续说：“只要你们万家把激流让给我张达，我就能保万千山一命！”

听了张达的话，万江平气得横眉冷竖：

“赶紧给我滚出去，我就把这船房子烧了，也不能给你这个日本人的狗腿子！”

张达不慌不忙地起身，对万江平说：

“你现在还可以跟我横，用不了三天，你就得来求我，到时候，别怪我不念旧情！”

张达说完哼着小曲离去，万江平气得把大手重重地拍在桌子上，发出一声轰响。

70

天色黑下来，屋子里闷得要死。

被关在江防司令部拘留所里的万千山怎么也想不明白，越怕出事越出事，自己怎么就运上了被盗的军粮？

这事实在是蹊跷，他把整个过程仔仔细细地回想了一下，也没发现什么可疑之处。但是眼下自己又真真实实地被关在了牢里。明天就要接受审讯了，然后定个死罪，事情发生得实在太突然，万千山急得团团转。

夜半时分，万江平带着小丁子敲开了孙昌源的大门。门房问清来人的姓名，赶紧进去通报，不一会儿就返回门口，热情地请他们进去。

孙昌源知道是万江平来了，赶紧来到屋外迎接。简单寒暄了几句之后，万江平把整个事情说了一遍，请孙昌源给想想办法，疏通疏通，看能不能把万千山救出来。

孙昌源听万江平说完，双眉紧锁，低头沉思，好半晌才开口说：

“老掌柜的，这事看来麻烦大了！闹不好千山就回不来了，偷运军粮犯的可是死罪啊!”

“是啊，这不找您商量对策吗?得把千山救出来啊!”万江平的脸上已经布满了皱纹，孙昌源看这位饱经沧桑的老英雄急得就快要掉下眼泪了，十分感慨。他安慰了一番万江平，答应明天就开始疏通关系，一定要把万千山救出来。

第二天早上，万江平又早早地来到孙昌源处，把船房子所有的积蓄都带来了，还不足一千块。孙昌源看了看面露尴尬和难色的万江平，把钱推了回去，说他一会儿就去江防司令部疏通，至于需要打点的钱，他会想办法。万江平知道，自己这点钱根本不好干啥，也不推辞，简单谢过之后，二人出门直奔江防司令部而去。

孙昌源与江防司令部的另一位姓王的团长有些旧交，办起事来也就格外方便些。但是，这件事让王团长也犯了难。一是这批货是丢失的军粮，二是这个案子是李团长亲自经手的，他也不好过问太多。但是王团长答应，可以把李飞庭请出来坐一坐。孙昌源赶紧道谢，说晚上到新世界大饭店，让王团长一定把李团长带到。

晚上，新世界饭店华灯高照，这是哈尔滨最大的饭店，排场、店面非常大，都是其他饭店所不能及的。孙昌源定了二楼靠里面的一间最大的包房，同时点了新世界最高档的头等燕翅海参席，酒是陈年的杜康，另外又点了三瓶西洋红酒。

万江平陪孙昌源等在包房门口，欢迎王团长和李飞庭。六点钟，王团长和李飞庭赶到。王团长一一做了介绍，孙昌源将李飞庭让到上座，毕恭毕敬给他点了支烟。李飞庭扫了一眼桌子上的菜，说:

“王团长，你怎么能让朋友这么破费呢?都是自家的朋友，咋整的这么外道!”

王团长赶紧打趣说："李团长来了，怎么能整得太水呢？今儿这桌席，李团长要是不高兴了，那说不上谁的人头就落地了！"

几句玩笑，使餐桌上的气氛顿时轻松了不少。万江平为几位客人一一把酒斟满，孙昌源简单说了几句开场白，就喝了起来。

可是这李飞庭东拉西扯的，就是不提万千山的事，眼看着两瓶杜康见了底，他还是没往这事儿上提。孙昌源和王团长交换了一下眼色，孙昌源端起酒杯，要给李飞庭敬酒。李飞庭却挡住了，他用毛巾擦了擦流油的嘴说：

"咱们都是家里人，王团长，我们也是在一个槽子里吃饭的，我就开门见山地告诉你们吧，万千山这事，不好办！"

孙昌源赶紧奉承说：

"不好办才找您李团长，您得给想想办法啊，老弟我自会重谢！"

说完，孙昌源将用红布包着的三根金条放在李飞庭面前，继续说：

"李团长，我千山老弟的命可就是您一句话的事儿了，您可不能不管啊！"

李飞庭看了看三根金条，又用手轻轻地摸了摸。王团长看有点意思，赶紧将金条拿起来塞到李飞庭的兜里，然后拍拍他的肩膀说：

"我的李大团长，今晚兄弟我陪你去花田会馆玩玩，让你好好放松放松！"

李飞庭一听花田会馆，也来了精神，但是他马上又想起了什么似的说：

"这万千山，怎么就得罪了日本人？实话跟你们说吧，运这趟货，实际是日本人下的套儿，就是冲着万千山来的！"

李飞庭的话，让孙昌源和万江平都一下子恍然大悟。

万江平此时才明白，是这张达一心想吞了激流，才下的套啊。

“这个王八羔子，比他爹还狠毒！”万江平在心中暗骂。

孙昌源赶紧问：

“李团长，那有什么办法啊？”

李飞庭向椅子背上靠了靠，说：

“看来，这激流船房子你们是保不住了，日本人马上就打进哈尔滨了，咱们谁也得罪不起啊！你没看那老毛子的船都撤走了吗？想要命，就舍了这个船房子吧！”

李飞庭的话中明显带着一种无奈，但是万江平和孙昌源都明白，李飞庭并没有说谎。这张达的靠山是日本人，日本人已经打进了双城堡，马上就会攻进哈尔滨。松花江将是他们重要的交通运输线，久保商会早就对激流垂涎三尺了。

现在事情已经是明摆着的了，日本人冲着激流来的，设计将万千山抓起来，目的就是让万家交出船房子。

事态很明确，如果交出船房子，还能保万千山一命，如果不交，这万千山就性命不保了。但是万江平并不同意将船房子交给日本人，李飞庭表示，如果不交他也没办法，现在谁也得罪不起日本人。

刚才还热热闹闹的酒桌上，一时陷入了沉默。王团长看气氛如此沉默，劝慰万江平和孙昌源说：

“两位兄长，依我看，就交了这个船房子吧，就是不交，等日本兵一进来，咱也挡不住他们的飞机大炮，到时候还都是人家的。现在交了，还能留万千山一命，将来东山再起，也不是不可能啊！”

孙昌源听王团长说的也不无道理，赶紧起身又给李飞庭敬了杯酒，试探着问：

“李团长，您看要是依了他们，啥时候能把千山放出来呢?”

李飞庭略一沉思，又看了看王团长说:

“只要你们答应了这事儿，我明天就敢把万千山放出来，这也是没办法，我们这些当兵的，现在也得看日本人的脸色行事。”

孙昌源想了想，除了交船房子换，实在没有别的办法了，他看看万江平说:

“老掌柜的，您看咋办呢?”

万江平沉默了半晌，说:

“那就听李团长的吧，保命要紧!”

万千山获得释放回到太阳岛时，激流船房子已经不再属于万家，而是换上了日晖船务的牌子。万千山将仅剩的四挂马车，安排在傅家店子那边，继续由钟宝发打理，王二眼下无事可做，就在太阳岛照料一家人的生活。万江平被孙昌源邀请去义昌源商号，做了账房的主管，万江平不好推辞也就过去了。

至此，在松花江上享誉一时的激流船房子，不复存在了。

万千山并没有急于给自己找个营生。他每天除了陪母亲和江北红说说话，就是带天慈去岛上散散步。

但是，他并没有甘心就这样消沉下去，他在伺机而动。

71

一晃又是一年。松花江在冰封了半年之后，又要开江了。

如果是往年，每逢开江时，万千山都要带着他的船工们祭河神，求河神保平安，可是今年已经用不上了。

这天，万千山正陪江北红说话，小金子颠颠地跑过来。万千山一看是小金子就问他:

“你不在学堂里上课，跑这来干啥?”

小金子也不回答，他拉拉万千山的衣角，快速地把一封信交给万千山，转身就跑回去了。

万千山打开信，一张书黄纸上，写了一行俊秀的钢笔字：请今天晚上六点整，准时到大东北戏院三号包厢，不见不散。署名是：故人。

万千山把这封信看来看去，十分纳闷，但是他还是决定晚上准时赴约，看看这个人到底是谁。

离晚上还有一段时间，万千山想去学堂看看，他好几天都没去学堂那边了，虽然船房子没了，但是万千山还是把学堂坚持办了下去。家离学堂并不远，没走多大一会儿就到了。学堂里，徐先生正在给学生们讲算数，徐老师讲得极其认真，孩子们也学得很专注。万千山没打断孩子们上课，自己在院子里坐了下来，寻思着晚上约他去见面的这个人到底是谁。下课时，徐老师看见万千山坐在院子里，赶紧走过来与他打招呼。徐先生虽然年轻，但是看人看事都很深刻，谈吐也儒雅脱俗，特别是提到目前的时局时，更是义愤填膺。

这一点让万千山很佩服，万千山喜欢徐先生骨头里的那股劲，特别是他的爱国热忱，让万千山能感觉到，这个小伙子绝对不是庸常之辈。徐先生和万千山聊了一会儿，他告诉万千山，可能过些日子就不能再教这些孩子了，万千山问他为什么，他说有更重要的事情需要他去做，不过，他说可以帮着再找个老师来帮忙。万千山没有过分地挽留，因为他知道，这个徐先生是个能干大事的人，这个小小的强华学堂，是留不住他的。

黄昏来临，夕阳西下。

万物笼罩在一片如血的暗红之中。

万千山过了江，早早地来到大东北戏院。这个大东北戏院万千山以前来过，是哈尔滨很讲究的地方。这个戏院共有两层楼，舞台搭在一层楼的中间，布景是紫红色的缎子面，上面绣着几朵鲜艳的牡丹，正对舞台的是两排木制的座椅，上面放了棉垫，足见主人的细心，楼上是包厢，共有二十余个，每间包厢里都备有瓜子和茶水，只要客人一进来，服务人员就马上将茶水瓜子端上来。包厢之间，用的是青砖垒成的通天隔断，可能是主人考虑木板隔断的隔音效果不好，就用了青砖，这样更能保护客人的隐私。因为到包厢里来的客人，多半不是为了听戏，而是来谈事的。

万千山坐在包厢里，等待着神秘人的出现。

六点刚到，包厢的门被轻轻地推开了，一个女人围着围巾、戴着长筒丝绒帽走了进来。她的帽檐压得很低，万千山看不清她的脸。女人并没有急着说话，她看门口没人，赶紧把门关严，才站在万千山的面前，摘掉帽子，一头秀发如瀑布般流淌在双肩。万千山一看来人，愣怔了一下，吃惊地说：

“你是？你是……”

“我是李念，就是当年李家烧锅的二小姐。”

“你找我啥事？不会是给你爹报仇吧，那就来吧，我万千山敢作敢当，绝不还手！”

李念听万千山这么说，呵呵地笑了起来。

“当年的事都过去了，再说我爹和我哥也确实干了不少坏事，恩恩怨怨何时了呢？报啥仇啊！”

万千山给李念倒了杯茶水，让李念坐在他旁边的软椅上。

万千山仔细地打量了一下李念，水汪汪的大眼睛，白皙的脸蛋，还是和当年一样好看，只是成熟了很多。

李念也看了看万千山，说：

“你还是像当年那样壮实，就是老了不少。”

万千山哈哈一笑，说：

“能不老吗，这么多年过去了，再几年见不着，都成老大爷了！”

两个人又闲扯了几句，万千山话题一转问李念：

“你找我不会是就为说这些吧，说吧，只要不违反我做人的原则，我一定尽力！”

李念并没有马上回答，而是起身到门口看了看，确认无人后，才开口对万千山说：

“实话跟你说吧，我现在是中共地下党员，在哈尔滨协助党组织开展地下工作。现在，日本人马上就打进来了，我们应该团结一切可能团结的力量，一致对外，将侵略者赶出东北，赶出中国去！”

李念还没说完，就被万千山打断了，他惊讶地说：

“你是……”

还没等万千山说完，李念又抢过话头说：

“好吧，我说得再明确一点儿，我是中共党员，刚刚被派到哈尔滨工作。党组织这两年不断遭到破坏，形势极为严峻，组织上让我以教师的身份为掩护，秘密地开展工作！”

“这和我有啥关系？”万千山不解地问。

“当然有关系了！”李念有点着急，她感觉自己的情绪有点急躁，稍微稳定了一下说：“眼下国难当头，每一个中华儿女都应该勇敢地站出来，驱逐侵略者。你也是中国人，怎么能和你没关系呢？”

万千山被李念问住了，半天也没说出一句话。

两个人在大戏院的包厢里聊了两个多小时后，才走出戏院的大门。两个人刚要分手时，几个青年慌慌张张地跑过来，后面军警处的六七个军警，拿着警棍穷追不舍。李念知道这些军警处的人，正在抓捕在夜校学习的中共党员和团员。这些军警心狠手辣，被他们抓到了，就是酷刑，不少党员就是在他们手里牺牲了性命。

李念恨透了这帮人，她一把拉住万千山，悄声地说："赶紧想办法帮助他们逃跑，这些都是我们的同志！"

万千山想也没想地说：

"好，你先走，这些军警就交给我来收拾吧！"

李念戴好帽子，深情地看了万千山一眼，说：

"多加小心，咱们找机会再见！"

万千山迎着跑过来的军警冲上去，拦住他们说：

"长官，我的钱包丢了，你们管不管？"

几个军警正着急追赶前面逃跑的共产党员，哪有心思管他的闲事，一把推开万千山，让他赶紧滚远点。万千山哪能就这么放他们过去，左右纠缠着，就是不放他们走。这几个军警急了，把万千山团团围住，说他是共产党，要把他抓回去好好审问一番。

万千山说：

"好啊，我报案你不管，还硬说我是共产党，这还让人活吗？有本事，你们就抓我吧！"

几个军警疯狂地朝万千山扑过来，万千山不慌不忙地将他们一个个踢倒在地，打得嗷嗷乱叫。万千山感觉那些共产党的人已经跑得差不多了，也不与军警多纠缠，闪身拐进小巷，七拐八拐地消失了踪影。

72

日本人打进了哈尔滨，哈尔滨陷入极度的混乱之中。

日军第三师团野炮四连，进驻太阳岛。日军在太阳岛上开展了各种练兵演习活动，每天的枪炮声都不绝于耳。

从此，太阳岛人民陷入了水深火热之中。

清明节前的晚上，万千山又收到了李念的信，让他晚上准时到华美西餐厅二楼的卡间见面。这一次李念来得早些，整个二楼还没有客人。她点了两杯咖啡，还给万千山点了一份牛排。万千山看看黑乎乎的牛排和咖啡，笑了一下说：

“我吃不惯这东西，也喝不惯这药汤子。”

李念微微一笑说：

“千山，我们这些为党工作的人，要能适应各种环境，适应各种身份。你看，你现在穿着西装戴着礼帽，不就很像个生意人吗?”

万千山也笑了笑，说：

“得了吧，我闹义和团时，就上了朝廷的当，拼死拼活的为他们干了好几年，结果差点没死他们的手里，现在我都害怕了！”

“朝廷和共产党能是一回事吗？共产党是为受压迫的百姓在战斗，你看看那些流血牺牲的同志，哪个有怨言了？现在党需要你这样的人和我们一起并肩战斗！”

万千山看着李念，什么也没说。他掏出一支烟点着了，深深地吸一口，又吐出了一个硕大的烟圈。李念知道万千山是个正义感很强的人，因此并不计较万千山的态度，她从兜里掏出一本进步书籍，放到万千山手里，让他赶紧装起来。

万千山把书藏在怀里，又默默地抽起烟来。

李念看万千山很犹豫，又接着说：

“现在，日本人在我们的国土上烧杀抢掠，无恶不作，每一个有良心的中国人都应该站出来，参加到抗日的战斗中来。你从小就是个英雄，我相信你会站在人民一边！”

万千山听李念说完，脑海中又浮现出他与洋人厮杀的场面，又浮现出天慈被列文那帮坏蛋侮辱的情景，心里不觉抽搐了一下。他把烟头重重地摁在烟缸里，又使劲地拧了几下。似乎是下定了什么决心。两个人相视一笑，然后离开了西餐厅。

“我和你去看看素月吧!”李念看着面色沉重的万千山说。

“素月？我娘叫朱久红!”万千山更正了一下。

李念淡淡地笑了笑说：“不过为了不引起敌人的注意，现在我们要扮成一对恋人。”

说完，李念把手伸进万千山的胳膊里，两个人故作亲密地向太阳岛走去。

因为李念紧紧地挎着万千山的胳膊，还不时地注视着他，这让万千山很紧张。等到了家门口，他已经出了一身的汗。李念看着这个还有几分羞涩的英雄，扑哧一声乐了。

李念的到来，让朱久红十分惊讶。她一把抱住李念，目光紧紧地盯着她，李念也激动地流下了眼泪。此番情景，让在场的人十分感动。

王二还是习惯称呼李念为二小姐，李念却说：

“王大叔，那个李家二小姐已经不存在了，我现在是一个普通的老师，是一个真正的无产者了!”

“无产者，啥是无产者?”王二听不明白李念的话，赶紧问。

“慢慢您就懂了，大叔，以后让千山给你讲啥是无产者，我现在得先让他明白!”

李念说完，看着万千山，万千山被李念看得有些不好意思，赶紧低下了头。

太阳岛上寂然无声，只有日本人的铁蹄声，偶尔如邪恶的闷雷传到耳畔。万千山和李念坐在院子里，各自讲述着自己这些年的经历，说到动情之处，两个人不免唏嘘慨叹一番。

傅家店南去的大路上，钟宝发和小丁子押着六挂装满货物的马车，一路向南而去。

现在这个运货的车队，是万家唯一的家当了。靠着这个车队，万千山养活着一家老小和十多个兄弟。如果有些盈余，万千山也会拿出来一些给李念，让她捐给党组织，用来采购药品和急需的物资。

更让李念感动的是，万千山利用自己的强华小学为掩护，秘密地为党输送情报，有两次秘密的小组会，还是在强华学堂里开的。

六挂马车急匆匆地走在去吉林的路上，钟宝发和小丁子还不时地开几句玩笑。

钟宝发说：

“小丁子，你也老大不小的了，还不说个媳妇？”

小丁子龇牙一笑，带有几分羞涩地说：

“老钟大哥，你看我这磕磕巴巴的，谁能嫁咱啊？”

钟宝发哈哈一笑说：

“兄弟，你可别泄气啊，没准哪天就有人看上你，死活要嫁给你呢！”

小丁子把手一扬，不屑地说：

“我谁也不得意，我要娶媳妇，就娶天慈那样的！”

钟宝发回头看看小丁子，小丁子不好意思地低下了头。

小丁子确实喜欢天慈。因为作为万千山最忠实的跟班，小丁子跟着万千山已经有好几年了。小丁子一直忠心耿耿，绝无二心。他对天慈也是十分呵护，万千山没时间的时候，就让小丁子陪着天慈，一来二去的，他竟然喜欢上了这个痴痴呆呆的女孩。但是，他从来没敢和万千山说过。小丁子自己知道，他想照顾天慈一辈子。

一路说说笑笑，并不感到寂寞，钟宝发让小丁子赶车，自己躺在车上睡一会儿。小丁子接过马鞭，一鞭子还没抽下去，突然看见前边站着一伙伪军，还有两个日本军官模样的人拦住了去路。小丁子赶紧推推钟宝发，钟宝发睁开眼睛看了看，心说这下完了，让这帮王八蛋碰上了，可是要倒大霉了。但是，他马上又镇定起来。

车队被一伙伪军团团围在中间，一个头目模样的人走过来问钟宝发：

“你这车上装的啥玩意？不会是给共产党拉的啥东西吧？”

伪军头目说完，拿枪杆子在袋子上反复地扎了扎，然后颠颠地跑到日本军官面前，用日本话说了一通，又跑过来对钟宝发说：

“回去告诉万千山，你们这马车，皇军征用了，你们要想活命，就赶紧滚犊子吧！”

他指挥几个伪军过来牵马，钟宝发急了，站在马前面说：

“你们谁要敢动马车，就别怪我跟他拼命！”

说完，钟宝发从腰间拽出匕首，对准了伪军们。

伪军头目哈哈一笑说：

“哈哈，不愧是万千山的人，还算有种！可是，今儿老子就是奔着收拾他来的。回去告诉他，当年李家烧锅的大公子李通回来了，他万千山以后别想有好日子过了！”

小丁子一听李家烧锅和李通这个名字就明白了，他曾听王二和万千山说过李家烧锅的事，现在这小子成了伪军，看样子是来报仇的。

小丁子捅捅钟宝发，示意他好汉不吃眼前亏，可钟宝发是个憨直的人，根本就没听小丁子这一套，还是死活不让伪军们把马车赶走。争执间，那两个日本军官又叽里呱啦地叫了起来，等日本军官说完，李通气急败坏地吩咐伪军，赶紧将马车赶走，钟宝发还是死死地牵住马车不放手。那个日本军官急了，掏出手枪，啪地一枪打在钟宝发的胸膛上，鲜血顿时从钟宝发胸前潺潺而出。

小丁子赶紧抱住钟宝发，央求李通说：

“长官饶命吧，马车让你们赶走还不行吗？”

李通骂骂咧咧地指挥伪军，连车带货都抢走了。

钟宝发已经奄奄一息了，他强忍着剧痛对小丁子说：“小丁子，大哥不行了，告诉掌柜的，我没给他看好车队，对不住他……”

钟宝发就这样死了，小丁子抱着钟宝发的尸体呜呜地哭起来。

小丁子跑回太阳岛，告诉万千山这件事的时候，万千山刚刚为抗联队伍送情报回来，日本人占领哈尔滨之后，党组织迅速地组织了抗日联军，采取游击战等方式与日伪军展开战斗。在李念的感召下，万千山也决定参加抗联，只是因为时机还未成熟，组织上先让他做交通员。为了掩护自己的身份，万千山和王二又组织了几个弟兄，弄了几条小船在江上摆渡。而此时，刘金贵也离开了俄国人的远东船务，直接投奔到了张达的手下。

张达设计勒索了万千山的激流后，更加得到了久保田的器重，气焰比从前更加嚣张。

73

钟宝发死在李通和日本人手上，让万千山悲痛不已。

万千山厚葬了钟宝发，又给钟宝发八十岁的老娘送去了一些钱，告诉老人家，以后他万千山就是她的亲人，就是她的亲儿子。

离开钟宝发家时，万千山让小丁子去接天慈回家，而他自己则去了义昌源，找他爹和孙昌源商量事情去了。

万千山一边走一边想，这李通也回来了，还做了伪军，看来自己又没有消停日子过了，这李通肯定会想办法置他于死地，报当年的仇。而那边的张达和刘金贵也仗着日本人的势力，抢了自己的船房子，看来这些人现在都成了日本人的走狗了。

“小日本，早晚老子要把你们都收拾掉!”万千山心里开始痛恨日本人。

其实，万千山早就对日本人恨之入骨了，日本人刚进入太阳岛驻军那会儿，就命令各家各户必须悬挂日本国旗，如有违令不从者，将被严惩。万千山坚决不挂日本国旗，与几个日本兵争执起来。日本兵看万千山如此强硬，就要召集队伍把万家给平了，还是王二使劲地求饶，又挂出了日本国旗才算了事。可没等日本兵走出多远，万千山又把日本国旗给扯了下来，狠狠地摔在地上，还踩了几脚。

来到义昌源，孙老板出去办事了。万江平正在柜台上算账，看到万千山脸色十分难看，赶紧问发生了什么事。

万千山就把钟宝发被日本人打死，车队也被日本人征用的事详详细细地向万江平说了一遍。万江平气得一拳砸在桌子上，发出了哐当一声巨响，吓得其他伙计都惊慌失措地往这边看。万江平知道自己太激动了，赶紧对伙计们说：“没事没事，你们忙去吧。”伙计们才放心地又忙各自的事去了。

万千山和他爹边说话边等着孙老板回来，天就已经傍晚了。爷俩正说着话，突然听见外面响起女人的尖叫和男人的怪笑声。万千山心想，是不是又是小日本在欺负人，就要出去看看，万江平让他小心，他只是应了一声就出去了。

果然不出万千山所料，街口上三个日本兵正在调戏一个中国姑娘，少女的衣服已经被日本兵撕开了，这个姑娘吓得缩在墙角里，边哭边求饶。三个日本兵还在继续撕扯着姑娘的衣服，已经露出了红红的肚兜。

万千山见状，怒火万丈地喊道：

“王八蛋，快给我住手!”

三个日本兵听见有人来捣乱，搅了他们的好事，把姑娘扔在一边，掏出枪来对付万千山。万千山此时已经做好了跟他们死拼的准备，他攥紧了拳头，朝三个日本兵猛扑过去。日本兵开枪已经来不及了，与万千山厮打在一起。

万千山抓住一个日本兵就是一记重拳，将他打倒在地，另一个日本兵看同伙被打倒，怪叫着扑上来，万千山一个扫堂腿，又将他踢翻在地。万千山刚想扶起姑娘，还没等起来，就被一只黑洞洞的枪口逼住了后脑。

原来，第一个被万千山打倒的日本兵已经挣扎着爬起来了，趁着万千山去扶姑娘的工夫，掏出枪对准了万千山。万千山知道此时再动一动，日本人就肯定会开枪，他装着举起双手，做投降状，准备伺机反攻。日本兵叽里呱啦地让万千山蹲下，这时，另两个日本兵再次淫笑着扑向中国姑娘。

突然，砰砰两声枪响，两个日本兵被打倒在地，拿枪逼着万千山的日本兵，赶紧掉转枪口，万千山抓住这个机会，掏出身上的匕首，回身搂住日本兵的脖子，一刀扎在他的心脏上，日本兵挣扎了两下，倒了下去。

这时救了万千山的人也赶紧跑过来，帮着万千山扶起已经吓得不会动弹的中国姑娘。万千山刚要向那人道谢，却突然愣住了。

“徐先生?”万千山惊讶地说。

“不错，是我!”徐先生拍拍万千山的肩膀，很亲切的样子。

“原来，你也是……”万千山话还没等说完，就被徐先生捂住嘴巴。

"得赶紧躲起来，咱们杀了日本兵，日本人一会儿就得进行全城搜捕！"徐先生说完，脱下自己的外套给姑娘穿上，姑娘一边抹眼泪一边千恩万谢地跑开了。

这个徐先生，就是在万千山的强华学堂里教书的徐学仁。他也是中共地下党员，是利用私塾先生的身份做情报工作，后来他辞了强华学堂的工作，被组织上派去组织抗联，与日本人直接展开斗争。万千山与三个日本兵打斗时，他刚好开完秘密会议路过此地，见万千山与日本兵打了起来，就冲了上来。

万千山和徐学仁躲在义昌源的油坊里，万千山看着徐学仁说：

"兄弟，真看不出来，你一副文弱书生的样子，竟还是个地下党，枪打得也不错！"

徐学仁笑了笑说：

"万大哥，我敬重你是个汉子，现在日本人在我们的国土上无恶不作，每个有良心的中国人，都该站出来与他们战斗到底。现在，我们的抗联部队已经组织起来，并且已经和他们展开了战斗，如果你也能加入进来，那咱们的抗日队伍就又多了一员猛将啊！"

"我肯定是和小日本干到底了，不过……"万千山没有把话说完，徐学仁似乎明白了他的意思。

"万大哥，我知道你现在还有重要的任务，其实我和李念是同志，你的事都是我们共同来商量安排的，组织上现在让你做交通员，你发挥了很大的作用，组织上很感谢你！"

"啊？原来你们……"万千山一拍脑门继续说："你们可实在是太厉害了！"

果真如徐学仁所料，日本人当天晚上就展开了搜捕行动，万千山和徐学仁在义昌源的油坊里躲了一夜。第二天清晨，两人分头扮作义昌源的伙计，离开了义昌源。

日军野炮连的办公室里，山田大佐正气愤地坐在办公桌后面大骂李通：

“你们都是废物，这么多天还抓不住凶手，你们是干什么吃的?”

李通赶紧点头哈腰地说：

“太君，我们现在正全力地搜捕，再有三天，三天肯定把人给您抓回来!”

山田大佐把手枪重重地摔在桌子上，说：

“三天抓不到杀人凶手，你就死了死了地!”

李通赶紧保证，三天内一定抓到杀人凶手。山田一挥大手，李通赶紧退出了山田的办公室。李通抓不到打死日本兵的凶手，又被山田痛骂了一顿，十分气恼，走出日军团部，就直奔花田会馆去了。

街上一队日本兵正扛着枪走过来，街道两边的店铺吓得纷纷关门谢客，行人们一见日本兵也都吓得东躲西藏，一个卖鸡蛋的老太太因为躲得慢了些，被一个日本兵一脚踹倒在地上，鸡蛋筐也被踢飞，老人坐在地上声嘶力竭地哭喊着。

李通见此情景冷漠地笑了一声，拐过街角，进了荟芳里。

74

李通那日在干娘家与李念一别之后，就直接去了长春。

他本来是想投奔那里的朋友，找个事情做，没想到那朋友是个伪军连长。二人见面三说两说，李通也当了兵。后来，日本人进攻哈尔滨时，李通随伪军打进了哈尔滨。日军攻陷哈尔滨后，李通被留在了山田的部队里，还当了伪军的排长，因为李通办事得力，山田对他也比较信任，又因为他是个哈尔滨土生土长的人，所以山田利用他在哈尔滨干了很多坏事。李通回到哈尔滨之后，去了一趟他家的老宅李家烧锅，只是这里已经是一片废墟，当年的辉煌已经踪影全无。李通跪在废墟前给他爹磕了三个响头，发誓一定要找万千山报仇。后来李通打听到万千山的情况，就派人盯着他和他的车队。那日，刚好钟宝发和小丁子带车队去吉林，还没等出哈尔滨，就被李通带人给截了下来。只是，当时万千山还不知道找他麻烦的人是李通。

李通刚拐进荟芳里，就径直来到了花田会馆。他发现，与原来他和刘金贵常去的香春阁比，这里可以算得上是高档了。李通仔细地看了看花田会馆的楼上楼下，非常喜欢这里带有浓郁日本风格的装饰。

老鸨跟着李通转了一阵，热情地招呼他上楼，又帮着安排了一间上好的房间，让李通先稍微休息一下，说漂亮姑娘一会儿就到。

抓不到山田要的人，李通心情烦闷，没心思和老鸨打情骂俏，胡乱地应付了一下，就坐在软床上抽起烟来。

不一会儿，一个穿着蓝底白花旗袍的妓女进来了。这个妓女长得虽然不是很漂亮，但却十分耐看，她面庞白净，眼睛不大却十分清澈，且含着几分幽怨的情调，鼻翼小而坚挺，没有浓妆淡抹，却有些楚楚动人，一颗小黑痣点在唇边，格外地增添了几分性感。李通打量了一下这个妓女，还算满意，就把她留了下来。妓女看李通闷闷不乐，很解风情地给他捏了捏背，然后轻轻地朝他的脸上亲了一口，说：

“大爷，有什么烦心事吗？小女子陪您喝两杯吧，再好好地给大爷放松放松！”

李通点了点头，抓住妓女的手问：

“小丫头，你叫啥名？”

“我叫小月，大爷您说这个名字好听吗？”

“好听，好听！”李通心情好了点，拍着妓女的手背说。

小月要了些酒菜，挂好了门帘，就陪着李通喝了起来。

小月很会说话，三杯酒下肚就把李通哄得心花怒放，连说小月侍候的好。两人就这样你一言我一语地逗弄起风情来。可能是李通多喝了两杯的缘故，他把自己是伪军排长和刚刚有几个日本兵被杀的事抖了出来，还说因为自己迟迟抓不到凶手，让山田长官大为恼火。说着说着，竟然连山田带地下党的，都骂了一遍。又是几杯酒下肚，李通头晕目眩，竟躺在床上呼呼大睡起来。

打那以后，李通成了小月的常客，一有时间，李通就会到花田会馆和小月云雨一番，在李通内心里，也把小月当成了知心人，跟她是无话不说。

就在李通和小月在床上翻云覆雨的时候，他的妹妹李念正和万千山在太阳岛上商议着下一步的计划。

万千山告诉李念，他的哥哥已经当了伪军，正在想尽办法置他于死地。李念听到哥哥的消息，开始很是开心，毕竟兄妹俩好多年没有互通音讯了，现在知道哥哥还活着，她怎么能不激动呢？但是李念知道哥哥做了日本人的走狗，又十分痛心。从干娘家一别，兄妹俩竟然走上了完全不同的两条路，从某种程度上说，竟然成了敌人。李念听万千山说完，伏在万千山的肩头，哭得十分伤心。

两人一直聊到深夜，才各自休息。李念躺在床上，一夜都没有合眼。她想起和哥哥逃难去热河的路上，兄妹俩相依为命的情景。她不知道仅仅凭兄妹之间的亲情，能不能把哥哥从罪恶的道路上拉回来；她不知道如果他们兄妹有一天以敌对的方式站在了一起，她能不能做到为国家的利益大义灭亲；她更不知道假如有一天自己落在哥哥手里，他将怎样对付自己的一奶同胞。这一夜，李念辗转反侧。

外面在下雨，又仿佛是李念的泪水，打湿了太阳岛上被硝烟笼罩的夜色。

清晨，太阳岛笼罩在一层铅灰色的晨雾之中。

松花江上，几艘日本军舰正鸣着汽笛驶向下游。日本人攻进哈尔滨之后，张达的日晖船务直接成了日本军队的物资运输基地。久保田商会作为日本的敌特机关，为日本攻陷哈尔滨获取了大量有用的军事情报。而久保田本人，也被关东军重用提拔。

不久，松花江伪水上警察署成立，同时又成立了警察分所。张达被久保田派到警察署任警长，而刘金贵则做了他的助手。

松花江警察署，是一个纯粹的日本人的走狗机关。张达带着他的那些伪警察们，在太阳岛上欺压中国百姓，干了不少的坏事。

太阳岛上，日本的军事训练早早地就开始了。炮声隆隆，惊得太阳岛上的居民躲在屋子里不敢出来。万千山送走李念，独自听着日本人的炮声，心潮起伏。

万千山知道自己杀死日本兵一事迟早要被查出来，他要抓紧时间干几件大事，给日本人点颜色看看。

这天，李念收到情报，说有六百余日伪军将要进驻松浦区。万千山听到这一消息后，十分振奋。他心想，终于能有机会跟小日本干一场了。李念似乎看出了万千山的心思，叫他不要轻举妄动。万千山表面答应着，心里却已经开始盘算起来。

实际上，万千山早已经暗中做了准备，把以前的一些弟兄召集回来，又对自家的船工做了动员，这些船工一听要打鬼子，也都非常振奋，决定跟着万千山，和鬼子碰一碰。

日军要占领松浦区的目的很明确，松浦是哈尔滨的开埠之地，又是南北的交通要塞，占据了这里，就等于封锁了哈尔滨咽喉。

山田大佐的目标很明确，把松浦抓在手里，占领这块军事要地，才能稳定哈尔滨的局势。这次日军共出动五百人，伪军一百余人。李通也在山田的命令下，参加此次进攻。

拂晓时分，大地还在一片混沌之中，一点也没有苏醒的征兆。万千山带领他的队伍，早早地埋伏在老船口附近的荒草滩里。万千山腰间别了十颗手榴弹，手中的盒子枪闪闪发亮。

“好久没有痛痛快快地干一仗了。这帮小日本，看老子今天怎么收拾你们！”万千山心里暗暗地较上了劲。

75

太阳刚刚露出羞涩的面庞时，日伪军的部队就从江南开了过来。

等敌人越来越近，万千山吩咐兄弟们做好战斗准备，小丁子也满腔怒火，把子弹推上了膛，就等万千山一声令下了。不一会儿，敌人的队伍就来到了近前。敌人对这次进攻准备得很充分，前边是伪军开道，后面是两辆汽车拉着日本兵，架着机枪，一副虎视眈眈的样子，再后面是几队步兵，也都端着枪，警惕地向前推进。

“赶紧下令吧，掌柜的，再不打敌人就过去了！”小丁子有点着急地对万千山说。

“别急，再等等！”万千山很沉着。

时间一分一秒地过去，敌人已经来到了面前，万千山一声令下：

“给我打！”

一时间喊杀声四起，吓得前面的伪军乱了阵脚，赶紧端起枪胡乱地放了起来。后面汽车里的日本指挥官也躲在汽车后面，叽里呱啦地指挥起战斗，日本兵纷纷伏在荒草滩上，与万千山他们对射起来。

不到片刻的工夫，日伪军就被打死了好几十，万千山的一颗手榴弹不偏不倚地落在了日本军队的汽车里，炸飞了那个正在指挥战斗的日本军官。看炸死了一个日本军官，万千山打得更来劲了。他又连续扔了几颗手榴弹，炸死了不少敌人。

万千山看带着伪军开枪的李通打得很欢，就向他喊话：

“李通，你还是不是中国人？帮着小鬼子打同胞，小心我这枪子钻进你的裤裆里去！”

李通一听伏击他们的是万千山，火气就更大了，他边开枪边朝万千山喊道：

“万千山，你的船没了，车也没了，是穷疯了吧？你敢打皇军，我看你是不想活了！今儿就在这荒草滩上，和你算算旧账吧！”

万千山也大声地喊：

“李通，我早就杀过日本兵，以后还要杀！啥时候把他们打出中国去，老子才算罢休！你如果掉转枪口打鬼子，我把你当兄弟看！”

李通一听万千山说他早就杀过日本兵，就知道前些日子在街口杀死三个日本兵的人准是他了。李通指挥伪军往上冲，而他自己则躲到一棵枯树后，继续朝万千山开枪，小丁子看李通要拼命了，对准了李通前面的枯树，连开了三枪，把李通躲靠的那棵枯树，打出三个窟窿，吓得李通抱头鼠窜。

这时，日伪军已经慢慢地包抄过来，火力更猛了。

万千山看再坚持下去肯定要吃亏，就吩咐小丁子赶紧招呼兄弟们撤退。小丁子打得正来劲儿，听万千山说要撤退，有点不情愿。

万千山吼道：

“这是命令，快点儿！”

小丁子不敢怠慢，赶紧招呼兄弟们撤退，万千山则留在队伍后面，掩护兄弟们顺利地撤了出去，李通哪能就这么死心，用枪瞄准万千山，弹走连发，一顿猛打，万千山左冲右突，还是被李通一枪打在了胳膊上。

日伪军穷追猛打，在老船口附近就要追上万千山的队伍了，万千山看情势不妙，吩咐小丁子带着队伍往沙陀子方向跑，他则一边撤一边掩护。

正在这危急关头，一伙人从右侧包抄，拦住了敌人，他们出其不意地给敌人一个意外打击，日本军官感觉不妙，不知道是不是遇见了抗联的主力部队，赶紧让部队撤退。万千山带着队伍一口气跑了十来里地，发现小鬼子没有追上来，这才停下脚步。小丁子看万千山的胳膊血流不止，赶紧为他简单地包扎了伤口。

这时，一阵马蹄声由远而近，万千山喊了一声不好，日本人又追上来了，赶紧带着兄弟们埋伏在草丛里。

马蹄声渐渐地近了，不是一匹，而是一群。

万千山远远地看见骑马奔来的这些汉子都是蒙古族人，为首的那个人很是面熟。

这时，就听那个蒙古人喊道：

“大英雄，别开枪，我是来帮助你们的！你还记得草原吗？我是刀疤脸巴特尔！”

万千山一听，心里松了口气，赶紧从草丛中站起身来，向巴特尔跑去，小丁子也兴冲冲地跟在身后。

巴特尔看见万千山，赶紧跳下马，一把抱住了他。

“我的大英雄，又看见你了，刚才你打鬼子很带劲，我也顺便开了几枪！”

万千山一听刚才帮助解围的是他们，赶紧道谢：

“谢谢你啊，兄弟，要不是你们及时赶到，我们就被鬼子给灭了！”

小丁子机灵，赶紧问巴特尔：

“你怎么不在草原做强盗，跑哈尔滨干啥来了？”

巴特尔叹了一口气说：

“别提了，草原上也来了豺狼，就是那些日本人。那个大强盗阿尔泰，做了日本人的走狗，我看不惯日本人在草原上横行霸道，就带着弟兄们连夜打了他们。日本人和阿尔泰四处抓我，草原我也待不下去了，一想还是来找万英雄吧，没想到你也和日本人干上了！”

万千山激动地拉住巴特尔的手说：

“好啊，你不做强盗，改打日本人了，以后咱们合起伙来，把日本鬼子打成丧家犬，看他们还嚣张不！”

说完，两个人哈哈大笑起来。

巴特尔从遥远的草原日夜兼程地赶来哈尔滨，恰好碰见了与鬼子激战的万千山，于是就伸出了援手。这一次，巴特尔带来了三十多个蒙古族兄弟，再加上万千山的二十多人，队伍一下子扩大到了六十来人。

巴特尔把马鞭往腰间一别对万千山说：

“以后我这三十多兄弟，就归你调配，等打跑了这边的鬼子，你再去草原，帮我们打鬼子！”

万千山说：

“好啊，咱们就豁出命来，和他们干到底了！”

这一仗打得非常痛快，让这股日伪军遭到了重创。当山田听李通汇报说，根本不是什么正规部队，而是一个土匪出身的家伙带着一伙船工打的阻击时，顿时气得火冒三丈。

万千山让巴特尔带着六十来个兄弟暂时在城外安顿下来，自己连夜回了趟家，想把家人搬到了乌吉密，秘密安排在一个洗了手的老瓢把子家里，可江北红和朱久红都不想走，一是不想离开太阳岛上的家，二是她们都觉得万江平在孙昌源那里帮忙，不会有危险，只要万千山不落到日本人手里，谁也不会把女人怎么样。开始，天慈要跟万千山走，也被江北红强留下来，万千山劝了一阵，母亲和朱久红就是不动心，她们都说，早先没家，不知道家的好处，现在有家了，谁也别想把她们从家里逼出去。万千山知道，她们不愿意走，多半是因为身体都不好，躲到别人家里，会有诸多不便，而万千山是出去打仗，更不能拖累他，因此才下了决心，死也要守在家里。万千山没了办法，千叮咛万嘱咐，让她们多加小心，并且一再请求，暂时不要把他拉起队伍的事情告诉万江平，让他安心留在义昌源，将来也许能做个内应。一切交代清楚，万千山含着眼泪带着兄弟们离开了哈尔滨。

万千山的人离开了哈尔滨，可他的心一直还在太阳岛上，他站在清冷的月光下，望着哈尔滨的方向，低沉地自语：

“小鬼子，这一仗只能算是给你个颜色看看，接下来老子要大打出手了，直到把你们赶出中国去！”

因为这一仗，万千山彻底地在日本人那里挂上了号，成了日本人重点打击的对象。

在战斗的第二天，李通便带人在太阳岛上进行了搜捕，但是，万千山好像人间蒸发了一样，再也不见踪影。

76

李通抓不到万千山，在山田大佐那挨了好几次骂。

最后，山田大佐给李通下了最后通牒，如果再抓不住万千山，就削了他的脑袋。李通在太阳岛上搜寻了好几天也没见到万千山的影子，却突然想起万千山的家肯定还在太阳岛，就派伪军挨家挨户地搜查。

李通自己也带着两个伪军去了松花警察署，想让他们协助找到万千山的家。李通一进警察署的门，刚要喊有没有人，就迎面撞上了正往出走的刘金贵。两个人一下子都愣在那里，谁也说不出话来。

愣怔了半天，刘金贵才吞吞吐吐地说：

“这不是我李通弟弟吗，怎么你也当了伪军了？”

李通不屑地看了一眼刘金贵说：

“当伪军咋的，你还别拿话挤对我！刘金贵，你也混得不错嘛，都当了伪警察了，不会又是出卖了哪个兄弟换来的吧？”

刘金贵听李通提起当年的事，赶紧笑嘻嘻地说：

“兄弟，看你说哪去了，当年我在列文先生面前，可没少说你们家好话啊，可是那洋鬼子你知道，他们心狠手辣，谁的话也不听。对不住了，兄弟！”

李通没再听刘金贵解释，一屁股坐在警察署的椅子上，摘下帽子梳了梳自己的三七开分头，掏出一支香烟，他的手下赶紧划着火，给李通点着了烟。

李通很舒服地吸了一口，才招呼刘金贵说：

“当年的事咱不提了，你我两个也都没落下什么好下场，就算扯平了！今儿我来是想让你们警察署配合我搞好太阳岛的工作！”

刘金贵一听李通这么说，赶紧赔笑地说：

“你说你说，警察署一定配合你们的工作！”

刘金贵知道，他们的警察署没有李通的伪军厉害，李通的伪军是直接受制于关东军，而警察署则更有地方性质，虽然也受日本人的管制，但是和伪军的地位比起来，却是低了好几层，所以，很识时务的刘金贵才对李通礼让三分。

刘金贵问李通这次上太阳岛干什么重要的事，李通把万千山带人伏击皇军，打死打伤许多日伪军的事说了一遍，刘金贵感到事态严重了，连日伪军都吃了万千山的亏，他这小小的警察署还抗得了万千山的算计吗？

刘金贵傻了半天才说出话来：

“那你们得赶紧抓人哪，这要是让他做大了，哈尔滨不是要翻天了吗？”

李通吐了口烟说：“这不紧着抓呢吗？可就是抓不到啊！”

刘金贵转了半天眼珠，突然叫道：

“找他家去，他不能这么快就把家搬走吧！”

李通扔了手中的烟蒂，说：

“这才是你刘金贵呢，想出的招儿比谁都损！你知道他家吗？”

“我就是干警察的，连辖区里的人都找不到，还有脸吃饭？”刘金贵说。

李通知道这话是捎带着损他呢，真想在刘金贵的屁股上踹一脚，想想又拉倒了，刘金贵的损劲儿，对他李通来说，还有点作用，这一脚，留着以后再踹吧，只要踹出去，就得让他八辈子都翻不过身来。刘金贵叫了两个警察，让他们带着李通去万千山家。李通问刘金贵为什么不去，刘金贵说还有其他公务要办，李通知道刘金贵在耍滑头，他从骨子里想弄垮万家父子，自己却不愿意做出头鸟。李通看着刘金贵离去的背影，骂了声缩头乌龟，向两个伪警察问明了万千山的家，并没让警察跟着。

万千山的家里，江北红的病情依然没有好转。

伊万大夫已经想尽了办法，还是治不了她的病。江北红此时已经瘦了好多，面色也很苍白。万江平昨天晚上向义昌源请了假，回到家里和朱久红一起照顾江北红。万江平和朱久红坐在江北红的身边，安抚着她的情绪。

按照万千山的嘱咐，江北红没有提起他带人痛打日伪的事，但她已经感觉到了随时都可能到来的危险。不知日本人会用什么手段对付这一家人，她现在最想做的事情，就是让万江平和朱久红恢复夫妻关系。

江北红的泪水在眼圈里打转，她一手握住朱久红的手，一手握住万江平的手说：

“万大哥、久红，你们是一家人，就赶紧合了吧，我也就走得放心了！”

朱久红起身用毛巾给江北红擦了擦脸，眼泪也快要流下来了，她对江北红说：

“傻妹子，我是素月，我不是朱久红，我只知道我男人是王二，以后别提这茬了！”

江北红使劲挪了挪自己的身子，说：

“小日本打进来了，这要早几年，咱们也能拿着枪跟他们干一场，可现在，你看我都成了废人，还拖累你们！”

江北红说完泪流满面，万江平坐在一边，什么也没说。他知道眼前这两个女人都是自己的亲人，他什么也不能说，默默地转身给江北红热汤药去了。

这时，王二从外边急匆匆地赶回来了，他顾不上说话，从水缸里盛了碗水，咕嘟咕嘟地喝下去，才气喘吁吁地对万江平说：

“万大哥，千山打了进攻松浦的日本人，听说这会儿正往巴彦那边去呢，要去找抗联的队伍！”

“你听谁说的，千山没事吧？”万江平着急地问。

“李念告诉我的，让咱们这两天小心点，日本人可能要大搜捕。不过千山没事，听说就是胳膊受了点伤！”

万江平听到这个消息，并不感到意外。因为他知道，千山一定会走这条路的，他比任何人都了解自己的儿子。

就在这时，李通一脚踹开了万家的大门，朱久红正在给江北红揉腿，万江平也刚把热好的药端给江北红，想让她喝下去。李通咣当一声把门踹开，把江北红吓得一碗药差点全洒在地上。王二和朱久红都认识李通，赶紧打招呼。

王二说：“这不是少东家吗，今儿怎么这么得闲？”

李通看了看王二，再看看朱久红，皱着眉头说：

“你们俩怎么也跟万家人混到一起了？小心我连你们一块抓去！”

万江平站起身，打量了一下李通，知道这就是当年李家烧锅的大少爷，现在的伪军连长，他不慌不忙地问：

“李连长，这么晚了，来万家不会是有啥事吧？如果是为了当年的事，你看我们这几个人都在，你尽可以报仇！”

李通推了一把万江平，没好气地说：

“现在不仅要算旧账，还有笔新账也要算！快说你儿子万千山在哪，要不然把你们都拉出去枪毙！”

“我们都不知道这小子跑哪去了，要不你自己去找找看吧！”万江平的话有些不客气。

这句话惹恼了李通，他挥手示意手下去捉拿万江平，两个年轻伪军就向万江平扑过去，王二要去拦住那两个伪军，却被李通一脚踹到了一边，头磕在木头桌子上，流出了血。

就在这时，门外响起一个女子的断喝：

“住手！”

77

就在两个伪军扑向万江平的时候，江北红把手伸进了褥子底下。

朱久红扶起王二，万江平也做好了反击的准备。

一声住手，声音来得太突然，惊得李通和两个伪军都停住了手脚。李通回头想看看这女子是谁，胆子这么大，敢妨碍他的公务。他刚一回头却惊呆在那里，张着嘴半天没说出话来。

好半天李通才回过神来，他禁不住喊了声妹妹，同时上前一把拉住妹妹的手，眼泪差点流下来，李通说：“妹妹，这些年你跑哪去了？哥哥一直在找你！”

李念看着自己的哥哥，心里一阵酸楚，眼泪含在眼圈里，强忍着没有掉下来。李念冷冷地说：

“你还认得我这个妹妹，可是我只认得我哥，不认得给日本人当走狗的李通！”

李通听妹妹这么说，挥手示意手下放开万江平，拉着妹妹就往出走。

两个伪军跟出来，望着李通和李念，一时发起呆来。李通想打发走两个伪军，并告诉他们今晚的事谁也不许说出去，否则就要掉脑袋，说着，李通又甩给两个伪军几块钱，让他们去喝酒，自己则带着妹妹来到了江边。

其实，李念内心何尝不想念她的哥哥呢，尽管她没有给李通好脸色看，但是她的内心还是一次一次地想亲近他。在去江边的路上，李念不断地回忆起逃难时的情景，哥哥为她所做的一切，甚至险些送命。李通拽着妹妹的手，生怕她再丢了似的，李念的手被哥哥攥得有点疼，但是她没有把手抽回来。这么多年了，一直思念着的哥哥就在眼前，这让她心潮起伏。

江上还有日本人的船在航行，日本人的军营里也不时地传出日本兵夜训的声音。李念在一艘废船前停住脚步，用她那双凌厉的眼睛死死地盯住李通。李通窘得赶紧低下头去，他知道妹妹为什么这么看着他，就因为他做了日本人的走狗。李通关切地问妹妹这些年怎么样，都干了些什么，李念半天没说话，就是那么冷冷地看着哥哥，这冷冷的目光中，又有几分依恋和亲情。突然，李念哭了起来，她抱住李通，李通也紧紧地把妹妹抱在怀里，失散多年的兄妹俩，在江边抱头痛哭。

又一声日本军舰的汽笛声，划破了夜空的寂静。那些闪烁的星辰，似乎也被这汽笛声惊醒，眨着迷惑的大眼睛。李念擦了擦眼泪，看着眼前这熟悉而又陌生的亲人。半晌，李念才开口对李通说：

“哥哥，你怎么能走这条路呢？你不知道日本人侵占了我们的国家吗，怎么还能帮他们为虎作伥呢？”

李通无奈地摇摇头说：

“妹妹，哥哥也是没办法，哥哥当年到长春投奔一个朋友，他就带我跟了日本人。可是跟日本人也没什么不好啊，有吃有喝的还有钱赚。妹妹，哥哥真的是没办法啊！”

李念听哥哥这么说很生气，她往后退了一步，激动地说：

“你不知道日本人烧杀抢掠，干的都是坏事吗？我们眼看都成了亡国奴，你还有脸说这些，你还是中国人吗？”

李念越说越激动，她甚至喊了起来：

“哥哥，日本人成立了满洲国，要把我们中国的领土变成他们的殖民地，你还乐此不疲地给他们当狗，你的良心呢？你……”

李念气得浑身发抖，李通不知道自己该说什么，赶紧安慰妹妹，可是李念不听，又气得呜呜地哭起来。

李通答应可以暂时不抓万千山的家人，但是万千山却难逃一死，现在山田大佐已经把万千山列为黑名单上的一号人物，不管他躲到天涯海角，也要将他抓住。

当晚，兄妹俩谈了很久，但是最终李念没能劝说哥哥离开日本人，兄妹俩各怀心事，不欢而散。

万千山在松浦给了日伪军重重的一击，然后就带着几十个兄弟直接去投奔了抗联部队。

这是李念安排的，当晚，李念就将万千山带到了正在哈尔滨组织抗日活动的赵军长身边。赵军长早就听说过这个传奇式的英雄万千山，所以当万千山来到赵军长面前时，两个人都十分激动。

赵军长高兴地拍着万千山的肩膀说：

“好样的万千山，不愧是个英雄，你这次可把小日本给打得够呛啊！”

万千山谦虚地说：

“赵军长，我们现在的实力还不行，等我把队伍训练一下，一定多打胜仗！”

赵军长哈哈一笑说：

“有的是仗要你打，只要你愿意，咱们天天打鬼子，直到把他们打出中国为止！”

万千山一听赵军长的话，就知道了他是啥意思。

“赵军长，你就吩咐吧，以后我们就跟着你参加抗联了！”

赵军长大声地说：

"好，咱们就一起打鬼子！现在我任命你为抗联游击队一大队队长，专门负责在哈尔滨、巴彦、木兰、方正这一带打游击。现在，我们的力量还很薄弱，只能智取，不能和小鬼子硬碰硬!"

万千山兴奋地打了个立正，还敬了一个不太规范的军礼。

从此，万千山的游击大队就在哈尔滨及其周边与小鬼子展开了顽强的战斗，好几次都把鬼子的小股部队歼灭在崇山峻岭之间。万千山的大队成了鬼子的一道魔咒，只要听到万千山的名字，鬼子就像吓破了胆一样直哆嗦。

后来，万千山被赵军长提拔为连长，直接受他的指挥。李念也被组织上派到赵军长身边工作，做了他的交通员。这样，万千山和李念能经常地见上一面。

一天，万千山带着小丁子和几个弟兄去弄粮食，天还没亮，他就带着队伍出发了。小丁子在前一次战斗中受了伤，现在刚刚痊愈，走起路来有点费劲，他跟在万千山的身后，一双大眼睛机警地巡视着树林里的动静。

走到天恒山时，天已经大亮了，小丁子突然捅了捅万千山，让他往山脚下看。几个伪军和日本军官正推推搡搡地押着几个附近村里的姑娘上汽车。万千山突然看见一个伪军很面熟，他想了半天终于想起来了，这个五大三粗、面露凶光的伪军，正是当年被他割掉一只耳朵的许虎。

"真是冤家路窄，本想教育他一次之后，他能够改邪归正，没想到这个王八蛋竟然当了伪军，今儿老子就连这几个小日本一块收拾吧!"

万千山心里一边琢磨着，一边吩咐十几个弟兄悄悄从两侧包抄过去，将他们一举歼灭。

许虎和几个日本兵正比比画画地说着什么，几个姑娘已经被他们推上了敞篷的汽车，姑娘们一边哭喊一边向许虎求饶：

“大哥，你放了我们吧，咱们都是中国人，你就行行好吧！”

几个日本兵不耐烦了，抡起枪托就往姑娘们身上打，许虎也叫嚣道：

“这和中国人外国人的能扯上啥关系？我让你们去皇军那里，是让你们享福去了，你们哭丧个啥？再闹，老子就在这儿把你们给祸害了！”

几个姑娘不敢再哭叫了，乖乖地蹲在车厢里，偷偷地抹眼泪。

万千山被气得咬紧牙根，握紧了手枪，等敌人离他们还有不到三十米的距离时，万千山大喊了一声：

“王八蛋，今儿让你们吃枪子！”

说完，射出了一排仇恨的子弹，其他兄弟也不敢怠慢，纷纷举枪射击，不大一会儿，就将这些日伪军消灭在山脚下。

只有许虎带着一个日本兵，亡命一样地向山上逃跑。万千山哪能放过他，顺着羊肠小道向山上追去。

许虎和一个日本兵还没等跑到山顶，就被万千山发现了踪迹，万千山吩咐几个弟兄从另一侧先上山，在前面堵截，自己带着小丁子继续向前追击。许虎发现后面有人追来，不时地回头射击，但都是放了空枪，未伤到万千山他们一根毫毛。还没到山顶，许虎就被拦住了去路，几只黑洞洞的枪口对准了他和日本兵的脑袋。

这时万千山也已经来到许虎的面前，他怒喝道：

“许虎，你还认识我吗？”

许虎定睛看了看万千山，倒吸了口凉气，心说这下完了，碰上他，我是死定了。许虎战战兢兢地说：

“万千山，你真是阴魂不散，在哪都能碰见你！今儿老子就是想弄几个姑娘玩玩，你管得着吗？”

“管得着吗？哈哈，许虎，我以为你能改邪归正，可今儿你又做了走狗，你说我能不能管着你？实话告诉你吧，我已经是抗联的人了，就是专门打鬼子和你们这帮卖国贼的！”

万千山说罢，将许虎击毙在天恒山上。那个小日本兵一屁股坐在地上，已经吓得尿了裤子。万千山看这小日本吓成这熊样，也不含糊，又是两枪，结果了他的性命。

78

万千山在哈尔滨周边的山岭间痛打小日本的时候，太阳岛上的日伪军和伪警察们依然在无休止地欺压中国百姓。

他们挨家挨户地抓劳工，到很远的地方去修筑要塞，一时间太阳岛上狼烟四起，人们纷纷逃往他乡。可是全东北都被日本人占领了，他们还能跑到哪去呢？

这天，刘金贵又带着一伙日本兵挨家挨户地抓劳工，到万千山家时，刘金贵在门外跟几个日本鬼子嘀咕了一通，几个日本鬼子就叽里呱啦地端着枪闯了进去，正好迎面碰上往出走的天慈。几个日本兵一看天慈长得俊俏，顿时生了邪念，一边抓天慈一边说：

“花姑娘的好，花姑娘的好！”

刘金贵在一旁幸灾乐祸地告诉日本兵说：

“太君，屋子里还有更有味道的呢，快进去看看吧！”

几个日本兵听刘金贵这么一说，把天慈扔给其中两个日本兵，他们直接冲到屋子里。朱久红和江北红被闯进来的日本兵吓了一跳，江北红马上就反应过来，这小日本是不安好心呢。她迅速地抽出枕头底下的盒子枪，啪啪就是两枪，两个小日本应声倒地。外面的日本兵听见屋里有枪声，也放下天慈冲了进去，啪啪又是两枪，江北红射出的子弹又消灭了两个日本鬼子。

朱久红此时已经被吓呆在那里，两只手紧紧地攥在一起，结结巴巴地说不出话来。

刘金贵见势不好，转身就要跑，却被一只黑洞洞的枪口堵住了去路。是天慈，她端起了日本人的枪，把枪口对准了刘金贵。天慈眼睛里射出的仇恨的怒火让刘金贵心惊胆战，他忙说：

“姑娘，饶了我吧，你就饶了我吧！”

“饶了你，你害得我好惨啊，你还记得你做过的坏事吗？是你让我……”天慈气得有些说不出话来。她端着枪一步一步接近刘金贵，直到枪管已经顶到了他的脑门。

天慈的脸已经气得煞白，歇斯底里地大喊了一声，扣动了扳机。

刘金贵的脑袋开了花，仰面朝天地去见了阎王。

见刘金贵已死，天慈扔下枪，哭着跑进屋子里，一头扎进江北红的怀里，哭喊着：

“娘、娘，我报仇了，我报仇了！”

天慈的哭喊声，久久地回荡在太阳岛的上空。

这时，万江平和王二也刚刚从江边赶回来，看见刘金贵和几个日本兵的尸体，再看看三个流泪的女人时，惊得半天没回过神来。特别是当万江平看到天慈悲痛欲绝时，更是心如刀割。

“原来这孩子早就醒过来了，只是她不愿意面对过去的事啊！”

万江平心里这样想着，一把搂过天慈：

“孩子，你受苦了！”万江平的话音刚落，就听见外面有杂乱的脚步声。

“不好了，日本兵和伪军把咱们包围了！”王二看看万江平，着急地说。

“看来咱们都跑不出去了，和他们拼了吧！”江北红又往枪里压了一梭子子弹。

朱久红惊恐地望着外面，不知所措。万江平和王二、天慈也都抄起了枪，几个人各自找到了便于射击的位置，准备与敌人拼个你死我活。

第一个往院子里冲的日本兵，被万江平一枪打死了。

接着是第二个、第三个……

日本军官一看万江平他们要顽抗到底，就挥起战刀，命令全体射击，将这座小泥房打成渔网。子弹雨点般射了进来，王二因为保护朱久红，小腹上中了一枪，但是他马上又站直了身子。约莫过了十分钟以后，敌人停止了疯狂的射击，几个日本兵蹑手蹑脚地进了院子，他们刚要接近屋子时，埋伏在窗台下的万江平突然起身，连射五枪，将这几个日本兵打倒在地。日本军官一看里边的人还没死，气急败坏地指挥日本兵，不顾一切地向里面冲，院子里呼啦一下子就涌进一帮日本兵。

万江平看敌人太近了，用枪根本打不过来，就挥起大刀，冲到院子里，与敌人搏杀起来，他使出浑身解数，把敌人吸引到自己这边来。

王二受了伤，但他端着一支三八大盖步枪，始终把朱久红挡在身后，朱久红说："王二，你快跑吧，再这样下去，你会死的！"

王二面无惧色地对朱久红说："素月，能让你给我当一回老婆，我死也值了！"

说着，不时地举起枪，向被万江平打出圈外的敌人射击。

万江平一口气砍死了二十多个鬼子，等他满身鲜血地站在院子中间，招呼那些小日本继续上来吃他的大刀的时候，日本兵们都被他吓得呆在那了。万江平血红的双眼看见那个日本军官还在比画着，挥起大刀就向他扑去。

日本军官吓得赶紧退后了三步，惊呼道："射击，射击！"

顷刻间，子弹在万江平身上开出了无数朵鲜艳的花朵。万江平没有倒下去，他手拄着大刀，像雕像一样立在那里。

毕竟寡不敌众，在这次战斗中，万江平、王二和江北红、天慈都死在敌人的枪下。

那座曾经充满了善良和温馨的小屋，经过一场罪恶的大火，已经变成了废墟。

当阿廖沙和他的爸爸妈妈，把朱久红从废墟里救出来的时候，她只是受了点轻伤。她哭着寻找着亲人的尸体，王二、天慈、江北红都找到了，唯独不见万江平的尸体。

阿廖沙的爸爸沉痛地告诉她，万江平的尸体被日本人拖去了，说是要示众。

朱久红昏厥了过去。

山田大佐办公室里，李通正卑躬屈膝地接受山田的命令。

“你赶快将万江平的尸体挂在街上，越醒目越好。让你们中国人看看，和我们日本人作对是什么下场!”

李通赶紧应了一声：

“是，太君，我一定办好!”

李通转身往出走，要去执行山田的命令，却又被山田叫住了：

“你派人监视好万江平的尸体，那个万千山是个大孝子，他一定会来抢他父亲的尸体，中国人讲究入土为安！你不要掉以轻心，不抓住这个万千山，怎么解我心头之恨?”

李通又是一顿点头哈腰，才急匆匆地离开了山田的办公室。

烈日下，万江平血淋淋的尸体被悬挂在哈尔滨中央大街口的一根大柱子上。万江平已经面无血色，苍白的脸在烈日下像一张被无数次揉皱的惨白的纸，鲜血已经凝固在他的身体上，形成了一层暗黑色的铠甲。一帮穿便衣的伪军在附近晃荡着，观察着行人，衣兜里装着上满了子弹的盒子枪。

万江平的死，让张达开心不已。

“万家终于开始死人了，但可惜死的不是万千山！”张达一边在花田会馆里接受小月舒舒服服的按摩，一边骂道。

花田会馆是张达的老巢，尽管现在他不太过问这边的事，但是还是经常回来享受享受。小月是张达最喜欢的妓女了，每次张达也都让小月侍候他。小月听见张达叨叨咕咕地说什么万江平死了，就差万千山这些话，心里咯噔一下揪了起来。

“你今儿是怎么了，六神无主的，好好侍候你张爷，明个我把久保田先生介绍给你，你就更有大钱赚了。你不知道，这花田会馆……”

张达没有继续往下说，但是小月也知道这花田会馆是日本人投资的，他张达也只是个办事的狗腿子。张达为日本人办事很是忠心，为了修筑要塞，日本人在哈尔滨大肆逮捕中国老百姓，送往外地，被捉去者几乎都是九死一生。久保田命令张达，在太阳岛和哈尔滨周边必须捉到三千个中国劳工，张达就立马不停地带着日伪军四处抓人，只用了半个月的时间，就捉了三千多人，通通发往东宁。

张达心狠手辣，比他爹还有过之而无不及。稍微有反抗者，张达就命人往死里打，直到告饶为止。张达每次圆满地完成任务，久保田都会给他重重的奖励。

79

李念在知道万千山的父亲万江平和江北红母女以及王二都惨死在日本人的枪下时，她的脑海里不断地勾勒出山田大佐挥刀砍向这些善良人的情景。不知不觉，泪水已经模糊了她的双眼，她不知道自己该不该把这个消息告诉万千山。这个消息实在是太坏了，她不知道万千山知道后，会是怎样的一种撕心裂肺。特别是他的父亲万江平的尸体此刻还悬挂在外面示众。

李念一边走一边被伤心和踌躇折磨着。她此时已经打扮成一个村姑，正要去滨州镇拿情报。此次交通员交给李念两个情报，一个是万千山的父亲及家人被杀害，另外一个就是将有一艘日本轮船，载着粮食等物资运往依兰。李念拿到情报后，迅速地记在了心里，然后将小纸条撕成了纸片，扔在了江里。

李念用一只胳膊挎着个筐，筐里有二十多个红皮鸡蛋，她正急匆匆地返回秘密营地。

“最近鬼子的扫荡越来越多了，得快些走，别碰上小鬼子，那就麻烦了！”李念这样想着，不觉加快了脚步。

前面是一片黑松林，黑松林的前边是清水村，过了清水村，再走十里路就可以进入抗联的营地了，李念的心稍稍有点放松。

她刚走进黑松林，突然听到一声大喊：

“站住，是干什么的？这么晚了还到处乱走！”

李念听见有人喊她，赶紧停住脚步，稳定了一下情绪，她看见喊他的人是两个看山的伪军，就镇定地说：

“大哥，我是上前边的清水村下奶的，我表姐生孩子了。听说还是难产，刚给我们捎来信，我爹就赶紧让我去看看。”

“下奶？我看不会是给抗联送情报的吧？现在抗联闹得正欢，我看你也不像啥地道人，跟我们走一趟吧！”一个大个子伪军说。

李念一看伪军要带她走，知道事情不妙，把一只手放在筐的二层底格里，想要摸枪，但是她转念一想，又把手缩了回来，说：

“大哥，您看我这一筐鸡蛋，不是下奶还能干啥？”

说着，李念从筐里掏出几个鸡蛋，塞给大个子伪军，接着说：

“大哥，你们也够辛苦的，干你们这行也不容易，一边受日本人的气，一边挨中国人的骂，我二姨家的哥哥就是干伪军的，每天累得不得了，都不想干了！”

大个子伪军一听李念这么说，态度也不那么强硬了。他伸手接过鸡蛋揣在兜里说：

“小丫头，你还真会说话啊，你那当伪军的哥哥叫啥名，告诉我，如果我认识，我就放了你！”

李念听大个子伪军这么说，赶紧不假思索地说：

“我哥叫张大成，外号虎犊子！”

大个子伪军一听乐了：

“哈哈，你说大犊子啊，认识认识，他还没少关照过我们兄弟呢！”

大个子伪军说完挥挥手，让李念快点走，还嘱咐她路上小心。李念总算是松了口气，刚才他说的张大成确实是个伪军，而且还是个头目，上一次他带着日本鬼子扫荡的时候，李念才知道这么个人，听说这个张大成心狠手辣，是个杀人不眨眼的魔鬼，外号虎犊子。

李念没想到这个名字今儿在这派上了用场，她一路小跑，回到了密营。

密营里大家正在焦急等待李念的归来，伙房为李念热好了窝头，又切了一块咸菜。最近鬼子封山扫荡，抗联队伍里物资极其匮乏，口粮供应都成了问题，不少战士吃野菜都吃出了痢疾，情况很是危急。这次赵军长派李念去接情报，也想让她顺便看看能不能在滨州搞点粮食。

李念急匆匆地推开门，一进来就说：

“军长，好险呢，差点没让两个伪军把我抓去，幸亏我说虎犊子是我哥！”

赵军长微笑着，摸摸李念的头说：

“我们的李念就是机灵，做事让人放心!”

李念要马上和赵军长汇报工作情况，但被制止了，他让李念先吃完了饭再说。李念也是饿了，拿起窝头就吃了起来，她一手拿着咸菜，一手拿着窝头，那样子怎么也看不出，她曾经是个有钱人家的小姐。

饭后，李念和赵军长汇报了情报的内容。李念请示道：是否把万江平全家被杀并被悬尸示众一事，告诉万千山。赵军长没有立即回答，他想了想对李念说：

“日本人的心思是明摆着的，他们是想引万千山上钩，然后杀害他!”

“我也明白日本人的想法，可是……”李念话没有说完。

赵军长咳嗽了两声，端起缸子里的水喝了一口说：

“我知道你怕千山回去上了日本人的当，可咱也不能不告诉他。千山是我们的好同志，我们也要保护他的情绪，然后再想办法吧!”

李念点了点头，眼睛里布满了忧伤。赵军长知道，此时的李念早已经深深地爱上了万千山，就拍拍她的肩膀说：

“这个时候他最需要你，今晚我派两个战士送你到他的营地去吧，好好陪陪他!”

李念揣了两个窝头，由两个战士护送，去了万千山的营地。

李念走后，密营里就开始琢磨起李念送回来的第二个情报：日军这两天要从水路运送一批物资到依兰去。

“必须截下这批物资!”赵军长拿出地图，心里盘算起了作战计划。

80

万千山的营地在一个山沟里，四面都是松树林。

他们的营地就驻扎在沟底平坦的草地上，远远看去，就像什么也不存在。说是营地，实际就是简陋地沿着山坡挖出的地穴，战士们晚上就躺在这阴冷潮湿的地穴里睡觉，吃的也仅仅是些野菜，什么蕨菜、四叶菜、猫爪菜……这些食物，把战士们的脸都吃得青肿起来，可见条件十分艰苦。但是，这丝毫没有影响万千山和他的战友们的战斗热情。李念到来的时候，万千山刚带着队伍打了宾县一个鬼子的兵营，抢回不少枪弹来。

"可惜没抢到粮食！"蒙古族战士巴特尔遗憾地说。

巴特尔带领他的蒙古族兄弟加入抗联队伍之后，在战斗中表现得十分勇猛，深得万千山的信赖和赞佩。这些蒙古族小伙子，还是打猎的好手，不时地弄点山鸡野兔什么的，慰劳一下兄弟们。看李念来了，巴特尔说：

"美女爱英雄，我要走了，不打扰你们！"

万千山一把拉住巴特尔说：

"我们可是革命战士，你可不要胡说啊！"

巴特尔佯装委屈地说："我可没胡说，她不喜欢你，难道会喜欢我？"

说完，巴特尔指了指自己的刀疤脸，很伤心的样子，逗得李念呵呵地笑起来。

昏暗的地穴里，只剩下万千山和李念。两人先是沉默了一阵，万千山用手捻着一根鞭梢不知道该说什么。忽然，他好像又想起了什么，起身从自己的行军包里掏出一个几乎要发霉的窝头，递给李念。

“现在也只有这个了，这还是小丁子没舍得吃的，他要留给我，我也没舍得吃，现在你把它吃了吧！”

万千山把窝头递给李念让她吃，李念看着万千山的窝头，心里顿生感动，她把手伸进自己的怀里，掏出用手绢包着的两个刚蒸好的窝头，递给万千山，眼睛里含着关切和难以言说的感情，她说：

“你吃这个吧，这是我从赵军长那里带回来的，还热乎呢！”

李念拉过万千山的手，把窝头放在他的手心里，然后就那么痴痴地看着他。

万千山已经好多天没有吃到粮食了，看着这两个还温热着的窝头，眼泪差点没掉下来，但是他没舍得吃。他把一个窝头放起来，说是留给小丁子，把另一个还给李念说：

“我一个大男人，吃不吃都行，还是留给你吃吧！”

万千山又把窝头塞在李念的手心里，李念不接，万千山非要给，两个人就这样把一个窝头推来推去。后来，李念实在拗不过万千山，就说：

“千山，咱俩还是一人一半吧，吃完我好和你说个事儿！”

李念用嘴轻轻地咬了一口窝头，然后送到万千山的嘴边，万千山看不吃不行了，接过来也只是咬了一小口。

李念假装生气地说：“不行，你张大嘴！”

万千山无奈地笑了笑，把嘴稍稍张大了点，李念使劲地把窝头塞进万千山的嘴里，恨不得全都塞进去。

“咱俩出去走走吧，这里怪憋闷的！”等万千山吃完了窝头，李念拉住万千山的手说。

万千山被李念拉着手，显得有点害羞，李念又故意往他身上靠了靠，两个人走出了地穴。

星光从林间的缝隙中照进来，打在两个人的身上，除了风吹的呜呜声，再没有任何声音。一切都是那么静，静得能听见他们彼此的心跳声。

李念把身子稍微倾斜靠在万千山的肩膀上，自从两个人一起来到抗联之后，他们悄悄地相爱了。只是万千山从没有表达过什么，甚至有时候感觉自己是在犯罪，因为他还常常想起吉娣，那个深爱着他的俄罗斯女孩，倒是李念曾真切地向万千山表白过。

李念确实是爱万千山的，自从她十五岁那年在街上看见通缉万千山的告示后，她就在心里装下了他，只是当时他还是个草莽出身的少年英雄。而现在，她依靠着的这个人已经不再是土匪，而是一个不怕死、敢和小鬼子硬碰硬的抗联部队的连长了。李念爱着万千山，也心疼他。所以此时此刻，她更不知道该怎么把那个能让他撕心裂肺的消息告诉他了。

她几次欲言又止，只是把头靠在万千山的肩上。

夜凉如水。

万千山突然想起李念说要和他说个事，就问李念要说什么事。李念一时有点慌张，她在巴特尔喂马的草垛上扯了一棵草，先让万千山坐下来，然后自己坐在他旁边，抓紧了他的胳膊才镇静下来。李念扭转身体，但星光很淡，她看不清万千山的表情，只能望着那个熟悉的轮廓说：

“千山，我要告诉你的事很残酷，你要挺住！”

万千山听李念这么说，紧张起来，着急地问：

“到底咋了，快告诉我啊！”

李念抱紧了万千山的胳膊，含着眼泪说：

“你爹他们……被日本人杀害了！”

李念几乎用尽了浑身的力量，才把这一噩耗告诉了万千山，万千山惊愕地“啊”了一声，险些晕倒过去。

半夜时分，一场大雨从天而降。万千山跪倒在雨里，呼喊着父亲，呼喊着母亲，呼喊着江北红和天慈，回应他的，只有冷冷的山风和瓢泼的大雨。李念抱住万千山的身体，不停地劝慰着心上人，万千山放声地痛哭着。小丁子和巴特尔他们听到哭声跑出来，七手八脚地把万千山抬回地穴，问明出了什么事，小丁子呆了一下，然后抱着一根支顶的柱子，也哭了起来。巴特尔一拳砸在土墙上，愤怒地叫道：

“集合人马，杀回哈尔滨，咱们报仇去!”

李念一把拉住了巴特尔，带着哭声说：

“巴特尔大哥，仇是一定要报的，但不仅仅是出动咱们一支队伍！密营里正在制定战斗计划，我们要统一行动!”

听说赵军长已经开始筹划，万千山压制住了心头的悲愤，让巴特尔带着弟兄们赶紧回去休息，以免影响整个战斗计划。

第二天清晨，雨刚刚停下。赵军长带着队伍，早早埋伏在一段水面较窄的江边，江岸的柳毛子里，几棵大柳树迎风飘扬。几个女抗联战士装扮成村姑，在江边洗衣服。

可是，这些女战士手中的几件破衣服，不知道揉搓了多少遍，也没见小日本的船开过来。战士们有点着急，但是江边打鱼的老地下党王大爷，却告诉大家不要着急，小日本的船一般在中午时才能开到这里。他们的船到了，就在这几棵大柳树下靠岸、打尖。

战士们正焦急地等待着敌船，万千山和李念也带着队伍赶了过来。万千山悄悄地指挥队伍潜伏，自己来到赵军长身边。赵军长看见万千山眼睛里布满了血丝，肯定是一夜没有睡觉。他心疼地拍拍万千山的肩膀，万千山重重地点了一下头，虽然他们谁也没有说话，但是却明白彼此的意思。

太阳正当头顶的时候，小日本的船终于开过来了，一个秃头鬼子光着膀子站在船头，双手叉腰正向江岸瞭望着。大约还有十来个鬼子和四五个伪军在船上晃荡着。他们还以为这里很安全，没想到抗联战士已经埋伏起来，准备好好收拾他们一下。

日本兵和伪军们看见江边洗衣服的“村姑”，赶紧淫笑着摆手，挑逗起来。几个“村姑”也不搭理他们，日本人看“村姑们”不搭理他们，就把船靠在岸边，继续喊着：

“花姑娘，花姑娘到船上来!”

另几个小鬼子不知道叽里呱啦地说些什么，这时一个伪军走下船来对“村姑们”说：

“哎，姑娘们，皇军让你们陪他们喝酒，快点上船，要不老子开枪崩了你们!”

这是抗联战士们早已经预料到的，几个女战士假装收拾衣服要走，却被鬼子拦住了：

“花姑娘，不要走!”说着，就把村姑们往船上拽。

抗联女战士假装不顺从地上了船，趁着这个机会，她们又扫视了一下船上的一切：敌人的枪支胡乱地扔在船上，船舱里装满了大米白面和好几样蔬菜，船头上还有一张小方桌，两个军官模样的鬼子，正在那里大吃大喝。

这时，埋伏在柳条毛子里的战士们已经悄悄地靠近了敌船。

与此同时，船上的一条大狗向潜伏的抗联战士们叫了起来。敌人一下子警觉起来，砰砰地向柳条毛子里开了一阵乱枪。说时迟，那时快，抗联女战士们猛扑上去，把那个光膀子的日本兵推进了江里，然后抓起机枪掉转枪口，向敌人开了火。

这时，万千山已经带着战士冲到了船上，迅速地消灭了船上所有的敌人，鲜血染红了滔滔的松花江。

这一仗打得十分迅猛，前后不到二十分钟就结束了战斗，抗联战士们扛着粮食，不一会儿就消失在江边的密林里。

回到营地，赵军长把万千山叫到自己的屋里，紧紧地握了一下万千山的手。

“千山，家里的事我都知道了，我和你一样难过！咱们赶紧想办法把老掌柜的尸体抢回来，让老人家入土为安！”

万千山强忍着眼泪说：

“我想今儿就回哈尔滨，把父亲的尸首抢回来！”

赵军长仍旧握着万千山的手说：

“你一个人回去太冒险了，我正在研究一个计划，到时候派人跟你一起回去！”

这时，李念走了进来，她报告说明天晚上在马迭尔大酒店，为久保田举行生日宴会，到时候，关东军司令部和有头有脸的日本人都将出席。

“太好了，我们可以利用这个机会，抢出老掌柜的尸体，同时大闹这个生日宴会，告诉小鬼子，谁迫害了我们的人民，我们就让他付出血的代价！”赵军长的眼睛里，射出了锐利的光芒。

随即，赵军长布置了一番：万千山和李念化妆成夫妻，先走一步，其他弟兄则化妆成不同的身份，分头入城。

临行前，赵军长和万千山的两双大手紧紧地握在一起，万千山说：

“军长，你就放心吧，我们肯定圆满完成任务！”

李念也敬了一个军礼，然后“夫妻”俩就出发了。

81

王二和江北红以及天慈的尸体，都被阿廖沙的爸爸和几个中国邻居帮着埋葬了。

朱久红跪在坟前，一次次地哭昏过去，好心的阿廖沙一家收留了朱久红，但是失去亲人的悲痛，让朱久红不能自已。伊万大夫和他的老伴娜达莎，也守护在她身边。

“得让千山哥哥知道，他的妈妈还活着!”阿廖沙对他的爸爸说。

“可是孩子，我们怎么才能让他知道呢?”阿廖沙的爸爸问。

“我自有办法，爸爸你就放心吧!”说完，阿廖沙就去找小金子。

阿廖沙找到小金子，两个孩子就一路小跑来到江边，叫了一条渡船过了江，上岸后，他们来到哈尔滨最早的电影院——捷克斯坦电影院。在电影院门口，阿廖沙和小金子找到卖瓜子的摊床前，对卖瓜子的师傅说：

“师傅，我要二两瓜子!”

卖瓜子的人看看眼前这两个孩子，觉得怪怪的，就说：

“你们这么小来看电影，有钱吗?”

阿廖沙激动地小声说：“是春华让我们来看电影的!”

卖瓜子的一听明白了，赶紧对阿廖沙说：

“真是好孩子啊，那就交钱吧，我给你们称瓜子!”

阿廖沙将一张卷起来的钞票递给卖瓜子的人，然后和小金子拿着瓜子就跑开了。

李念曾经告诉过小金子和阿廖沙，如果万一有什么急事，就来这儿找卖瓜子的年轻哥哥，而且，一定要说是春华姐姐让来的，卖瓜子的哥哥就会明白的。阿廖沙和小金子记住了李念告诉的话，正好今天派上了用场。

阿廖沙和小金子没有直接回家，而是顺道去了一趟中央大街，看了一眼悬挂在街口的万江平的尸体。小金子吓得用手捂住眼睛，不敢再多看一眼，阿廖沙赶紧在胸前画着十字，嘴里不停地说着什么。他们在万江平的尸体前转悠了一会儿，几个穿便衣的伪军跑过来骂道："小兔崽子，赶紧滚蛋，别在这碍事！"

阿廖沙和小金子赶紧跑开了。

万江平的尸体，是山田大佐唯一的一颗棋子，有了这具万江平的尸体，就一定能引来万千山。对这一点，山田大佐非常自信。所以，他吩咐李通带着伪军守在尸体周围，说肯定能抓住万千山这条大鱼。

久保田正在办公室里听取张达等人的汇报，定在马迭尔酒店的生日宴会现在已经一切安排妥当，保安措施也极其严密。

久保田一边看着出席人员的名单，一边在纸上写着什么。他把张达叫到跟前，让他通知山田大佐，明天晚上加派人手，严密监视万江平的尸体，那些土八路一定会趁着这个时候来捣乱的。张达应声而去。

张达来到山田大佐的办公室，李通正在向山田汇报这两天的情况，山田对最近的几个情报泄露之事，很是生气。一边听汇报，一边骂个不停。李通其实也说不出个一二三，鸡毛蒜皮地扯了一气，就被山田哄出去了。

张达一脚门里一脚门外，和李通走了个对头碰。两个人对视一眼，谁也没说话，就过去了。

张达穿着条格西装，雪白的衬衫，系着暗红色的领带，脚上穿着一双黑色的亮光闪闪的皮鞋，显得很是精神，唯独他的那条瘸腿，让人看起来十分别扭。

山田大佐见张达来了，皮笑肉不笑地说：

"张达君，你有什么事？"

张达低头，微微一笑说：

"山田大佐，久保田先生让我通知您，明天晚十点准时参加他的生日宴会。另外，他还请您多派些兵力，严密监视万江平的尸体。久保田先生分析，明天晚上那些土八路一定会趁机闹事！”

张达故意装出一副很绅士的样子，说话时故意模仿洋人的语气，显得不伦不类。

“这个不用他分析，我自然想得到！万千山是我们大日本的仇人，我不喜欢某个人对我指手画脚，你明白吗?”山田大佐显得有些不悦

“明白、明白，久保田先生只是和您商量。”张达赶紧说。

“我明天准时参加久保田的生日宴会，请他放心！”山田大佐说完，把头埋在一张地图上，不再搭理张达。

张达知趣地离开了山田的办公室。

黄昏时分，李通按山田的吩咐，在万江平的尸体周边地带加派了大量的便衣伪军。

安排妥当，李通看天色还早，就独自去了花田会馆，想找小月和她说说心事。自打和妹妹在万家相见后，李通的心一直记挂着妹妹。他知道妹妹参加了抗联，只是不知道现在怎么样了。李通其实很想念妹妹，上次简短的见面和谈话，使兄妹俩差点绝交，但是李通又放不下眼前的一切。没办法，兄妹俩只能在两条路上越走越远。

小月正在自己的房间里想着心事，小月也是个苦命的女人。日本鬼子刚打进哈尔滨的时候，小月全家就被日本鬼子杀害了，她的妈妈和两个妹妹也都被日本人凌辱而死。小月因无钱埋葬亲人，只好给自己贴出了卖身告示，却不想被花田会馆的老鸨遇上，帮她埋葬了家人，然后就带到花田会馆，做起了妓女这一行。花田会馆因常有日本军人和伪军出入，是一个获取情报的重要渠道，组织上就派李念女扮男装，进入花田会馆刺探情报。

那天，李念扮作一个富家公子，身穿欧式西装，戴着蓝呢礼

帽，十分英俊洒脱。她走进花田会馆，正好“接待”她的是小月。经过攀谈，李念了解到小月的亲人都被日本人所害。李念又巧妙地说明了自己的身份，并对小月晓之以理、动之以情地说服一番。小月因为痛恨日本人，就答应李念，帮组织做情报工作。后来，小月没少从张达、李通和一些日本人那里获得重要情报，通过交通员传递给抗联。

82

李通进得门来，先把衣服挂在衣帽架上，又喝了茶，坐下来并不言语。

小月望着李通，知道他肯定又受了什么气，也不着急问，先把李通拉到床边坐好，然后又上得床来，伸出双手轻轻地捏弄他的肩膀。李通喜欢小月这样做，这能使他的心情放松一些。

无声地接受一会儿按摩，李通斜靠在床上，一手揉着自己的脑门，一手摸着小月的手，脸色有了些许好转。

小月这才开口问道：

“咋了，又遇见啥烦心事了吗?”

李通往小月这边靠了靠，心事重重地说；

“给小日本干活真不容易啊，撞枪口的事儿，都让我们伪军来干！这不，守着那个尸体都有些日子了，万千山还不上钩。过两天，还有一批军火需要我们押送，都是掉脑袋的事儿!”

听李通说到军火，小月感觉这又是个相当有价值的情报，赶紧问：

“啥军火啊，从哪往哪送啊，你去我可不放心，你死了，我可怎么熬下去?”

李通把小月揽在怀里，亲了一下说：

“小月，我还真没白疼你，那批军火是从长春运来的，全是给关东军打抗联的。日本人让我们押送，上次往依兰送粮食，我们葬送了十来个兄弟，这回还不知道出啥乱子呢！”

自打和妹妹见过面，李通的心思重了许多，特别是天慈被日本人打死后，李通杀死万千山报仇的心也淡了不少，但没完全放弃。

小月给李通揉了揉脑袋，就解开自己的扣子，李通看了看，又把扣子给小月系上。

“今儿没心情，我就是想让你陪我说说话！”

“想说什么你就说吧，我听着呢！”小月说。

“我那妹妹，都和我走散好多年了，前些日子见到了，可是我们哥俩却……咳！”

“你妹妹怎么了？”

“咳，别提了，我那妹妹怪我当了伪军，不想再理我了，她……她竟成了抗联！”

李通把抗联这两个字说得很轻。小月点点头，意思是听明白了李通的话，她伏在李通的肩膀上。两个人都沉默了好久，李通突然对小月说：

“最近山田大佐因为情报泄露很生气，正在调查呢，还摧毁了几个地下党的秘密联络点。我真担心我妹妹啊，可别让日本人给抓了去，那我这当哥哥的就没法向死去的爹娘交代了！”

小月看李通思念妹妹心切，就说：

“那你就跟你妹妹去干抗联得了，省得受日本人的气！”

李通一骨碌爬起来说：

“那哪行，我要多挣点日本人的钱，将来把我们李家的家业重新搞起来！当年我们李家烧锅可是哈尔滨首屈一指的买卖，可现在……”

李通叹了口气接着说：

“可现在啥都没了，都怪那个万千山，让我逮着这个王八蛋，非崩了他不可！”

李通和小月一直唠到天黑才依依不舍地离去。临走时李通告诉小月，明天他不能来了，明天要执行重要的任务，等这任务执行完了再来陪她。小月关切地叮嘱了李通两句，又把他送到大门口才回到自己的房间。

阿廖沙和小金子返回太阳岛后，阿廖沙趁朱久红不在屋的时候，把万江平的尸体在中央大街那悬挂了好多天，已经开始腐烂的事偷偷地告诉了他爸爸。

阿廖沙说起万江平的惨状悲伤地流下了眼泪。可是，阿廖沙的话还是被站在门外的朱久红听见了。

朱久红一屁股坐在地上，眼泪像决堤的江水一样汹涌了出来。自打被万千山从李家烧锅抢回来后，朱久红就一直相信他们的话——她是万江平的妻子，尽管她还没有恢复记忆，但是她能读懂每个人的眼神。但是她却坚决认王二是她的丈夫，不仅仅是因为王二救了她的命，还因为江北红也深深地爱着万江平。直到朱久红后来在天恒山被官兵推倒，撞在一块大石头上恢复了记忆之后，她也没有承认这一切，而是装着自己依然失去记忆的样子，为的是让万江平和江北红能走到一起，她不想伤害江北红，也不想伤害王二。

现在，他们都惨死在日本人的枪口下，丈夫被悬尸示众，儿子万千山又不知身在何处。她真感觉到了一种从未有过的孤独和绝望。

她一把推开门，站在阿廖沙和他的爸爸面前，流着眼泪说：

“阿廖沙，我都听见了，我怎么才能把他的尸首救回来呢?”

“这可不行，你去了也是送死，只能把事情弄得更糟糕!”阿廖沙的爸爸着急地说。

阿廖沙为朱久红倒了一杯水，把她扶在椅子上坐下，说：

“您别急，我想千山大哥一定会有办法的，我已经把您还活着的消息告诉了春华姐的朋友，他一定会马上回来的!”阿廖沙说完，瞪着大眼睛看着朱久红。

“日本人实在是太残忍了，我也会拿起枪和他们干一场的!”阿廖沙的爸爸说。

“那我也和你一起去打日本人，爸爸!”阿廖沙兴奋地说。

阿廖沙的爸爸拍了拍儿子的头，紧紧地把儿子搂在怀里。

阿廖沙的爸爸阿列克赛，原来是一个铁路上的工人，后来因为参加了几次罢工游行，被赶出了铁路，自己又谋了个小差事，勉强养活一家人。这个高大英俊的俄国男人，有着很强的正义感，眼看着日本人侵占了哈尔滨，做出了那么多伤天害理的事，他也十分地愤恨。

阿廖沙和他的爸爸正开导着朱久红，伊万大夫的老伴娜达莎大婶走了进来，她看着面容憔悴的朱久红说：

“亲爱的，不要伤心了，看我给你带来什么了?”

说着，伊万大婶拿出了刚刚烤好的列巴，一个递给朱久红，一个递给阿廖沙。朱久红点头表示谢意，把列巴给了阿廖沙。娜达莎大婶又嘱咐朱久红说：

“千万不要出去了，那些中国伪警察们正带着小日本四处搜查呢，让他们看见了，就惨了!”

娜达莎大婶亲了阿廖沙一下，说：

“这是世界上最勇敢、最聪明的孩子，你一定会成为大英雄的!”

阿廖沙马上严肃起来，向娜达莎大婶敬了个标准的俄国军礼，逗得娜达莎大婶开心地笑了起来。

娜达莎大婶说得一点没错，太阳岛上早已经没了往日的宁静，本来怡人的风景，也被日寇的铁蹄践踏得一片狼藉。伪警察们正带着日本人四处抓劳工，闹得太阳岛上鸡犬不宁，哭喊声不绝于耳。

娜达莎从阿廖沙家出来，正好碰见一伙伪警察推搡着一个中国老人往警察局走。这个老人看起来已经有六十岁了，老迈的双腿支撑自己的身体都成问题，哪还有力气去干苦力啊。老人边走边求伪警察放了他，后面他的老伴也哭喊着跑上来，央求他们把老伴放了，却被伪警察一把推倒在路边，撞在石头上再也没起来。

娜达莎大婶看不过去了，截住这伙伪警察说：

“你们怎么能这么残忍呢？没看到他是个老人吗？”

几个伪警察看这个俄罗斯老太太管闲事，就凑过来恶狠狠地说：

“老太婆，你别多管闲事啊，小心把你也抓起来！”

“你们敢，一群混蛋！”娜达莎大婶说着，就去抢那个中国老人，几个伪警察一看这个俄国老太太还挺倔强，几个人合起来把娜达莎大婶架到路边的大树下，要把她绑起来。

这时阿廖沙跑过来，向伪警察们央求道：

“放了娜达莎奶奶吧，她是个好人！”

说着，阿廖沙就挡在娜达莎的身前，几个伪警察拿一个孩子和老太太也没办法，就几乎是拖着地把那个中国老人带到了警察局。

夜晚来临，太阳岛上夜色混杂着混沌。

万江平的尸体还飘荡在中央大街的夜风中。

几个伪军便衣躲在暗处悄悄地观察着动静。

83

是夜，万千山和李念坐着马车，一路向哈尔滨赶去。

月明星稀，蛙声片片，冲击着万千山浓浓的悲情。赶车的小丁子无精打采地挥着马鞭，李念依偎在万千山的身旁，万千山目不转睛地盯着前方，他知道，自己正走在一条更艰险的路上。

小丁子已经哭红了眼睛，在知道万千山的家人被日本人杀害之后，他就几乎不能自已地哭起来。小丁子喜欢天慈，可是天慈却惨死在日本人的枪下。

“以后再也见不到天慈妹妹了，千山哥！”小丁子忧伤地说。

“人死不能复生，小丁子你别上火了，你千山哥不比你还难受吗？我们现在就想着怎么报仇就行了！”李念对小丁子说。

“嗯，一定要报仇，把小日本鬼子都干掉！”小丁子使劲用鞭子打了一下马，马车加快了速度。

万千山一句话也没说，他太过悲伤了。李念想让万千山的心情好些，就给他讲故事，讲自己和哥哥逃难路上的遭遇，讲他们善良的干娘。万千山不时地答应着，他听李念说到她哥哥，好像忽然想起了什么，抓紧李念的手说：

“明天晚上一定会和你哥遇上，看来他是铁心跟着日本人了！”

“他答应过我，说绝不杀你的！”李念心疼地抓紧万千山的手，把头放在万千山的怀里。

“明天晚上的战斗，你就不要参加了，会是一场恶仗，别伤着你！”万千山说。

“那不行，我一定要参加战斗，多一个人多一分力量嘛！再说，要是我哥和你打起来，我怕他朝你开枪！”李念十分担心地说。

“放心吧，我死不了，咱还得把鬼子打回老家去呢!”万千山说。

两个人互相靠了靠，感觉暖暖的，李念微微有些睡意。

半夜时分，马车已经来到了天恒山脚下。

小丁子有点兴奋地说：

“前些日子，咱们就是在这儿消灭了一伙鬼子，一个也没剩下!”

万千山咳嗽了两声说：

“有的是鬼子让你打，你就练好你的枪法就行了，咱们的子弹来得不容易，对付小鬼子，要争取一枪毙命!”

小丁子不好意思地笑了笑，不再言语了。小丁子已经跟了万千山多年，对万千山是忠心耿耿，但就是枪法差了点，总也打不着致命的地方。所以，万千山和战友们都叮嘱他，没事的时候多研究点枪法，打起仗来才能眼到枪子到，一枪毙敌。

小丁子知道自己的枪法不好，所以听万千山这么一说，也就不好意思地闭了嘴。

在天恒山脚下，万千山吩咐小丁子把马车赶快点，等天亮就不好进城了。小丁子甩了几下鞭子，马车扬起午夜的尘埃，向哈尔滨城东门疾驰而来。

李念此时已经装扮成了一个孕妇，又在脸上画了一块黑记；万千山装扮成了一个种田的农民，穿上了一件补丁摞补丁的衣服。不大一会儿，马车就到了城门口，几个日本兵正在城门口打盹，看到一辆马车急匆匆地赶过来，赶紧站起来，端着枪拦住了马车。

一个日本兵走过来，用枪指着万千山说：

“干什么的?”

“太君，俺媳妇难产，就快憋死了，得赶紧上医院啊!”

李念赶紧捂着凸起的肚子，嗷嗷地叫起来。日本兵一看有女人，赶紧招呼另几个日本兵。

几个日本兵嘻嘻哈哈地围上来，想看看这个要生孩子的女人什么样儿。万千山赶紧点头哈腰地说：

“太君，耽误不得呀，快出人命了！”

小丁子也在一旁附和道：

“太君，俺姐就要没命了，快放俺们过去吧！”

几个日本兵才不管这些，抢着去看车上的李念长得什么模样。李念赶紧把头抬起来，边叫边说：

“太君，放我们过去吧，求求你了！”

几个日本人借着月光仔细一看，吓得忽地往后退了好几步，不停地喊着：

“是个女鬼，赶快滚蛋！”

小丁子赶紧催马，将车赶进了城里。

原来是李念脸上画着的丑陋的黑记，把几个日本兵给吓住了。

冷冷清清的医院里，伊万大夫开始也被这个长相丑陋的孕妇吓了一跳，他看看孕妇身边的这个农民愣了一下，细一辨认，才发现是万千山，赶紧说：

“跟我来吧，不要害怕，不就是个难产吗？我有办法！”

伊万身边的护士也对万千山说：

“请放心吧，伊万大夫总是手到病除！”

伊万大夫让护士留在外面，向万千山摆了一下头，万千山赶紧背起李念跟着伊万大夫进了诊室。

护士望着伊万大夫的背影，有些不解地问：

“伊万大夫，你自己怎么能行呢？”

伊万大夫头也没回地说：

“没有关系，她现在还生不了！”

检查室里，伊万大夫一把抱住万千山说：

“我知道你一定会回来的！你的母亲很好，我给她弄了点药，现在应该在阿廖沙家的小屋里思念你呢！”

万千山谢过伊万大夫，然后默默地望着窗外，伊万大夫看出了他的心事，安慰他说：

“孩子，不要悲伤，真正的英雄是不死的。你的父亲很英勇，他杀死了很多日本兵！”伊万停了一下，向不远处的中央大街看了看，说：

“我知道你回来干什么，那里埋伏了日伪军，你可要小心啊！”

万千山点了点头，目光紧紧地盯着中央大街。

李念此时已经换好了衣服，伊万惊奇地看着她，叫道：

“天啊，原来是个漂亮的中国姑娘，太神奇了，你的黑记太逼真了！”

李念笑了笑说：

“伊万大夫，你的医术真高明，你看我这难产的孕妇，一进你的医院就立刻好了！”

伊万哈哈大笑说：

“不是我的医术高，是你们有智慧啊！”

李念又装扮成一个女教师，拿上早已经预备好的手拎兜走出了医院，去接情报去了。万千山则留在医院里，等待已经出发的战友们集合行动。

李念来到捷克斯坦电影院，却不见了假扮成卖瓜子的交通员。这让李念心里十分纳闷，按一般情况来说，他是不会突然消失的，今儿这是怎么了？

“难道……”李念心里画了个大问号，一种不祥的预感袭上心头。

找不到卖瓜子的交通员，李念只好去树人中学找徐学仁。徐学仁一直以教师的身份为掩护做情报工作，十分稳妥和隐蔽。

“他应该在学校里，我一定能找到他！”李念心里这样想着，不觉加快了脚步。

拐过两趟街，又走了长长的一段路，李念才来到树人中学。还没到校门口，就听见一片混乱声。

“难道出事了？”李念仔细一看，几个日伪军正拖着徐学仁走出校门，徐学仁一边挣扎一边喊：

“你们干什么，你们这是侵犯人权，我犯什么罪了？你们这帮混蛋！”

可是日伪军并不听他的，在他的脑袋上胡乱打了一枪把，徐学仁的头上就流出了血。他们把徐学仁推上了汽车，向日军司令部方向急驰而去。

李念躲在树后观察着，不禁皱起了眉头，心说：

“遭了，徐学仁出事了，小月那边会不会出事？不行，我得亲自去一趟，把情报带出来！”

李念不敢怠慢，赶紧回到医院，和万千山说明了情况，换上西装，戴上了礼帽，直奔花田会馆而去。

84

李念赶到花田会馆见到小月，小月正在等待徐学仁来取情报。

对李念的直接到来，小月感到十分惊讶，李念把徐学仁被捕的事简单说了一下，小月的眼泪流了下来，李念问小月能不能出花田会馆，小月说：“只要客人肯给老鸨子钱，跟客人出去吃个饭还是可以的。”李念说：“由于徐学仁的被捕，这条交通线不能再用了。”她让小月赶紧收拾一下，跟她到队伍上去。听说可以离开这个鬼地方，小月心里自然高兴，说人出去就好，什么也不带了，她从自己的首饰盒里拿出十块大洋给李念，让她给老鸨子，就说要带小月出去玩玩。老鸨子得了十块大洋，又见小月什么东西也没带，自然没有怀疑，高高兴兴地放她们出了花田会馆。

李念把小月直接带到万千山的面前，小月把中央大街上设了埋伏和明天上午将有一车军火从长春运到哈尔滨的情报告诉了万千山。万千山立即命令小丁子带上一个兄弟，把情报转给了上级。

当夜，小丁子就带回了上级的指示，由抗联的人马埋伏在哈尔滨城外，袭击敌人的军火列车，等敌人的增援部队出城，让万千山带领他的全部人马，迅速攻入中央大街，抢下万江平的尸体，安排人送回营地，然后火速向城外运动，咬住敌人增援部队的尾巴穷追猛打，让主力部队有时间抢出一批军火，然后炸掉军火列车。

万千山接到上级的指示，精神为之一振，他赶紧告别伊万大夫，和李念一起赶到太阳岛看望了母亲，又把小月暂时安排在母亲身边，等城里的战斗结束后，让她们和运送父亲遗体的兄弟们一起出城，奔往抗联营地。

一切安排妥当，万千山和李念来到城外，和巴特尔他们会合，研究在城里的作战方案。他们决定，第一路由小丁子带一个兄弟准备好一挂马车，进城后直奔江边，从阿廖沙父子手中接上朱久红和小月，就等在江边，等抢回万江平的遗体，直接带回营地。第二路由巴特尔和李念带着蒙古族兄弟骑马进城，因为以往也有来哈尔滨游玩或办事的蒙古人在街上骑马而行，日伪军并不加以阻止。他们的任务是等街上一打起来，趁乱攻入临时监狱，放出在押的所有犯人，救出被捕的徐学仁，回头再增援万千山。第三路由万千山直接带领，看到由城里开往城外的增援人马，立即下手攻击中央大街。安排完毕，万千山又向大家交代，一旦发现李通，务必捉活的，并要尽力保证他的生命安全。万千山的人马大部分都见过李通，也知道李通和李念的关系，大家都表示，看在李念的面子上，也不能向李通下杀手。李念思索一下说，最重要的是保全我们自己，如果李通坚决站在日本人一边，必要时也不要手软。

会议结束，已过午夜，万千山让大家抓紧时间休息一下，好迎接明天的战斗。

天刚蒙蒙亮，万千山就起来了，他给巴特尔的十几匹马添了草料，见李念也起来了，就和她一起拾了些干柴，烧起开水来。

李念有些心神不宁，万千山问：

“一夜没睡吧，是担心你哥?”

李念看了万千山一眼，又低下头去，说：

“平时恨他，到这时候又狠不下心了，就怕他出事!”

万千山抓住李念的手，说：

“打起来的时候，我会特别留心他的，一定给你抓个活的回来!”

李念看着万千山，不禁流下了眼泪，她说：

“他若是顽固不化又该怎么办呢?”

万千山叹了口气，眼睛里的光暗淡下来，他说：

“上天入地，路都是自己走出来的，骨肉至亲也拿他没办法，就得看他自己了!”

巴特尔醒了，他走出破窝棚，揉揉眼睛，看看万千山和李念，回头冲窝棚里喊：

“小伙子们，起来了，准备好你们的刀枪，我们去打吃人的狼群!”

吃过早饭，巴特尔带着他的蒙古族兄弟进城了。

他们把枪插在马鞍旁，穿着蒙古长袍骑在马上，盖严了枪支，手提着酒瓶，边喝边唱。一路上，蒙古长调响彻了这个不平常的早晨。

小丁子赶着马车早早地到了江边，和那些经常在江边拉脚的车老板混在了一起。万千山带着他的人马，化装成进城的各色人等，也流连在通往中央大街的江边上。

从街口向里看去，不到五十米的地方，竖起了一个高大的三脚架，万江平的遗体就挂在上面，他的衣服褴褛地挂在身上，随着微风飘动。万千山看到父亲的遗体被糟蹋得不成样子了，眼睛一阵发黑，要不是一个兄弟扶了他一把，非栽倒在地不可。他眼里充血，咬紧了牙关，恨不得战斗马上就打响。

一切行动都按照预定的计划有序地进行着，如果不出意外，只等江桥北面一打起来，引发城里的日伪增援部队出动，万千山就可以趁机冲进中央大街，抢下父亲的遗体。但是，就在此时，城里却发生了意想不到的情况。一辆军车从城里开来，停在了中央大街的街口，二十几个鬼子和伪军押着徐学仁，从汽车上跳了下来。

押着徐学仁的人中居然有李通，小丁子离开大车，来到万千山身边，压低声音说：

“巴特尔还在那边等着救人呢，现在被押到这儿来了，咋办?”

万千山盯着那边的情况，低声喝止小丁子：

“回大车那儿待着去!”

小丁子转身回去了，街口这儿站满了人，但没有一个敢往里走一步。万千山看见一个鬼子把李通推了出来，让他向站在街口的人喊话。

李通向前走了一步，清了清嗓子，扫了一眼对面的人群，指着徐学仁大声地道：

“这个人是共产党的地下交通员，经常在某处和一个叫小月的人接头！小月在昨晚出逃了，不过她跑不远，皇军有办法把她抓回来！现在，皇军要当众绞杀这个共产党的交通员，悬挂三日，以警世人，希望小月看到共产党人的下场，能投案自首，皇军宽大为怀！”

人群开始窃窃私语，万千山一直在思索该怎么办，没听清人们在说什么。就在此时，中央大街一阵大乱，接着就听到了凌乱的马蹄声。

万千山不禁心头一震：巴特尔那边出事了？

十几匹快马冲开人群，一群宽袍大袖的蒙古人骑在马上，向江岸直冲过来，势如破竹。二十几个押解徐学仁的日伪军慌忙向两侧躲避，只把徐学仁扔在了当中。万千山钢牙一咬，果断地发出了命令：

“弟兄们，上啊！”

看热闹的人呼啦一下散了，万千山的人径直向中央大街扑去，巴特尔来势更快，马到徐学仁身边，他弯腰伸手一抄，把徐学仁提到马上，十几匹马欢叫着冲上了江边空地。万千山的人也冲入了街口，一阵乱枪之后，对面的二十几个日伪军报销了大半，枪声停止之后，万千山冲到了李通身边，一把抓过人来，说声你妹妹等你回家呢，李通一看是万千山，既不喊也不叫，跟着万千山跑出了街口。趁乱，万千山的弟兄们又抢回了万江平的尸体。大街上还剩下五六个日伪军，没等回过神来，全部被万千山的人击毙了。

万千山把李通交给李念，阿廖沙父子也把朱久红和小月送过江来，万千山想让李念和朱久红一起回营地，李念不同意，她要和万千山一起战斗。

朱久红没和万千山说上话，就被万千山抱上了车，接着小月也上了车，李念命人将李通捆了，也推上了车，大家又把万江平的尸体包裹好放到车上。万千山派出五个人，让他们送小丁子的大车直奔营地。

大车刚刚消失在街头，江桥对岸的枪声也响了起来，那边的队伍把铁路炸断了，和押车的日伪军展开了激烈的枪战。

万千山想了想，既然战斗脱离了预计的轨道，就这样接着打下去吧，他和巴特尔带人攻击了守桥的鬼子。桥上一共有一个小队的鬼子，见即将过桥的军火列车被截在了城外，分出大半人马先去增援了，桥头这边，只留下了一挺机枪。

经过火力侦察之后，巴特尔也不等万千山的命令，呐喊一声，带着他的蒙古族兄弟就冲了上去，一举占领了桥头。

江桥北面的部队已经把押车的鬼子和过去增援的守桥鬼子报销了，现在正在往自己带来的大车上装弹药。

等城里出来增援的鬼子赶到桥头，全部被万千山的队伍截在了大江这边，他们向桥头发起了几次进攻，都被万千山打了回来。巴特尔高兴地大叫：

“用他们的重机枪打他们，真是痛快!”

敌人停止了对桥头堡的进攻，万千山问巴特尔：“你怎么没按计划行动?”巴特尔说：“是几个小鬼子出来挑衅，把一个兄弟的马弄毛了，我们才不得不跟着惊马跑回了街口。”

万千山说：

“歪打正着，让咱们占领了桥头堡，小鬼子这回损失惨重了!”

江桥北面的队伍装好了弹药，派人来接应万千山撤退，万千山想命人抬上重机枪，发现这东西太沉，会影响过江速度，只好让大家先退出去，人都上桥了，万千山向桥头堡里扔了颗手榴弹，回身跑上江桥，手榴弹爆炸了，引起桥头堡里的弹药也跟着炸响了，整个桥头堡变成了一片废墟。

部队向营地开进，战士们情绪十分高昂。

没有活捉张达，万千山还是有点失望，李念说：“战斗还在继续，我们还会回到哈尔滨的，他逃脱不了正义的审判！”

万千山回身望了望太阳岛，心里说：

“太阳岛，我会回来！”